古事記受容史

青木周平 編
Aoki Shūhei
kasamashoin

笠間書院版

上代文学会研究叢書

はじめに

『古事記』は、和銅五年（七一二）に成立した現存最古の作品であるが、その写本は鎌倉時代の真福寺本までにしか遡れない。現在のテキストはその真福寺本を底本としているから、中世の『古事記』をわれわれは読んでいるといっても過言ではない。テキストクリティークが厳密になればなる程、真福寺本以前の『古事記』のありようが、われわれに重い課題としてのしかかってくる。そのような現況において、受容史を問うことがどのような意味をもつのか。本書を企画した「趣旨書」には、次のように記した。

かつて古事記学会が、『古事記逸文集成稿㈠』というガリ版刷りの小冊子を出した。昭和三十四年三月十日、倉野憲司代表の凡例をもつが、昭和三十三年度文部省科学研究費による研究の一端であり、梅沢伊勢三・小野田光雄両氏が担当したものである。ところがこの小冊子は労作にもかかわらずガリ版刷りの限界もあり、世上流布しないまま、放置される結果となった。古事記逸文は、以後個別に検討を加えられるものもあったが、それらが古事記の研究にとってどのような意味をもつかという、資料的及び研究史（受容史）的価値を総合的に論評すべき時期にきているのではないか。まず、個々の逸文のもつ問題点を整理するための研究会をつくり、その延長として各論文篇を配したい。

いわば「逸文」の総合的再検討であるが、「古事記逸文研究会」において絶えず問われたのは、「逸文」とは何かということであった。というより、「逸文」という言い方はふさわしくないのではないか、という意見が強かったように思う。

一般的に「逸文」とは、「散逸した文章」のことであるから、一応完本をもっている『古事記』にふさわしいかどうかには、根本的な問題がある（なお、巻頭の小野田論文を参照されたい）。『古事記』において、真福寺本以前の本文が諸書に引用されている可能性も、もちろんないわけではない。真福寺本以前の本文を追求することが、「逸文」研究の第一に据えられるべきであることは、間違いない。ただし、研究会の発表や質疑応答を通して明らかにされてきたのは、諸書に引用された『古事記』は、『古事記』そのものからというより、他書からの孫引きのケースが多いのではないかということであった。その点をふまえていえば、引用文の性格付けも重要な作業であるが、むしろそれ以上に問われるのは、それぞれの書物における『古事記』の引用態度・方法であり、それはまさに受容の問題に他ならない。本書を『古事記受容史』と題したのは、研究会の成果をふまえてのものであり、その意を汲み取っていただければ幸いである。

今、上代文学、というより日本文学の研究が、大きな曲がり角にきていることは間違いあるまい。今後の研究がどうあるべきかについても、さまざまな学会や研究会で討論され、提案もなされている。そのような時期において、逆にわれわれ文学研究者に問われるのは、さまざまな問題意識や利用方法に耐え得る、作品の厳密な解釈力であろう。文献批判という、最も基本的な問題をみつめ直すこと、そこから今後の研究のあるべき姿を模索していきたい。本書がそのような方面に一石を投じた成果をもつかどうかは、読者諸氏の判断に委ねたい。

目次

II　家伝・縁起・歌学の世界

III 注釈・神道の世界

IV 律令の世界

V 資料篇1

VI 資料篇2

【総論】

「古事記逸文稿」について

小野田光雄

古事記学会が昭和三十二年度ならびに三十三年度の文部省の科学研究費の公布をうけて「古事記の校本・定本の作成並びに研究」として総合研究が行なわれた。「古事記逸文稿」もその一端であった。当時のことは昭和五十三年發行の「古事記学会要覧」に見える。私もいろいろな仕事をいただいた一員であり、「古事記逸文稿」も手がけた。このたび青木周平氏から当時の思い出なりと寄稿してほしいと求められ、この拙文を寄せることとした。私が謄写版で印刷したのは「古事記逸文集成稿」㈠㈡に別け、㈠は諸本に引用された文を集め、梅沢伊勢三氏と私が担当し、㈡は鎌田純一氏の御協力を得て荻原浅男氏が担当された。㈡は「先代舊事本紀」の文中に用いられた古事記の語句を整理したものである。そして㈠㈡をそれぞれの原本と照合して校注を加えて、原紙を切り謄写版印刷をすることは私の仕事だった。当時、会員に送った案内状には

古事記逸文集成稿
限定一〇〇部
謄写印刷　　販価二〇〇円

約一〇〇ページ　学会員四割引、一二〇円（送料不用）と見える。当時の古事記学会費は年三百円であった。四十数年前のことであるが、引出しの中に古い鉄筆などを見つけると、当時の苦労を思い出すことがある。

当時、「古事記逸文」という語に違和感を感じている方が多く、例会の席で話題となり意見を述べあったことがあった。「神田先生（秀夫）いかがですか」と誰かが発言されて、「逸文でさしつかえないと思う」と答えられ、そのまま「古事記逸文稿」を用いていたが、違和感は消えなかった。和田英松博士の「國書逸文」という場合、違和感はない。日本書紀に「伊吉連博徳書云」又「百済本記云」等として引用され貴重な史料となっている文がある。しかし「伊吉連博徳書」「百済本記」等は、今は失なわれ、いわゆる「逸書」である。その逸書の一部の断章が遺っている時、それを「逸文」といえば、違和感はない。古事記は「真福寺本古事記」「兼永筆本古事記」として完本が伝えられている。その中の一部が引用されているのであるから「古事記引用文」と普通の呼び方でよい。「古事記引用文の研究」は、古事記の一端として意義あるものと思われる。

昭和三十九年十月發行の「書陵部紀要16号」に飯田瑞穂氏の「天寿國曼荼羅繡帳縁起勘点文について」が掲載され、「勘点文」の全文が図版として示されている。その引用文の中に古事記が四例見える。その訓法を主として考察し、「倉野憲司先生古稀記念古代文学論集」に寄稿したのであるが、多少補訂の意味で次に述べてみたいと思う。唯、縮写の図版による考察であるので、朱筆やヲコト点など判読しがたいところもあって不備のところもあることをご了承願いたい。外観は、図版では不明であるので飯田氏の説明を借りて述べると、題簽に「天寿国曼荼羅繡帳

縁起勘点文」、標紙と本文との間に旧包紙が継ぎ込んであり「神祇大副卜部兼文勘点文外題ニ中宮寺兼文　十二枚」とある。またこの本の元来の外題は、本文第一紙の端裏の部分に打付に「中宮寺兼文」（本文とは異筆）と書かれている、と見え、又「傍訓の仮名の朱書のものと墨書のものとでは、その書風にいくぶん差異が認められるやうにも思ふが、恐らくこれも同筆とみてよいであらう」とも見える。巻末には「正四位上行神祇権大副卜部宿祢兼文勘点文」とあり、「兼文」の名が四ヶ所にも見える。たゞ奥書の「兼文」の「兼」字は修正したようにも見える。

勘点文は全文一五二行、これを十一段に分け、格段に相当する文を「日本書紀」「古事記」「或書」「聖徳太子傳」「新撰姓氏録」より引用して訓点を加えている。「古事記」は第一、二、三、四分段に引用している。次の第一表は「古事記」の引用状況を見るために作った。配列は「縁起銘文」「引用古事記」「兼永筆本古事記」とし、「引用古事記」は「勘点文」に相当する部分のみを抄記しているので、その引用のし方を見るために、「兼永筆本古事記」は抄記せず全文を掲げて、省略された部分に側線を引いた。異同ある語には・印をつけた。引用の古事記の異同の文字は、〔一段〕の「流」と「琉」、〔二段〕の「目」と「因」であるが、「諸本集成古事記」に照合してみると、「流」は「真福寺本」と卜部系の「前田本」「寛永板本」。「琉」は卜部系の「兼永筆本」「曼殊院本」「猪熊本」で、「目」は「真福寺本」、「因」は卜部系諸本であって、「勘点文」に用いた「古事記」は一見、「真福寺本」系のようにも見えるが、「琉」と「流」、「目」と「因」の如きは書体によっては「琉」「因」相互に変化し易く確証とはなしがたい。しかし、〔三段〕の「治天下壹拾肆歳」、〔四段〕の「治天下叁歳」に用いた大数字は公式令に沿う用法であるように思われ、「真福寺本古事記」はこの二例とも「十四」「三」と小字を用いている。これを証として「勘点文」に用いた「古事記」は「卜部系古事記」と考えてもよいのではあるまいかと思う。

第一表

平かなは、もとヲコト点。字体は現代の字体に改めた。

〔一段〕

斯帰斯麻《シキシマ》の宮《ミヤ》に治《シロシメス》二　天下《アメノシタ》一天皇《スヘラミコト》　名《ノミナ》阿米久尓意斯波留支比里尓波乃弥己等《アメクニヲシハルキヒロニハノミコト》

a　**引用古事記**

古事記曰天國押波流岐廣庭《アメクニヲシハル・キヒロニハノ》　天皇坐《マシマシ》　師木嶋《シキシマノ》　大宮《ヲホミヤ》に治《シロシメス》二　天下《アメノシタ》一也

b　**兼永筆本古事記**

天國押波琉・岐廣庭《ノ》天皇坐二師木嶋《シキシマノ》　大宮一治二天下一也

〔二段〕

娶《トテ》二巷奇大臣《カノオホイマウチキミノ》　名は伊奈米足尼女《イナメノスクネノムスメナ》　名は吉多斯比弥乃弥己等《キタシヒメノミコト》一為《シ》二大后《ヲホキサキ》一と生《アレマスミナ》二　名は多至波奈等巳比乃弥己等《タチハナノトヨヒノミコト》一

妹《イロトノミナ》　名は等已弥居加斯支移比弥乃弥己等《トヨミケカシキイヒメノミコト》復娶《マタトリ》二大后《ヲホキサキノイロトナ》　弟　名は乎阿尼乃弥己等《ヲアネノミコト》一為后《シキサキ》　生《アレマスミナ》二　名は孔部間人《アナホノハシヒトノヒメミコ》　公主一を

a　**引用古事記**

古事記曰欽明天皇又娶《トリ》宗賀之《ソカノ》稲目・宿祢大臣《イナメノスクネノヲホイマウチキミノ》　之女《ムスメ》　岐多斯比賣《キタシヒメ》一生《アレマス》二　御子《ミコ》橘《タチハナノ》　之豊日命《トヨヒノミコト》一　次豊御氣炊屋比《トヨミケカシキヤヒ》賣命《メノミコト》　云云　又娶二岐多志比賣命之姨小兄比賣《ヲナネヒメ》一を生御子　云云　次間人穴太部王《ハシウトアナホノヒメミコ》

b　**兼永筆本古事記**

又娶二宗賀《ソカノ》之稲因《イナイノ》・宿祢《ノ》大臣之女《ムスメ》岐多斯比賣一生御子橘《タチハナノ》　之豊日命《用明ノ》次妹《イロト》　石坰《クマ》王次足取《アシトリノ》王次豊御氣炊屋《推古カシヤ》比賣命《ノト》一次

亦麻呂古《ノ》王次大宅《ノ》王次伊美賀古《ノ》王次山代《ニノ》王次妹《イロトト》　大-伴《モノ》王次櫻井玄《ノハルノ》王次《ニ限》麻奴《ノ》王次橘本之若子《タチハナモトノワカコノ》王次泥杼《ノ》王柱十三

又娶二岐多志比賣命《ノ》之姨小兄比賣《ヲハヲエ》一生《ヲ》二御子馬木《ムマキノ》王次葛城《ノ》王次間人穴太部《マヒトアナフトヘノ》王次三-枝部《サヘクサヘ》穴太部《アナフトヘノ》王亦名《ノハ》須賣伊呂杼《ト》

次長谷部若雀《ハツセヘワカサヽキノ》　命柱五（崇峻）

〔三段〕

斯歸斯麻《シキシマノ》天皇之《ノ》子《ミコノ》 名《ミナ》莚奈久羅乃布等多麻斯支乃弥己等《ヌナクラノフトタマシキノミコト》娶二庶《イロ》妹《ト》名《ノミナ》等已弥居加斯支移比弥乃弥己等《トヨミケカシキイヒメノミコト》一を爲《シ》二大《ヲホ》后《キサキ》二と坐《マシマシ》二 乎沙多《ヲサタノ》宮一に活《シロシメシテ》二 天下《アメノシタ》一生《アレマス》二 名尾治《ヲハリノ》 王《キミヲ》一

a　**引用古事記**

古事記曰沼名倉太玉敷《ヌナクラフトタマシキノミコト》 命 坐他田宮《ヲサタノミヤ》一に治天下壹拾肆歳《トヲアマリヨトセ》也此天皇娶庶《イロ》妹《ト》豊御食炊屋比賣命一を生御子云云次小《ヲハ》張《リノミコ》王

b　**兼永筆本古事記**

沼名倉《ヌマナクラ》太玉敷《タマシキノ》 命坐二他田《イケタノ》宮一治二天下一壹拾《ヒトソ》肆歳也此《コノ》天皇取二庶妹豊御食炊屋比賣命《ノ》一《ヲ》生二御子静見《ノ》王亦名《ノハ》見鮪《シヒノ》王次竹《ニ》田《ノ》王亦名小見《ノ》王次小治田《ノ》王次葛 城《カツラキノ》王 次宇毛理《ウケリノ》王次小張《ヲハリノ》王次多米《ヘノ》王次櫻井玄《ノハルノヲ》王一柱八

〔四段〕

多至波奈等巳比乃弥己等《タチハナトヨヒノミコト》娶《トリ》二庶妹名孔部間人 公主《イロトノミナアナホノハシヒトノヒメミコ》一を爲二大后一坐《マシマシ》二 濆邊宮《イケヘノミカ》一治《シロシメシ》二 天下《アメノシタ》一生《ス》二名等巳乃弥弥乃弥己等《トヨトノミミノミコト》一を

a　**引用古事記**

古事記曰橘《ノ》豊日命坐池邊《イケヘノ》宮一に治天下叄歳此天皇又娶庶《イロ》妹《ト》間人《ハシヒト》穴《アナ》太《ホノ》部王《キミ》一を生《アレマス》 御子《ミコ》上 宮之《カムツミヤノ》厩戸《ムマヤト》豊聰耳《トヨトミミノ》命《ミコト》を

b　**兼永筆本古事記**

橘《タチハナノトヨヒノ》 豊日命坐二池邊《イケヘタノ》 宮《ニ》一治天下《ヲ》一叄歳此《コノ》天皇娶二稲目宿祢《テイナメノ》大臣《ノ》之女《ムスメヲ》 意冨藝多志比賣《フケタシヒメ》一生二御子多米《ノ》王一柱一又娶庶妹間人穴太部《アナフトヘノ》王一生二御子上宮之厩戸豊聰耳命《ウハツミヤノムマヤトトヨミミトシノ》次久米《ニクメノ》王次植栗《ノヲ》王一柱四

第二表

番号	縁起段落	縁起の訓（a）	勘点文引用の古事記の訓（b）	兼永筆本古事記の訓（c）
1	（一）	治《シロシメス》二天下《アメノシタ》一	治《シロシメス》二天下《アメノシタ》一	治天下
2	（一）	天皇《スヘラミコト》	天皇	天皇
3	（二）	娶《トテ》二……一為《シ》二大后《ヲホキサキ》一	娶《トリ》	娶
4	（二）	娶《トリ》二大后弟《ヲホキサキノ》……一	娶	娶
5	（二）	大臣《オホイマウチキミ》	大臣《ヲホイマウチキミ》	大臣
6	（二）	乎阿尼乃弥己等《ヲアネノミコト》	小兄比賣《ヲナネヒメ》	小兄《ヲエ》比賣
7	（二）	孔《アナ》部間人《ホノハシヒトノ》公主《ヒメミコ》	間人穴太部《ハシウトアナホノ》王《ヒメミコ》	間《マ》人穴太部《ヒトアナフトヘノ》王
8	（二）	伊奈米足尼《イナメノスクネ》	稲目宿祢《イナメノスクネ》	稲因《イナイノ》宿祢
9	（三）	莚奈久羅乃布等多麻斯支乃弥己等《ヌナクラノフトタマシキノミコト》	沼名倉太玉敷《ヌナクラフトタマシキノ》命《ミコト》	沼名倉《ヌマナクラ》太玉敷《タマシキノ》命
10	（三）	乎沙多宮《ヲサタノ》	他田宮《ヲサタノミヤ》	他田《イケタノ》宮
11	（三）		治天下壹拾《トヲアマリ》肆歳《ヨトセ》也	治天下壹拾《ヒトソ》肆歳也
12	（四）	庶妹《イロト》	庶妹《イロト》	庶妹
13	（四）	孔《アナ》部間人《ホノハシヒトノ》公主《ヒメミコ》	間人穴《ハシヒトアナ》太《ホノ》部王《キミ》	間人穴太部《アナフトヘノ》王
14	（四）	瀆邊宮《イケヘノミヤ》	池邊宮《イケヘノ》	池邊《イケヘタノ》宮
15	（四）	等巳乃弥弥乃弥己等《トヨトノミミノミコト》	上宮《カムツミヤノ》之厩戸豊聡耳《ムマヤトトヨトミミノ》命《ミコト》	上宮《ウハツミヤノ》之厩戸豊聡耳《ムマヤトトヨミミトミノ》命

「第二表」は第一表の三種の文献の訓と「釋日本紀」の訓とを比較するために作ったのである。表の下段の番号によって指示して説明したい。

2の「スヘラミコト」は「勘点文」の第1・36・98・137行に「天皇」の訓として、又26行には「廣庭王《ヒロニハノスヘラミコト》」として全五例すべて「へ」を用いている。「釋日本紀」は秘訓第十六、第十七に「スヘラミコト」と見え、以後の訓には「スメラミコト」と「メ」を用いる。

3・4の「娶《トリ》」は「釈日本紀」秘訓第一に「娶マクト不レ可レ読レ之。或アヒテ止可レ読レ之 ＼トリテ」と見え、トリテに合点がある。

3・4の「大后《ヲホキサキ》」、5の「大臣《オホイマウチキミ》」は混用しているが、「勘点文」は「大」の訓十八例のうち「オ」は103行の「大臣《オホイマウチキミ》」の一例だけで、「釋日本紀」も混用するが大多数は「オ」を用いる。

7・13に「部」の不読が見える。「釋日本紀」巻第四帝皇系図、欽明天皇の系図に「泥部穴穂部皇女《ハセツカヘノアナホノ不レ読二部字一》 用明后 聖徳太子母」と見え「勘点文」21行に「泥《ハセツカヘノ ハシウトノ》-部　穴《アナ》-穂《ホノ》-部皇《ヒメ》-女《ミコ》」が見え、54行にも「穴《アナ》-穂《ホノ》-部間人《ハシヒトノヒメ》皇女《ミコ》」と「部」を不読とする。「部」の避諱について、「釋日本紀」秘訓第七に「山部 ＼私記曰、師説、避二延暦御諱一、可レ謂二也麻一。旧説、也麻倍。」と見え、同じく第十五に「山《ヤ》-部《マ》 ＼下皆效レ之。」と見える。「兼永筆本古事記」は避諱はしていない。此の時代の訓み方としては正しくはない。

15の「上宮之《カムツミヤノ》　厩戸豊聡耳《ムマヤトトヨトミミノミコト》命」は「釋日本紀」秘訓第廿一に「厩《ウマノトノ》-戸 私記説 ＼ウマヤトノ 皇《ミ》-子《コ》 豊《トヨ》-耳《ミミ》聡《ト》豊《トヨ》聡《キ》耳《ミミ》法《ノリノ》大王《オホキミ》 聖徳《シャウトク》／トヨトミミ」と見え、合点のつけた私記説に合う。

以上の如く、「勘点文」の訓は「釋日本紀」の訓とほゞ一致していると考えてよいと思う。

「勘点文」に引用した「古事記」の訓は「勘点文」の作者の訓とすれば、古事記の訓法史上留意すべきことである。兼文は文永十一年頃までは生存したと考えられ、その頃、「真福寺本古事記」の中巻には「文永十年二月十日、被レ召大殿御前ニ云云」の奥書が見え、あるいは「古事記裏書」には「文永十年二月十四日丑剋兼文注レ之」など、古事記の整備に意を用いていた。「勘点文」に見るように、古事記の訓法も考えられていたことと思われる。

「勘点文」第七段に引用されている「日本書紀」推古天皇の廿九年の文が「釋日本紀」秘訓第廿二にも見える。「釋日本紀」の訓と「勘点文」を竝記し、岩崎本（秘籍大観）・図書寮本（同上）・穂久邇本（神道大系）・兼右本（天理図書館善本叢書）・釋日本紀（前田本）とも竝記して、「勘点文」に至る訓を推察して稿を終りとしたい。「第三表」のヲコト点は平仮名にしてルビの欄に記入した。（　）内は私の記入。字体は現代の字体に改めた。

第三表（平仮名はヲコト点）

岩崎	の　ツの
図書	ホウシ
穂久邇	ホウシ
兼右	のホウシ　ツの
釋紀	コマノホウシ　エ　シ　キ、テ　カムツミ
勘点	（推古紀）又曰同廿九年高麗僧《コマノホウシ》慧慈　聞《ウケタマハリ》　上宮

岩	とて　にニカナシヒタテマツル
図	に
穂	と　に
右	（子欠）　と　にカナシヒタテマツル
釋	ヤノヒツキノミコ　カミサリマシヌト　ヲホキニカナシミタテ（マツル）コレ
勘	皇太子　薨《カミサリマシヌ》　以《て》　大悲《にカナシム》之云云　是

岩	図	穂	右	釋	勘
マコトニ ノ ヒシリナリ に ヌ	に に	に に	の ヒシリナリ に ヌ	マコトノ マコトニ ヒシリナリ イマヒツキノミコステニ カミサリマシヌ ワレ	實《に》 大聖也《ヒシリナリ》 今太子《ヒツキノミ》 既《に》 薨之《ヌ》 我

岩	図	穂	右	釋	勘
アタシクニト(左) ケ(右) ムツマシキに(左) ウルハシキ(右) 其	アタシ と ムツマシキに 某	と ムツマシキに 某	アタシクニト ムツマシキに(右) ウルハシキ(左) 其	イフトモアタシクニト コヽロ アリ ムツマシキニ 某《ワレ》	雖 異國《アタシクニ、アリト》 心 在 断金《ムツマシキに》 其

岩	図	穂	右	釋	勘
イ トモ の シルシカアランヤ キタラン(左) コム(右)	イケリトモ の シルシカアラム の	イケリトモ シルシカアラン	イ トモ の シルシカアランヤ 去《キタラン》 の	ヒトリ イケリトモ ナムノ シルシカアラム ワレ モテ キタラントシノ ム欤	獨 生之《イケリトモ》 何《ノ》 益矣《シルシカアラム》 我 以《て》 來年《クルツトシノ》

岩	図	穂	右	釋	勘
の を ミマカラン て マウアヒ(右) アヒ奉テ(左)	を む て 過	を ム て	の を ミマカラン て アヒ奉	キサラキノ イツカヲ カナラスミマカラムヨ テ アヒタテマツリテ	二月《キサラキノ》 五日《イツカノヒを》 必死《マカリナム》 因以 遇《ムナシアヒタテマ》

岩	図	穂	右	釋	勘
の に シヤウトニ に ワタサム	に て に ワタサム	ニ に に ワタサム	の に シヤウトに に ワタサン	ヒツキノミコニ(右) カムツミヤノ(左) シヤウトニ トモニ ワタサム	上《ツリ》宮太子 於浄土 以《て》 共《トモに》 化《ワタサム》

岩	図	穂	右	釋	勘
イケルモノヲ チカヒシ にミマカレリ	を チキリ て	を に チキリ に	イケルモノを チキリシ(右) チカヒシ(左) にミマカレリ	イケルモノ（ヲ）（釈、以下なし）	衆生《アヲヒトクサ》 於是《に》 慧慈 當于期《チキリシ》 日《にて》而死之

〔備考〕「勘点文」10段に引用の「日本書紀曰 東漢直駒《ヤマトノアヤノアタヒコマ》漢直盤《サラ》井《カ》子也」の「盤《サラ》」は「磐」である。引用の「日本書紀曰」の所在も不明にしている。それに「サラ」の訓もつけて、兼文は不審をいだかなかったろうか。「釋日本紀」は秘訓第廿一に「東漢直駒《ヤマトノアヤノアタヒコマ》」のみを注している。引用の省略の部分に「云云」をはぶいたりしたところもあり、最後の署名の「兼文」の「兼」は飯田氏も指摘しているように別字をかきかけて修正しているように見える。

Ⅰ　記紀・万葉の世界

『古事記』の引用——『万葉集』の場合

梶川信行

一　文字化された口誦の世界

『万葉集』中における『古事記』（以下『記』と称する）の引用は、次の二箇所である。

I

　　磐姫皇后思天皇御作歌四首

(1) 君之行　氣長成奴　山多都祢　迎加将行　待尓可将待　（2・八五）

　　右一首歌山上憶良臣類聚歌林載焉

　　（中略）

古事記曰　軽太子奸軽太郎女　故其太子流於伊豫湯也　此時衣通王不堪戀慕而追往時歌曰

(2) 君之行　氣長久成奴　山多豆乃　迎乎将往　待尓者不待（此云山多豆者是今造木者也）　（2・九〇）

　① 岐美賀由岐　氣那賀久那理奴　夜麻多豆能　牟加閇袁由加牟　麻都爾波麻多士（此云山多豆者是今造木者也）　（記88）

II

(3) 己母理久乃　泊瀬之河之　上瀬尓　伊杭乎打　下湍尓　真杭乎挌　伊杭尓波　鏡乎懸　真杭尓波　真玉乎

懸　真珠奈須　我念妹毛　鏡成　我念妹毛　有跡謂者社　國尓毛　家尓毛由可米　誰故可将行

(13・三二六三)

検古事記曰　件歌者木梨之軽太子自死之時所作者也

② 許母理久能　波都勢能賀波能　加美都勢爾　伊久比袁宇知　斯毛都勢爾　麻久比袁宇知　伊久比爾波　加賀美袁加氣　麻久比爾波　麻多麻袁加氣　麻多麻那須　阿賀母布伊毛　加賀美那須　阿賀母布都麻　阿理登伊波婆許曾爾　伊幣爾母由加米　久爾袁母斯怒波米

(記90)

＊　＊　＊

Iの「古事記曰」以下は、必ずしも『記』を忠実に写したものではない。『記』の「其軽太子者流於伊余湯也」が、『万葉集』では「其太子流於伊豫湯也」とされているなど、その本文に若干の違いが見られる。また、「軽太子奸軽太郎女」と「此時衣通王」の部分は、『記』の本文を引用したものではない。したがって、「古事記曰」以下は『記』の本文を利用しつつ巻二の編者がその概略を説明した文章である、とする見方がある。[1]

一方、『万葉集』において『日本書紀』（以下『紀』と称する）が引用される場合、省略する時には「云々」とするのが通例だが、『記』の引用に「云々」という記述はない。したがって、それは忠実な引用だとする立場がある。[2] また、『記』の歌謡は一字一音式で表記されているのに対して、(2)は訓字主体表記である。したがって、現『記』は訓字主体表記から一字一音式の表記に書き改められたものだとして、歌謡を一字一音式で表記しない『記』の存在を想定する説も見られる。[3] いずれにせよ、「原古事記」とでも言うべきものからの引用ではないかとする見方だが、そうした説に対しては、すでにさまざまな疑問が提示されている。[4]

確かに、『万葉集』に見られるその逸文から「原古事記」を想定するのは不可能であろう。たとえば、『記』に

は「伊余」とされているが、「古事記曰」以下には「伊豫」という表記が見られる。『記』には「伊余」「伊豫」という二通りの表記が見られるのだが、『紀』以下の六国史はいずれも「伊豫」としており、例外がない。また、『延喜式』『倭名類聚鈔』も同様である。したがって、『万葉集』の本文は八世紀以後の通例に従って書き改められている、と考えなければならない。

とは言え、訓読した場合、(2)と①の本文はまったく同じである。また(2)に付された「此云山多豆者／是今造木者也」という割り注は、『記』と一字一句違わない。しかも「古事記曰」とあれば、確かに(2)は『記』からの引用であるようにも見える。しかし、そう断定するには不審な点も見られる。すでに述べたように、『記』の歌謡は一字一音式の仮名書きだが、『万葉集』では訓字主体表記になっているからである。また、仮名書きにされた(2)の助詞の表記も、①とは異なっている。たとえば、(2)の「君之行」の傍線部は①では「賀」、同じく「山多豆乃」は「能」、「迎乎将往」は「袁」、「待尓者不待」が「波」とされている。助詞五例のうちの四例まで、文字遣いが異なっているのだ。助動詞の場合も、「気長久成奴」の「奴」は同じだが、(2)は「将往」「不待」と漢語的に表記されていて、仮名書きの①とは異なっている。してみると、(2)は訓字主体表記を採る巻二の本文に合わせて書き改めたものか、もしくはまったく別の文献からの引用であると考えなければなるまい。(2)の助詞がいずれも、『万葉集』の訓字主体表記の巻において圧倒的多数を占める文字で表記されている点からすれば、巻二の本文に合わせて書き改められた可能性の方が高いのではないか。

(2)は(1)の別伝として収録されているのだが、そうした両者の関係については、(2)→(1)という関係を考えるのが一般的である。[5] 古代にあってもすでにわかりにくくなっていた植物名「山たづ」＋「の」を、「山たづね」とすることによって理解しやすくしたのが(1)であると見るのだ。「是今造木者也」という注は、「山たづ」がすでに古

語と認識されていたことを示している。したがって、確かに(2)の方が古い段階の歌であろう。

しかし、それを古いものから新しいものへという単純な影響関係で捉えるべきではあるまい。〈逢えない嘆き〉をうたうことが日本の恋歌の根強い伝統となっている点からすれば、むしろ、愛する男から引き離されて長い時間の経った女が、男の後を追って行こうという強い意志をうたった歌謡が、流動的な状態でさまざまな伝承と結びつき、無数に存在したのだと考えた方がよい。そうした中で、一方では磐姫歌群の一首となり、また一方では、木梨之軽太子の歌として仮託されたのだと考えるべきではないか。

磐姫歌群には、「或本歌曰」（八九）という歌も添えられ、そこには「右一首古歌集中出」という左注が付されている。この「出」を出典と見てよいとすれば、「或本歌曰」の歌だけが古歌集から取られたものであり、磐姫歌群の四首の出典は不明である、ということになろう。一方、「類聚歌林載焉」とする左注は『類聚歌林』（『歌林』と称する）が参照資料であったことを示す。(6) もちろん、それは作者に関する異伝ではない。したがって、『歌林』には(1)だけが磐姫の歌として収録されていた、ということになろう。

ところが磐姫伝承の歌には、

君が行き　日長くなりぬ　山尋ね　迎へか行かむ　待ちにか待たむ　（2・八五）
かくばかり　恋ひつつあらずは　高山の　磐根し巻きて　死なましものを　（八六）
ありつつも　君をば待たむ　うち靡く　吾が黒髪に　霜の置くまでに　（八七）
秋の田の　穂の上に霧らふ　朝霞　いつへの方に　我が恋やまむ　（八八）

といった四首構成の形のほかに、『歌林』のように、「君が行き」の歌一首のみで伝えられていたものもあった。

また、「或本歌曰」として載せられている「居明かして」という歌一首のみ、といった形の古歌集を含め、少な

くとも三つの形で伝えられていたことになろう。と同時に、『記』には①のような「衣通王」の歌もあったのだ。ところが、『記』の磐姫伝承に「君が行き」という歌は見られない。同様に、『紀』には「君が行き」という歌のない木梨之軽太子の伝承も存在したのだが、『万葉集』巻二の編者が「衣通王」の歌を「古事記曰」という形で引用したことによって、多くの歌謡を伴う物語から切り離された「君が行き」の歌、すなわち独立した短歌としての「君が行き」の歌も生まれたのである。

磐姫歌群が連作的な作品として成立した時期については、持統朝以後とする説(7)と奈良朝まで下がると見る説(8)がある。いずれにせよ、それは『万葉集』の編者の意図を反映したものと見るべきであろうが、七世紀以前の作として位置づけられた万葉歌は、所詮八世紀に文字として定着した形からしか窺うことができない(9)。磐姫の歌であれ、軽大郎女の歌であれ、それらはすでに口承の伝承ではなかった。『万葉集』の編者は、『記』や『歌林』といった八世紀の文献を頼りに、それらを読もうとしていたのである。

口誦の世界においては、一つの歌をさまざまな場で、しかも自由な形でうたうことができた。しかし、八世紀は律令制に基づく文書主義の時代である。そうした中で、時と場を異にして、さまざまな形で文字に定着したものが、同じ地平で比較されることになった。そこで初めて本文の異同ということが問題になったのだ、と考えることができる。

＊　　＊　　＊

さて、(3)の左注には「木梨之軽太子自死(10)」とあるが、『記』は「即共自死」としている。その伝承の内容に、違いがあるのだ。しかも、(3)には「反歌」と「或書反歌曰」とされる短歌二首も付されている（後述）。したがって(3)も、『記』からの引用であると断ずることはできない。それは巻十三の編者が『記』を参照して書いた注で

あろうが、説明の仕方が不適切なもの、とでも見るべきであろうか。IIの場合も、②が一字一音式の表記であるのに対して、(3)は訓字主体表記である。その点からすれば、(3)の歌も直接『記』から引用されたものとは考えにくい。むしろ、別の資料から採られたと考えた方がよい。

また、(3)と②は訓読した本文にもさまざまな違いが見られる。いずれも、

〈地名の提示〉A＋〈叙景〉B――〈尻取り式転換〉C――→〈本旨〉D

という発想様式の長歌[11]だが、(3)は、

A こもりくの　泊瀬の河の

B 上つ瀬に　い杭を打ち　下つ湍に　真杭を挌ち　い杭には　鏡を懸け　真杭には　真玉を懸け

C 真珠なす　我が念ふ妹も　鏡なす　我が念ふ妹〔妻〕も

D（鏡なす　我が念ふ妹も）　有りと言はばこそ□　國〔家〕にも□□□　家〔國〕にも行かめ　誰がゆゑか行かむ

という形に区分することができる。長歌の構成を明確にするため、便宜的に（　）の部分を重複させたが、傍線の部分が②にはない本文であり、〔　〕内が(3)とは異なる②の本文であり、□が②にあって(3)にない部分である。このように、(3)と②には若干の違いが見られるものの、歌の趣旨はまったく同じである。しかし、文字を通して直接引用したのであれば、こうした違いが生ずることはあるまい。おそらく、「こもりくの　泊瀬の河の　……」という恋の歌謡は「泊瀬」の周辺で頻繁にうたわれ、うたい継がれていたものであり、多くの類同歌を持つ流動的な状態で存在したのであろう。本文の違いは、そうした流伝の中で生じたものだったのではないかと思われる。

このように、(3)と②の本文に明らかな違いがあるにも拘わらず、「検古事記曰」とされているのは、左注者の

関心は作者と作歌事情に向けられていたのであって、歌詞にまでは及んでいなかったからであろう。[12]言うなれば、左注は現存『記』との少異を無視して成り立っているのだ。[13]一般的に言って、口承の世界では右のような本文の違いは問題にはなるまい。作者と作歌事情にのみ関心が向けられたのは、「検古事記曰」という左注がまだ、口承の世界の眼差しを残していたからではないかと思われる。

Dに収斂される(3)は、挽歌的な歌であろう。[14]また、②も独立の挽歌であったと見られている。[15]とりわけ(3)には、「件歌者木梨之軽太子自死之時所作者也」という左注も付されている。巻十三の編者も、それを挽歌として不自然ではない歌だと見ていたのであろう。ところが、(3)は相聞に収録されている。それはどうしてなのか。

②は、『記』では「如此歌ひて、即ち共に自ら死にたまひき」とされているが、それはあくまでも「故、追ひ到りましし時、待ち懷ひて歌曰ひたまひしく」とされる二首の歌の一つである。つまり、それは挽歌ではなく、軽太子が衣通王を「待ち懷ひて」の歌なのだ。してみると、内容的にそぐわない「反歌」「或書反歌曰」とともに、(2)が巻十三の相聞部に収録されるについては、『記』において、②が「待ち懷ひて」の歌と位置づけられていたことが影響した可能性を考えていいのかも知れない。

ともあれ、「相聞」とか「挽歌」とかいったジャンル意識とは無縁に存在した口誦の歌謡が、文字の歌として『万葉集』の中に定着するにあたって、「相聞」というレッテルが貼られた。と同時に、巻十三の編者による解釈に基づいて、流動的な長歌謡が「反歌」を伴う長歌となったのである。

二　軽の隠り妻伝承

『記』によれば、軽大郎女との近親相姦が発覚し、大前小前宿禰に捕らえられた木梨之軽太子は、

③天飛む　軽の嬢子　甚泣かば　人知りぬべし　波佐の山の　鳩の　下泣きに泣く　（記83）

④天飛む　軽嬢子　したたにも　寄り寝て通れ　軽嬢子ども　（記84）

という歌をうたったとされる。もちろん、③と④は軽太子の創作歌ではなく、もともとは軽の市の歌垣の歌であった[16]、とする見方が有力である。

たとえば③は、歌垣の歌が物語化されたものであり、「はじめて男を知った乙女のいじらしい姿を歌ったもの[17]」であると説明されている。しかし、そうではあるまい。そもそも、③の前半と後半はまったく異質である[18]。「天飛む　軽の嬢子　甚泣かば　人知りぬべし」は「嬢子」に呼び掛ける男の台詞であろうが、「波佐の山の　鳩の下泣きに泣く」は「嬢子」が泣いている様子の描写であろう。ここに、「嬢子」に呼び掛ける男と「下泣きに泣く」「嬢子」という二人の登場人物の存在を想定することができる。しかも、「甚泣かば　人知りぬべし」と男に諭されて、「嬢子」が素直に「下泣きに泣く」のは〈隠り妻〉だからこそであろう。雄略御製（1・一）のように、この前半と後半との間には少々間があって、男が「嬢子」をなだめる所作があったのではないか[19]。激しく泣こうとしていた「嬢子」の態度が「下泣きに泣く」ように変化したのは、そのせいであろう。そこに演劇的な伝承歌謡の面影を見て取ることもできる。

このヒロインに「軽の嬢子」という固有名詞的な名称が与えられているのも、それが物語的な歌謡だったからではないか。当時、軽はそうした悲恋物語の舞台としてよく知られていたのであろう。すなわち③は、〈軽の隠り妻伝承〉とでも言うべき悲恋物語の存在を前提として伝えられ、演じられたものであったと考えることができる。

また④も、本来は歌垣の誘い歌であったとされる[20]。確かに、「軽嬢子ども」という呼びかけは、多くの男たち

が女たちに誘いかけようとする歌垣の場の歌であり、集団性と共同性の中から生まれた歌謡の表現形式であろう。そして、語義不明とされる「したたに」を「こっそりと」の意[21]と見れば、「したたにも　寄り寝て通」る「軽嬢子」の歌は、やはり〈軽の隠り妻伝承〉と結びつく。もちろん、事が露見し捕らえられてから、こっそりと寝て行けと言うのでは理屈に合わないが、『万葉集』の恋歌においては、〈人目〉と〈人言〉こそ恋人たちの最大の障碍であった[22]。してみると、もともとそれは〈人目〉を忍んで逢おうと誘いかける男（たち）の歌であったと解することもできる。

「したたに」は、『記』と『万葉集』の中で孤立的な語である。当時の人々にとっても、それはあまり馴染みのない言葉だったのではないか。とすれば、それが一方で「しっかりと」の意[23]と理解されて伝誦された場合も考えられる。すなわち、それは「ちゃんと寝て行けよ」という意味になる。その場合は、男（たち）がもっと露骨に女（たち）に言い寄る歌として機能したことになろう。もちろん、歌垣の歌として、それはそれでふさわしいものであるように思われる。

いずれにせよ、③も④も木梨之軽太子の物語にはふさわしい歌ではない。しかし、『万葉集』の作者未詳歌にも、

天飛ぶや　軽の社の　斎ひ槻　幾代まであらむ　隠り妻そも　（11・二六五六）

という一首が見られ、軽と言えば、ほとんど自動的に「隠り妻」が連想されていた。したがって、この場合も「軽嬢子」という表現が、その歌を軽太子の物語に結びつけたのであろう。〈軽の隠り妻伝承〉は、それほどまでに人口に膾炙していたのであり、少異とは言えないほどの齟齬をも無理なく飲み込んでしまうほどに、変幻自在に姿を変えつつ存在したのだと考えることができる。

柿本人麻呂や笠金村も、〈軽の隠り妻伝承〉を取り込みつつ悲恋物語的な作品をなしている。泣血哀慟歌（2・二〇七〜二一六）と紀伊国従駕歌（4・五四三〜五四五）が、それである。人麻呂の泣血哀慟歌は宮廷サロンにおける「歌俳優」としての作品であったとされるが、[24]紀伊国従駕歌も行幸先の宴席で披露された架空の悲恋物語であり、金村得意の女性仮託歌であったと考えられる。[25]すなわち、いずれも《宮廷歌人》たちの《芸》としての作品であろう。こうした歌々の存在は、〈軽の隠り妻伝承〉が軽の市にたむろす民衆の間で持て囃されたばかりでなく、宮廷社会をも含め、かなり広範な階層に持て囃された悲恋物語であった、ということを物語っていよう。[26]

＊　　＊　　＊

持統朝の官人であった人麻呂にとって、軽の地（橿原市大軽町）は日常的な生活圏の中にあった。しかも、人麻呂には少年時代の軽皇子に従駕した歌（1・四五〜四九）も見られる。軽皇子は軽部氏に養育されたことに因む呼称であろうが、[27]その軽部氏の本拠地が軽であったとされている。[28]してみると軽は、当時、軽皇子の養育されている里としても、何かと耳目を集める場所であったことになろう。

一般に、市は交通の要衝に置かれたが、軽の市も下つ道から紀伊道へと続く南北の交通路と、東から来る山田道とが交差する場所に立ったと見ることができる。また、市ではしばしば歌垣が行なわれた。[29]市は交易の場であるばかりでなく、異郷の男女が接触する場でもあったのだ。泣血哀慟歌に「我妹子が　止まず出で見し　軽の市に」とうたわれているのは、人麻呂自身が、日々の生活の中で頻繁にそうした軽の市に足を踏み入れていたからではないか。もちろん、それを聴いた持統朝の人たちにとっても、軽の市での男女の出会いは、生活感覚として共感できることだったのであろう。

一方、平城京の官人たちにとって軽は、日常的な生活圏の外の世界であろう。しかし、神亀元年の紀伊国行幸

の際、金村は紀伊道に面した軽を通過している。(30) また、その行幸の主である聖武は、その父が軽皇子であった。つまり、聖武にとって軽は、幼い頃に死別した父が少年期を過ごした場所だったことになる。金村が紀伊国従駕歌において「軽の里」を後にする「愛し夫」をうたったのは、〈軽の隠り妻伝承〉が平城京の官人たちに浸透していたということとともに、そこが聖武に縁の深い土地だったからであろう。すなわち、この行幸自体に隠り妻伝承の舞台として軽が選ばれる必然性があったのだ。

多様の形で享受された〈軽の隠り妻伝承〉は、《宮廷歌人》たちの活動によっても、自在に姿を変えて行ったのである。

* * *

さて、(2)の歌も自在に姿を変えつつ流伝する〈軽の隠り妻伝承〉の一つの形であったと考えることができる。一人残された女が愛する男の後を追って行こうとする歌だが、『記』の軽太子の伝承も、軽大郎女が太子の流された伊予まで一人後を追って行った話である。「君が行き」の歌が軽太子の伝承に取り込まれて行ったのは、軽という呼称とともに、その点が共通していたからであろう。

一方、『紀』のそれは、伊予に流されたのは軽大娘皇女の方であるとされている。「君が行き」は残された女の歌だから、皇女の方が流されたとする伝承に仮託されることはあり得ない。口承の世界における〈軽の隠り妻伝承〉は、『記』に近い形で人々に語り伝えられていたのであろう。もちろん(3)なども、『記』の〈軽の隠り妻伝承〉のバリエーションの一つと見られるが、それはそうした伝承が流動的な状態（ゾル状）で、自在に姿を変えつつ語り伝えられていたことの一つの証しであろう。

ところが〈軽の隠り妻伝承〉は、『記』の成立によって、文字に定着した一つのテキストとなった。また金村

も、人麻呂の作品を文字を通して享受した可能性が高い。(31) つまり、(2)の歌も紀伊国従駕歌も、文字化されたテキストに基づく知識を前提にして〈軽の隠り妻伝承〉に関わる歌の一つとなり、『万葉集』の歌となったのであろう。

このように、〈軽の隠り妻伝承〉は八世紀になると文字を媒体として享受されるようになったと考えられるのだが、伝承は文字化されることによって、ゾル状からゲル状へと大きく変貌を遂げた。その結果として、口承の世界でならばほとんど問題にならない程度の本文の齟齬が、改めて大きな問題として浮上して来たのであろう。『万葉集』の巻二が形成される過程においても、(1)をめぐって本文の齟齬が問題とされたが、「古事記曰」という注は、文字化の過程で浮上して来た問題の一つであったと考えることができる。

すでに述べたように、『万葉集』に収録された初期万葉の作品は決して、初期万葉の時代の生の姿を伝えているわけではない。口誦の世界にあった七世紀の歌々が、やがて文字によって掬い取られ、『万葉集』に収録されることによって、それらは初期万葉の歌になったのだと考えなければならない。すなわちそれは、八世紀的な姿で文字化された初期万葉の歌々である。同様に、『万葉集』中の「古事記曰」という注も、『万葉集』中の伝誦歌はあくまでも八世紀の眼差しを通した文字の世界のものに過ぎない、ということを物語っているのであろう。

三　「君が行き」の歌の位相

周知のように、『万葉集』の恋は「孤悲」と表記されることが多い。同様に、平安朝以後の恋歌も、一人を嘆くものとして詠まれるのが通例である。和歌の世界においては、恋は喜びではなく、むしろ嘆きの原因であった。もちろん、「君が行き」の歌も一人を嘆く歌の一つであると見てよかろう。〈軽の隠り妻伝承〉が持て囃されたこ

とも、そうした伝統と決して無関係のことではあるまい。

人麻呂は口承の世界の〈軽の隠り妻伝承〉を吸収しつつ、泣血哀慟歌という悲恋物語をなした。すなわち、〈軽の隠り妻伝承〉を泣血哀慟歌という長歌に仕立て上げ、同時にそれを文字の世界へと転生させたのだが、その後、軽太子の物語が『記』に収録されたことによって、文字化された〈軽の隠り妻伝承〉がもう一つ出現した。換言すれば、民衆の中で生々流転を繰り返していたゾル状の伝承が、文字化されることによって、ゲル状の悲恋物語として生まれ変わったのだ。金村の紀伊国従駕歌は、そうした泣血哀慟歌を強く意識しつつなされたものだが、〈軽の隠り妻伝承〉が口承の世界を通して平城京の官人層に十分浸透していることなくして、それは宴席での《芸》たり得なかった。(32)

もちろん、《宮廷歌人》たちによって演じられたものばかりが、〈隠り妻〉の物語ではあるまい。たとえば、『万葉集』の作者未詳歌には、

秋萩の　花野の薄　穂には出でず　吾が恋ひ渡る　隠り妻はも　（10・二二八五）

色に出でて　恋ひば人見て　知りぬべし　情の中に　隠り妻はも　（11・二五六六）

しなが鳥　居名山響に　行く水の　名のみ寄そりて　隠り妻はも　（11・二七〇八）

こもりくの　泊瀬小国に　よばひせす　吾が天皇よ　……　ここだくも　念ふごとならむ　隠り妻かも　（13・三三一二）

というように、さまざまな〈隠り妻〉の歌が見られる。また家持も、

椙の野に　さをどる雉　いちしろく　哭にしも泣かむ　隠り妻かも　（19・四一四八）

とうたっている。すなわち、七・八世紀の宮廷社会とその周辺には、多様な〈隠り妻〉の伝承が存在したのだと

見ることができる。そればかりではない。右の歌々からは、

〈序詞〉……　隠り妻は（か）も

という類型の歌々が、口承の世界に夥しく存在したであろうことを窺うこともできる。〈軽の隠り妻伝承〉はやはり、軽の市周辺の民衆から宮廷社会に属する人々まで、幅広い階層に持て囃された〈隠り妻〉伝承の代表格であったと言ってよい。

ところで、(2)の歌は「迎へを往かむ　待つには待たじ」という部分に集約される。言うまでもなく、「待たじ」は女の強い意志を表している。したがって、何が何でも愛する男を迎えに行くのだ、という女の一途な思いをうたったものである。このように、『記』における軽大郎女は、「君が行き」の歌とともに、一途で果敢な性格の女性として伝えられている。それに対して(1)は、「迎へか行かむ　待ちにか待たむ」と揺れ動く心に煩悶する歌である。『万葉集』における磐姫は、『記』のそれのように、決して頑な女性ではなかった。優柔不断な女性にすら見える。したがって、〈隠り妻〉の伝承としては、むしろこの歌の方がふさわしい。

「君が行き」という歌も、口承の世界に存在した多様な〈隠り妻〉の伝承の一つであり、その一部分に過ぎなかったのであろう。それが『記』の中で軽太子の伝承と結びつくことによって、文字に定着した。『記』と『紀』とで、軽太子の物語のストーリーに違いがあることを見ても明らかなように、口承の世界の〈軽の隠り妻伝承〉は固定化したものではなく、多様な形で語られたものであったに違いない。ところが、口承の世界の中で、自在に姿を変えつつ語り伝えられていた流動的な〈軽の隠り妻伝承〉が、文字の世界に掬い取られたことによって、時間と空間を越えて、その違いが厳密に比較されることになった。それがⅠの歌群であろうと思われる。

磐姫歌群には、『記』のほかに『歌林』と「古歌集」が引用されている。『歌林』は養老五年（七二一）頃に成

立したと見る説[33]が有力だから、巻二冒頭の歌群が現在見るような形に定着したのは、少なくとも養老年間以後のことであったと考えなければならない。すなわち「君が行き」の歌は、八世紀において文字化された〈軽の隠り妻伝承〉の一つであったと言ってよい。

ともあれ、文字化による本文の固定化は、幅広い階層の人々に持て囃されることによって、臨機応変・変幻自在に増殖も縮小も可能であった流動的な〈軽の隠り妻伝承〉が、生々流転し再生を繰り返す活力を喪失したという一面を持つ。してみると、口承の世界の豊かさの喪失と引き替えに、『万葉集』は厳密に本文の異同を問題にする態度を獲得した、ということになろう。

四　「こもりくの泊瀬」の歌の問題点

すでに述べたように、(3)は挽歌的な内容だが、それは巻十三の相聞の部に収録されている。そこで、「記歌謡（九〇）によく似る歌があり、伊予に配流された軽皇子があとを追って来た妻軽大郎女を迎えてともに死ぬ時に誦った歌とされている。しかし、その歌謡の内容は、妻を迎えてともに死ぬ状況にふさわしくない。本来、異郷で妻の死を聞いた折に悲しむこの型の挽歌があり、それが語り伝えられて異伝を生みつつ、軽太子の物語にも結びつけられ、『万葉集』巻十三にも収められるに至ったものと考えられる[34]」とする説明もなされている。

確かに、本来それは愛する者の死を悼む歌だったように見える。しかし、問題はそれがなぜ「泊瀬」の景観からうたい出されるのか、といった点にあろう。一つには、「泊瀬」が他界に繋がる場所と見られていたからであろうが、その〈叙景〉は必ずしも葬儀のありようを表しているわけではない。Bは禊祓の神事に関わるものとする見方が有力だが[35]、そうだとすれば、禊祓の神事に関わる〈叙景〉と挽歌的な〈本旨〉とがなぜ結びついたのか、

その点も問題にされなければならない。また、そうした儀礼的な詞章から一転して挽歌的な発想の恋歌になるのは、いったいなぜなのか。その点も問題であろう。儀礼的な詞章から突然恋歌に変わる例としては、赤人の「登神岳」歌（3・三二四〜三二五）や遣新羅使歌群の冒頭歌（15・三五七八）を挙げることができる。しかし、それらはいずれも宴席での趣向として、意図的に行なわれた技巧であったと考えられる。(36) はたして、当該歌をそれらと同様に考えていいのかどうか。

問題は、それればかりではない。(3)には、

⑤年渡る　までにも人は　有りと云ふを　何時の間にそも　吾が戀ひにける　（三二六四）

という「反歌」と、「或書反歌曰」として、

⑥世間を　倦しと思ひて　家出せし　吾や何にか　還りて成らむ　（三二六五）

という歌が添えられているが、その長歌と「反歌」⑤は必ずしも、一組の作品として読むことができない。(37) ⑥を加えると、さらに不自然な構成になる。(38)

⑤は七夕伝説を背景にした恋歌とも見られているが、(39) それはほんのつかの間も逢わずにはいられなくなってしまった者の嘆きをうたったものであろう。換言すれば、⑤は突然恋に落ちてしまった者の当惑をうたったものであると言ってよい。それに対して長歌は、ある程度の期間は安定した関係にあった「妹」との永訣をうたった挽歌的な恋歌であろう。両者の間には、内容的に大きな違いがある。それは「長歌とは何の繋がりもないもの」(40) と見るべきであろう。もちろん、木梨之軽太子の物語とも結びつき難い。

また⑥は、出家者の厭世観をうたったものと見ることができる。少なくとも、最初から恋歌であったとは考えにくい。世間・厭離穢土・出家・還俗ということをうたい込んだ仏教的なこの歌は、禊祓の神事に関わる長歌の

景とも相入れない。「これも長歌とは何の繫がりもない歌[41]」であろう。もちろんそれは、木梨之軽太子の物語にとっても、ふさわしい歌ではあるまい。あるいは、「長歌と切り離して考えると、（中略）元来、一種の釈教歌であった。ところが、或書では、妻に先立たれた男が、いまさら家に帰っても何の甲斐もないと嘆いた内容と表面的に解して、長歌に付属させ反歌に加えた[42]」とする説明が、正鵠を射ているように思われる。

ともあれ、そうした⑤と⑥をも含め、巻十三はなぜ「木梨之軽太子自死之時所作者也」とされる長歌と「右三首」という形で括ったのか。その点も、十分に考えてみる必要があろう。しかし、紙幅はすでに尽きた。残された問題は多いのだが、すべては他日を期するしかあるまい。

【注】

（1）武田祐吉『増訂 萬葉集全註釋 三』（角川書店・昭和31年）。

（2）大和岩雄「『万葉集』記載の『古事記』をもって、現存『古事記』の古さの証明にはならない」（『古事記成立考〈日本古代文化叢書〉』大和書房・昭和50年）。

（3）注2の大和論文。及び西宮一民「古事記の成立―偽書説批判および原古事記の比定―」（『論集・古事記の成立〈日本古代文化叢書〉』大和書房・昭和52年）。

（4）尾崎知光「万葉集巻二所引古事記をめぐつて」（『古事記年報』21、昭和54年3月）、神野志隆光「『万葉集』に引用された『古事記』をめぐって」（『論集上代文学 第十冊』笠間書院・昭和55年）など。

（5）澤瀉久孝「傳誦歌の成立」（『萬葉の作品と時代』岩波書店・昭和16年）、菅野雅雄「磐姫皇后御作歌群の構想―巻二増補の時と人をめぐって―」（『初期万葉歌の史的背景』和泉書院・平成6年）など。

（6）伊藤博「巻二磐姫皇后歌の場合」（『萬葉集の構造と成立 上』塙書房・昭和49年）。一方、木村正辞『萬葉集美夫君志』（光風館・明治34年）は、この歌を類聚歌林から採用したとする。

（7）中西進「伝誦の作家たち」（『万葉集の比較文学的研究』桜楓社・昭和38年）、三谷栄一「磐姫皇后と雄略天皇」（『萬葉集講座　第五巻』有精堂・昭和48年）など。
（8）土居光知「『万葉集』における詩的心象の流転」（先掲）、曽倉岑「イハノヒメ伝説の発展」（『上代文學論叢』桜楓社・昭和43年）など。
（9）拙稿「八世紀の《初期万葉》」（「上代文学」80号、平成10年4月）。
（10）『校本萬葉集　七〈新増補版〉』（岩波書店・昭和54年）、『校本萬葉集十五〈新増補版〉』（岩波書店・昭和56年）、『校本萬葉集　別冊三〈新増補版〉』（岩波書店・平成6年）によれば、当該部分に本文の異同は存在しない。
（11）土橋寛「古代歌謡の様式」（『古代歌謡論』三一書房・昭和35年）。
（12）注3の西宮論文。
（13）注4の神野志論文。
（14）土屋文明『萬葉集私注　七〈新訂版〉』（筑摩書房・昭和52年）、武田祐吉『増訂　萬葉集全註釋　十』（角川書店・昭和32年）、伊藤博『萬葉集釋注　七』（集英社・平成9年）など。
（15）土橋寛『古代歌謡全注釈　古事記編』（角川書店・昭和47年）。
（16）注15に同じ。
（17）注15に同じ。
（18）土橋寛『古代歌謡全注釈　古事記編』は、「初めの二句が第一段で、主題の提示。第三句以下が第二段で、主題の説明である」としている。
（19）雄略天皇御製に関しては、つとに鹿児島寿蔵「新評價を求む」（斎藤茂吉編『萬葉集研究　上』岩波書店・昭和15年）が指摘しているように、そこに演劇的な伝承歌謡の面影を見る研究者は多い。
（20）注15に同じ。
（21）土橋寛『古代歌謡全注釈　古事記編』、前田金五郎ほか編『岩波古語辞典』（岩波書店・昭和49年）、西郷信綱『古事記注釈』（平凡社・平成元年）など。

(22) 伊藤博「人言」（『萬葉集相聞の世界』塙書房・昭和34年）。
(23) 倉野憲司『古事記 祝詞〈日本古典文学大系1〉』（岩波書店・昭和33年）、『時代別 国語大辞典 上代編』（三省堂・昭和42年）、『日本国語大辞典 第九巻』（小学館・昭和49年）、西宮一民校注『古事記〈新潮日本古典集成〉』（新潮社・昭和54年）など。
(24) 伊藤博「歌俳優の哀歓」（『萬葉集の歌人と作品 上』塙書房・昭和50年）。
(25) 拙稿「軽の道の悲恋物語―紀伊国従駕歌」（『万葉史の論 笠金村』桜楓社・昭和62年）。
(26) 注25の拙稿。
(27) 菅野雅雄「軽部とその伝承」（『古事記系譜の研究』桜楓社・昭和45年）。
(28) 本居宣長『古事記傳』二十二之巻。
(29) 西郷信綱「市と歌垣」（『古代の声』朝日新聞社・昭和60年）、土橋寛「歌垣の歌」（『古代歌謡の世界』塙書房・昭和43年）など。
(30) 拙稿「東アジアの中の玉津嶋―神亀元年の紀伊国行幸について―」（『万葉史の論 山部赤人』翰林書房・平成9年）。
(31) 拙稿「笠金村と石上乙麻呂」（『万葉史の論 笠金村』）。
(32) 注25の拙稿。
(33) 高野正美「類聚歌林」（「古代文学」6号、昭和41年12月）など。
(34) 伊藤博『萬葉集釋注 七』。
(35) 土橋寛『古代歌謡全注釈 古事記編』、大久保正『古事記歌謡 全訳注』（講談社・昭和56年）など。
(36) 赤人の「登神岳」歌については、拙稿「赤人の《芸》―「登神岳」歌の場合―」（『万葉史の論 山部赤人』翰林書房・平成9年）で、また遣新羅使歌群の冒頭歌については、拙稿「武庫の浦の入江―遣新羅使歌群の冒頭歌をめぐって―」（「上代文学」53号、昭和59年11月）で論じた。
(37) この長歌と「反歌」は本来別の歌であったとする見方は、鴻巣盛廣『萬葉集全釋 第四冊』（廣文堂書店・昭和8年）、窪田空穂『萬葉集評釋 第八巻〔新訂版〕』（東京堂出版・昭和60年）、土屋文明『萬葉集私注 七〔新訂版〕』（筑摩書

房・昭和52年）、澤瀉久孝『萬葉集注釋　巻第十三』（中央公論社・昭和39年）などに見られる。
(38)　鴻巣盛廣『萬葉集全釋　第四冊』、窪田空穂『萬葉集評釋　第八巻〔新訂版〕』、土屋文明『萬葉集私注　七〔新訂版〕』、澤瀉久孝『萬葉集注釋　巻第十三』などが、本来は別の独立した作品であったとしている。
(39)　注34に同じ。
(40)　窪田空穂『萬葉集評釋　第八巻〔新訂版〕』。
(41)　注40に同じ。
(42)　『萬葉集三〈日本古典文学全集4〉』（小学館・昭和48年）。

■校訂本文

Ⅰ

磐姫皇后思天皇御作歌四首

君之行　氣長成奴　山多都禰　迎加将行　待爾可将待　（2・八五）

右一首歌山上憶良臣類聚歌林載焉

如此許　戀乍不有者　高山之　磐根四巻手　死奈麻死物乎　（2・八六）

在管裳　君乎者将待　打靡　吾黒髪爾　霜乃置萬代日　（2・八七）

秋田之　穂上爾霧相　朝霞　何時邊乃方二　我戀将息　（2・八八）

或本歌曰

居明而　君乎者将待　奴婆珠能　吾黒髪爾　霜者零騰文　（2・八九）

右一首古歌集中出

古事記曰　軽太子姧軽太郎女　故其太子流於伊豫湯也　此時衣通王不堪戀慕而追往時歌曰

君之行　氣長久成奴　山多豆乃　迎乎将徃　待爾者不待（此云山多豆者是今造木者也）　（2・九〇）

右一首歌古事記與類聚歌林所説不同歌主亦異焉　因檢日本紀曰　難波高津宮御宇大鷦鷯天皇廿二年春正月天皇語皇后納八田皇女将為妃　時皇后不聴　爰天皇歌以乞於皇后云々　卅年秋九月乙卯朔乙丑皇后遊行紀伊國到熊野岬取其處之御綱葉而還　於是天皇伺皇后不在而娶八田皇女納於宮中　時皇后到難波濟　聞天皇合八田皇女大恨之云々

亦曰　遠飛鳥宮御宇雄朝嬬稚子宿禰天皇廿三年春三月甲午朔庚子木梨軽皇子為太子　容姿佳麗見者自感　同母妹軽太娘皇女亦艶妙也云々　遂竊通乃悒懐少息廿四年夏六月御羹汁凝以作氷　天皇異之卜其所由　卜者曰　有内乱　盖親〻相姧乎云々　仍移太娘皇女於伊豫者　今案二代二時不見此歌也

II

己母理久乃　泊瀬之河之　上瀬爾　伊杭乎打　下湍爾　真杭乎挌　伊杭爾波　鏡乎懸　真杭爾波　真玉乎懸
真珠奈須　我念妹毛　鏡成　我念妹毛　有跡謂者社　國爾毛　家爾毛由可米　誰故可将行　（13・三二六三）

検古事記曰　件歌者木梨之軽太子自死之時所作者也

反歌

年渡　麻弖爾毛人者　有云乎　何時之間曽母　吾戀爾来　（13・三二六四）

或書反歌曰

世間乎　倦迹思而　家出為　吾哉難二加　還而将成　（13・三二六五）

右三首

先代旧事本紀の「神話」

——古事記神話の引用

松本直樹

古事記・日本書紀の神代にあたる「神話」を、先代旧事本紀（以下、旧事紀とも）は独自の構成によって、巻一から巻四、及び巻六の一部に掲載している。周知のとおり、「旧事紀神話」の殆どの部分は、古事記・日本書紀・古語拾遺からの引用文でなりたっている。

本稿の最大の責務は、旧事紀が引用する古事記の文について、それがいかなる系統の本によるものか、現存する古事記諸本にない文、字句が認められるか否かを検討することにある。第一節において、旧事紀の「神話」引用（受容）の態度について考察し、第二節以下で、引用された古事記の文についての検討を行うこととする。

一　旧事紀の「神話」受容の態度

「旧事紀神話」は、記・紀の「神話」要素を網羅し、さらに古語拾遺独自の要素までを取り込み、そこに若干の独自伝承（巻四・兼永本34丁のオホナムチ（＝三輪神）の伝承およびニギハヤヒ降臨神話）を加えた形で成り立っている。その網羅のしかたは徹底的であって、例えば天地創成直後から所謂神世七代に現れる神々の、おびただしい数の

神名が殆ど認められるし、スサノヲの乱行や鳥によるアメワカヒコの葬儀、海神がホホデミに授けた呪術の要素など、筋の展開にとって必ずしも全てが必要ではない要素までを悉く載せている。ただ、歌謡についての興味はうすく、歌そのものを省略することが多いが、大抵の場合、歌があったことまでを無視してはいない。本稿末の表を参照されたい。

こうした網羅主義は、当然のことながら多くの矛盾や重複を生み出してしまう。そのいくつかを示しておく。

巻一「陰陽本紀」のヒルコ生みは次のように展開する。

1イザナキ・イザナミ二尊が詔を承けて、天の浮橋に立ち、ヌボコをおろして海を発見し、ヌボコの先からしたたる塩水が凝結してオノゴロジマができる。その島に降り立った二尊は、互いの肉体の特徴を確認し、「以我身成餘處刺塞汝身不成合處以爲國土何如」「…然善」と合意して交合するが、女子先唱によってヒルコが生まれる。ヒルコは葦船に入れて流し棄てられる。

2キ・ミ二尊は、天神の判断、指示を仰いだ上で、「思欲以吾身成餘處雄元之處刺塞汝身不成合雌元之處以爲産生国土如何」「…然善」と婚姻の合意をする。

3しかし、二尊は、「雌雄初會」の時にあたって、「交合」の「術」を知らず、偶然飛んできた鶺鴒の動きから「交通之術」を学び、国生みを果たす。

さらに、同じ巻一の三貴子誕生の場面にもヒルコ生みのことが記されている。

4ヒルコが生まれ、それは三歳まで足がたたなかった。

5かつての女子先唱によって、初めと終わりにヒルコが生まれたのである。

6次にトリノイハクスブネが生まれ、ヒルコをそれに載せて流し棄てた。

7その後、カグツチが生まれ、それによってイザナミが死去する。

記・紀諸伝の文を切り貼りしながら、記・紀二様のヒルコ伝承をともに記載する。二度にわたるヒルコ生みを正当化すべく、最初と最後にヒルコが生まれたとの説明（5）を行っているが、67への展開とは齟齬が生じている。諸伝を網羅する旧事紀にとっては、ヒルコについて5のような説明をしながら、カグツチも最後に生まれ、イザナミの死から黄泉国の神話へと展開させる必要があったのである。また、3は男女の「初會」ではないし、交合の術についてはイザナキ自身の口からすでに十分な説明がなされていて、鶺鴒が現れる必然性はないはずである。

次に、所謂三貴子誕生と分治の話をみる。巻一に四伝、巻二「神祇本紀」に一伝の合計五伝が記されている。次の表のとおりである。

	出現の仕方	天照・日神	月読・月神	ス神
巻一	キ・ミ二神の結婚による	天上	配日	天下
	イザナキのみそぎによる	高天原	夜之食国	海原
	イザナキが白銅鏡を持って	天地	天地	根国
	記載なし	高天原	滄海原之潮八百重 (後) 配日／夜之食国	天下
巻二	記載なし	高天原／高天之原	配日／滄海原之潮八百重／夜之食国	滄海原／天下

これら五伝を、全て同時に認めることなどできるはずがない。第四伝では、月神の統治領域について「後に」

という合理化が図られているが、成功していない。旧事紀述作者は、何ゆえに、こうした明らかな矛盾を犯してまで、記・紀諸伝の網羅を図ったのであろうか。祭祀体験においては神が何度も生まれ得るとして[1]、こうした重複、矛盾の不自然さを否定する見方もあるようだが、旧事紀には矛盾を合理化しようと試みる醒めた態度（例えば、イザナキの鎮座地について、初め「日之少宮」に暫らく留まり、後に「淡路之洲」「淡路之多賀」に鎮座したとする―巻二）も認められるし、祭祀体験と分治ということがらが直結されるとは思われない。

記・紀諸伝を全て採用することによる矛盾は、穀物起源、タケミカヅチの派遣、ニニギとイハナガヒメによる天皇（世人）の寿命の起源などにも認められる。

多くの矛盾を容認しながら、記・紀諸伝を網羅している「旧事紀神話」において、ニギハヤヒに関わる天孫降臨については、ほぼ矛盾することなく語られている。

Ａアマテラスがオシホミミに降臨を司令する。オシホミミとタカミムスヒの娘タクハタチヂヒメとの間にニギハヤヒが生まれ、ニギハヤヒに降臨の司令が下る。

ニギハヤヒには十種の神宝と「…由良由良止布瑠部」の呪文とが授けられる。

Ｂニギハヤヒは降臨した後に死去し、その遺体は天上に上げられて手厚く葬られる。

アマテラスは再びオシホミミに降臨を司令する。

Ｃオシホミミには三種の神器が授けられる。オシホミミとタカミムスヒの娘タクハタチヂヒメとの間にホノニニギが生まれ、今度はニニギに降臨の司令が下る。

以上が巻三「天神本紀」に三箇所にわたって記されていて、さらに巻三の終わりの部分に次のような纏めの系譜記事がある。

D太子正哉吾勝々速日天押穂耳尊、高皇産靈尊女萬幡豊秋津師姫命、亦名栲幡千々姫命爲妃、誕生二男矣。兄天照國照彦天火明櫛玉饒速日尊。弟天饒石國饒石天津彦々火瓊々杵尊。

さらに巻五「天孫本紀」のイハレヒコ東征条では、「天神之子」が「両種」あることを述べ、ニニギの子孫イハレヒコとニギハヤヒの子のウマシマヂとの間での神剣と十種の瑞宝の交換が記される。日本書紀の認めるニギハヤヒの「天神の子」としての地位を、より具体的な叙述によって、より高く権威づけている。旧事紀は、皇祖ニニギの存在を公認し、その上でニギハヤヒの高い権威を主張しているのである。

このように、天神御子の降臨ということがらについては、他の重複伝承とは異なり、ほとんど矛盾することのないように配慮がなされている。但し、神武記の

迩藝速日命参赴、白於天神御子、聞天神御子天降坐。故追參降來。

という伝承（ニギハヤヒがニニギの後に降臨する）を載せることはなく、ここでは完全網羅主義が貫かれていない。こうして見てくると、矛盾を承知で、諸伝を網羅することにだけ努める「旧事紀神話」編纂の態度が、天孫降臨という内容においては異なる様相を見せている。新しい降臨伝承が作り出されていると評価することができる。(2)

神話という型の力に頼りながら自らの主張を行うこと、即ち新たな「神話」を作り出そうとする行いには、既存の神話の処理が必ず必要になるだろう。既存の神話を無視したり、似ても似つかない形に変えてしまうのではなく、それを甘んじて受けとめることで、神話の力を保持し、その上に独自の主張をかぶせてゆく姿勢が求められたのではないだろうか。例えば日本書紀は、本書と複数の一書を併記する網羅主義をとる。本書と一書には格差が儲けられているが、ひとつの「神話」の絶対化が果たされているとは言えない。それに対して古事記は、日本書紀本書と一書に含まれるような内容を、多く本文中に採用しているが、日本書紀ほどの網羅は果たしていな

い。一本化による「神話」の絶対性を確保する道がとられている。旧事紀の「神話」は、日本書紀のように網羅的であり、古事記のように一本化されている。その結果生じる明らかな重複や矛盾について、苦し紛れとも思われる調節、合理化が図られていて、重複や矛盾は旧事紀述作者の承知するところであったと思われる。「旧事紀神話」の大部分を占める、記・紀等からの引用部については、旧事紀の積極的な自己主張が認められないと言えよう。全てを受け入れ、しかも無理にでもそれを一本化することで、権威ある聖典としての「神話」の力を最大限に保つことにのみ精力が注がれているように思われる。神武以降の皇代の記事に、記からの引用が殆ど認められないことからも、「神話」固有の力に対する旧事紀述作者の意識を窺うことができそうに思う。天地創成の初めに独自の神を置き、また全体を「〇〇本紀」という複数の枠組みに収める構想には、新たな「神話」へと向かう姿勢が認められるが、その為にもどこからも文句の出にくい、どの立場からも無視することのできない、言わば八方美人的な「神話」の体裁を整えることが必要だったのではないだろうか[3]。そうして、全ては、ニギハヤヒの降臨とその地位について語る、ごく短い独自伝承の権威づけのための、土台作りであったのではないだろうか。

二　旧事紀の表記——資料引用の態度

旧事紀には、記・紀などのある一伝承の文を長々と引く部分もあれば、複数の伝を数文字単位に分解して切り貼りし、その出典を隠蔽しているかに見える部分もある。

a 高天原皆暗　葦原中國悉闇（記）

b 天原自闇亦葦原中國皆闇（同）

c 六合之内常闇而不知晝夜之相代（紀七段本書）

ｄ晝夜之殊（同一書第一）

○[a]高天原皆闇[b]亦葦原中國[c]六合之内常闇　不知[d]晝夜之殊（旧事紀巻二）

右は、アメノイハト神話の一節である。記紀三伝承を切り貼りして、旧事紀の文が成り立っていることが分かるが、ａからｂ、ｃからｄへと切り替える必要は、文脈を通す上では不要である。こうした箇所が、いたる所に認められる。旧事紀述作者は、明らかに意図を持って文を作っていると言える。記・紀の諸伝を、ただやみくもに、あるいは事務的に、右から左へ書き写すだけではなく、きちんと読み、内容を理解した上で、わざわざ手間をかけて作文をしているのである。それでも、記・紀にない文や字句を新たに創作したりはしないのである。津田博幸は、旧事紀が記紀の擬粉本たるべく編纂された可能性を指摘する。(4) 切り貼りによって一続きの文章を作りながらも、とにかく記・紀の文や字句を用いることによって、聖典としての記・紀の力を借りること、それこそが最大にして唯一の、記・紀引用の目的であったように思われ、こうした引用態度は、前節でみた「神話」受容の態度とも通じるものである。

「旧事紀神話」では、神名の殆どが日本書紀の表記に統一されている。そのことは、所謂出雲神話の、古事記にしかない部分からの引用の中でも、凡そ貫かれている（例えば大己貴神）。ヒメは「姫」で統一されている。このように表記統一の意図がないわけではないが、全体で用字が統一されているとは到底言い難い。「旧事紀神話」の文は、基本的に、資料の文、字句をそのまま引用したものであると言える。時折矛盾を気にしながらも、完全網羅主義を第一とする姿勢と、軌を一にするものではないだろうか。

三　旧事紀の引く古事記の文

現存する旧事紀の写本は、全て卜部兼永筆写本（大永元年〜二年写）を祖とする。伊勢系といわれる本は、その全体の姿を残していない。兼永本には、そのままでは意味の通じない、明らかに誤写と認められる部分も少なくないが、古事記諸本との関係を検討するに際して、記を用いて校訂を施したらしい後の本文を使用することはできない。誤写も含めて、兼永本の文を、唯一の旧事紀の文とする以外にないだろう。前田本古事記の奥書によって、兼永本古事記の筆写が大永二年に終えられたと推定され(5)、それは旧事紀の筆写とほぼ時を同じくする。兼永本旧事紀と、真福寺・兼永両古事記との文字の異同を調べたところ、次のような数字が出た。

兼永本旧事紀＝兼永本古事記≠真福寺本古事記　……八三例
兼永本旧事紀＝真福寺本古事記≠兼永本古事記　……四四例

この際は、「桃・挑・桃」「判・剌・剕・判」「猿・猨・猿」など字体について微妙な判断を要する場合を除いた。また兼永本古事記がイ伝として注記しているものや、傍注に「□カ」として意によって校訂した場合を含めた数字であって、それらを除けば、

兼永本旧事紀＝兼永本古事記≠真福寺本古事記　……七六例
兼永本旧事紀＝真福寺本古事記≠兼永本古事記　……五〇例

となり、両者の差は小さくなる。各本の微妙な字体の違いをどう数えるかによって、なお若干の数字の違いはでるであろうが、旧事紀が兼永本古事記に傾きながらも、どちらの古事記にも一方的にはよっていないことに間違いはないであろう。兼永本旧事紀が、必ずしも兼永本古事記にばかり合っていないということは、両書が書写以

前の文を残している可能性があるということである。兼永本両書の関係が絶対的なものでないことは、後にあげる用例⑪などからも確かめられる。

次に、旧事紀が古事記を引いたと思われる部分のうち、真福寺・兼永・伊勢系古事記の間で異同がある一五四例で、古事記各本と旧事紀とが一致する回数と割合を調べると、

兼永本旧事紀＝真福寺本古事記　……五二例（三四、八％）

兼永本旧事紀＝兼永本古事記　……八三例（五三、二％）

兼永本旧事紀＝伊勢本系古事記　……一〇七例（六九、五％）

となる。全体的に百分率が低いのは、旧事紀がどの古事記に近いかという傾向を知るために、古事記諸本間で異同のある場合のみを扱ったためである。旧事紀が伊勢本系古事記と一致する場合が最も多い。右の数値には、伊勢本系古事記が「旧事本紀曰」等と明記してその字句を引いた例を除いた数値である。伊勢本系古事記と旧事紀との密接な関係については、夙に小野田光雄が指摘している。(6) 西田長男は、伊勢本系古事記が「日本書紀、ことに先代旧事本紀との校合による新しい異文を造作した、一種の改竄本」であり、古事記の「校勘にはそれほど質しえられるとも思われない」と評価する。(7) 小林芳規が例示しているように、(8) 真福寺本や兼永本の誤脱を、春瑜本によって訂しうる箇所があるが、それが伊勢本系古事記の書写者の意による校訂である可能性は否定できない。

真福寺本でも兼永本でもない古事記を見出だす試みとして、伊勢本系古事記が旧事紀を参照したと思われる部分を析出し、その旧事紀の字句が何によるものかを、旧事紀の記・紀引用態度や用字法などを勘案しながら推測してみたい。ここで、旧事紀の用字が、真福寺本とも兼永本とも異なり、伊勢本系古事記とのみ一致する例を見ることにする。「旧事本紀曰」等と注記されているものは除く。

兼永本旧事紀＝伊勢本系古事記≠真福寺本・兼永本古事記　……二三例

各例の右行が、神道大系『古事記』(9)の文で、諸本の異同を大まかに示す。左行は、兼永本旧事紀の文で、同本の引く異本の文字等を括弧内に示す。数字は各巻における丁数、オ・ウはそれぞれ表・裏の意である。古事記諸本の略号は本稿末に示す。

〈巻一「陰陽本紀」〉

①筑紫國云白日別（白…真「白」、果・道・春「自」、春「向カ　旧事本紀白日別」）
筑紫國云自日別（自…兼イ「向」）10オ

②鹿屋野比賣神（鹿…真「麻」、兼以下「麻庡」、果・道・春「庡」）
鹿屋姫神亦云野推神　12ウ

③如俠蝿皆滿（俠…真・兼以下「俠」、果・道・春「狭」。滿…真「满」、他「滿」）
如狭蝿流（流…兼イ「満」「皆満」、古事記裏書「皆満」）15オ

④悉攻返（攻…真「攻」、兼以下「坂」、果・道・春「逊」）
悉逊還　22オ

⑤飽咋之宇斯能神（咋…真「昨」、兼・道・春「咋」、道・春（左二）「坐」）
飽坐之宇斯能神　26オ

⑥八拳須（須…真「須」、果「須」傍に「鬒」、道・春「鬚」、兼以下「須」）
八舉鬚　29ウ

⑦至于心前（于…真・兼以下「千」、果・道・春「于」）

至于心前　29ウ

⑧坐淡海之多賀也（海…真・兼以下「海」、果・道・春「路」）

坐淡路之多賀者矣　32オ

〈巻二「神祇本紀」〉

⑨眞男鹿之肩（鹿…真「麻」、兼「麻、鹿カ」、果・道・春「庻」）

真牡鹿之肩　44オ

⑩天照大御神（大…果・道・春「太」、他「大」）

天照太神　45ウ（ほか巻三10ウ・12ウ）

⑪神於身生物者（身…真「[illegible]」、兼「[illegible]」「身カ」、果・道・春「身」）

神於身生物者　47ウ

〈巻三「天神本紀」〉

⑫建御名方神千引石擎手末（手末…真「末」、兼「午末、手末イ」、道・春「手末」）

建御名方神千引石指捧手末　15ウ

⑬作燧杵而櫕出火云（櫕…真「櫕」、兼「攢」、道・春「爣」）

作燧杵而爣出火云　17ウ

⑭手力男神者坐佐那ゝ縣也（縣…真・兼以下「懸」、道・春「縣」）

手力雄神此者坐佐郎ゝ縣也（郎…兼イ・古事記裏書「那」）21ウ

〈巻四「地祇本紀」〉

⑮氣多前（前…諸本一致、道・春（左ニ）「﨑カ」）
氣多﨑　35ウ
⑯水門之蒲黄（蒲…真・兼以下「捕」、道・春「蒲」）
水門之蒲黄　36オ
⑰負帒汝命獲（帒…真・兼・道・春「[illegible]」、道・春（左ニ）「袋」。※直前に「旧事 袋」とある。ここも旧事紀による注記か。）
屓袋而汝命獲　36ウ
⑱入之間火者焼過（間…真・兼以下「聞」、道・春「間」）
入間火者焼過　38ウ
⑲須世理毗賣爲適妻而（適…真・兼以下「適」、道・春「嫡」）
須世理姫爲嫡妻而　40オ
⑳畏其適妻（適…諸本「適」、道・春（右ニ）「嫡カ」）
畏其嫡妻　40オ

〈巻六「皇孫本紀」〉

㉑御世御世（御世…諸本繰り返しなし。道・春「御世本有カ両書カ」）
御〻世〻　37ウ

伊勢系諸本には明らかに旧事紀の文を校訂の資料とした形跡がある。伊勢系諸本には本文の左右に「旧事本紀曰」「旧事本紀云」「旧事本紀有」「舊事本紀」「旧事本―」「旧事―」などと注記する場合が、二十四箇所に認め

うれる。そこに見られる書写態度は、祖本とする古事記の文の重視を原則として、それに旧事紀の文字を参考として付記するものであるが、ならば、右の〈旧事紀＝伊勢系のみ〉①〜㉑の二十三例は旧事紀によって校訂した結果ではないと考えるべきであろうか。

用例①の「自」は、兼永本旧事紀と伊勢系諸本の本文とが一致するが、春瑜本の注記は「向カ　旧事本紀白日別」と、兼永イ本やそれ以外の旧事紀の文字をあげている。このように、伊勢系諸本と兼永本旧事紀のみが一致する二十三例の中には、「旧事本紀曰」の注とは異なる時点での一致と認めるべきものもあるが、用例①は春瑜本にのみ注記のある例である。次に「旧事本紀曰」等の例を、伊勢系本文↓「傍注」の形で幾つか示す。伊勢系諸本間での異同を括弧内に示すが、へ以降が道果本にないことはことわらない。

イ　建依別↓「速依別　旧事━」（道・春のみ）
ロ　建日別日向日豊久志比泥別↓「旧事本紀有━」（果のみ。『旧事紀』には「建日別日向國謂豊久古比泥別」とある）
ハ　伊伊賊夜坂（道・春のみ）↓「旧事本紀伊字一字」
ニ　時量師（量…果「昷」）↓「時昰師神舊事本紀」
ホ　御倉坂擧之神↓「舊事御倉坂挙神」（果のみ）
ヘ　氣・之崎↓（・の横に）「多カ　旧事━」）
ト　手間山↓「手向山　旧事本紀云」
チ　蟹貝比賣↓「黒貝姫　旧事本紀云」
リ　天沼琴↓「天河琴　旧事本紀云」
ヌ　阿耶訶↓「河　旧事本━」（道）「河　旧事━」（春）

ル　比良夫具↓「天　旧事本　貝カ」

①やイハなどを見ても、伊勢本系古事記において古事記と旧事紀の対照が行われたのが一回ではなかったことが分かる。春瑜本の「旧事本紀曰」にも朱書・墨書の両方がある。「裏書」や『古事記裏書注之』に旧事紀が引かれるなど、両書の関係は親密であったらしい。そのことは、前に示した六九％という一致率にも顕れていると言えよう。さらに、真福寺本系であるはずの伊勢系諸本[10]について、旧事紀との一致例に限って、次のような数字が出るのである。伊勢系諸本の本文に、旧事紀が大きく影響していることは間違いない。

〈伊勢本系古事記＝兼永本旧事紀〉＝兼永本古事記≠真福寺本古事記　……四四例

同　＝真福寺本古事記≠兼永本古事記　……四〇例

さて、「旧事本紀曰」は右のように固有名詞の場合に多い。それ以外でも「縢・騰」（黄泉国条）「限・垌」（国譲り条）「焼・燧」（火燧の詞）「袋・佩・帒」（素兎条）など、古事記諸本に異同があったり、当時の常用ではなさそうな文字が伝えられている部分、また「建日向…」「天逆手乎打而青柴垣打成隠」など解釈上の問題を含んだ部分に多い。先にあげた〈旧事紀＝伊勢系のみ〉の二十三例にも、文字の相違によって地名や神名そのものが変わる例もあるが、「旧事本紀曰」でのその割合には及ばず、そこに校訂に際しての意識の違いを認めることもできようか。伊勢系独自の二十三例も、状況証拠からすると、旧事紀による校訂の結果と見るほうが自然であるように思われる。あまりに大きな異同となる「旧事本紀曰」などの場合以上に、古事記の原文であることの可能性が感じられていたのかもしれない。右に示した〈伊勢系古事記＝旧事紀＝兼永本古事記≠真福寺本古事記〉四四例にも、旧事紀による校訂の結果が含まれるのかも知れない。⑪などは、真福寺本「[illegible]」・兼永本「[illegible]」の原型が極めて特徴的な文字であったことが想像される例であって、伊勢本系の「身」が旧事紀によった可能性が高い。で

は、伊勢本系古事記が資料とした旧事紀の、極めて古事記的な本文（二十三例＋「旧事本紀曰」などの二十四例）は、一体どこに由来するものなのであろうか。

②は、真福寺本「麻」ならばマヤノヒメ、兼永本「麻鹿」ならばマカヤノヒメとなるが、伊勢系＝旧事紀の「鹿」であるならばカヤ（ノ）ヒメとなり、紀（第五段本書）の「草祖、草野姫」に近い。記はこの神を「野神」として登場させるので、◯◯野比賣という神名では、◯◯よりも「野」に意味が認められた故に生じた異同であるかと思われる。旧事紀は、神名表記は原則として日本書紀に従う。よって、日本書紀の「草野姫」によって、古事記を改めたならば、その表記も「草野姫」であったはずである。とするならば、旧事紀が見た古事記には「鹿」とあったのかも知れない。

④の「迯」であるが、旧事紀ではニグを「逃」に近い文字でも表し、「迯」が統一の用字ではない。旧事紀の引用態度から推して、資料段階からの用字であったと考える方が穏当であろう。神道大系『古事記』が指摘するように、記は他所ではニグに「逃」を当てるが、記のこの部分は、「追ふ」「逃ぐ」が数回続く記独特の繰り返し表現が認められる箇所であり、繰り返し表現には避板法が用いられることも多い(11)。またそれ以前の「逃」の主語が全てイザナキであり、八雷神や千五百の黄泉軍が逃げ還る場合のニグを区別して「迯」と表記した可能性もあるのではないだろうか。日本書紀（第五段一書第九）は「退走」であり、旧事紀が日本書紀にならったのではない。

⑧「淡路」は、神道大系『古事記』に指摘されているとおり、古事記のアハジが全て「淡道」であること、旧事紀の「構幽宮於淡路之洲寂然長隠紀による亦坐淡路之多賀者矣」という文においては、傍線部に合わせて「淡路」とすべきであること等から、日本書紀による校訂の結果であろうと思われる。兼永本旧事紀は、この行に引き続き、延喜式神名帳の「淡路國…伊佐奈岐神社」の記事を引き、イザナキ鎮座地についての確認を行っているのである。

このように日本書紀等による校訂の跡も認められるが、日本書紀を参考にすることが不可能な部分（⑫⑬⑮〜㉑へトチリなど）においても〈旧事紀＝伊勢本系のみ〉独自の用字があり、また⑥「鬢」なども、日本書紀の「鬢」によったとは思われない。

⑨は真福寺本・兼永本の「麻」では意味が通じず、やはりマヲシカが正しく、その肩を朱櫻で焼いた鹿卜のこととして初めて文意が通る。日本書紀にはマヲシカは現れず、旧事紀が日本書紀によった可能性はない。「牡」の字は旧事紀だけであるが、古事記に用例がないわけではない（「牡馬」応神記）。

⑪も〈伊勢本系のみ＝旧事紀〉の「身」であれば意味が通じる。文意の上から「身」であることを判断できるところではあろうが、旧事紀が原典の文字を意によって改めた可能性がどれだけあるか疑わしい。真福寺本「〓」・兼永本「〓」共通の祖本の文字が想像される[12]中で、旧事紀の引いたであろう古事記が「身」であった可能性もなくはない。

⑫も〈伊勢本系のみ＝旧事紀〉の「手末」でないと理解できず、それは兼永イ本とも一致する。さらに、⑭⑯⑰も真福寺本・兼永本では意が通じず、〈伊勢本系のみ＝旧事紀〉の文字が、文意にとっては正当である。

㉑は「是以御世」では「御世」の内容が分かりにくい。ある特定の御世であるならば、神代におけるニニギの御世としかとれないが、島の速贄をアメノウズメの後裔氏族である「猿女君」に給うとの説明記事である以上ありえない。やはり、それより以後の歴代天皇の御世と理解するのが適当であり、ならば「是以御世御世」の方が適切な表現であるといえる。伊勢本系の注記は、旧事紀によるものと推定されるが、旧事紀には「其御〻世〻」とあり、「其」の指示が不明である。この前後は、長く古事記をそのまま引いているところであるが、「其」だけは古事記諸本と全く合わない。「其」ならばむしろ「御世」に係るべきであり、旧事紀が原資料「御世」の前後

双方にあえて不自然な補字を行い「其御〻世〻」にしたとは考えにくい。「御世御世」とあったところに不用意に「其」を冠した可能性の方が高いのではないだろうか。「御〻世〻」の繰り返しは旧事紀述作者の見た古事記の文であったかもしれない。

⑲⑳の真福寺本・兼永本の「適」は、おそらく「嫡」の通用字であって、それが古事記の原文であったとするのが当然の見方なのであろうが、旧事紀の述作者が「適妻」をムカヒメ（正妻）と理解し、その上でわざわざ「嫡妻」と書き改めた可能性も高くないように思われるのである。

こうして見てくると、〈伊勢本系のみ＝旧事紀〉の例は、真福寺本・兼永本の伝える文字では意味が通らず、或いは通りにくく、旧事紀の伝える文字が文意にとって正しい文字であると思われる場合が多い。それに対して、「旧事本紀曰」等の注は、真福寺本や兼永本の字句で十分に意が通じるが、旧事紀が異なる字句を伝えている場合や、チ「黒貝姫」のように古事記・旧事紀間であまりに大きな違いが認められる場合（特に固有名詞）、また現存古事記の文が難解である箇所に多い。「旧事本紀曰」などと注を施すかどうか、伊勢系の書写者が古事記の原典を追求する中での判断によるところが大きいと言えるのではないか。〈伊勢本系のみ＝旧事紀〉の二十三例は、伊勢系諸本の書写者が、旧事紀を以て古事記の原典であると、より強く信じたところではなかったろうか。

＊　＊　＊

繰り返し述べてきたが、旧事紀全体で、用語・用字が統一されているとは思われない。記・紀の文を、時には長々と、時には切り刻みながらも、そのまま写すことを原則とする。それは聖典としての「神話」の力を最大に活かそうとする旧事紀の意図ではなかったか。神名の表記を日本書紀に従うのが殆ど唯一の統一意識であり、巻三「天神本紀」巻四「地祇本紀」などで、オホナムチは「大己貴神」でほぼ統一されるが、それでも突然「大國

主神」が現れる(巻三15ウ)など必ずしも徹底的ではない。ならば、旧事紀の中の、真福寺本・兼永本と異なる表記に、別系の古事記の文が含まれている可能性も残されているのではないか。

明らかに古事記の引用と思われる部分でも、その一部が、記の「登杼呂許志」(天石屋戸条)に対して「登杼作許斯」(巻二45オ)になっている(作は誤写であろうが、斯は独自の表記か)など、その出所をどこに求めたらよいか判断できないところも少なくない。今回は、伊勢系諸本が、古事記の文ではないかと疑い、自らの祖本の文字をそれによって改めたと思われる、旧事紀の文を手掛かりとして論じてきた。チ「黒貝姫」⑪「身」⑫「手末」⑯「蒲黄」㉑「御〻世〻」など、現存古事記が少なくとも当時の常用とは思われない文字を伝えている部分や、現存古事記の字句では理解不能な幾つかの部分など、新しい発見の可能性を含んでいるように思われるが、それを確定するまでの手段を見い出すことはできなかった。

【注】

(1) 津田博幸「『先代旧事本紀』の覚醒(中間報告)」(古代文学会「セミナー通信」II-21、一九九八年四月)が紹介する斎藤英喜の発言。

(2) 工藤浩「ニギハヤヒ降臨伝承の方法と意義」(「古代文学」三六、一九九七年三月)等参看

(3) 神野志隆光「古代天皇神話の完成」(「國語と國文學」七三-一一、一九九六年一一月)は、旧事紀が記紀等の諸伝を収集、再構築し、さらに祭祀までを取り込んで、古代天皇神話の完成を果たしていると説く。

(4) 津田「日本紀講と先代旧事本紀」(「日本文学」一九九七年一〇月)

(5) 鎌田純一「祐範本先代旧事本紀の奥書より」(「國學院雜誌」六四-五・六、一九六三年五・六月)、西田長男「卜部兼永筆本古事記解題」(古典資料類従三六『卜部兼永筆本古事記』勉誠社)等参看

(6) 小野田光雄「伊勢本系古事記の特異性」(「國語と國文學」四〇-一一、一九六三年一一月)

（7）　西田前掲論文（5）
（8）　小林芳規「春瑜本古事記解題」（日本古典文学会編『春瑜本古事記』）
（9）　小野田校注、神道大系古典編一『古事記』（神道大系編纂会）
（10）　古賀精一「古事記諸本の研究」（『古事記大成　研究史篇』）他参看。また、西田「在伊勢古鈔本と在尾張古鈔本との関係に就いて」（『神道史の研究　第二』所収）が道祥本の祖本の書写者である恵観と真福寺との関係を指摘している。
（11）　戸谷高明「古事記表現論」（「学術研究」二九、一九八〇年）、戸谷「『古事記』の表現とその方法」（「國語と國文學」七三-九、一九九六年九月。『古事記の表現論的研究』所収。）
（12）　小野田校注、前掲書（9）参看
※　上代文学会古事記逸文研究会（平成十年六月二七日、於國學院大學）での研究発表の内容に、若干の補訂を加えて纏めたものである。

テキスト

先代旧事本紀は、横田健一解題、天理圖書館善本叢書41『先代舊事本紀』を用い、鎌田純一著『先代舊事本紀の研究―校本の部』（吉川弘文館）、鎌田校注、神道大系古典編八『先代舊事本紀』（神道大系編纂会）を参照した。古事記は、小野田光雄校注、神道大系古典編一『古事記』（神道大系編纂会）を用い、諸本の異同も同書によった。異同は、小野田編『諸本集成古事記（上巻）』（勉誠社）の他、山田孝雄解説『古事記（真福寺本）』（京都印書館）、西田長男解題『卜部兼永筆本古事記』（勉誠社）、宮地直一解説『道果本古事記』（貴重圖書複製會、吉川弘文館）、橋本進吉解説『古事記（伊勢本）』（古典保存会）、小林芳規解説、日本古典文学会編『春瑜本古事記』（ほるぷ出版）などの複製（影印）本にて確認をした。なお、本稿では次のような略号を用いた。真＝真福寺本、兼＝兼永筆本、果＝道果本、道＝道祥本、春＝春瑜本。

「旧事紀神話」における記紀諸伝の要素の有無

段	要素	日本書紀 本	1	2	3	4	5	6	7	8	9	10	11	古事記	旧事紀
一	天地未剖・混沌	○			○		○								○
	鶏子	○													○
	天先成・地後定	○													○
	天地創造	○	○			○		○						○	○
	葦牙	○		○			○	○						○	○
	国の浮漂	○		○										○	○
	遊ぶ魚・海月	○												○	○
	クニノトコタチ	○	○	○	○	○	○	○						○	○
	クニノサツチ	○	○	○		○								○	○
	トヨクモノ	○	○											○	○
	アシカビヒコヂ			○	○			○						○	○
	高天原					○								○	○
	アメノミナカヌシ					○								○	○
	タカミムスヒ					○								○	○
	カムムスヒ					○								○	○
	アメノトコタチ							○						○	○
	乾道→純男	○						○							○
														獨神	○
														別天神	○
二	ウヒヂニ・スヒヂニ	○												○	○
	オホトノヂ(ベ)	○												○	○
	オモダル・カシコネ	○												○	○
	キ・ミ神誕生	○		○										○	○
	アオカシキネ		○												○
	アメノカガミ			○											○
	アメノヨロヅ			○											
	アワナギ			○											○
三	神世七代	○												○	○
	ウヒヂニ・スヒヂニ		○											○	○
	ツノグヒ・イクグヒ		○											○	○
	オモダル・カシコネ		○											○	○
	キ・ミ神誕生		○											○	○
	乾坤→男女神	○													○
														双神	○
四	天浮橋	○	○											○	○
	アメノヌボコ	○	○	○	○	○								○	○
	オノゴロ島	○	○	○	○	○				○				○	○
	柱めぐり	○	○											○	○
	八尋殿		○											○	○
	男子先唱の理	○	○				○							○	○
	男女身体の違い	○	○											○	○
	オホヤシマ生成	○	○					○	○	○	○	○		○	○
	不快→アハジ	○													○
	天神の司令		○											○	○
	ヒルコ		○									○		○	○
	太占		○											○	○
	国の浮漂					○								○	○
	鶺鴒						○								○
五	自然界の神々を生む	○						○						○	○
	天下の主神を生む	○	○												○
	日・月・ス神の誕生	○	○	○				○					○	○	○
	分治	○	○					○					○	○	○
	ヒルコ	○		○										○	○
	スサノヲ涕泣	○		○				○						○	○
	スサノヲ追放令	○	○					○						○	○
	男子先唱の理			○										○	○
	火神出生			○	○	○	○	○						○	○
	イザナミ病~死			○	○	○	○	○						○	○
	ハニヤスヒメ等			○	○	○		○						○	○
	カナヤマビコ					○								○	○
	ワクムスヒ			○										○	○
	ウケモチ												○		○
	穀物等の起源			○									○	○	○

	イザナミ埋葬	○						○	○
	ナキサハメ		○					○	○
	火神被殺・血↓神		○	○				○	○
	火神被殺・体↓山神			○				○	○
	イザナキ黄泉国訪問		○			○		○	○
	キ殯斂之処訪問				○				○
	ヨモツヘグヒ		○					○	○
	見るなの禁忌		○		○			○	○
	呪的逃走		○		○			○	○
	コトド渡し		○			○		○	○
	人口増加の起源		○					○	○
	日向での禊		○			○		○	○
	阿曇神・住吉神		○			○		○	○
	日月隔離						○		○
六	スサノヲ昇天	○	○	○				○	○
六	イザナキ鎮座	○						○	○
六	ス神昇天↓天変地異	○						○	○
六	日神の武装・男装	○	○	○				○	○
六	ウケヒ生み	○	○	○	○			○	○
六	ウケヒの条件	○	○	○	○				○
六	モノザネ交換	○		○				○	○
六	宗像神の説明	○	○	○	○			○	○
六	ハアカルタマ			○					○
六	スサノヲが瓊を献上			○					○
七	スサノヲ乱行	○	○	○	○			○	○
七	日神のイハヤ籠り	○	○	○	○			○	○
七	八百萬神・八十萬神	○	○	○	○			○	○
七	オモヒカネ	○	○					○	○
七	長鳴鳥	○						○	○
七	タヂカラヲ	○			○			○	○
七	フトダマ・コヤネ	○		○	○			○	○
七	珠・鏡・ニキテ	○		○	○			○	○
七	アメノウズメ	○						○	○
七	神がかり	○						○	○
七	シリクメナハ	○						○	○

	スサノヲ祓～追放	○		○	○				○	○
	香具山の呪具	○	○	○	○				○	○
	イシコリドメ		○	○	○				○	○
	アマノアラト			○						○
	トヨタマ			○						○
	ヤマツチ・ノツチ			○						○
	鏡の小瑕			○						○
	スサノヲ根国行き				○					○
	スサノヲ昇天				○				○	○
	日神の武装・男装				○				○	○
	ウケヒ生み				○				○	○
	ウケヒの条件				○					○
八	スサノヲ降臨	○	○	○		○			○	○
八	ヲロチ退治	○		○	○	○			○	○
八	アシナヅチテナヅチ	○		○	○				○	○
八	草薙剣の出現	○		○	○	○			○	○
八	須賀の宮	○							○	○
八	歌謡「八雲立つ」	○							○	○
八	ス神・クシナダ結婚	○	○	○	○				○	○
八	ス～オホナムチ系譜	○	○	○					○	○
八	スサノヲ根国行き	○					○			○
八	簸川上の山の由来				○					○
八	草薙剣と尾張				○					○
八	スサノヲ乱行					○			○	○
八	スサノヲ祓↓追放					○			○	○
八	イタケル					○	○			○
八	スサノヲ等新羅降臨					○	○			○
八	木種頒布					○	○			○
八	大国主神							○	○	○
八	スクナヒコと国作り							○	○	○
八	大物主と国作り							○	○	○
八	大物主の大和鎮座							○	○	○
八	イスケヨリヒメ誕生							○	○	○

オホゲツヒメ殺害		○
穀物等の起源		○

要素	
ヤガミヒメ	〇
素兎	〇
ヤガミヒメ婚約	〇
八十神迫害	〇
ウムギ・キサガヒ	〇
ヒメ矢	〇
オホナムチ死→再生	〇
オホヤビコ	〇
オホナムチ根国訪問	〇
呉公・蜂・蛇の試練	〇
スセリビメの援助	〇
鳴鏑の試練	〇
鼠の援助	〇
虱(呉公)取り	〇
スサノヲを縛る等	〇
ヨモツヒラサカ	〇
生太刀・生弓矢	〇
天の詔琴	〇
嫡妻スセリビメ	〇
スサノヲの司令	〇
八十神征伐	〇
国土領有	〇
ヌナカハヒメ求婚	〇
歌謡「ヤチホコノ」	省略
ヤガミヒメ結婚	〇
木俣神・御井神	〇
スセリビメ嫉妬	
うながけり・盞結	〇
大国主神系譜	〇
大年神系譜	〇
羽山戸神系譜	〇

段	要素	本	1	2	3	4	5	6	7	8	9	10	11		
九	ニニギ誕生	〇	〇	〇				〇	〇	〇				〇	〇
	葦原中国の騒乱	〇	〇											〇	〇
	アメノホヒ派遣	〇	〇	〇				〇						〇	〇
	アメワカヒコ派遣	〇	〇					〇						〇	〇
	キギシ派遣	〇	〇					〇						〇	〇
	粟田・豆田のキギシ						〇								〇
	アメノサグメ	〇	〇					〇						〇	〇
	アメワカヒコ処刑	〇	〇											〇	〇
	アヂスキタカヒコネ	〇	〇											〇	〇
	鳥の葬儀	〇												〇	〇
	喪山の由来	〇	〇											〇	〇
	歌謡「天なるや」		〇											〇	
	歌謡「天ざかる」		〇												
	タケミカヅチ等派遣	〇	〇	〇										〇	〇
	コトシロヌシ服従	〇	〇	〇										〇	〇
	イナセハギ	〇													〇
	オホナムチ服従	〇	〇	〇										〇	〇
	矛の献上	〇													〇
	カガセヲ	〇													〇
	アマテラスの司令	〇	〇											〇	〇
	タカミムスヒの司令	〇		〇		〇		〇						〇	〇
	マトコオフスマ	〇				〇		〇							〇
	ニニギ日向降臨	〇	〇	〇		〇		〇						〇	〇
	神器授与		〇	〇										〇	〇
	五部神		〇	〇		〇								〇	〇
	サルタビコ		〇											〇	〇
	サ神「天孫→日向…		〇												〇
	天石座~八重雲等	〇	〇			〇		〇						〇	〇
	ウキジマリ…	〇		〇		〇									〇
	サルメの起源		〇											〇	〇
	国覓ぎ	〇		〇		〇									〇
	笠狭の岬	〇				〇		〇							〇
	長屋の竹嶋							〇							〇
	事勝国勝長狭	〇		〇		〇		〇							〇
	コノハナサクヤビメ	〇		〇			〇	〇						〇	〇
	一夜孕み	〇		〇			〇	〇						〇	〇
	火中出産	〇		〇	〇		〇	〇						〇	〇
	ホホデミ等誕生	〇		〇	〇		〇	〇	〇	〇				〇	〇
	竹刀で臍緒切断				〇										〇

	竹刀↓竹林				○			○
	ニニギの陵	○						○
	ミカホシ			○				○
	オホナムチの宮殿			○			○	○
	大物主の服従			○				○
	大物主の婚姻			○				○
	作金者・作盾者等			○				○
	アマツヒモロキ			○				○
	高橋・浮橋等			○				○
	祭祀者アメノホヒ			○				○
	アメノトリフネ			○				○
	田の造営			○				○
	イハナガヒメ			○			○	○
							○	
	天皇寿命			○			○	○
	世人の寿命			○				○
	歌謡「沖つ藻は」						○	省略
	猿田彦とヒラブ貝							○
	ニニギの土地讃め							○
	ニニギの宮殿							○
十	海幸・山幸	○	○		○		○	○
	さち易へ	○	○		○		○	○
	釣針紛失のこと	○	○		○		○	○
	シホツチノヲヂ	○	○		○	○	○	○
	竹籠	○	○		○		○	○
	川雁				○			○
	海神の馬・八尋ワニ					○		○
	海宮訪問	○	○	○	○	○	○	○
	天の垢		○					○
	海神の歓待	○	○	○	○	○	○	○
	釣針の発見	○	○	○	○	○	○	○
	トヨタマビメと結婚	○	○		○		○	○
	釣針への呪咀	○	○	○	○	○	○	○
	シホミツタマ等	○		○	○		○	○
	高田・下田				○		○	○
	兄神制圧〜服従	○	○	○	○	○	○	○

	隼人舞・狗吠え	○		○		○	○	○
	海神の風波		○			○		○
	トヨタマビメ出産	○	○		○	○	○	○
	見るなの禁忌	○	○		○	○	○	○
	マトコオフフスマ					○		○
	乳母等				○			○
	歌謡「沖つ鳥」				○		○	省略
	歌謡「赤玉は」				○		○	省略
	ホホデミ陵							
十一	ウガヤと玉依姫結婚	○					○	○
	神武・イツセ等誕生	○	○	○	○	○	○	○
	ウガヤの陵	○						

紀第一～第三段、記天地初発～神代七代

紀段	神名	本	1	2	3	4	5	6	記	旧
一	クニノトコタチ	○	○	○		○	○		○	○
	クニノサツチ	○	○	○		○			○	○
	トヨクモノ	○	○						○	○
	クニノサタチ		○							○
	トヨクニヌシ		○							○
	トヨクムノ		○							○
	トヨカブノ		○							○
	ウカブノノトヨカヒ		○							○
	トヨクニノ		○							
	ミノ		○							
	ハコクニ			○						○
	ウマシアジカビヒコヂ			○	○			○	○	○
	クニノソコタチ				○					
	アメノミナカヌシ					○			○	○
	タカミムスヒ					○			○	○
	カミムスヒ					○			○	○
	アメノトコタチ							○	○	
二	ウヒヂニ	○							○	○
	スヒヂニ	○							○	○
	オホトノヂ	○							○	○
	オホトノベ	○							○	○
	オホトマベ	○								○
	オホトマヒコ	○								○
	オホトマヒメ	○								○
	オホトミヂ	○								○
	ヤホトミベ	○								○
	オモダル	○							○	○
	カシコネ	○								○
	アヤカシコネ	○							○	
	イミカシコネ	○								
	アオカシキネ	○	○							○
	アヤカシキ	○								○
	イザナキ	○		○					○	○
	イザナミ	○							○	○
	アマノカガミ			○						○
	アマノヨロヅ			○						
	アワナギ			○						○
三	ウヒヂニ		○						○	○
	スヒヂニ		○						○	○
	ツノグヒ		○						○	○
	イクグヒ		○						○	○
	オモダル		○						○	○
	カシコネ		○							○
	イザナキ		○						○	○
	イザナミ		○						○	○

海幸山幸段「兄神制圧」の方法

内容	本	1	2	3	4	記	旧
呪咀 マヂチ	○		○			○	○
ホロビチ			○				○
オトロヘチ			○				
ウル（ケ）チ				○		○	○
オボチ				○		○	
スス（ノミ）チ				○		○	○
ササマヂチ					○		
貧窮の本		○					○
飢饉の始		○					○
困苦の根		○					○
シホミツ・シホフル珠	○		○			○	○
洪濤		○					○
迅風		○			○		○
瀛風					○		○
辺風					○		○
奔波					○		○
高田・下田				○			○
唾き出す					○	○	○
風招き・嘯							○
後手						○	○

スサノヲ乱行

内容	本	1	2	3	記	拾	旧
シキマキ	○			○		○	○
ミゾウミ			○	○	○	○	○
アハナチ	○		○	○	○	○	○
アザナハ張り			○				○
ヒハナチ				○		○	○
クシザシ				○		○	○
天斑駒を田に伏せしむ	○						○
フセウマ				○			○
新嘗殿でのクソマリ	○		○		○	○	○
サカハギ	○	○			○	○	○
イケハギ			○			○	○
天狭田・長田	○						
天垣田			○				○
天安田・天平田・天邑并田				○			○
天川依田・天口鋭田等				○			○
春…秋…	○		○	○			○
アマテラス（日神）機織	○		○		○	○	○
アマテラス（日神）負傷	○		○				○
ワカヒルメ機織		○					○
ワカヒルメ負傷		○					○
アメノハタオリメ負傷					○		

鳥による葬儀

役割	紀本書	一云	一云	古事記	旧事本紀
キサリモチ	川雁	鶏	川雁	河雁	河雁
ハハキモチ	川雁	川雁	川雁	鷺	鷺
ミケビト				翠鳥	翠鳥
ウスメ	雀		雀	雀	雀
ナキメ			鷦鷯	雉	雉・鷦鷯
モノマサ			鴗		鶏※
ワタツクリ			鵄		鵄
シシヒト			烏		烏

※　旧事紀は、モノマサに鶏を当てる。これによって記紀全伝の役割・鳥名を網羅している。

表の注　「旧事紀神話」が記・紀・古語拾遺の要素をどれだけ取り入れているかを示す表である。旧事紀独自の要素は示していない。日本古典文學大系『日本書紀』の段数に従い、紀諸伝の要素を順に並べ、さらに記独自の要素を記の欄に示した。○は要素があることを表す。歌謡の項目にある「省略」は、「歌曰云々」「有…歌一首」と歌が詠まれたことを示しながら、その内容が省略されていることを示す。「本」は神代紀本書、1～11は同一書第一～第十一を表す。

『先代舊事本紀』人代記事・「國造本紀」本文の構成

工藤　浩

『先代舊事本紀』は、主に物部氏乃至石上神宮に関わる独自の神話・伝説系譜を記載していることが知られている。だが、そのような独自記事が占める割合はごく僅かにしか過ぎず、本文の大部分は『古事記』『日本書紀』『古語拾遺』からの引用を用いて構成したものであると指摘される。(1) たしかに『先代舊事本紀』の前半部分、即ち神代にあたる巻第一「神代本紀・陰陽本紀」から巻第六「皇孫本紀」の途中までの記事は、この三書の語句を一見雑多とも思えるほど継ぎはぎだらけに繋ぎ合わせて構成されている。ところが、後半の人代記事が書かれた部分の殆どは『日本書紀』のみに依拠しており、『古事記』『古語拾遺』に拠る箇所はそれぞれ二・三箇所ずつに限られる。更に、巻十「國造本紀」は、記・紀『古語拾遺』とは全く別個の資料に基づいており、三書からの引用はないものと考えられている。(2)『先代舊事本紀』において、神代記事に充てられた前半部分と神武天皇以降の人代記事を記した後半とでは、編纂の方針、即ち『古事記』『日本書紀』『古語拾遺』からの依拠すべき記事の取捨選択の基準と、更にそれを引用する方法に大きな違いが存しているように思われる。

本稿では、『先代舊事本紀』巻第六の後半から巻第九に記載される神武から推古に至る人代記事と巻第十「國

造本紀」の本文が、述作者のいかなる意図や方針に基づいて構成されているのかを、『先代舊事本紀』全体の構造を見据えつつ考えてみたい。

一 人代記事の構成

先ず『先代舊事本紀』の人代記事の大筋が、『日本書紀』の文脈を利用してどのように形成されているのかを検討してみることにする。巻第六の途中に始まる『先代舊事本紀』の人代記事は巻第九末尾の推古条で閉じられている。各巻への記事の配分と『日本書紀』の対応箇所は次のようになっている。

巻第六「皇孫本紀」神武前（紀巻三第～紀巻第三途中）
巻第七「天皇本紀」神武即位（紀巻第三途中）～神功（紀巻第九）
巻第八「神皇本紀」應神（紀巻第十）～武烈（紀巻第十六）
巻第九「帝皇本紀」繼體（紀巻第十七）～推古（紀巻第二十二）

『日本書紀』は神武条を巻第三に充てているが、『先代舊事本紀』は、即位前を巻第六「皇孫本紀」即位後を巻第七「天皇本紀」に分けて記載している。このような神武天皇の扱いからは、各天皇の治世は即位の時点を以て始まるという『先代舊事本紀』人代記事編纂者の意識が窺われよう。更に巻第六「皇孫本紀」では『日本書紀』の引用に際して「天皇」が全て「天孫」に書き換えられているが、これも即位前の神武は人皇ではなく、神代に属する存在として捉える立場の表れと考えられる。

『日本書紀』の神武～推古条では、(1)開化、(2)安康、(3)雄略、(4)武烈、(5)宣化、(6)欽明の六代の天皇即位記事が前帝条の末尾に記されている。『先代舊事本紀』は、これらの引用に際し、新帝の元年に年次を書きかえてい

る。この操作も、神武条に表れていたのと同様の述作者の意識によるものと見做し得る。但し、(1)では孝元五十七年十一月を開化元年十一月とすべきところを月を二月としたり、(5)の宣化四年二月を五年に直すべきを逆に三年二月とするような誤記が認められる。他にも、安閑紀「二年十二月」の宣化即位記事を、「宣化元年」と月を欠いて直すなど問題が多い。このような杜撰さが最も顕著に表れているのは、五代孝昭天皇の記事が六代孝安と七代孝靈の間に「孝照」[3]条として重複記載されてしまっていることである。

また即位時点を新帝元年とする操作に伴い、各天皇即位の次年あたる『日本書紀』の新帝元年記事が二年に改められているが、(2)では二・三年の記事がそのままに記してある。但し、この書きかえも(1)を除けば即位後二〜三年のみにしか施されておらず、治世後半の年次は放置されたため『日本書紀』と一年の誤差が生じてしまう。(1)は開化五・六年記事をそれぞれ六・七年とした後、なぜか二十八年を三十八年とした上で、六十年には手を加えていない。

述べたような天皇即位に関するケース以外にも、次の表に示したように、『日本書紀』の記事と年月の差を生じる場合がある。

	天皇	『日本書紀』	『先代舊事本紀』
1	懿徳	元年二月	元年正月
2	孝安	元年八月	元年九月
3	〃	二年十月	二年正月
4	〃	三十八年九月	三十四年九・十月
5	崇神	六十年七月	六十年二月
6	景行	二年三月	二年二月
7	〃	四年二月是月	二年十一月
8	〃	二十七年十月	二十年十月
9	仲哀	九年明年二月	九年二月
10	仁徳	八十七年正月	八十三年八月
11	崇峻	五年十月	四年十一月

この十一例はいずれも、天皇の即位に関わる場合とは違い、編者の何らかの意図によって書きかえられたものとは認め難い。また仲哀条では、理由は不明確ながら年月の記載を五箇所省いて引用したため、九箇条に亙り『日本書紀』とのずれが生じている。年月の記載ぶりだけを見ても、慎重さと雑駁さとがあい半ばする『先代舊事本紀』述作者の奇妙な姿勢が窺い知られる。

二　『日本書紀』記事の取捨選択

次に、『日本書紀』各天皇条の記事を引用するか否かを判断する基準を検討してゆく。六四頁以下に掲げる表は『日本書紀』の該当条の記事を内容別に分類し、各項目についての『先代舊事本紀』への採否の状況を示したものである。各項目に該当する記事の採否については、ある程度一貫した判断基準があるように見うけられる。

採用される割合の最も高いのは①天皇の血統、②天皇の特徴、③立太子、④即位の四項目で100％、次いで㉕天皇葬・陵、㉖先帝崩御（94.4％）、㉔天皇崩御（90.4％）、㉗先帝葬・陵（88.8％）、⑤宮都（85.3％）、⑥皇妃・皇子女（79.5％）、⑩立太皇・皇妃・皇子女薨去（77.8％）、⑪大臣任命（71.4％）と続いている。但しこの中には、数え方によって若干の異同を生ずる項目がある。㉕天皇葬・陵は、推古条を除けば十七箇所が全てが引用されている。『先代舊事本紀』人代記事は、推古紀二十九年二月の聖徳太子崩御と葬・陵で終っている。これは勿論、『先代舊事本紀』序に記される聖徳太子の命を受けた蘇我馬子の撰に成ったとの主張と呼応すると考えられる。それ以降の推古天皇の崩御・葬・陵記事は、『先代舊事本紀』で扱う範囲外であるので、㉕天皇葬・陵も100％採用の項目に加えてよいだろう。㉔天皇崩御記事も、不採用三箇所のうち推古天皇の不豫・崩御の二箇所も同様に扱うことができる。もう一箇所、孝安天皇の崩御記事が採られていないのは、孝安条に続く「孝照」条に引用されてしまっているか

らである。「孝照」条の記事は、①父母、④即位は孝昭紀、⑩皇太后、⑤遷都と独自のウマシマヂ記事を挾んで⑥皇妃皇子女は孝安紀、③立太子、㉔天皇崩御㉕天皇葬・陵は孝靈紀にそれぞれ依拠して構成されている。孝安天皇の崩御記事は、この「孝照」条に引用されてしまっている。

『先代舊事本紀』のおのおのの天皇条は、概ね①父母、②特徴、③立太子、④即位、⑤宮都、⑥皇妃皇子女の六項目に始まり、㉔崩御、㉕葬・陵の二項目に、冒頭の⑥皇妃皇子女を重複記載して終っている。『先代舊事本紀』人代条記事は、このようなスタイルをとったため、この八項目のうち六項目は採用の割合が九割を越えるもので占められ、残る⑤宮都、⑥皇妃皇子女を加えた全てが採用頻度の高い十二項目に属している。なお、皇子女のいない安康・清寧・顯宗・安閑の四代の条はおのおのの末尾に「無胤」と書かれており、宣化・欽明・崇峻・用明の四代については皇子女の数のみが記されている。また、㉖先帝崩、㉗先帝葬・陵、⑤宮都、⑥皇妃・皇子女、⑩立太皇・皇妃・皇子女薨去、⑪大臣任命の六項目には若干省略される場合もある。

逆に採用される割合が低い項目は、⑳疫病、㉓天変地異・気候（0％）、⑰外交（2.9％）、⑬土木工事（4.3％）、⑫戸籍租税・屯倉設置（4.5％）、⑱仏教（8.0％）、⑧宴、⑲神祇（9.1％）、⑦行幸（10.5％）、⑨詔、㉒祥瑞・凶瑞（11.1％）、⑯その他の内政（11.8％）、⑭辺境・異族（28.6％）十三項目となる。このうち、⑳疫病、㉓天変地異・気候を除いた十一項目には、例外的に引用される場合がある。それぞれの採否の判断基準を検討しなければならない。

ところで、各天皇条の記事の構成については、神武〜開化と崇神〜推古の条では全く事情が異なっており、分けて考えるべきである。先述のように、神武条は即位を境に巻第六「皇孫本紀」と巻第七「天皇本紀」とに分けて記載されている。述べたような紀年の操作に加えて、部分的な省略は見られるものの、神武紀の内容の項目が全て省略されることなく引用されていることが表からわかる。例えば、⑬土木工事の記事二十三例中で、神武

『日本書紀』記事の採否状況

		巻七																巻六	
仁徳	應神	神功	仲哀	成務	景行	垂仁	崇神	開化	孝元	孝靈	孝照	孝安	孝昭	懿徳	安寧	綏靖	神武	神武	
1	1	1	1	1	1	1	1	1	1	1	(1)	1	1	1	1	1		(1) 1	①
0	0	0	0	0	0	0	0	0	0	0	←	0	0	0	0	0		← 0	父母
1	1	1	1			1	1									1		1	②
0	0	0	0			0	0									0		0	特徴
1	2		1	2	2	1	1	2	2	2	(1)	1	1	1	1	1	1	(1) 1	③
0	0		0	0	0	0	0	0	0	0	←	0	0	0	0	0	0	← 0	太子
1	1		1	1	1	1	1	1	1	1	(1)	1	1	1	1	1	1		④
0	0		0	0	0	0	0	0	0	0	←	0	0	0	0	0	0		即位
1		1			1	1	1	1	1	1	(1)	1	1	1	1	1	1	2	⑤
0		0			1	0	0	0	0	0	←	0	0	0	0	0	0	0	宮都
(1) 3	(1) 1	2	(1) 1	(1) 1	(1) 5	(1) 9	2	(1) 1	(1) 1	(1) 1	(2)	0	(1) 1	(1) 1	(1) 1	2	3	(1) 1	⑥
← 6	← 3	0	← 0	← 0	← 0	← 3	0	← 0	← 0	← 0	⇆	1	← 0	← 0	← 0	0	0	← 0	妃
	0		3		0												1		⑦
	2		2		11												0		行幸
0					1														⑧
1					0														宴
				0	0		0										1		⑨
				1	1		5										0		詔
4		1	1			1	1	1			(1)	1	1	1		1		2	⑩
0		0	0			0	0	0			←	0	0	0		0		0	皇薨
				1															⑪
				0															大臣
0					0	0	0												⑫
5					1	2	1												戸籍
0	0				0	0	0										1		⑬
9	1				1	3	2										0		土木
0	0	9	2		0												1		⑭
1	3	2	0		16												0		辺境
1		1			1	2										1			⑮
2		1			1	0										0			謀反
0	0			0															⑯
2	2			1															内政
0	0	2				0	0												⑰
9	14	19				3	1												外交
																			⑱
																			仏教
		0			1	0	0										1		⑲
		1			0	4	8										0		神祇
							0												⑳
							1												疾病
																			㉑
																			修史
							1												㉒
							0												瑞
																			㉓
																			天地
1	1	1	1	1	1			1	1	1	(1)	0	1	1	1	1	1		㉔
0	0	0	0	0	0			0	0	0	→	1	0	0	0	0	0		崩御
1		1	1					1	(1)	(1)	(1)	1		①			1		㉕
0		0	0					0	→	→	→	0		↑			0		葬陵
2	1	1	0	1		1	1	1	1	1		1	1	1	1	1			㉖
0	0	0	1	0		0	0	0	0	0		0	0	0	0	0			先崩
		1	0	1	1	0		1	1	1			1	1	1	1			㉗
		0	1	0	0	1		0	0	0			0	0	0	0			先葬
2	0		2		2	0											1	11	㉘
4	3		0		3	2											0	0	他
○皇位相続 大山守 ×聖王・雨歴水 大樹・氷室	枯野2 皇后発船		○白鳥		○武内 播磨大郎女薨 ×武内2 大碓密通	ノミノスクネ タヂマモリ											倒語1	東征11	㉘の内訳

（　）内の数字は再録、数字左の矢印は『日本書紀』記事本来の位置をそれぞれ示す。⑥の※は「無胤」と記載。

割合	件数	巻九								巻八								
上段 採 下段 否	上段 採 下段 否	推古	崇峻	用明	敏達	欽明	宣化	安閑	繼體	武烈	仁賢	顯宗	清寧	雄略	安康	允恭	反正	履中
100	34	1	1	1	1	1	1	1	1	1	1	1	1	1	1	1	1	1
0	0	0	0	0	0	0	0	0	0	0	0	0	0	0	0	0	0	0
100	16	1						1	1	1	1		1	1		1	1	
0	0	0						0	0	0	0		0	0		0	0	
100	33	1			1					1	2	1	1				1	2
0	0	0			0					0	0	0	0				0	0
100	37	1	1	1	1	1	1	1	3	1	1	2	2	1	1	1	1	1
0	0	0	0	0	0	0	0	0	0	0	0	0	0	0	0	0	0	0
85.3	29	3	1	1	1	1	1	1	(1) 1		1		1				1	0
14.7	5	1	0	0	0	0	0	0	← 2		0		0				0	1
79.5	62	1	1	(1) 1	(1) 2	2	(1) 1	※ 1	(2) 2	1	1	※ 2	※ 3	(1) 3	※ 1	(1) 1	1	(1) 2
20.5	17	0	0	← 0	← 1	0	← 0	0	← 0	0	0	0	0	← 0	0	← 1	0	← 1
10.5	4	0				0						0		0		0		
89.5	34	5				2						2		4		6		
9.1	1	0										0	0			0		
90.9	10	1										4	3			1		
11.1	2	0				0		0	1			0	0					
88.9	16	1				1		3	2			1	1					
77.8	21	3			1	0					0	1		0				1
22.2	6	1			1	1					1	0		1				1
71.4	5			1	0	1		0					1	1				
28.6	2			0	1	0		1					0	0				
4.5	1				0	0	0	0	1									
95.5	21				1	4	1	5	1									
4.3	1	0												0				0
95.7	22	2												2				2
28.6	12	0			0	0							0					
71.4	30	4			1	2							1					
37.8	14		2	0					0	0			2	2	1	1		0
62.2	23		2	1					3	3			0	6	1	1		2
11.8	4	3	0		0	0		0	1	0	0	0	0	0		0		
88.2	30	3	1		2	1		2	0	1	4	2	2	6		1		
2.9	7	5	0		0	0	0		0	0	0	0	0	0		0		
97.1	2　35	40	3		21	70	1		22	3	3	2	1	22		1		
8.0	2	1	0	1	0													
92.0	23	16	5	0	2													
9.1	2	0			0							0		0				0
90.9	20	1			1							1		2				2
0	0				0													
100	3				2													
50.0	1	1																0
50.0	1	0																1
11.1	1	0												0				
88.9	8	7												1				
0	0	0				0										0		
100	7	5				1										1		
90.4	29	0		1	1	1	1	1	1	1	1	1	1	1	1	1	1	1
9.6	3	2		0	0	0	0	0	0	0	0	0	0	0	0	0	0	0
94.4	17	0		1	1	2	1		1		1		1		1	1		1
5.6	1	1		0	0	0	0		0		0		0		0	0		0
94.4	34	2	2		1	1	1	1	1	1	3	2	1		1	1	0	1
5.6	2	0	0		0	0	0	0	0	0	0	0	0		0	0	1	0
88.2	15	1							(1) 1		1		1		1			
11.8	2	0							← 0		0		0		0			
46.4	32	0		1	0	2	0		0	0	2	4	3	1		1		0
53.6	37	4		0	1	1	1		2	7	1	4	0	3		0		1
		出雲瓜・蘇我大臣薨・沈水		物部守屋大連	物部弓削大連	○夢・天皇不豫 ×大臣薨	アラカヒ薨		巨勢大臣 毛野臣死	残虐行為	○流離譲位×獄死	○流離3 皇位相譲1 ×置目3 御陵土1	○億計・弘計	○物部目大連 ×大惡天皇・浦場子・天皇病		○皇祖宗廟		兩枝船

天皇即位前の己未年三月是月の「經始帝宅」が一例のみ巻七「天皇本紀」に採られたのも、このためであろう。更に神武条には、後述するように『古語拾遺』からの引用や『先代舊事本紀』独自の記事も記されており、人代では最も多くの紙幅が割かれている。これが、初代天皇である点を重視したためであることは論を俟たない。続く『日本書紀』巻第四にあたる欠史八代記事の引用に際しても、表が示すように省略は殆ど行われていないが、事情は神武条の場合と全く逆と考えられる。周知の如く『日本書紀』欠史八代条は、『先代舊事本紀』人代記事において各代の冒頭と末尾に据えられるような帝紀的記事のみで構成されており、取捨選択し省略する余地がもともと無いためと見られる。従って、『日本書紀』を引用する際の、編纂者の意図による記事の取捨選択が行われたのは、実際は崇神以降、推古に至る二十四代に限られることになる。

原則的には省略すると思われる十三項目のうち、例外的に採用されたケースがある条は、神功（十四例）、推古（九例）、神武（三例）、景行・仲哀・繼體（各二例）、崇神・應神・用明（各一例）の九代に限られている。代ごとの偏りの理由について、初代の神武天皇が重視されることは先に述べた。推古条は本書編纂の時代即ち『先代舊事本紀』における現代として神武条に対置されたのであろう。應神、繼體条は、それぞれ巻八「神皇本紀」巻九「帝皇本紀」冒頭という節目の代にあたり、編者が比較的丁寧に『日本書紀』の記事を引用した可能性が考えられる。このような『先代舊事本紀』人代記事構成上の理由とは別に、神武、景行、仲哀・神功の各条は、記載内容から同様の傾向を持つと考えられる。即ち、それぞれに書かれる神武東征、日本武尊の西征東征と、神功皇后の新羅征討という重要な伝承が引用されるのに付随して、省略をまぬがれた場合が想定されるだろう。

個々の項目を検討すると、⑫戸籍租税・屯倉設置二十二例中の繼體条の一例、⑲神祇二十二例中の神武・景行条の各一例、⑨詔十八例中の神武・繼體条の各一例、⑦行幸三十八例中の神武条一例と仲哀条三例中の二例、⑰

外交二百四十二例中の神功条の二例と推古条の五例、⑭辺境・異族四十二例中の神武条一例、仲哀条二例、神功条九例、⑯その他の内政三十三例中の繼體条一例と推古条三例がこのケースに該当している。もう一つ、仲哀条の⑦行幸記事の採用例は、天皇の熊襲叛乱の平定記事に連続するものである。天皇は行幸先の筑紫において御刀媛を妃とし、豊國別皇子が誕生している。この皇妃・皇子記事を記すために筑紫行幸の記事は採られたと考えられよう。⑧宴十一例中唯一採用される景行五十一年二月の記事は、その場に出席せず不測の事態に備えた武内宿禰の忠誠心の顕彰を主眼としている。『先代舊事本紀』は、孝元紀から繼體紀まで二十三ある武内宿禰記事のうち五つを採る。他の四例は、⑪大臣任命三条（景行条二例・成務条一例）と、㉕天皇崩御記事（仲哀一例）であり、当該例の採用は異例のことである。続く景行条二箇所の大臣任命記事に引かれて、省略しなかったのであろう。残る二項目のうち、⑱仏教は二十七例中二例が記載されるが、うち一例は推古条、もう一例は用明条である。用明紀二年四月の三寶帰依の記事は、天皇即位の「御新嘗」の日に病を得た天皇が、治癒のための加持祈禱を求める詔の中にある。排仏派の物部守屋・中臣勝海の反対を押し切って蘇我馬子が詔に従った結果、七月天皇は崩御に至っている。④即位記事と同時に発病し、わずか三箇月後に㉔崩御するという特殊な状況であったため、文脈上当該記事を省略しかねたものと判断される。㉒祥瑞・凶瑞関係記事十例中唯一の採用箇所として、崇神四十八年条の相夢の記述がある。この夢占は、皇位継承者決定のために行われたものであるため、一般的祥瑞記事とは異なるとの事情から採用されたと捉えられる。省略を原則とする十三項目の記事が例外的に採用される場合には、それぞれ見てきたような述作者の意図が反映されていると思われる。

㉑修史記事（50%）、⑮謀反・密通（37.8%）の二項目は採否にばらつきが見られ、㉘その他とともに場合ごとの検討が必要となる。先ず二例のみの㉑修史記事については、履中四年の諸國國史編纂を省き、推古二十八年「天

皇記國記國造本記」を採った理由がはっきりしている。先にもふれたように、述作者は推古朝という時代を強く志向し、序文・人代記事に齟齬のないよう配慮しつつ『先代舊事本紀』をこの時代に成った文献らしく見せようと努めている。引用する際「國造本記」を「國造本紀」と書き換えていることからも、当該記事を『先代舊事本紀』の編纂に関わるものと主張している点は明らかであろう。⑮謀反・密通三十七例中には神功条の麛坂・忍熊王二例、允恭・安康条の木梨輕皇子の三例が含まれ、おのおの一例ずつが省略されている。

㉘その他六十八例の採否も、見てきたような要因との関係で決まるよう見うけられる。採用三十一例の内訳には、全て引用する神武条の東征と倒語の十二例、皇位継承に関わる仁徳条二例と億計弘計の八例、次節でふれる仲哀条の日本武尊の御子関係の二例がある。また物部氏の賜姓記事二例が採られるのは、本書の性質からすれば当然と思われるが、敏達条の物部弓削大連記事は採られていない。他の項目を見ても、物部氏が関係する記事であれば採られるという訳ではない。特に物部麁鹿火の記事が、筑紫磐井の叛乱を平定した功績を始めとしてその名すら全く採択されていない点が注目される。⑪大臣任命記事は七例中五例が採られているが、不採用の二例中一例が安閑前紀の大伴金村・物部麁鹿火のものである。その理由は、武烈即位前紀に記載される、平群真鳥の子鮪と密通して太子の怒りを買った影媛の父であったためと見られる。

歌謡は神武条の所謂久米歌六首を除けば一切採られていない。歌謡を含む部分全体を省く場合以外に、大山守皇子・菟道稚郎子（仁徳条）八田皇女（同）輕皇子（允恭）億計・弘計（顯宗）の四例は歌謡とその周辺部分のみを省略している。久米歌は、大嘗祭において奏上される歌謡であるという特殊性を有していたため、例外的に本文に採られたと見てよかろう。『先代舊事本紀』の編者は、記・紀神話に基づいて律令祭儀の起源を示そうとする意図を持っていたことは夙に指摘がある(4)。中でも、特に天皇の即位に関わる即位儀・大嘗祭・鎮魂祭の三つの祭

儀の創祀時期を神武朝に置く関係上、[5] 久米歌を記載すべきとの判断がなされたのだろう。このように、複数の要因が絡み合って『日本書紀』記事からの採否の決定がなされているものと考えられ、個々の場合ごとの検討が必要であろう。

三　『古事記』『古語拾遺』から引用

次に、巻第七「天皇本紀」にのみ集中して見られる『古事記』『古語拾遺』に依拠した箇所を検討する。『古事記』からの引用が指摘されるのは次のA・Bで、ヤマトタケルの御子を列挙した成務条の記事である。

A 次葦敢竈見別命［竈口君等祖］（46ウ2）　B 次息長田別王［阿波君等祖］（46ウ4）

足鏡別王者［鎌倉之別、小津石代之別、漁田之別祖也。］　次息長田別王之子、杙俣長日子王。

A・Bとも、左に景行記の対応箇所を記したが、始祖記事を記述する形式は『古事記』と共通する。『日本書紀』には、長田別王に対応する皇子の名は記されておらず、Bは『古事記』に依拠していると見做し得る。Aの葦敢竈見別命については、次の記事との関連性が窺われる。

葦髪蒲見別王（中略）、蒲見別王、則天皇之異母弟也。（仲哀紀元年閏十一月）

記・紀と比較した場合、人名の表記は『日本書紀』により近いのは明らかである。「敢」と「髪」の用字の異同は、「竈」と「蒲」と同じく同音の假字と考えられる。[6]『日本書紀』には後裔氏族の記述は見られず、『古事記』に始祖としての位置づけがある。竈口君は、大和國式上郡の釜口邑に由来する氏族とされるが、[7] 相模國鎌倉と関連づける論もあり、[8] その根拠は引用した「天皇本紀」のAと仲哀紀の記事である。竈口君と鎌倉之別とは、本貫や姓を異にしており、祖を同じくする別氏族と考えるのが自然のように思われる。従ってAは、必ずしも成務記

に依拠しているとは言い切れまい。Bの息長田別王に対応する御子は、『日本書紀』には記載がなく、『先代舊事本紀』人代条では唯一、明確に『古事記』に基づく記事と認められる箇所である。後裔の阿波君が物部氏の同族であれば、息長田別王の記事が採られる理由もあろうが、「天皇本紀」に従う限り竈口君と同様に皇別氏族ということになる。「國造本紀」は、相模・阿波國造の設置時期を成務朝とするものの、いずれもヤマトタケルの血統としてはいない。A・Bを採用すべき必要性が、記事の内容面には認められないとすれば、或いは『日本書紀』に全面的に依拠する人代記事においても『古事記』を用いていること自体を示す必要が編者にはあったと考えるべきかもしれない。

『古語拾遺』の引用は、巻第七「天皇本紀」冒頭の神武条に次のa〜cの三箇所存している。引用の仕方は『古語拾遺』の神武即位前後の一続きの記事を三箇所に分け、次頁に示すような順で、神武紀に依拠する記事の間に配している。特にbに顕著なように記事を細断して順番を入れ替えており、『日本書紀』の記事を重複して引用した間に繋ぎ合わせてゆくやり方は、『先代舊事本紀』前半の神代記事の場合を思わせるものがある。既に指摘があるように『古語拾遺』を用いたa・bの記事が「天皇本紀」神武条に記載される理由は明確である。即ち『古語拾遺』は、記・紀の天石屋戸神話と天孫降臨神話に基づいて、律令祭儀としての即位儀・大嘗祭の起源を初代天皇神武の即位時に置く新たな文脈を形成しているが、『先代舊事本紀』は更にこの『古語拾遺』を引いた上で、鎮魂祭の起源神話を創出してbの後に付記しているのである。(9) cの引用があるのは、「國造本紀」との関係で考えられる。引用部分に続く、「因譽爲二倭國造一。」という記述は、神武紀の対応箇所「以二珍彦一爲二倭國造一。」とあり、本文と「國造二」からの引用である。述作者は、そこに「其國造者自レ此而始矣。」との独自記事を付記して、本文と「國造本紀」とを関連づけているものと見られる。

『古語拾遺』

椎根津彦　迎引皇舟／香山土	c
造殿の斎部	a
造祭祀具の斎部	b6
建樹神籬・神々の祭祀	b5
大嘗祭・来目部宮門護衛	b3・b8
饒速日尊・造矛楯	b9
大嘗祭・天璽捧持	b1・b10
大嘗祭・物部立矛楯・陳幣・祝詞	b2
四方國の参集・見る	b4
斎部・斎蔵	b12
天種子命・解除天罪國罪	b7
中臣・斎部・猿女と国家祭祀	b11

↓

「天皇本紀」

	己未年三月是月	經始帝宅
a		
	庚申年八・九	媛蹈鞴五十鈴媛正妃
	辛酉年正月	即位・宮・皇后
b1〜12		
	十一月	鎮魂祭起源（『先代舊事本紀』独自記事）
	二年二月	定功行賞
		倒語（紀は辛酉年正月）
		道臣命
c		
		椎根津彦爲倭國造（紀は珍彦）
		定功行賞

四　独自記事

『先代舊事本紀』人代記事の形成について、骨子となる『日本書紀』の記事を取捨選択する際の基準と、引用に際しどのような手が加えられたか、更に『古事記』『古語拾遺』に依拠する記述がなぜ必要とされたのかを見てきた。次に、『先代舊事本紀』人代条に書かれる独自記事の内容を検討しておきたい。

本書の性質からみて当然のことながら、物部氏の関わるものがほとんどである。中でも、前節でふれた辛酉年（神武元年）十一月の宇摩志麻治命の鎮魂祭奉仕記事が纏まった長文記事として先ず挙げられる。他にも物部氏系の人物の立皇后・賜姓・任官記事が十六箇所と多くを占める。このうち九箇所に記される人物八人の名が、『先代舊事本紀』巻第五「天孫本紀」所載の二系統の饒速日尊系譜中に記されている点が注目される。とりわけ、物部多遲麻連公（神功元年十月）、物部木蓮子連公（安康前）、物部大市御狩連公（敏達元年四月）の三名は、いずれも記・紀には記載がないが、宇摩志麻治命に連なる系譜中に位置づけられている。『先代舊事本紀』述作者が、律令体制を基盤とする新たな系譜を編んで、宇摩志麻治命の子孫の物部氏が鎮魂祭に関与すべきと主張している点は別稿で論じた。(10)『先代舊事本紀』述作者は、この系譜中に位置づけられる八名の記事を人代条にも配することで、当該系譜の信憑性を高めるとともに、律令祭儀と物部氏の関係深さを強く印象づけているのである。なお、物部氏と関わらない独自記事は、1天八降系譜（神武前乙午年五月）、2「陰陽本紀」の重複記載（同乙午歳五月）、3〜5観松彦香拓稲尊（孝安二年二月・同二十二年二月・同百二年正月）、6皇后立太后（孝靈条末尾）、7〜8儒教的記事（推古二十七年冬壬戌朔甲子・同二十八年是歳三月）の八箇条に亙っている。

五　『國造本紀』の記・紀依拠

巻第十「國造本紀」の内容は、巻第九以前とは異なり大倭から多執嶋まで百三十五の初代國造設置時期と名を列挙したものである。「國造本紀」は「國造記」（『續日本紀』大寶二年四月庚戌条）に基づいて作られたと考えられるが、ここでは記・紀からの引用の有無という観点に絞って再検討してみたい。

「國造本紀」に記載されるもののうち、五十八の國造の始祖記事例が少なくとも記・紀のいずれかにも記され

ている。中でも始祖名が、記・紀の少なくとも一方と一致する十四國造の記事は、記・紀に依拠している可能性が最も高い筈である。

橿原朝御世。以二劔根命一。初爲二葛城國造一。（「國造本紀」葛城國造）

復以二劔根者一、爲二葛城國造一。（神武紀二年二月二日）

この両記事は、始祖名の表記が一致しており、叙述の形式も非常に似通ったものだと言うことができる。この類似は従来、國造の出自に関する同一の原資料を『日本書紀』と「國造本紀」がそれぞれ個別に用いておのおのの記事を作成した結果だと説明されてきた。國造の始祖記事を叙述する形式は、記が「○○、「△△國造祖。」」の如くであるのが原則なのに対して、紀は「以二○○一、爲二△△國造一。」とするのが通例であり、「國造本紀」は紀に近いと言うことができる。見てきたように『先代舊事本紀』の神武天皇以下の人代記事の本文の構成は、大筋は『日本書紀』の文脈に依りつつ『古事記』『古語拾遺』も参照した上でなされたと考えられる状況からみて「國造本紀」の当該条の記事は、神武紀の引用と見做すのが自然ではあるまいか。葛城國造の場合と同じく、次の筑志（紀は筑紫）・宇佐國造の記事も記には記載がない。

志賀高穴穂朝御世。阿倍臣同祖大彦命五世孫日道命定二賜國造一。（「國造本紀」筑志國造）

兄大彦命、是阿倍臣・膳臣・阿閇臣・狭々城山君・筑紫國造・越國造・伊賀臣、凡七族之始祖也。（孝元紀）

橿原朝。高魂尊孫宇佐都彦命定二賜國造一。（「國造本紀」宇佐國造）

時有二菟狭國造祖一。號曰二菟狭津彦・菟狭津媛一。（神武即位前紀）

宇佐國造は、設置時期は神武朝で一致するが、始祖ウサツヒコの表記が異なっている。筑志國造祖とされるオホビコは「大彦命」と一致した表記が採られる。「國造本紀」は、設置時期を孝元天皇から五代降った成務朝に

置き、初代國造を「大彦命五世孫日道命」とすることでその年代差を埋めている。この場合も、葛城國造の場合ほど明確ではないが、「國造本紀」述作者が紀に基づいて記事を作成したとも見做し得る。

次に掲げる茨城・日向國造は始祖名が記・紀の双方と一致している。

　天津彦根命孫筑紫刀禰定二賜國造一。（「國造本紀」茨城國造）

　次天津日子根命者「凡川内國造、額田部湯坐連、茨木國造、倭田中直、山代國造、馬來田國造、道尻岐閇國造、周芳國造、倭淹知造、高市縣主、蒲生稲寸、三枝部造等之祖也。」（神代記）

　次、天津彦根命、此茨城國造、額田部連等遠祖也。（神代紀下第七段）

　輕嶋豐朝御世。豐國別皇子三世孫老男定二賜國造一。（「國造本紀」日向國造）

　次、豐國別王者、「日向國造之祖。」（景行記）

　其國有二佳人一。曰二御刀媛一。「御刀、此云二彌波迦志一。」則召爲レ妃。生二豐國別皇子一。是日向國造之始祖也。」（景行紀）

この二國造は、いずれも記・紀の対応記事より降った應神朝に設置されたことになっており、直接『日本書紀』から引用したものではない。また景行記の「悉別二賜國國之國造。亦和氣。及稲置。縣主一。」という記述に照らして、景行天皇の裔とされる國造は針間・讃岐を加えた三例しかないことから「『國造本紀』の系譜は、必ずしも記・紀の伝承と対応していない。[11]」との指摘もある。しかしいずれも、初代國造名の表記は『日本書紀』と一致しており、当該記事を表記する際に、述作者が『日本書紀』を参照した可能性は充分にあり得ると言うべきだろう。

始祖名が紀とは一致せず記とのみ一致するのは、大倭・三野前・三野後・周防・讃岐の五國造である。この中

で大倭國造の場合は、三節でもふれたように、シヒネツヒコの表記は巻第七「天皇本紀」に合わせて『古語拾遺』により、スタイルは神武紀に倣ったものと考えられる。

橿原朝御世。以二椎根津彦命一初爲二大倭國造一。（「國造本紀」大倭國造）

以二珍彦一　爲二　倭國造一。（神武紀二年二月二日）

即賜レ名號二槁根津日子一。（神武記）

次に挙げる二例は『古事記』を参照した可能性があろう。

春日率川朝。皇子彦坐王子八爪命定二賜國造一。（「國造本紀」三野前國造）

日子坐王。（中略）生子、（中略）亦真八瓜入日子王。（開化記）

輕嶋豊明御世。景行帝兒神櫛王三世孫須賣保禮命定二賜國造一。（「國造本紀」讃岐國造）

其兄神櫛皇子、是讃岐國造之始祖也。（景行記）

紀に該当記事がなく、記とのみ一致する甲斐・淡海・科野三例の中で、次の科野國造記事についても同様である。

瑞籬朝御世。神八井耳命孫建五百建命定二賜國造一。（「國造本紀」科野國造）

神八井耳命者、「意富命（中略）科野國造（中略）等之祖也。」

『先代舊事本紀』巻第一～第九にも、十四の國造の初代の名の記載があり、ここで「國造本紀」の記事が記・紀のいずれかを参照した可能性のある点を指摘した九國造のうち、大倭・讃岐・宇佐の三國造が含まれている。「國造本紀」が「神櫛王三世孫須賣保糧命」とする讃岐國造祖が、巻第三「天神本紀」では「神櫛別命」となっているのは世代のみの相違である。ところが、大倭國造祖は巻第七「天皇本紀」では「椎根津彦」だが、巻第五

「天孫本紀」には「倭國造祖比香賀君」と書かれており、宇佐國造祖も巻第六「皇孫本紀」は「狹津彦・菟狹津媛」と記しながら、巻第三「天神本紀」には「天三降命。豊國宇佐國造等祖」とある。「國造本紀」系譜に、述作者の造作が加わっていれば、このような不整合は生じなかった筈であるとの指摘[12]もある。だが、先にもふれたように『先代舊事本紀』全体の構想と不可分の巻第五「天孫本紀」所載の饒速日尊系譜の中においてさえ、鎮魂祭の開祖として最重視されるべき「宇摩志麻治命」の名を饒速日尊の弟と兒に重複記載するようなミスを『先代舊事本紀』述作者は平気で犯しているのである。不整合を以て、述作者の造作を経ない形で原資料の内容が温存されていることの根拠とはなし得ないであろう。

従来「國造本紀」編纂の際の記・紀の利用の有無についての定説はなく、肯定的立場の論にも具体的な箇所の指摘はない[13]。「國造本紀」が、今挙げた國造の設置時期と初代國造名を記述する際に、記或いは紀の記事に基づいているのか、述作者が参照した程度であるのか、依拠の度合を判断するには更なる慎重な検討が必要であるが、本稿では、ひとまず記・紀が引用された可能性がある箇所を指摘してみた。

【注】

（1）鎌田純一氏『先代舊事本紀の研究』校本の部参照。
（2）鎌田純一氏『先代舊事本紀の研究』研究の部。
（3）五代孝昭天皇についても、卜部兼永筆本以下の『先代舊事本紀』諸本は「孝照」と表記するが、本稿では混乱を避けるため神道大系『先代舊事本紀』に従い「孝昭」と表記を改めた。
（4）神野志隆光氏『古代天皇神話論』
（5）拙稿「記・紀神話と鎮魂祭」『国文学研究』一二八

（6）本居宣長『古事記傳』二十九之巻（『本居宣長全集』第十一巻）三一一頁
（7）太田亮氏『姓氏家系大辭典』第一巻一七〇四頁・「釜口」の項
（8）注（7）前掲書一七〇四頁・「竃口」の項
（9）注（5）前掲論文、拙稿「天富命——『古語拾遺』の忌部氏系譜と祭儀——」（戸谷高明氏編『古代文学の思想と表現』所収）
（10）注（5）前掲論文
（11）篠川賢氏『日本古代国造制の研究』四五六頁
（12）注（11）前掲書四三七頁
（13）注（2）前掲書二九〇〜二九一頁

「日本書紀私記」における『古事記』逸文

斎藤静隆

一　日本書紀私記の成立

「日本紀私記」は奈良時代から平安時代にかけて行われた『日本書紀』の講筵の覚書とされる。『釈日本紀』巻一に日本紀講例として、康保二年の外記の勘申を引き、

養老五年、博士、或云不注、
弘仁三年、私記云、四年云々、博士刑部少輔従五位下多朝臣人長、今案、作者太安麻侶後胤乎
承和六年六月一日、博士散位菅野朝臣高年、建春門南腋曹司講之、
元慶二年二月廿五日、博士伊予介善淵朝臣愛成、敷政門外宜陽東廂講之、
延喜四年八月廿一日、博士従五位下大学頭藤原朝臣春海、或云、前下野守云々、講所不注、
承平六年十二月八日、博士従五位下行紀伊権介矢田部宿祢公望、宜陽殿東廂講之、
康保二年八月十三日、博士摂津守橘朝臣仲遠、宜陽殿東廂講之、

とあって、養老五年（七二一）、弘仁四年（八一三）、承和六年（八三九）、元慶二年（八七八）、延喜四年（九〇四）、承平六年（九三六）、康保二年（九六五）に講筵が行われたことが記される。(1)

『釈日本紀』にも示すところであるが、弘仁の際は、『日本後紀』巻廿二、弘仁三年六月戊子（二日）の条に、

是日。始令参議従四位下紀朝臣広浜。陰陽頭正五位下安倍朝臣真勝等十余人読日本紀。散位従五位下多朝臣人長執講。(2)

とあることによって、承和の際は、『続日本後紀』巻十三、承和十年六月戊午朔条に、

令知古事者散位正六位上菅野朝臣高年。於内史局。始読日本紀。

とあり、さらに同十一年六月丁卯（十五日）の条に読了の記述があることによって確認できる。また、元慶の際は、『三代実録』巻卅三、元慶二年二月条に、

廿五日辛卯、於宜陽殿東廂。令従五位下行助教善淵朝臣愛成。始読日本紀。従五位下行大外記嶋田朝臣良臣為都講。右大臣已下参議已上聴受其説。

同巻卅五、元慶三年五月条に、

七日丙申。令従五位下守図書頭善淵朝臣愛成。於宜陽殿東廂。読日本紀。喚明経紀伝生三四人為都講。大臣已下毎日聞読。前年始読。中間停廃。故更始読焉。

同四十二巻、元慶六年八月条に、

廿九日戊辰。於侍従局南右大臣曹司。設日本紀竟宴。先是。元慶二年二月廿五日。於宜陽殿東廂。令従五位下助教善淵朝臣愛成読日本紀。従五位下行大外記嶋田朝臣良臣。及文章明経得業生学生数人遞為都講。太政大臣右大臣及諸公卿並聴之。五年六月廿九日講竟。至是申澆章之宴。親王以下五位以上畢至。抄出日本紀中

聖徳帝王有名諸臣。分充太政大臣以下。預講席六位以上。各作倭歌。自余当日探史而作之。琴歌繁会。歓飲竟景。博士及都講賜物有差。五位以上賜内蔵寮綿。行事外記史預焉。

とあって、開講から竟宴まで、詳しく書かれている。

延喜の際は、『日本紀略』後篇一に、

(延喜四年) 八月九日。大学寮差進日本紀尚復。

廿一日。講日本紀。

(六年十月) 十二日。日本紀講竟。

(十二月) 廿七日。日本紀竟宴。

閏十二月十七日。於待従所。目本紀竟宴。毎人分史詠歌。

とあり、『釈日本紀』に引く「新国史」にも委細が記されている。(3) 承平の際も、『日本紀略』後篇二に、

(承平六年) 十二月八日壬辰。於宜陽殿東廂講日本紀。廿四日戊申。有日本紀竟宴。

(天慶六年) 十二月廿四日戊辰。於宜陽殿有日本紀竟宴。

とあり、康保の講筵については、『日本紀略』後篇四に、

(康保元年二月) 廿五日壬申。除目。今日。勅定。散位正五位下橘仲遠講日本紀。又尚復学生。仰紀伝明経道可令差進之由。仰大学寮。

(三月) 九日乙酉。陰陽寮勘申可講日本紀之日時。来月廿日乙丑。同廿八日癸酉。又大学寮差進尚復生二人。明経十市致明。

(二年八月) 十三日庚戌。以具平皇子為親王。於宜陽殿東庇始講日本紀。以橘仲遠為博士。

と、それぞれ史書からも確認できる。

『本朝書籍目録』（『群書類従』本による）には、

養老五年私記一巻
弘仁四年私記三巻、太朝臣人長撰。
承和六年私記、菅野朝臣高年撰。
元慶二年私記一巻、善淵朝臣愛成撰。
延喜四年私記、藤原朝臣春海撰。
承平六年私記、矢田部宿禰公望撰。
康保四年私記、橘朝臣仲遠撰（内閣文庫本等は「康保二年」）。
日本紀私記三巻

とあって、最後の例を除いて、それぞれの講筵に対応する私記の記述がある。養老の私記については存在を疑問視する説もある(4)が、『日本書紀』の古写本や『釈日本紀』「秘訓」などに「養老説」等の記述があり、成書化されないまでも、ある程度の講読の記録が遺存していたと考えられる。

「日本紀私記」の逸文は、『釈日本紀』や『日本書紀』古写本の他に『和名類聚抄』、『長寛勘文』、『袖中抄』、『西宮記』などに残されていて、また、『国史大系』には四種の伝本が示されている。しかし、それがはっきりとどの私記の記述と確定できる場合はまれである。『国史大系』で「日本紀私記」とされるものの内、丁本は承平私記と見られている(5)。しかし、例えば、甲本は弘仁私記と関わりが深いと考えられているものの(6)、疑問を呈する先学も少なくない(7)。なお、乙本、丙本については平安後期に成書化された日本書紀の古写本の付訓の集成と考え

られている。(8)

二　『釈日本紀』日本紀私記における『古事記』逸文

「日本紀私記」がはっきりとした成書としてではなく、『釈日本紀』等の逸文として残存するものが多いということは、そこに引用された『古事記』を考える場合、きわめて難しい問題を生ぜしめる。しかも、数度にわたる講筵の結果が積み重ねられている可能性を考えれば、誰がどの時点で引用したかが不分明なケースが多くなることになる。一応、『釈日本紀』を中心にそれと考えられる可能性のあるものをあげていこうと思う。(9)

①溟屈　クヽモリテ　タユタヒテ　アカクラニシテ　クケナスタヽヨヒテ　クラケナスタユタヒテ

私記曰。問。此両字、読様有説々、云々。如何。答。此有数家之説。或説、アカクラニシテ。或説、ホノカニシテ。或説、連合二字、只タユタヒテ止読之。先師、兼有此数説而已。又問。今前説、クラケナスタヽユヒテ　タユタヒテ之読、依何文哉。答。依古事記所読也。又問。今案、古事記云、次國稚如浮脂而、クラケナスタヽユヘル（真上45）之時者、是指天地初分之後而発此事也。溟涬者、天地未分之気也。何得相合古事記哉。可謂前後相違也。願開其説矣。答。溟涬者、是天地初分之言也。正与古事記相合矣。又問。溟涬含牙者、是春秋緯文也。説者皆謂、是天地未分之気也。而依何得為陰陽初分乎。是甚不通也。答。是甚大理也。但、先師相伝為此説耳。今如所問、已得其理。雖然、自古相伝所読也。不可輒改。又問。如今師説者、正与古事記相乖也。又、先師、有読此文為クヽモリテ者也。是、暗合溟涬之義。然則、此文宜拠此説也。但、クラケナスタヽユフ訓者、至下文洲壌浮漂而可用也。若如此者、彼是会合、甚得其理。如何。答。承和之代、

博士并澄、博士滋相公、共定読之曰、所不聞此説也。今、難以輒改也。又問。天地未分之時、已如鶏卵、未有物形。何物如海月浮漂哉。是不通也。答。案下注一書、天地未生之時、譬猶海上浮雪無所根係也。然則、天地未分之前、何無如水母者乎。今謂溟涬、是、天地欲初分之元也。形質既備、何無如水母者乎。又案序文、各有所分自。然後、神聖生其中焉。此自序文也。自故曰洲壌浮漂已下者、是覆此已上文者也。然則、猶如旧説也。

公望私記曰。今案、師説非也。何則、古事記所指者、是天地初分之後也。既云取古事記之訓。以何相合天地未分之時乎。又案古事記、脩理固成是多陀用弊流之國、賜天沼矛也（真上56）。然則、是皆指天地已分之後也。又、溟涬者、是元気渾沌之言也。非謂形質初具。又、一書云天地未生者、案、当是天地初（定）、猶未堅固之間、仮称未生耳。豈天地未分歟。若果謂之天地未分者、国常立尊、為在天地未分之前歟。先師已誤、後儒必因也。宜拠クヽモル、若者ホノカニ之説。今師説、可謂違古事記之文耳。

或書。問云、溟涬二字、引勘経籍、皆称天地未分之形。今読和語、其意如何。答。師説、此文在庄子、春秋緯并淮南子等。皆称天地未分之形矣。但、倭語説々有五。一アカクラニシテ。二ホノカニシテ。三クヽモリテ。四クラケナスタヽヨヒテ。五クラケナスタユタヒテ。此五説之中、クヽモリテ可為先。既謂天地未分。此説可叶彼義。然則、其外四説、相副可存也。

私問。クラケナスタヽユフ訓、依古事記読之。云々。而古事記者、是指天地已分之後。故可用此訓。此書、溟涬含牙者、是天地未分前也。不可用此訓。云々。就天地分不分之義、有此用捨、其意如何。答。謂クラケナス者、如海月也。謂タヽユフ者、浮漂之義也。言、如海月浮漂也。而古事記者、指天地已分之後。故有物、形如海月可浮漂。溟涬者、天地未分之前也。故如鶏卵。未有物形。然者、何物如海月可浮漂哉。クヽモリ、

亦ホノカニ之訓、暗相叶溟涬之義。此故不可用彼訓耳。

［釈日本紀巻十六秘訓　史218　神395］

このうち、「或書」以下の部分は日本紀私記（丁本）の「溟涬而含牙」の部分とほぼ同文であるが、久々毛利天について「此説可爲先」とする記述は兼方本『日本書紀』にも同様の加注が見られ、兼文が兼方本『日本書紀』を編集する際に日本紀私記（丁本）を知っていたことを示すとされる。(10) 先師の「クラケナスタゝユヒテ」の訓の根拠に『古事記』が利用されており、公望がそれについて反論しているわけであり、その部分にも『古事記』が利用されている。前者は承平よりも前、元慶・延喜のいずれかについては説が分かれる。(11) 後者は承平ということになろうか。「弊」は真福寺本の用字だが、必ずしも真福寺本と重なるというわけではない。「日本紀私記（丁本）」が漢字仮名を用いているのに対して『釈日本紀』がカタカナで表記する例は多い。(12)

②國常立尊

公望私記曰。問云、今謂之美許登者、若有所由乎。答云、凡神人相共受上天之御事而奉行之。次神者、又受貴神之御事而奉行之。故尊与ノ命、同号美許登、猶如言御事也。又問云、凡如此倭語、皆為有所由乎。答云、於理論之、必可有其由也。但古来曠遠、書記散亡、未有詳知。仮令謂拝為乎呂加无等之類、皆是可有所由也。言、是乎礼弖加无也。是可折屈身体而臭聞也。問云、凡数神等名号、若有所由乎。答云、先師伝云、或有其由。或未詳其由也。又問云、此国常立尊有何義乎。答云、至于此神、未詳其由。又下豊斟淳尊、神戸之辺尊、大苫辺尊、伊奘諾伊奘冉尊等、未詳其由耳。問云、案古事記、自国常立以前、先有五柱神人也。而今此紀不載之。其説如何。答云、今此紀不載之由未詳。

公望私記曰。案古事記、此五神下注云此五柱神者、別天神者也。然則古事記者、惣別天地初分之後、化生之

神也。故雖高天原所居之神、猶載之也。今此書者、独初取地上之神治地下者也。故不及天神在高天原者也。而先師不伝。当是漏歟。

或書。問。国常立尊御名、誰人始称。又若有所拠為号哉。答。師説、仮名日本紀、上宮記并諸古書、皆有此号。但始称之人、無所見。上古之間、無由拠勘。今案、常立之義者、天下始租、将伝子孫万代無窮歟。又問。国常立尊者、是葦牙之所成也。自国狭槌以下、何物化成哉。答。未知何物化成耳。

先師説云、国常立者、紳孫長遠、常可立栄天下之義也。

〔釈日本紀巻五述義　史72　神102〕

公望私記に関する記述の中で逸文が見られる。『古事記』では「上件五柱神者別天神」（真上49）とある部分の一部がとられている。「或書」以下を除いて承平私記に関連するかと思われる。(13)

③天神

私記曰。問。今此云天神者、何神哉。答。案、上注云、高天原所生神名、曰天御中主尊。次高皇産霊尊。次神皇産霊尊。又案、古事記、惣有五柱天神。是等天神也。又問。天神惣有五柱。然則五神之中、獨指何神哉。答。古記称天神者、以高皇産霊尊為其最首。但此云天神者、不知何神也。若五柱天神、共授此瓊戈歟。故古記云天神諸命。既云諸命。明非一神也。又問。国常立尊者、是葦牙之所化也。今此等天神者、何物所化生哉。答。先儒説不伝。抑今可求。橘侍郎（延喜私記）案、是上所謂隠坐神等也。
〔釈日本紀巻五述義　史77　神111〕

『古事記』の引用を指示している部分は粗述にすぎないが、「古記」とする部分に『古事記』「於是天神諸命以」（真上55）と類似の記載がある。

④可愛

私記曰。問。此下文、可愛、此云哀。案、古事記、云愛。即注云、愛上也。（私云謂愛上者愛字読上声止云注也。）若、如此者、可読安伊。而今何相乖哉。答。古者、愛哀同、是共読衣歟。故、尾張国有愛智郡也。即謂之安伊。近江国又有愛智郡。即読之衣。然則、古者謂哀為衣耳。故今猶用之。

〔釈日本紀巻十六秘訓　史224　神408〕

『古事記』では、「阿那邇夜志、愛上袁登古袁」（真上65）、「阿那邇夜志、愛上袁登売袁」（真上66）などがある。

私記の『古事記』の四声注に関する記述は〔日本紀私記（丁本）　史201〕・〔釈日本紀巻十六秘訓　史222　神405〕などにも見られる。

⑤対馬嶋

私記曰。問。案古事記、只云津嶋。今、此云対馬嶋、如何。答。其義正同。今俗読対馬為津也。嶋読如字。而今人ツシマノシマ止読之者、非也。但、此嶋及壱岐嶋等、其各義未詳。

〔釈日本紀巻十六秘訓　史223　神407〕

『古事記』では島生みの条に「次生津嶋」（真上79）とある。

⑥草野姫

私記曰。問。草野姫読、有説々、云々。如何。答。師説、カヤノヒメ止読之。古事記云、鹿屋野姫。安氏説、草読如字。仮名本、クサノヒメ止読之。

〔釈日本紀巻十六秘訓　史224　神409〕

これは『古事記』では「鹿屋野比賣」（真上94　但し、道果本、道祥本の用字。真福寺本は「麻屋野比賣」、兼永本は「麻鹿屋野比賣」）とする。

⑦陰上

私記曰。問。古事記説、陰上二字、云蕃登。然則、此文陰上、宜女読保止。答。是大理也。今可拠古記。

［釈日本紀巻十六秘訓　史226　神412］

『古事記』の「因生此子美蕃登（此三字以音）見炙而病臥在」（真上101）、「於梭衝陰上而死（訓陰上云富登）」（真上233）を合わせたような引用をしている。

⑧唯以一児

私記曰。問。此意如何。答。古事記及日本新抄、並云謂易子之一木乎。古者謂木為介。故今云神今食者、古謂之神今木矣。必以木為喩者、蓋古以貴人喩於木。故謂二神及貴人、為一柱一木矣。今此云子之一木、猶如云子之一柱矣。以賤人喩於草。故謂天下人民為青人草也。

［釈日本紀巻六述義　史85　神129］

『古事記』では「謂易子之一木乎」（真上108）であるが、「乎」字を真福寺本は「畢」の異体字「𠦄」に誤るが、この誤例は真福寺本のみならず多い。

⑨葬於紀伊國能（熊歟）野之有馬村

私記曰。問。古事記云。其所神避之伊耶那美命者、葬出雲國與伯耆國（堺）比婆之山也。而今此云葬之紀伊

国、何其相乖哉。答。神道不測、未知其実。所聞各異、所注又異。是猶黄帝之冢、処々不定。

〔釈日本紀巻五述義　史84　神128〕

『古事記』では「其所神避之伊耶那美神者、葬出雲國與伯伎國堺比婆之山也」（真上110）となる。「婆」字に異同があるが、真福寺本・兼永本には相違はない。

⑩湯津爪櫛

私記曰。師説、湯者、是潔齋之義也。今云由紀者、是湯之義也。云主基者、是其次也。然則、湯者、是伊波比支与麻波留之辞也。津者、是語助也。故天津等皆是也。爪櫛者、其形如爪也。又問。今此云爪櫛与下文投於醜女爪櫛者、同歟、異歟。答。案古事記、云刺左之御美豆良湯津々間櫛之男柱一箇取闕也。下文云刺其右御美豆良之湯津々間櫛引闕而投棄。然則、左右各別。此文雖不見、而猶可依彼文也。

〔釈日本紀巻六述義　史86　神131〕

『古事記』では「刺左之御美豆良（三字以音。下效此。）湯津々間櫛之男柱一箇取闕而」（真上129）「刺其右御美豆良之湯津々間櫛引闕而投棄」（真上136）とあり、音読注を外した程度であるが、「闕」字を兼永本（真上130該当部分）では補入し、（真上136）では、踊字を「之」とし、「棄」も判読が難しい字を用いている。道祥本等には「之」の脱字が見られる。兼方本『日本書紀』には「湯者、是潔齋之義也。今云由紀者、是湯之義也。津者、是語助也。故天津等皆是也。爪櫛者、其形如爪也。」と、『釈日本紀』を省略した文章が記されている。

⑪秉炬

私記曰。問。此云タヒト、其意如何。答。師説、猶如云手火。是一介之火。故云手火。古事記云一火也。
［釈日本紀巻六述義　史86　神131］

『古事記』では⑩の（真上129）の部分に続けて「燭一火入見時」（真上129）とあるが、「燭」字は真福寺本等は「熄」とするが、「一火」には異同がない。

⑫建絶妻之誓

（私記曰）問。何故読建為度哉。答。案古事記、云度事戸矣。故今尋彼文而読之。度者、猶如言度、絶断夫妻之交也。古本云古止々多知支。但先師依古事記也。
［釈日本紀巻六述義　史87　神133］

『古事記』では「各對立而、度事戸之時」（真上144）とあり、真福寺本は「戸」を補入する。兼方本『日本書紀』に「古事記云度事戸矣。故尋彼文而以建字和多須ト読之。」とある。

⑬八十枉津日神

（私記曰）問。此神名、若有意哉。答。古事記云禍津日神也。今此作枉。蓋是到於黄泉、是万加万加之支事也。殊云八十者、凡神道必以八為物数。小者只八、中者八十、大者八百。今是欲挙其枉大数。故云八十歟。但未為定説耳。
［釈日本紀巻六述義　史88　神134］

『古事記』「所成坐神名八十禍津日神訓禍云摩賀。下效此。」（真上165）とあり、大禍津日神（真上165）などの神名も見える。兼方本『日本書紀』に「古事記云禍津日神也。蓋是到於黄泉、万加万加之支事也。故云八十者、凡神道必以八為物数。小者只八、中者八十、大者八百。」とある。

⑭八握髪髭

（私記曰）問。八握之髯、如何。答。言、其髯之長如八握矣。古事記云而八拳須至于心前也。

［釈日本紀巻六述義　史89　神137］

「八拳頒至于心前、啼伊佐知伎也。自伊下四字以音。下效此。」（真上185）、「頒」字、道祥本「鬚」、道果本「頒」左傍「鬚」、兼永本では「須」、「于」字は真福寺本・兼永本ともに「千」字に見える。兼方本『日本書紀』に答の部分が「其髯之長如八握矣。古事記云而八拳須至于心前也。」と記される。

⑮八坂瓊之五百箇御統

（私記曰）問。案古事記、云八尺勾璁之五百津之美須麻流之珠也。今此文云八坂。彼是同異。請、聞其説。答。古事記之体、惣而仮字作之。未必其字与義符合也。古事記云八尺、今此云八坂。蓋是尺与坂、其読相渉。故其字又異也。然則、此云八坂者、蓋是地名也。此地出美玉採之、以作御統。故遠尋本地、至八坂瓊也。非謂八尺之勾玉也。問。御統何物哉。答。是聯綴美玉而為之。其玉穿穴綴集所成也。以之嬰繫其頸、以美餝。故古事記云美須万流之珠也。古哥云阿奈太万波也美。是則、穴玉耳。言、其玉有孔穴連集也。又問。案、古事記曰。五百津之美須麻留。然則、此文当読伊保都乃美須麻留。古事記、八尺勾璁之五百津之美須麻流之珠。答。古記見、有之字。須依此加読。但此文瓊下亦有之字。若更加能辞者、於文頗為繁多。故、先師不加能辞。於義又通也。

越後國風土記曰。八坂丹、玉名。謂玉色青。故云青八坂丹玉也。

先師説云、瓊者赤玉也。統者総也。言、聯綴五百箇之玉、以総纏其頸之義也。神代之風、以玉為身餝。延喜太神宮式御装束内、頸玉・手玉・足玉緒在之。蓋神世之因縁也。　［釈日本紀巻六述義　史92　神141］

五百箇御統

私記曰。問。案、古事記曰。五百津之美須麻留云々。答。古記、見有之字。須依此加読。但此文、瓊下亦有之字。於文頗為繁多。故、先師不加能辞。於義又通也。　［釈日本紀巻十六秘訓　史227　神413］

纏其髻鬘

（私記曰）問。問。此髻鬘二字、読様有説々。以何可為是哉。答。師説、弘仁私記有両説。一説、髻鬘連読伊奈太支。一説、爲美ッ良。然則、両説可兼用也。又問。案、古事記云。及於左右御美豆羅、又於御鬘、亦於左右御手、各纏八尺勾璁之五百津之美須麻流之珠。云々。然則、髻与鬘、自是別物也。何得両字畳読哉。宜読御美豆良伊奈太支歟。

答。今如此説者、則髻、鬘、当是相別。但、先師相伝、只読伊奈太支、為先説、又読美豆良、為後説。古説之意、暫不用耳。安氏説、御美奈太支美豆良。案、此与古説相近也。［釈日本紀巻十六秘訓　史227　神413］

『古事記』では「八尺勾璁之五百津之美須麻流之珠」（真上194）があるが、「璁」の部分に異同があり、類例も（真上208）、（真上239）、（真上243）、（真上534）など多くを数える。古歌の引用は「美須麻流邇阿那陀麻波夜美多邇布多和多良須」（真上482）で、あまり用字の一致は見られない。第一項は兼方本『日本書紀』に「八尺勾璁之五百津之美須麻流之珠。師説曰、八坂者、蓋是地名也。此地出美玉採之、以作御統。故遠尋本地、至八坂瓊也。非謂八尺之勾玉也。」と抄出した記述がある。第二項は「留」の用字が異なり、第三項目の例は『古事記』の文章を合成した筆致で、丁寧な引用とは言い難い。第三項は、弘仁私記の名も見えるが、承平以降のものか。

⑯千箭之靫五百箭之靫

（私記曰）問。古事記云千入之靫、注云訓入云能梨。而今訓箭云能梨。答。凡云千入、千箭者、皆是靫載入千枚之箭。若只謂之千入者、不知入者何物。故今此紀、重言千箭。因明入者是箭矣。即知、言千載者、是載千枚之箭矣。古事記者、靫是入箭之器也。不言自知故、只云入矣。訓字雖少異、与其義正同。然則、彼此不違耳。　［釈日本紀巻六述義　史92　神143］

「曾毘良迩者、負千入之靫、訓入云能理。下效此。自曾至迩以音也。」（真上195）、「靫」字、真福寺本「勒」、（真上196）の「靫」は諸本「靭」、「能理」を『釈日本紀』は「能梨」とし、『日本書紀』の訓注に近い。

⑰高鞆

（私記曰）問。古事記云竹鞆、今此云高鞆。其説如何。答。今既云高鞆。即是高大之鞆也。古記云竹鞆、即仮字言之。其意即高大也。或説。竹鞆者、以竹為之。是似臆説。恐非耳。［釈日本紀巻六述義　史93　神144］

「亦所取佩伊都此二字以音。之竹鞆而」（真上196）。兼方本『日本書紀』に「高大之鞆也。古記云竹鞆、即仮字言之。其意即高大也。或説。竹鞆者、以竹為之臆説也。」と同様の記述がある。

⑱踏堅庭而陥股

（私記曰）問。如或説、其意易了。今云奴岐者、其意如何。答云。奴岐者、即是貫之義也。言、踏貫堅庭至于二股也。読貫少略。故云奴岐。其意又同。

問。古事記云於向股踏那豆美、注云三字以音。今如此文者、当読踏那豆美也。何其可用。答。今此欲言威猛之勢。故云踏堅庭如沫雪而、更云那豆美者、於事頗劣也。故不依古記。是先師之説也。今亦依之。問。古記云向股、其意如何。答。向股猶両股也。両股是正相向。故云向股耳。更無別義。或説、向股者、是内股也。両股之内方也。是両股正相向当之方故、云向股。此説非也。踏堅庭踏股者、当是内外両方共陥。何得内股既陥、外股不陥。故為非。

〔釈日本紀巻六述義　史93　神144〕

「堅庭者、於向股踏那豆美、三字以音。如沫雪蹶散而」（真上197）、真福寺本は「於向」を「向於」とする。

⑲瑲々　乎奴儺等母々由羅尓

（私記曰）問。此文当言瓊響瑲々。而只言瑲々、不取瓊響、如何。答。師説、不取瓊響者、史之誤也。問。案、此文当言奴奈等母由良尓、言瓊玉之聲響毛由良尓。今如此文者、為余一箇母字也。義無所主。其説如何。答。偏案文面、似余下母字也。但、古事記全有此字。而其注云、八字以音。然則、於理可有助母字。但、未詳其意。

〔釈日本紀巻十六秘訓　史229　神416〕

『古事記』「奴那登母々由良迩此八字以音。下效此。」（真上204）の音読注を同じくする。「迩」字兼永本等「尓」。

⑳婦人

私記曰。問。タヲヤメ止読。其意如何。答。案古事記、凡呼女人者、称手弱女。言、女人者、是手力劣弱之人也。是古説而已。

〔釈日本紀巻十六秘訓　史223　神406〕

『古事記』「我所生之子、得手弱女。」（真上225）を根拠に訓を定めている。いずれとは知られぬが、「私記」の記

事とみてよかろう。

㉑覆槽置　宇介布世布美止々呂可之。或説、宇介布世。
（私記曰）問。此覆槽之義如何。答。覆置槽舟、登立其上、合之踏響有声也。必殊覆者、其意未詳。又問。今無此字。何以加踏鳴之辞哉。答。古事記云於天之石屋戸、伏汙氣而踏登杼呂許志矣。今既云覆槽。蓋標其声。故遠尋古（記）、加読此辞矣。一部之内有此類。事既為便。是先師之説也。

天書第二曰。使天鈿為師巫、頭著蘿鬘、身著手繦、足踏覆槽、在於窟前。［釈日本紀巻六述義　史100　神162］

『古事記』に「於天之石屋戸、伏汙氣此二字以音。而踏登杼呂許志此五字以音。爲懸而」（真上248）とする。

㉒湯津杜木
私記曰。惟良大夫問云、杜当作桂字之誤歟。師説不許。公望私記云。案、先代旧事本紀第三云々、居於天稚彦門之湯津楓木之杪（古事記同用楓字）云々。以之案之、杜与桂相近。可為誤也。如之、杜字、都無加津良之訓也。

先師申云、湯者潔斎之儀、津者休字、如湯津爪櫛者、義理相合。杜木加湯津未詳歟。

［釈日本紀巻八述義　史113　神191］

「鳴女自天降到、居天若日子之門湯津楓上而」（真上459）、兼方本『日本書紀』に「師説、先代旧事本紀第三云々、居於天稚彦門之湯津楓木之杪云々。以之案之、杜与桂相近。可爲誤也。杜字、都無加津良之訓也。」、兼夏本『日本書紀』頭注にも兼方本より詳しい記載があり、「公望私記云」が「公望案」となるなど、多少の異同がある。

惟良大夫は惟良宿禰高尚と考えられ、延喜の講筵の折の質問かと考えられる。

㉓洟

（私記曰）問。案、玉篇。自鼻曰洟、自目曰涕也。然則、此洟者、非自口出之名也。何読与太利哉。当読波奈太利。答。案、古本云与多利。然則、此所用者、自口所出之液也。故、古本云爾。今後作者、改作漢字、其意相違。然則、遠尋古本、其義不違。若従後本符、其説不該。凡、書者、以立本意為宗。何得拘字破意哉。故、先師不従雑本、遠用古辞。今亦依用耳。

私案。古事記云。爾、大氣都比売自目鼻口及尻、種々味物取出而、種々作具、云々。然則、此一書文、自口所出者、唾也。以之為白和幣。自鼻所出者、洟也。以之為青和幣歟。然則、猶読波奈多利之條、且相叶字書之釈、且不違古記之意歟。

［釈日本紀巻十六秘訓　史228　神415］

『古事記』の「爾、大氣都比売自目鼻口及尻、種々味物取出而、種々作具而進時」（真上260）に従っている。「日本紀私記」の引用と思われる。

㉔神霊化白鳥而上天

私記曰。案、古事記云。化八尋白智鳥、翔天云云。不留骨肉於棺中、只葬衣裳。

［釈日本紀巻十述義　史145　神252］

『古事記』の「於是、化八尋白智鳥、翔天而向濱飛行。智字以音。」（真中472）の逸文になる。

㉕為審神者
公望私記曰。案古事記、天皇控御琴而、建内宿祢居於沙庭、請神之命於是、大后歸神、言教云々。師説、沙者、唱進之義也。言、出居神楽、称沙佐之庭也。今代号撫琴人為沙庭者、少有意。依相兼号耳。
案之、審神者也。分明請知所崇之神之人也。〔釈日本紀巻十一述義　史149　神264〕
『古事記』では「天皇控御琴而、建内宿祢居於沙庭、請神之命、於是、太后歸神、言教覺詔者」(真中508)、「大后」は『古事記伝』以降に見られる。承平私記かと考えられる。

三　その他の問題

以上、簡単に「日本書紀私記」における『古事記』の逸文と考えられるものを提示した。よほどの僥倖がなければ、いずれの日本紀私記と比定することもできないが、逸文の可能性は高いものと言えよう。他に、逸文とは考えにくいものの、『古事記』を参考にしているものがある。例えば、
稚産霊　ワカムスヒ
私記曰。問。案、古事記云、和久産霊。然則、此又当拠也。答。此又可読和久。但、下文少宮注云倭柯。故、先師相伝和加。又如古記又得之。〔釈日本紀巻十六秘訓　史225　神410〕
は「和久産巣日神」(真上104)を意識したものであり、「和久」が必要であるとはいえ、用字はかなり『日本書紀』に類似してしまっている。
また、単に『古事記』の書名と参照結果を出すだけで、逸文は記載しない〔釈日本紀巻五述義　史74　神105〕「神世七代」、〔釈日本紀巻五述義　史78　神113〕「次生海次生川次生山」、〔日本紀私記(丁本)201〕・〔釈日本紀巻

十六秘訓　史222　神405〕「涅土煮尊沙土煮尊」、〔釈日本紀巻十六述義　史222　神405〕「立於天浮橋之上」、〔釈日本紀巻十六述義　史223　神406〕「不祥」、〔釈日本紀巻十六秘訓　史224　神407〕「畫滄海」などもあり、兼文や兼方の所引になると想像される『古事記』にも「日本紀私記」に既引のものもあるかもしれず、一筋縄ではいかない問題を孕む。〔日本紀私記（丁本）　史188〕〔釈日本紀巻一開題　史12　神17〕「問。本朝之史。以何書為始乎（矣）。」の一部には『古事記』序文の一部がとられているが、承和私記における引用と考えられる。紙幅の都合もあって歌謡については考えてこなかったが、〔釈日本紀巻二十六　史326　神667〕「足引山事」などは「日本紀私記」における『古事記』逸文の可能性を考えるべきであろう。また、例えば、『袖中抄』（『日本歌学大系』別巻二120頁）には、「日本紀注云」として、⑩の「師説」以下の部分が多少の異同があるものの、類似の文を、また、⑨の古事記引用部の後半「葬出雲國與伯伎國堺比波山之山也」の部分が『長寛勘文』の「日本紀私記」引用部分に二ヶ所載せていたりして、歌学書の類等にも「日本紀私記」による『古事記』逸文の存在の可能性をうかがわせる。

【注】

（1）「日本紀竟宴和歌」にも、「養老五年始講、博（　）位下大江朝臣安麻呂、／弘仁四年講、博士刑部少輔太朝臣人長、外記日記注弘仁三年、／承和十年講、（　）議従四位上滋野朝臣貞主、外記日記注博士散位正六位菅野高年、／元慶二年講、五年畢、六年宴、助教従五位下善淵朝臣愛成、／延喜四年講、六年宴、紀伝博士矢田部公望、明経葛井清鑒、／承平六年講、天慶六年宴」（西崎亨著『本妙寺本日本紀竟宴和歌　本文・索引・研究』）とあって、養老・承和を除いて同様の記述をしている。

（2）『国史大系』による。

（3）『釈日本紀』巻一開題に引く「新国史」に、

延喜四年八月廿一日壬子。是日。於宜陽殿東廂令初講日本紀也。前下野守藤原朝臣春海為博士。紀伝学生矢田部公望。

明経生葛井清鑒等為尚復。公卿弁大夫成以会矣。特召大舎人頭惟良宿禰高尚。文章博士三善朝臣清行。式部大輔藤原朝臣菅根。大内記三統宿禰理平。式部少丞大江千古。民部少丞藤原佐高。少内記藤原博文等。令預講座焉。

とある。

（4）武田祐吉『上代日本文学史』。
（5）石崎正雄「承平私記考―釈日本紀に引く日本書紀私記（四）―」（『日本文化』第42号）。
（6）志水正司「日本書紀私記甲本について」（『史学』第30巻第3号）。
（7）築島裕「日本書紀古訓の特性」（『平安時代漢文訓読語につきての研究』所収）。
（8）西宮一民「日本書紀私記、乙本・丙本について」（『国語国文』第38巻第10号）。西宮氏は先述の『本朝書籍目録』の記述の最後の「日本紀私記三巻」は甲本、乙本、丙本の三巻を指すとする。
（9）傍線部が逸文の可能性のある部分を示す。（真○）は真福寺本の該当部分の行数、［史○］は『国史大系』の頁数、［神○］は『神道大系』の頁数をそれぞれ示す。（　）内の記載は傍注である。
（10）赤松俊秀『国宝卜部兼方自筆日本書紀神代巻　研究篇』
（11）元慶説は坂本太郎『大化改新の研究』、延喜説は石崎正雄「延喜私記考（上）―釈日本紀に引く日本書紀私記（五）―」（『日本文化』第43号）が主張している。
（12）［日本紀私記（丁本）史197］「洲壌浮漂」は漢字仮名を用いるが、一部に似た記述がある［釈日本紀巻十六秘訓　史221　神402］「洲壌浮漂辟猶游魚之浮水上」ではカタカナを用いている。［日本紀私記（丁本）史200］・［釈日本紀巻十六秘訓　史222　神404］「譬猶浮膏而漂蕩」等も同じような記述の相違がある。
（13）石崎正雄「延喜私記考（上）―釈日本紀に引く日本書紀私記（五）―」（『日本文化』第43号）。

II　家伝・縁起・歌学の世界

『新撰亀相記』の成立と構想

工藤　浩

『古事記』の序文と上・中・下三巻の全てに亙る引用が見られる最古の文献[1]という評価の当否を判断するには、先ず本文末尾の「天長七年八月十一日」という日付の妥当性の検証が不可欠であるが、『新撰亀相記』を『古事記』の享受史の中に位置付けるべき点に異論はなかろう。本稿では、『新撰亀相記』が如何なる構想に基づいて形成された文献であるかを、『古事記』をはじめとする先行文献を用いた本文構成の方法の検討を通して考えてみたい。更に『古事記』研究上の『新撰亀相記』の文献的価値についてもふれてゆきたい。

一　記事の構成

『新撰亀相記』は、序文（三六二～四〇七行）と本文（四〇八～六〇五行）から成る。[2]本文の大部分は『古事記』からの引用で占められており、その間に本書独自の記事が配されている。後述するように、一部『日本書紀』を参照したと見られる箇所も存してはいるが、分量的にはごく僅かな部分に過ぎない。序文では、本書が甲乙丙丁の四巻から成る如く書かれるが、本文は一巻のみで、前者に挙げられた項目と後者の記事内容との間には齟齬があ

る。とりわけ序文では、甲巻後半と乙丙丁三巻に充てられる亀卜関係の項目に該当する記事が本文には殆ど書かれていないことから、現存の『新撰龜相記』を抄本とする考えが存している。(3) 本稿で扱う『古事記』の引用記事は、甲巻該当部分の前半に集中しており、内容も概ね序文に一致しているのでこの問題にはふれずに論を進めることにする。

本文の構成を見ると、四〇八～五〇五行が神代、五〇六～五二七行が人代にそれぞれ充てられる。五二七行途中以降六〇五行まで亀卜に関する独自記事を挟んで、五八七行～五九一行にかけて『古事記』序文が引用されている。本書の序文には、内容として甲巻二十九條、乙・丙・丁巻各一條の計三十二の項目が立てられている。うち『古事記』に拠るのは、次に掲げる甲巻1～11、19の計十二項目である。（括弧内は梵舜自筆本の行数）

1 伊佐諾伊佐波両神生淤能己侶嶋本辭一條（409～424）
2 同前両神生國土肇夫婦義火鎮祭本辭一條（424～427）
3 不燈一火并三神所化本辭一條（429～438）
4 伊佐諾命三神配定日月國主科祓素戔命等本辭一條（439～459）
5 八百萬神科素戔命千座置戸祓等本辭一條（460～476）
6 天神降給國主本辭一條（485～499）
7 中臣忌部両氏掌卜兆班幣等本辭一條（499～500）
8 天孫降坐日向千穂岑本辭一條（503～505）
9 伊耶本和氣天皇　御世弟水齒別命殺曽波加里於神事先解除本辭一條（506～517）
10 大長谷天皇　御世禁制度人居屋上堅魚木奉礼代幣本辭一條（518～520）
11 帯中日子天皇之大后息長帯比賣命襲新羅本辭一條（520～526）
19 案古事記用口傳本辭一條（587～591）

本文前半の文脈の大筋が『古事記』からの引用によって作られた様子が窺われる。この項目立てに従って『新撰龜相記』編者が『古事記』の記事を取捨選択する際の基準を検討してゆくことにする。

この十二項目のうち、1～8が神代記事に該当する。『新撰龜相記』本文冒頭には、1の前に「天有一神。名稱天御中主神。次有一神名稱高御産巣日神。」（四〇八行）の如く、造化三神のうちカミムスヒを除く二神の存在が記される。1には、オノゴロ島の所在を示す独自記事（四一一～四一六行）が含まれている。2・3の部分では、火神出産・黄泉国訪問に関わる記述に大幅に手が加えられ、更に「故六月十二月二季之月大宮四隅火鎮之祭也。」（四二八～四二九行）と加筆し、鎮火祭の起源が示されている。(4) この条では島々生成、ワクムスヒ、イザナキ神避～火神被殺、道反大神、伊賦夜坂の記述が省略されている。これらは、鎮火祭の起源神話の文脈にとって不要であったり、障害となるためだと考えられる。4・5の部分では、禊による三貴子誕生から天石屋戸に至る記事を抄出し、「今大祓祝詞云」に始まる四七七～四八五行の長文独自記事を付して、大祓の起源を示す文脈に書きかえている。(5)『古事記』のこの部分に記載のある伊豆能賣神・綿津見三神・筒之男三神の誕生、キ神多賀鎮座、アマテラスの武装、二男神後裔、アマテラス詔直の各項目が採られていない点も、同様の理由によるものと考えられる。5に続く所謂出雲神話の部分は『新撰龜相記』には全く採られておらず、直接6～8の天孫降臨神話へと続く。この部分とりわけ7の項目に該当する五〇〇～五〇三行に本書独自の加筆部分があり、この項目では大嘗祭における中臣・忌部両氏の参画が明記されている。逆に天佐具女、鳥の葬儀、阿遅志貴高日子根神、事代主服従、建御名方神、国譲り、天忍穂耳命、天火明命、猨田毗古神、天宇受賣命、伊斯許理度賣命、玉祖命、天浮橋の各要素及び、猨女起源以下イハレビコ誕生までの所謂日向神話の部分が全く省かれている。以上のことから『新撰龜相記』の神代記事は、鎮火祭・大祓・大嘗祭の三つの律令祭儀の起源を示す目的にとって有効な記事を『古事記』上巻から採用し、これと関係の薄い記事を省略して構成されたものと見ることができる。

人代記事は、9～11の三項目即ち下巻履中条の曽波加里、雄略条の堅魚木、中巻仲哀条の新羅征討の各記事か

らの抄出記事のみで構成される。個々の記事の内容を見ると、9末尾の「先爲解除。死之皮膚断之由此也。」（五一七〜五一八行）の記述が注目される。ここでは曽波加里の殺害を「死之皮膚断」と関連づけているが、これは神代の5に続く独自長文に見られる「死膚断［殺人］」（四七九行）との割注と立場を同じくしている。中巻に拠る10・11を措いて、下巻に基づく当該記事を人代冒頭に置いたのも、あるいは「死膚断」を殺人と捉える『新撰龜相記』編者の強い主張の表れと見ることができよう。10では、大縣主の獻じた幣財を「［今礼代幣帛此也］」と性格づける割注が書き加えられている。また11でも、仲哀記に記載のある天皇薨去後の「國之大祓」を「國大祓」（五二六行）として採用している。このように、三つの人代記事の内容はいずれも大祓乃至そこで問題とされる罪と関わりを持っており、神代の4・5の項目に記載される大祓の起源神話との関連から選定されたものと考えてよいだろう。

二　『日本書紀』による校訂

前節で確認したように、『新撰龜相記』の文脈は『古事記』に大幅に依拠して形成されているが、私見によれば『日本書紀』を参照したと見られる表記が三十一箇所認められる。全て神代条であり『日本書紀』巻一の第四段から巻二の第七段に及んでいる。何れも神名を中心とした数文字の単語や短い語句に限られ、最も長い箇所でも『新撰龜相記』本文で十三文字である。章段ごとの分布を見ると、神代紀第四段四箇所、第五段八箇所、第六段三箇所、第七段十六箇所である。

神代紀第四段に依拠すると見られる四箇所の内訳は、二箇所が「伊佐諾尊」（四〇九・四一六行）の神名表記である。記・紀のイザナキの表記は「伊耶那岐神」（記）「伊奘諾尊」（紀）であり、『新撰龜相記』のそれは『日本

書紀』に近いと見るべきであろう。残る二箇所は、次に示す如くキ・ミ二神の行為に関わる記述である。

凝成一嶋名曰（四一〇行）　両神改事廻之（四二四行）

凝成一嶋名曰（本文）　二神改復巡柱（一書①）

（左側に依拠する『日本書紀』の記事を併記した。以下同様。）

第五段に拠る八箇所のうち、五箇所は神名、一箇所はヨモツヒラサカの表記が次に示すように占めている。

伊奘諾尊（四二九・四三九行）　金山彦（四二六行）　埴山姫（四二七行）

伊奘諾命（本文・一書⑥）　金山彦（一書④）　埴山姫（一書②③）

八十禍津日（四四一〜二行）　黄泉平坂（四三五行）

八十枉津日神（一書⑥）　泉平坂（一書⑩）

残る二箇所は、以下のスサノヲの状態を表す四文字の部分である。

恒事泣哭（四四六行）　汝甚不道（四四七行）

常以哭泣（本文）　汝甚無道（本文）

この段では一書に拠るものが多くを占めており、一書も②③④⑥⑩の五種に亙っているのが特徴である。

第六段は、スサノヲの所作や状態を示す三箇所で、全て本文に基づいている。

相見（四四九行）　永退也（四四九行）　無黒心（四五四行）

相見（本文）　永退矣（本文）　無黒心（本文）

第七段にはスサノヲの乱行と天石屋戸の記事があり、前者「天津罪」に該当する罪が三箇所、それらを纏めた表現が一箇所ある。『日本書紀』本文または一書③に拠ると見られるが、何れも次に示すように表記は一致して

はいない。

樋放（四五七行）　頻蒔（四五七行）　串刺（四五七行）　如此悪行（四五七行）
廃渠槽（一書③）　重播種子（本文・一書③）　挿籤（一書③）　凡此悪事（一書③）

後者該当部分では、先ず神名が二種、三箇所を占める。

太玉命（四七一・四七三行）　天鈿女命（四七〇〜四七一行）
太玉命（本文・一書③）　天鈿女命（本文）

更に、以下のように『日本書紀』本文に基づく単語が二箇所、長短語句が六箇所認められる。

青丹寸手（四六七行）　儲出頭縄（四七三行）
白和幣（本文）　端出之縄（本文）
太玉命掘採天香山真賢木（四六五行）　中枝懸八咫鏡、下枝垂白丹寸手（四六六行）
太玉命堀天香山之五百箇真坂木（本文）　中枝懸八咫鏡、下枝垂青和幣（本文）
天鈿女命何以為楽（四七〇行）　時手力男神（四七二行）　啓曰莫復入（四七四行）
云何天鈿女命嘘楽如此者乎（本文）　時手力雄神（本文）　乃請曰勿復還入（本文）
素戔命負千座置戸（四七五行）　切髪手足爪令贖其罪（四七六行）
素戔嗚尊而科之以千座置戸（本文）　抜其手足之爪贖之（本文）

このように、比較的長い語句が多く含まれるのが、この段の顕著な特徴である。

本節で示した神代紀の第四段〜第七段の内容と『新撰龜相記』序文の項目との対応関係は、第四段がキ・ミ二神の結婚の記事（1）、第五段は黄泉国訪問、禊及び三貴子分治（3・4）、第六段がスサノヲの泣哭（4）、第七

段前半スサノヲの乱行（4）後半天石屋戸条（5）となる。1・3〜5の四項目にあたる『新撰龜相記』の本文は、前節で述べたようにオノゴロ島の所在と鎮火祭・大祓の二つの律令祭儀の起源を示すことを第一義に作られたものと考えられ、文脈の大筋は『古事記』に大幅に依拠したものである。『日本書紀』の表記に基づく部分は、その大枠の中に含まれる形で存在していることになる。

ここで問題となるのは、これら三十一箇所の単語や語句が『新撰龜相記』成立時から存在したのか、それとも『新撰龜相記』書写の過程で中世日本紀等の影響下で書きかえられたのかという点である。九〜十世紀にかけて編まれた『古語拾遺』『先代舊事本紀』の本文が、『古事記』『日本書紀』の二書の記述に基づいて成されている事を鑑みて、前者の可能性が大きいと言うべきであろう。同時代の文献、とりわけ『先代舊事本紀』について言えば、物部氏若しくは石上神宮に所縁を持つであろう述作者が、記・紀『古語拾遺』を手もとに置き、おのおのの記事を繋ぎあわせて本文を形成していることは明かである。勿論『先代舊事本紀』と『新撰龜相記』とでは、『日本書紀』に依存する度合いに大きな差があることは事実であるが、おのおのの構想に基づいて記・紀両書の本文を都合よく統合し、そこに律令祭儀の要素を付加するという方法の時代的な共通性と普遍性は認めてよいと思われる。『新撰龜相記』編者が『古事記』を引用して本文を形成したのは間違いないが、その際『日本書紀』を傍らに置き本文の校訂を行ったものと考えるのが自然ではないだろうか。

三　『古事記』諸本との関係

次に『古事記』に依拠する箇所につき『新撰龜相記』との文字異同を確認してゆくことにする。『新撰龜相記』は、天和六（一六八六）年二月の奥付を持つ現存最古の梵舜自筆本以下、管見によれば九本の写本の存在が確認

できる。写本の系統は、梵舜本の流れを汲む黒田本系四本と、そうでない矢野本系三本に分かれており、残る一本は両系統の特徴を備えている。[6] 写本の中で最も信頼の置ける梵舜本を用いて、[7]『古事記』に依拠するとみられる部分の文字遣いを『古事記』諸本のそれと比較してみる。[8]『新撰龜相記』本文との対応箇所のうち、『古事記』諸本間に文字の異同が認められるのは五十三箇所に及んでいる。うち、『新撰龜相記』本文と不一致が少ない順に並べると、以下のようになる（算用数字は不一致の箇所の数、なお伊勢系諸本は／を用い校異箇所の総数を示した）。

①記傳（15）②延（18）③果（18／39）④道（20／43）⑤寛（21）⑥伊一（21／44）⑦猪（23）⑧前（25）⑨曼（26）⑩兼（27）⑪真（36）

系統別に分けると、

伊勢系　③果（18／39）④道（20／43）⑥伊一（21／44）
卜部系　⑦猪（23）⑧前（25）⑨曼（26）⑩兼（27）
真福寺本　⑪真（36）

の如くである。これを、伊勢系も含めた十一本に共通する三十九箇所に絞ると、次のようになる。

①記傳（15）②延・道・果・猪・寛（18）⑦伊一（20）⑧曼（22）⑨前（23）⑩兼（24）⑪真（25）

伊勢系　②道・果（18）⑦伊一（20）
卜部系　②猪（18）⑧曼（22）⑨前（23）⑩兼（24）
真福寺本　⑪真（25）

文字遣いからは、江戸期の記傳に最も近く、次いで概ね延佳本、伊勢系、卜部系と続き、真福寺本が遠いということになる。『新撰龜相記』は、編者が卜部遠継とされており、卜部の職掌である亀卜関係の記事を多く含み

持つ内容面から見ても卜部系諸本との近親性が予想されるが、その傾向は認められない。しかも卜部系諸本の祖本兼永筆本との不一致が目立つ状況である。

いっぽう、記傳・延佳本との文字遣いの類似についてはどのよう捉えるべきであろうか。この二本とのみ表記が一致しているのは、何れもスナノヲの乱行の条の「梭」（四五九行）、「埋」（五二五行）の二文字であり、いずれも『新撰龜相記』には文字異同がない。前者について『古事記』の場合「援」（真・道・果・伊一・兼・前・曼）→「挨」（猪・寛）→「梭」（延・記傳）の順で本文校訂を経たことがわかる。『新撰龜相記』では、この文字を梵舜自筆本以下の九本が何れも「梭」と表記している。当該文字が、梵舜自筆本『古事記』では「抜」と表記されている点が注目される。[9] 梵舜が『古事記』を書写した年代は未詳であるが、概ね寛永版本前後と考えられ、少なくとも『新撰龜相記』を書写する天和六年（一六八六）以前と見られる。梵舜は『古事記』書写の際に用いた『古事記』が「援」乃至「挨」とする誤記に気付き「抜」と校訂したが、『新撰龜相記』書写の折には更に「梭」と校訂し直したものと考えられる。「埋其溝」は『古事記』諸本では「理其溝」と誤記されてきたが、延佳本・記傳の段階に至って用字が正される。こちらについても梵舜本以下九本の『新撰龜相記』は「溝埋」と記されるが、梵舜自筆本『古事記』においても「埋溝」と校訂されている。このように、双方のケースとも梵舜・延佳・宣長など近世初期の国学者たちによる『古事記』の本文校訂と『新撰龜相記』の書写とが並行したためと見ることができる。『新撰龜相記』諸本と記傳・延佳本との文字遣いの類似は、同一の時代背景によるものと判断すべきだろう。

四　『古事記』本文校訂における意義

『新撰龜相記』は、鎮火祭・大祓・大嘗祭の三つの律令祭儀の起源を示す意図を有しており、本書の独自の記述もこの三点に関わる箇所に集中していること、本文の大部分は『古事記』に依拠しながら、一部『日本書紀』による校訂が施されていると考えられることを確認してきた。この認識に立って、『新撰龜相記』の『古事記』引用部分の文字の異同を『古事記』諸本と比較してみたい。先にもふれた本文末尾の、

　天長七年八月十一日卜長上従八位下卜部遠継、尓曰

と記載された成立年代が認められるなら、『新撰龜相記』の本文中に、現在伝わらない真福寺本以前の『古事記』本文が残存している可能性があることになるからである。とは言うものの、周知の如く真福寺本『古事記』の書写は応安四・五年（一三七一・二）であるのに対し、『新撰龜相記』は最古の写本である梵舜自筆本でさえ天和六年（一六八六）の書写である点が大きな障害となる。『古事記』の逸文、即ち真福寺本以前の『古事記』の文字遣いを『新撰龜相記』の本文に探る試みは、このような状況を踏まえた上で、敢えて行う以外はないのである。

そこで先ず『新撰龜相記』の本文中で、依拠している『古事記』との間に文字遣いの異同がある五十二箇所のうち、次の五つの場合に注目して検討してみることにする。

1『古事記』の十一本のいずれとも一致しない四箇所

「答申」（四三一行）　真・伊勢系「答曰」卜部系・延・記傳「答白」

「者」（四四〇行）　真・卜部系・延・記傳「者瀬」伊勢系なし

「八尺勾玉」（四六六行）　真「八尺勾璁」伊勢系「八尺勾瓊」卜部系「八尺勾璁」

「日影爲蘰」（四六八行）　真「緆」伊勢系・延・記傳「日影爲鬘」卜部系「日影爲縄」

2 真・道・果・兼の四本といずれも不一致の三箇所

「於梭」（四五九行）　真・伊勢系・卜部系「於援」猪・寛「於挨」

「閇磐戸」（四六〇行）　真・伊勢系・卜部系・猪・寛「開天石屋戸」

「大后息長帯（比）賣命」（五二一行）　真・伊勢系・卜部系・猪・寛・延「太后息長帯（比）賣命」

3 真・兼とは不一致、伊勢系とは一致する三箇所

「八尺瓊勾玉」（四六四行）　真「八尺勾璁」伊勢系「八尺勾瓊」卜部系「八尺勾璁」

「髪及手足爪」（四七六行）　真「鬘及手足爪」卜部系・延・記傳「鬒及手足爪」

「留」（五一四行）　真「死田」兼・曼「畄」

4 真・伊勢系と一致し、兼と不一致の五箇所

「弥都波能目」（四二七行）　卜部系「弥都能波能目」

「根之堅州國」（四四七行）　卜部系「根之堅洲國」

「令織御衣」（四五八行）　卜部系「合織御衣」

「思金命」（四六一行）　卜部系「思念金命」

「天之母鹿木」（四六三行）　卜部系「天母鹿木」

5 真・兼と一致し、伊勢系とは不一致の二箇所

「玉祖命」（四六三行）　伊勢系「玉祖」

「手力男命」（四七二行）　伊勢系「天手力男命」

3〜4の八例を見ると、『新撰龜相記』述作者が用いた『古事記』は、伊勢系諸本に近いものであるとを推定することができる。5の二例は逆に伊勢系とのみ表記の違いがある。この神名の表記が現存する伊勢系諸本の特徴であるとすれば、『新撰龜相記』の本文は、伊勢系の祖本に近い『古事記』に拠って形成されたとも推定できよう。

真福寺と一致しない1〜3の十箇所の中には、前節でふれた2の「於梭」の用字のように『古事記』諸本で誤写されてきたものを『新撰龜相記』が引用する段階で正したと考えられるものもある。2の「閇磐戸」は、宣長が

舊印本延佳本共に開《カケ》と作るは誤なり、今は一本に依《リ》つ、さて此《コ》は多《タ》弖《テ》々《テ》と訓べし、(10)

として改めた文字である。当該文字は現在は「開」が採られており、誤写が正された訳ではないが、やはり近世の本文校訂による文字遣いの特徴と見るべきである。1の「者」は、「上瀬者速、下瀬者弱」という対句の上の部分にあたるが、『古事記』では伊勢系諸本が「上瀬速、下瀬者弱」、他の八本は「上瀬者瀬速、下瀬者瀬弱」となっている。伊勢系の『古事記』を用いた『新撰龜相記』述作者が、下の句に倣って「上」「者」の二文字を補ったか、或いは、このような表記を採っていた現存しない伊勢系の写本に拠ったのかのいずれかと推定される。これを除いた七箇所には、真福寺本以前の『古事記』の文字遣いである可能性が残されることになる。このうち、1の「申」「蘰」、3の「髪」の用字は、梵舜自筆本『古事記』ではそれぞれ卜部系と同じ「白」「縄」「鬘」となっている。「申」については、『古事記』ではマヲスに「曰」「白」「奏」を用いるのが一般的で、この字が充てられるのは天孫降臨条のサルタビコの「顯申」一例のみである。古訓では卜部系のみ「ク」の送り仮名が添えられていることから、イハクが本来の訓であったと推定され、マヲシタマハクと訓じたのは宣長が最初である。この

三文字は、梵舜が卜部系乃至卜部系に近い『古事記』をそのままに書写して、後に『新撰龜相記』書写の際に改めたものと推定される。1と3の「玉」を、梵舜自筆本『古事記』は諸本とは異なり「璁」と表記する。『古事記』では、「玉」を神器としてのそれに用いた例はなく、上巻海神宮条の場合は「珠」が用いられている。3の「留」については、真福寺本の「死田」は明らかな誤写、兼永筆本・曼殊院本の「畄」は異体字であるので、伊勢系をはじめとする八本と一致するこの用字が本来のものと考えて支障なかろう。

2の「大后」の表記は、『新撰龜相記』では梵舜自筆本以下九本が全て「大后」であるのに対して、記傳を除く『古事記』十本は「太后」とされる。『古事記』の場合「太后」が本来の用字であり、宣長が「大后」と改めたと考えられる。『新撰龜相記』については、梵舜自筆本とは系統を異にする写本四本においても「大后」が採られている点に加えて、梵舜が当該箇所を『古事記』は「太后」『新撰龜相記』は「大后」と書き分けていることを見ると、相当早い時期に「大后」の表記で固まっていたと思われる。同じ「大」と「太」の書き分けの問題を含むアマテラスオホミカミは、『新撰龜相記』では四四四・四四九・四八五・四九六行の四箇所に記されている。用字は矢野本系の三本は「大」、梵舜以下の六本は「太」と分れている。いっぽう『古事記』は上巻二十九箇所、中巻二箇所が真福寺本の一箇所（三界分治条）を除けば、梵舜自筆本も含めて伊勢系諸本以外は全て「大」の表記に統一されている。梵舜が『古事記』では「大」『新撰龜相記』では「太」と使い分けている点と、一箇所のみではあるが真福寺本に「太」の表記が見られる点、更に履中条の「大嘗」が真福寺本のみ「太嘗」と表記される（『新撰龜相記』は九本全て「大嘗」）点を勘案するなら、当該文字については『新撰龜相記』と『古事記』伊勢系諸本との近親性だけでは片付けられない問題が残されることになろう。『古事記』に関して言えば、「太」が次第に「大」に改められる動きが指摘されるが(11)、真福寺本では「天照太御神」「太嘗」の二箇所がこれに漏れた

ものと見做し得る。いっぽうで『新撰龜相記』の梵舜自筆本以下の六本には「天照太御神」という『古事記』本来の用字が温存され、恐らくは現在伝わらない矢野玄道筆本前後の書写の段階に至って「太」が「大」に改められたとの推定が可能だからである。『新撰龜相記』の本文中に真福寺本以前の『古事記』の様態を窺い知ることできる箇所があるとすれば、この「太」の用字にその蓋然性が最も高いことになるだろう。

五　成立と構想

最後に、本文の大部分を『古事記』に依拠するという特徴が、『新撰龜相記』の構想や想定される享受者とどのように関わるかにふれながら纏めとしたい。

『古語拾遺』『高橋氏文』『住吉大社神代記』の三文献の本文は、全面的に『日本書紀』に依拠して構成されている。『先代舊事本紀』の神代記事の場合は、更に『古事記』『古語拾遺』を加えた三書からの引用を繋ぎ合わせて記事が作られているが、大筋は『日本書紀』の記載に拠っており、人代記事に限って言えば殆ど『日本書紀』にのみ基づいていた。『古語拾遺』の編纂・奏上の発端は、宮廷祭祀実施上の分掌で中臣氏が偏重されることに対して忌部氏が不満を抱いたことにあった。この件の裁定には、『日本書紀』の天石屋窟に書かれた両氏の始祖アメノコヤネとフトダマの言動が根拠として用いられたことが知られている。このことから『日本書紀』の記載内容は、社会に対する規範性を有していたことがわかる。同様に『日本書紀』に依拠する他の三文献の編纂者は、内膳奉仕の順序をめぐって安曇氏と争議関係にあった高橋氏（膳臣）、神官を世襲していた住吉大社の神宝紛失事件から神主解任を招いた津守氏、更に大化改新による本宗家の断絶以来凋落著しく、石上神宮神庫の武器搬出という苦い経験した物部氏である。いずれも、八世紀に比べての地位の下落を憂えた氏族が『日本書紀』の始祖記

事に基き地位保全を求めているという共通性が認められる。対称的に『新撰龜相記』を編んだト部氏は、中臣氏配下の部民として発生し、九世紀ごろ亀卜を職掌として宮廷祭祀に与かる氏族としての地位を築いたと言われており、地位回復を訴える立場にはなかったと考えられる。『新撰龜相記』が『古事記』を選んだ理由の一つには、『日本書紀』の始祖記事の規範性を必要としなかったことがあるだろう。

『新撰龜相記』は、国家や社会に訴えかけるものではないとすると、どのような享受層を想定して編まれたのであろうか。『新撰龜相記』編纂の構想は、ト部氏の与かる律令祭儀の起源を神話に基づいて示す点に集約されるであろう。この目的にとっては、複数の一書を併記する形をとる『日本書紀』の神話に比べて、本文に一本化された形でより詳細な記述を持つ『古事記』神話の方が使い勝手がよいことは明らかである。述作者はこの構想に基づいて、『古事記』の黄泉国訪問神話・天石屋戸神話を、それぞれ鎮火祭・大祓と結び付けているが、更に天孫降臨条にもわざわざ加筆して、中臣・忌部の両氏の大嘗祭関与を起源づけている。『古語拾遺』神武条には、忌部氏の立場から大嘗祭の起源記事が書かれている。『新撰龜相記』の述作者は、ト部氏の立場で同じことを行っているのであるが、その主眼は自らの後ろ盾としての中臣氏に置かれていることが明白である。中臣氏の大嘗祭関与の起源を併記する意図は、自らの大祓・鎮火祭関与の正統性の主張にあったと見るべきであろう。それを要求する対象、即ち『新撰龜相記』成立時の享受層は祭儀を掌握していた中臣氏、ひいてはその同族の藤原氏と考えられるのではないだろうか。

【注】

（1）椿實氏『東大本　新撰龜相記　梵舜自筆』九八頁

（2）『新撰龜相記』の箇所は、注（1）前掲書を用いて梵舜自筆本の行数で示した。
（3）工藤隆氏「新撰龜相記」（『古代文学』二一）
（4）拙稿「『新撰龜相記』所載の鎮火祭起源の伝承について」（『国文学研究』第一〇七集）
（5）拙稿「天石屋戸神話と大祓」（『上代文学』第七九号）
（6）拙稿「『新撰龜相記』諸本について」（『古代研究』第二十八号）
（7）『新撰龜相記』梵舜本は注（1）前掲書を用い、文字異同については拙稿「校本　新撰龜相記」（『古代研究』第二十六号）に拠った。なお『新撰龜相記』の箇所は梵舜本の行数を以て示した。
（8）小野田光雄氏『諸本集成古事記』を用い、『古事記』諸本の略号も同書に拠った。
（9）梵舜自筆本『古事記』（國學院大學蔵）の用字は、青木周平氏・千賀万左江氏のご厚意により拝見せて頂いた同写本の写しで確認した。両氏に深謝申し上げる。
（10）本居宣長『古事記傳』（『本居宣長全集』第九巻）三五〇頁
（11）小野田光雄氏校注『古事記』（神道大系古典篇1）二九二頁に「古事記の原文は恐らく『太』が多かったと推定する」とある。
（12）平野邦雄氏『大化前代社会組織の研究』三一～三二頁
（13）拙稿「『新撰龜相記』とト部氏の伝承形成」（『上代文学』第七三号）

『尾張國熱田太神宮縁記』の性格と古事記の引用

青木周平

一　諸本の系統

『尾張國熱田太神宮縁記』[1]（以下『縁記』と略す）は、草薙剣の霊剣譚としてまとめられたものである（後述）。熱田神宮の縁起として成立した年代については、『縁記』末尾に「寛平二年十月十五日」とあるが、その年月の真偽についても、いまだ定説をみない。とりあえず巻末の成立に関する記事を要約すると、次のようになる。すなわち、貞観十六年（八七四）に神宮別当正六位上尾張連清稲が、古記文を捜し、遺老の語を繕写して縁記を修め、守従五位下藤原朝臣村椙が筆削を加え、万代に長く伝えようとして三通写し、一通を公家に進め、一通を社家に贈り、一通を国衙に留めたという。その年が寛平二年（八九〇）であり、西田長男氏は、神社の縁起としては成立が古すぎること、清稲の実在が証明できないことを根拠に、寛平二年の成立を否定している[2]。ただし、西田氏が寛平二年成立を否定する決定的根拠は、群書類従本系にある奥書中の藤原基房のかかわりにある（後述）。右の巻末記事のみでいえば、尾崎知光氏が詳述されたように[3]、現存『縁記』が修補されたものであるとしても、もと

となるものが寛平二年に出来たことを完全に否定する根拠はない。

ところで、現存する『縁記』に「旧大宮司千秋家所蔵の古写本を原にしたと考えられるもの」と「群書類従本に代表される系統」の二系統があると明言されたのは、井後政晏氏であった。[4] その指摘をうけつつ、三十一本の諸本の調査に基づく詳細な系統図を示されたのが、西宮秀紀氏である。[5]『縁記』の諸本が大きく千秋家本系と群書類従本系の二系統に分かれることは、証明されたとみてよい。しかし西宮氏も認めておられるように、すべて江戸時代以後の写本であり、校合本も多い為に、本文異同も含めて事柄は単純ではない。

群書類従本系といわれるのは、「寛平二年十月十五日」の年紀のあとに、五種類の奥書——すべてがあるとは限らない——をもつ諸本であり、國學院大學図書館所蔵『縁記』（91.8・ku74・273）でその奥書を記す。

A〔七丁ウ十三行〕古本ニ云／〔八丁オ〕右太臣基房公奉レ勅被レ尋二下當社ノ縁記一仍書二写家本一獻二／上之一者也／延久元年八月三日／大宮司従三位伊勢守尾張宿祢員信／

B 應仁元年七月四日以二神宮寺ノ前ノ竹内不動坊本一書之／

C 古本ニ曰／右縁記訛文間多故尋二善本一以奉レ写レ之畢／慶長九年正月七日／右京亮尾張宿祢是仲／

D 正保三暦六月三十日／泥江縣祠官　源重利

E 熱田ノ神社清稲之記者實ニ尾治之家乗ニメ而祠官韞レ／匱秘レ之世父重利先写二一本一ヲ而納ニム家蔵一ニ然謬臨歴二于／〔八丁ウ〕数手一故不二百念為レ憂言反為レ変而已脱落誤字猥拙／頗至レ不ニ可レ讀焉是以需二之古家一而今得二舊巻三四本／及貞観縁記正（縁）[6] 紀等一便ノ考訂謄写且採二管豹之諸説一／書二上層一焉以備二徴證一者也／元禄十六年癸未冬十一月朔／泥江縣祠官／安井氏重具謹誌

右のA～Eの奥書のうち、群書類従[7]本にはAのみが存在する。ただし、すでに西宮氏も指摘されているように、

「古本云」の三字が無い。西宮氏は、B以下の奥書を削った時に同時に削られた、と推測するが、(8) Aの改行のあり方を参照すると、改行による見落としかもしれない。「古本」はもう一例Cにみえるが、慶長九年（一六〇二）の段階で、『縁記』には誤りの文が多かったという。複数の写本が伝来し、この時点ですでに本文の系統もわかりにくくなっていたことが予想される。これらの「古本」の正体は不明であるが、ＡＣは厳密に言えば、奥書とはいえまい。Aの右大臣藤原基房が勅により『縁記』を求めたということは、「古本」による伝えであり、歴史的事実かは別問題である。西田氏が論証されたように、(9) 基房が右大臣に任ぜられたのは九十一年も後のことであり、延久元年（一〇六九）には、まだ基房は生まれていない。重要なことは、なぜそのように伝えられたかということであり、これを作偽としてすぐに切り捨ててしまうわけにはいくまい。Aの「尾張宿祢員信」も含めて、基房がどのように熱田神宮とかかわったかを、他の諸書で確認する必要があろう。

西宮氏が千秋家本系統に含まれた一本に、國學院大學図書館所蔵『寛平縁起　藤原村楹記』（091.8・ku74・271）がある。その巻頭には、次のような伊藤信民の「考例」を記す（返点、読点は私意による）。

一原本據二千秋家蔵本一、別有二延喜中釈練賀百録古／本一、称二異本一者是也、其他諸家蔵本隨レ見校讐、小註／
至貴曰レ尊、自余曰レ命、並訓二美擧等一、下皆倣レ之、雄誥／此云二烏陀気眦一、赤酸醤此云二阿箇々知一之
類、盖／據二日本紀一鑱入、或倭作二日本一、命作レ尊、姫作レ媛、或増二／一三一者寛平以降殆距二千年一相二
傳之一。久不レ知レ歴二幾／人書寫一、文字訛謬不レ為レ寡、雖レ然以二臆見一難二敢妄裁／正一、故姑書二同異一傳レ
疑、以俟二君子一、讀者取二舎之一可也／寛政四年春二月　藤信民識

「考例」の下に「朱書百録古本／墨書諸家本」とあり、延喜年間の釈練賀の「百録古本」を対校に用いたことが知られる。延喜年間とは古すぎるし、「百録古本」が現存の『熱田太神宮秘密百録』である可能性は、内容か

らみると低い。ただし、西宮氏も述べられたように[10]、現存『熱田太神宮秘密百録』[11]の「神代巻第四」には、「右、承㆓勅命㆒、右大臣藤原朝臣基房公仰……社家大宮司尾張員信従四位下給㆓伊勢國㆒……」とあり、「延久元年六月日」の署名の中に「大宮司従四位下伊勢守尾張宿禰員信」の名がみえる。他に員信の名は四例みえるが、いずれも延久元年の年次のもとに記され、特に「神代巻第五」にある「延久元年八月　日」の「大宮司従三位伊勢守尾張宿禰員信」の署名は、『縁記』の奥書Aと同じである。このように「考例」の「異本」をたぐりよせていくと、群書類従本系と接点がみえてくる。また、「考例」の内容をみると、「至貴曰㆑尊……此云㆓阿箇々知㆒」という「小註」例は、千秋家本[12]にはあり、群書類従本には無い。千秋家本の方が、日本書紀に近いあり方を示す。逆に、「倭㆓作日本㆒、命作㆑尊、姫作㆑媛」の場合は、群書類従本に「日本・尊・媛」を用いる傾向があり、日本書紀の用字に近い。寛政四年（一七九二）の段階では、『縁記』にかなりはっきりした系統の別が認められ、それは日本書紀のあつかいによる所が大きかったのではないか。

二　独自記事の性格

周知のごとく、『縁記』の大部分は、日本書紀と重なっている。『縁記』の展開に従って大きく括れば、日本武尊の話（主に東征）、素戔嗚尊の大蛇退治の話、沙門道行が草薙剣を盗んだことと草薙剣を熱田社に送置した話、である。いわば草薙剣にかかわる話をぬき取った感があり、『縁記』が日本書紀をふまえて成立したことは間違いあるまい[13]。しかし、『縁記』の独自な記事を視野に入れた時、記紀の直接的享受の分析のみでは不十分である。記紀にはない『縁記』記事を、二系統の異同を明示しつつ挙げてみる。なお底本は『神道大系　神社編十九　熱田』所収の『縁記』翻刻本を用い、同系の國學院大學図書館所蔵『寛平縁起　藤原村椙記』の異同を右に傍書し、

脚書には別系の群書類従本（群）及び『参考熱田大神縁起』(14)（参）の異同を注記する。後の引用の便を考えて、グループごとにナンバーを付した。以下、すべてこの書式に従う。

(1)正一(1)位㚷田太《大》(2)神者、以二神釼一爲レ主、□□《本名》(3)藂雲釼一、後改二名草薙釼一、奉レ(4)齋二御社於□《尾》張□《國》愛智郡一、所以者何也、

(2)(5)日本武尊拜二領釼嚢一行二首路一(6)、到二尾張國愛智郡一、時稲種公啓曰、當郡氷《水》(7)上邑有二桑梓之地一、伏請、大王稅レ駕息レ之、(8)日本武尊感二其懇誠一、踟蹰之間、側見二一佳麗之娘一(9)、問二其姓字一、知二稲種公之妹一、名二宮酢姫一(10)、即命二稲種公一、聘(11)二納佳娘一、合(12)承兼之後、寵幸周(13)厚、數日淹留、不レ忍レ分レ手、既而与二稲種公一、議定行路之事一曰、我就二海道一、公向二山道一、當レ會二彼坂東之(14)國一、言辭約束、各向前程、

(3)(15)日本武尊還向尾張、到篠城邑、進レ食之間、稲種公傔従二久米八腹一、策二駿(16)馬一馳來、啓曰、稲種公入レ海亡殁(17)、(18)日本武尊乍聞、悲泣曰、現哉、ミミ《現哉》(19)、依二現哉之詞一、社今其地号二内津一、稱二天神一、在二春日郡一(20)、亦問(21)二曰公入レ海之由一、八腹啓曰、度二駿河之(22)海一、ミ(23)中有レ鳥、鳴聲可レ怜《袷》、毛羽奇麗、問二之土俗一、答二覺賀鳥一(24)、公謂曰下捕二此鳥一獻中我君上、飛レ帆追レ鳥、風波暴起、舟船傾没、公又(25)入レ海矣、《此時》(26)日本武尊吐レ湌不レ甘《耳》、悲慟無レ已、役(27)レ駕還二着(28)於宮酢姫(29)宅一、

(1) 一—二（群・参）
(2) 太神—太神宮（群）、大神（参）
(3) 藂—天聚（群）
(4) 奉齋御社—其祠立（群・参）
(5) 日本—倭（参）
(6) 首—道（群）
(7) 氷—火（参）
(8) 日本—倭（参）
(9) 娘—孃（参）
(10) 姫—媛（群）
(11) 聘—娉（群）
(12) 承兼—丞（群・参）
(13) 周—固（群）
(14) 之—ナシ（群）
(15) 日本—倭（参）
(16) 馬—足（群）
(17) 殁—没（群・参）
(18) 日本—倭（参）
(19) ミミ—現哉（群・参）
(20) 春日—春日部（群・参）
(21) 問曰—ナシ（群）、問（参）
(22) 之海—ナシ（参）

(4)
日(30)本武尊又歌云(31)、
奈留美良乎、美也礼皮(32)止保志、比多加知尓、己乃由不志保尓、和多良部
牟加毛、奈留美者、是宮酢姫(33)所レ居之郷名、今云二成海一、先レ是日(34)本武尊於二甲斐坂(35)折宮一、有レ戀二宮酢姫(36)
一、即歌云(37)、阿由知何多、比加弥阿祢古波、和例許牟止、〻(38)許佐留良牟也、
阿波例(39)阿祢古乎、
此數首歌曲、爲二此風俗歌一矣、

(5)
日(40)本武尊淹留之間、夜中入レ厠、〻[厠](41)邊有二一桑樹一、解二所レ帯劔一、掛二於桑
枝一、出レ厠忘レ劔、還二入寢殿一、到レ曉驚寤、欲レ取二掛レ桑之釼一、滿樹照耀(42)、
光采(43)射レ人、而(44)不レ憚二神光一、取レ釼持歸、告レ姫(45)以二桑樹放レ光之状一、答曰、
此樹舊無二恠(46)異一、自知二釼光一、默然寢息、其後語二宮酢姫(47)一曰、我歸二京華
一、必迎二汝身一、即解レ釼授曰、寶二持此釼一、爲二我床守一、

(6)
日(48)本武尊奄忽仙(49)化之後、宮酢姫(50)不レ違二平生之約(51)一、獨守二御床一安二置神釼
一、光彩亙レ日、靈驗著聞、若有二禱請之人一、感應[應感](52)同二於影響一、於レ是宮酢姫(53)
會二集親舊一、相議曰、我身衰耗(54)、昏曉難レ期レ事、須下未レ瞑之前占レ社奉上レ
遷二釼(55)神一、衆[象]議感レ之、其(56)定二社之處(57)一、有二楓樹一林(58)一、自然火(59)燒、倒二水田
中一、光焰不レ銷、水田尚熱、仍号二熱田社一、

(7)
竊(60)祈二神社(61)一、所[取](62)釼嚢袈裟一、逃二去伊勢國一、一宿之間、脱(63)レ自二袈裟一、還二著本
社一、道行更亦(64)[ヒレ]還到、練禪禱請、又裹二袈裟一、逃二到攝津國一、自二難波津一

(23) 〻—海（参）
(24) 答—偁（群）、稱（参）
(25) 又—亦（群・参）
(26) 日本—倭（参）
(27) 役—促（群・参）
(28) 着—著（群・参）
(29) 姫—媛之（群）
(30) 日本—倭（参）
(31) 云—曰（群・参）
(32) 皮—波（群・参）
(33) 姫—媛（群）
(34) 日本—倭（参）
(35) 坂—酒（参）
(36) 姫—媛（群）
(37) 云—曰（群・参）
(38) 〻—止（群・参）
(39) 例—礼（群・参）
(40) 日本—倭（参）
(41) 〻—厠（群・参）
(42) 耀—輝（群）
(43) 釆—彩（群）
(44) 而—然（群・参）
(45) 姫—媛（群）
(46) 恠—怪（群）
(47) 姫—媛（群）
(48) 日本—倭（参）
(49) 仙—遷（参）
(50) 姫—媛（参）

解レ纜歸レ國、海中失レ度、更亦漂二着(65)難波津一、乃或人詫宣云(66)、吾是熱田釼(67)神也、而(68)被レ嗽(69)二野(70)僧一、殆着《著》(71)二新羅一、初裹二七條袈裟一、脱出還レ社、後裹二九條袈裟一、其難二解脱一、于レ時吏民驚怍《怪》(72)、東西認求、道行中心作レ念、若棄(73)二此釼一、將(74)レ免二投(75)搦之責一、則(76)抛棄二神釼一、ミ《劔》(77)不レ離レ身、道行術盡力窮、拜手自肯(78)、遂當二斬刑一、

(8)自レ爾以來、始置二御(79)社守七人(80)一一人爲レ長六人爲二烈(82)一、(81)並免二傜役一、凡奉レ齋(83)二釼(84)神於此國(85)一、惣縁二宮酢姫(86)与二建種稲公也、宮酢姫(87)下世之後、精(88)靈爲レ神、号二氷(89)上宮(90)天神一、其社(91)在二愛智《知》郡氷(92)上邑一、以二海部氏一爲レ祝(93)、海部、是尾張氏別姓也、(94)稲種公者火明命十二(95)代之孫(96)、尾張氏之祖也、因レ茲明(97)神爲二尾張氏神(98)、便以二尾張氏人一補二神主・祝等職一也、

(51) 生—日（群・参）
(52) 感應—則感應（群・参）
(53) 姫—媛（群）
(54) 耗—耄（群・参）
(55) 釼神—神劔（群・参）
(56) 其定—定其（群・参）
(57) 處—地（群・参）
(58) 林—株（群・参）
(59) 火—炎（群・参）
(60) 祈—祈入（群・参）
(61) 神社—于神祠（群・参）
(62) 所—取（群・参）
(63) 脱自—神劔脱（群）神劔自脱（参）
(64) 亦—ナシ（群・参）
(65) 着—著（群・参）
(66) 云—曰（群・参）
(67) 釼神—神劔（参）
(68) 而—然（群・参）
(69) 嗽—欺（群・参）
(70) 野—妖（群・参）
(71) 着—著（群・参）
(72) 怍—怪（群）
(73) 棄—棄去（群・参）
(74) 將—則將（群・参）
(75) 投—捉（群・参）
(76) 則—乃（群・参）
(77) ミ—劔（群・参）
(78) 肯—首（群・参）
(79) 御—ナシ（群・参）
(80) 人—員（群・参）
(81) 一人～爲烈—本文（参）
(82) 烈—別（群）、列（参）
(83) 齋—祀（群・参）
(84) 釼神—神劔（参）
(85) 國—國者（群）
(86) 姫—媛（群）
(87) 姫—媛（群）
(88) 精靈爲神—建祠崇祭之（群・参）
(89) 氷—火（参）
(90) 宮—姉子（群・参）
(91) 社—祠（群・参）
(92) 氷—火（参）
(93) 祝—神主（群）
(94) 海部～姓也—本文（群・参）
(95) 二—一（群）
(96) 孫—孫尾張國造乎止與命之子母尾張大印岐之女真敷刀婢命也實（群・参）
(97) 明—以熱田明（群）
(98) 神—神宮酢媛及建稲種命大宮相殿也（群）

(1)の冒頭部が「正一位」か「正二位」かが、千秋家本系統か群書類従本系統かの一つの判断基準となる。熱田大神の位階を確認すると、清和天皇貞観元年二月に正二位（三代実録）、村上天皇康保三年三月に正一位（日本紀略）とある。『縁記』の年次、寛平二年からみると、「正二位」とするのが史実には適う。ただし、『縁記』の位階が歴史的事実を示すという保証はない。(1)で重要なのは、「神釼」を「奉齋」する由縁を語るという書き出しをもつことであり、草薙剣の記事を中心にまとめることが冒頭で方向付けられているといってよい。

(2)の「日本」と「倭」、「姫」と「媛」という用字異同は、前掲の『寛平縁起　藤原村楹記』の「考例」を合わせ考える必要があろう。その内容は『縁記』独自のものであるが、尾張氏の祖、稲種公を中心とした氏族伝承に基づく記事かもしれない、あえて比較すると、日本書紀景行天皇四十年是歳条に、[15]

於是、分レ道、遣二吉備武彦於越國一、令レ監二察其地形嶮易及人民順不一。

とある、吉備武彦の役割に近いものが稲種公にはあるともみられる。日本書紀に関して言えば、(3)の「覺賀鳥」とのかかわりで、次の記事が注目される。

冬十月、至二上総國一、従二海路一渡二淡水門一。是時、聞二覺賀鳥之聲一。欲レ見二其鳥形一、尋而出二海中一。仍得二白蛤。於是、膳臣遠祖、名磐鹿六鴈、以レ蒲為二手繦一、白蛤為膾而進之。故美二六鴈臣之功一、而賜二膳大伴部一。

（景行紀五十三年十月条）

磐鹿六鴈の功績で膳大伴部を賜わったという記事で、膳氏の伝承を録したものと思われる。[16] その膳氏の旧記の残存と思われるのが、『本朝月令』や『年中行事秘抄』に「高橋氏文云」として引用する、次の記事である。[17]

此時。大后詔二磐鹿六獦命一。此浦聞二異鳥之音一。其鳴二駕我久久一。欲レ見二其形一。即磐鹿六獦命。乗レ船到二于鳥許一。鳥驚飛二於他浦一。猶雖二追行一遂不二得捕一。於是磐鹿六獦命詛曰。汝鳥戀二其音一欲レ見レ貌。飛二遷他浦一。

不レ見二其形一。自レ今以後。不得登陸。若大地下居必死。以二海中一爲二住處一。……

「高橋氏文」は、延暦八年（七八九）に朝廷に奉った高橋（膳部）氏の記録であり、『縁記』と直接文献関係があったとも思われない。重要なことは、景行天皇（日本武尊）の東国巡行の際に、「覺賀鳥」という珍しい鳥を捕えようとした点において、共通の伝承基盤をもつことである。(18)「高橋氏文」の「大后」とは、八坂入媛のことである。この八坂入媛については、景行天皇の妻問い伝承（景行紀四年二月条）を載せ、この八坂入媛（弟媛）の父、八坂入彦皇子は、崇神天皇妃、尾張大海媛の子である。すなわち、「高橋氏文」の記事も、尾張氏と接点をもつことになる。(3)は、このような氏族伝承の広がりの中で、(2)をも含めて、稲種公伝承としてまとまっていた資料を基にしたと考えられる。

(4)の仮名表記については次節でふれることとして、ここでは地名と人名の問題のみふれることとする。まず、(4)の歌の冒頭部「奈留美」について「奈留美者、是宮酢姫所レ居之郷名、今云二成海一」と注する。「今」で指示される地名の注記は、『縁記』中他に三例みられる。

①焼津、今謂二益頭（津）郡一訛也、

②現哉、ゝゝ、依二現哉之詞一、其地号二内津一社今稱二天神一、在二春日（部）郡一、

③仍□《（號）》二其瀬一、曰二能知瀬一、能知者、命終之詞也、今改爲二長瀬一訛也、

「今」とは、おそらく『縁記』が編まれた時点を指す。その時点での地名表記としてみると、すでに指摘があるように、(19)『倭名類聚抄』（元和版）と一致することは、注意してよい。すなわち、(4)の「成海」については、「愛智郡」に「成海奈留美」とある。①は「益頭郡」に「益頭萬之都」、②は「春部郡」、③は「鈴鹿郡」に「長世奈加世」とみえる。また、②の「内津」は延喜神名式の「春部郡十二座」の中に、「内津神社」がみえる。『縁記』独自の地

名は、すべて鎌倉以前の保証をもつといってよい。人名では、「比加弥阿祢古」が記紀にはみえない。『縁記』では宮酢姫を指すことになるが、延喜神名式に「火上姉子神社」とあるのが参照されよう。まさに「風俗歌」として、その地名を冠する女性に歌いかけた恋歌にふさわしい。

(5)は、『釋日本紀』巻第七に、類似した記事をもつ。[20]

尾張國風土記曰。熱田社者、昔、日本武命、巡二歴東國一還時、娶二尾張連等遠祖宮酢媛命一、宿二於其家一。夜頭向レ廁、以二随レ身釼一、掛二於桑木一、遺之入レ殿。乃驚、更往取之、釼有レ光如レ神、不二把得一之。即謂二宮酢姫一曰、此釼神氣。宜三奉レ齋之、爲二吾形影一。因以立レ社、由レ郷為レ名也。

右の「尾張國風土記」逸文と『縁記』(5)との先後関係は明言できない。しかし、その筋の展開の近さは、両伝が同一の伝承から生じたものであることを物語る。草薙剣の鎮座を語る、縁起としては最も重要な部分であり、熱田社の起源譚の広がりを感じさせる。ただし注意されるのは、「尾張國風土記」逸文が熱田社の由来を「由レ郷レ爲レ名也。」とまとめており、「熱田」の由来を直接は述べていないことである。これは起源譚としては不十分であり、「熱田」の地名起源は他に伝えられていたと思われる。そして、おそらくそれに当たるのが(6)であろう。

(6)は、日本武尊の「仙化」の後も神剣を守っていた宮酢姫が、老いて死ぬ前に神剣を収める社を定めた時、「楓樹一林」が自然に燃えて水田に倒れたが、水田で火が消えず熱かったので「熱田社」と名付けたという。この「熱田」の起源譚は、内容を少し変えつつも、「あつたのしむひ」[21]（熱田の神秘）など中世の霊験譚に伝えられている。

さて、みやすひめは、みことの御かたみのつるきを、まくらにたてゝをき給ひたりければ、すなわち、田の

なかにすきの木ありしによせかけて、おきたりければ、たちまちに、このけんひとなり、すきの木やけおれたり、はしめはやけたとなつけたり、やけつるとき、いかほとあつかりけん、それよりあつたと申なり、

そして、それらの霊験譚が『平家物語』の「釼巻」につながっていることも、すでに指摘されている通りである。(22) 屋代本『平家釼巻上下』(23)から当該部を挙げてみる。

草薙ノ釼ヲハ遠ノ柱ニ《桑ノ枝ニ》懸置給シヲ岩戸姫乞給ヒテ紀大夫カ田一夜ノ内ニ森ト成リタリシヲ其森ノ杉ニ寄懸テ被置タリケルカヨナ々々釼ヨリ光リ立出ケルカ彼杉ニ燃付テ焼ニケリ田ニ彼杉ノ焼テ倒タリケレハ焼田トソ申ケル又彼杉ノ焼テ倒レ入タリシ時ハ田モ熱クヤアリケント云心ニテ熱田トハ名付タリ

宮酢姫が岩戸姫に変わっているが、「桑ノ枝ニ」と傍書にみえるところが、(5)との近さを感じさせる。

(7)は、天智紀七年条にみえる、

是歳、沙門道行、盗㆓草薙釼㆒逃㆓向新羅㆒。而中路風雨、荒迷而帰。

という記事が独自に展開した部分であるが、道行が剣を「袈裟」でつつみ、伊勢国へ逃げ去っても、「袈裟」を脱して本社に還り、また「袈裟」につつんで摂津国に逃げ到って、難波津から纜を解いて国（新羅）へ帰ろうとしたが、海で迷い難波津に漂着した、という。そこで或る人に熱田剣神が神がかりして、「七條袈裟」「九條袈裟」の話へと展開し、道行はついに自首し殺された、と語る。この(7)の「袈裟」が、道行の逃避行に「七帖」「九帖」と配され、住吉神と結びついて道行説話を形成することになる。その形を、屋代本『平家釼巻』で追ってみる。

尾張ノ熱田参ツゝ七日行テ比丘取テ五帖ノ袈裟ニ褁テ逃ケル程ニ釼ハ袈裟ヲツキ破テ本ノ宝殿ニ入給フ沙門道行又立帰テ二七日行テ猶釼ヲ取テ此度ハ七帖ニ褁テ逃ケルニ釼七帖ヲモ撞破テ如元帰入給又猶立皈テ三七

日行テ今度ハ九帖褁テ出ケル間彼事ヲヱスシテ筑紫ノ博多マテ逃延タリケルヲ熱田大明神安カラス思食テ住吉大明神討手ニ被遣ケリ住吉蒙仰筑紫ノ博多ニ飛下テ道行ヲ害シテ草薙ノ釼ヲ奪取テ天武天皇御時朱鳥元年尾張熱田へ返シ置ク、

右は、いわゆる中世日本紀の道行説話として類型をもつものであり、三種神器の霊験譚への展開を示す。『縁記』には、少なくとも中世的な神仏習合の要素はみられない。そしてその説話展開からみても、『縁記』が屋代本『平家釼巻』以前に成立していたことは確かであろう。(8)が、「稲種公者火明命十二代之孫、尾張氏之祖也」と主張しているのは、『先代旧事本紀』巻第五に「十二世孫建稲種命」(兼永本)とあるのと符合する。この『先代旧事本紀』の尾張氏系譜に「宮酢姫」の名が見えないことを勘案すると、稲種公を中心とした伝承と草薙剣伝承は本来別の出自をもつものであり、『縁記』は、日本書紀を中心に据えてそれらをまとめたものではないか。

三　古事記の引用とその方法

そのような『縁記』の編集の痕跡は、古事記の引用からも跡づけられると思われる。古事記の引用法は、大きく三つにまとめることができる。

〔一〕『縁記』中、極めて部分的に古事記を引用した場合
〔二〕古事記の歌謡を中心に引用した場合
〔三〕直接引用ではないが、類似の歌謡を中心とした場面に共通性がみられる場合

〔一〕の用例は、三カ所にみられる。以下『縁記』は縁、古事記は古で真福寺本を示し、脚書には『縁記』は(群)(参)、古事記は卜部兼永本(兼)の異同を記す。

A 縁 又賜二一御嚢一曰、若有二急捽(1)一解二斯嚢口一
古 亦賜御嚢而詔若有急事解茲嚢口

B 縁 弟橘娭(1)入レ海之後、及二於七日一御(2)櫛随レ波依二於水濱一乃取二其櫛一
作レ墓安(3)置也(4)、
古 故七日□(5)後其后御櫛依于海邊乃取其櫛作御陵而治置也

C 縁 僕是國津(1)神大山祇之子也、号曰(2)二足名槌一妻(3)号曰二手名槌一此少女是
吾兒也、号二櫛名(4)田姫(5)一
古 僕者國神大山上津見神之子焉僕名謂足上名稚妻名謂手上名椎女名謂櫛
名田比賣

（1）捽—卒（群）
事（参）

（1）娭—媛（群、参）
（2）御—ナシ（参）
（3）安—ナシ（参）
（4）也—焉（群、参）
（5）□—之（兼）

（1）津—ナシ（群）
（2）曰—ナシ（群、参）
（3）妻号曰—ナシ（群、参）
（4）名—稲（群、参）
（5）姫—媛（群）

Aは、日本武尊が東征に際して倭姫命を訪ねた時、「一神釼」と共に「一御嚢」を授けた場面である。当該部の日本書紀では、「草薙釼」は授けたとあるが、「御嚢」のことは書かれていない。『縁記』が「一御嚢」をもちだしたのは、古事記の引用と見ざるを得まい。この「御嚢」について、真福寺本古事記には次のような附箋がある（読点は私意）。

兼文案之、今世俗号火打嚢付于刀者、可為此因縁也、有其事也／日本武尊發向東国之時、先参拝伊勢宮之間、倭姫命被授草／薙釼事、雖見日本紀、給嚢此書之外無所見欤、有興有感可秘々々／文永十年二月十四日丑尅注之

文永十年（一二七四）において、「火打嚢」に「刀」を付ける風習があり、それが古事記の伝えに拠るという。古事記の受容の一つのあり方として興味深いが、『縁記』がそれを引用した理由は明らかでない。その「御嚢」を「一御嚢」としたのは、日本書紀の「草薙釼」を「一神劔」としたのに連動する措置であろう。『縁記』の筋の展開でいえば、「八岐大虵」の話は後に記されているので、「焼津」での「其釼号二草薙一」という命名以前であることを配慮した表記であろう。結果として、「伊勢太神宮」と草薙剣の結びつきが表面には出てこないことになり、熱田社にとっては都合がよい形ともいえる。

Bは弟橘姫入水譚の後日談に当たる部分であり、Aと同様に日本書紀には記されていない。しかし、表記そのものは古事記を引用したとまでは言いにくいかもしれない。『縁記』と日本書紀との関係についても、同様な個所は多くみられる。『縁記』なりの立場での改編は、十分考慮に入れる必要があろう。

Cは、前後の文脈は日本書紀に拠った部分であり、古事記を引用したとまでは言えないが、参照して文を変えたことは明らかであろう。日本書紀の当該部は、次のようにある。

　吾是國神、号脚摩乳、我妻号手摩乳、此童女是吾兒也、号奇稲田姫、

Cの『縁記』と比較してみると、「大山祇之子」という位置づけと神名表記が異なる。日本書紀の文脈で明確でない点を、古事記で補おうという態度ともよみとれる。神名表記は、別の理由であろう。

〔二〕は、「氣吹山」の「大虵」により「體中不豫」の状態に陥った日本武尊が、伊勢の「尾津濱」において置き忘れていた剣のことを歌い（D）、「能裏（褒）野」から「鈴鹿山」を過ぎた時に「御病（悩）危迫」の状態で歌った（E）という、二歌謡を中心とした引用部分である。

D
縁 至二今日一欽猶存故歌曰、
袁(1)波理邇(迩)(2)、多陁尓牟逃(3)弊(幣)(4)流、袁(5)(6)都能佐岐那流、比登都麻都阿勢袁(7)、比登都麻都、比登尓阿理勢波、多知波氣麻斯袁(8)、岐奴岐勢麻斯袁(9)、比登都麻都阿勢袁(10)、

古 尓御歌曰
袁波理邇多陁迩牟迦弊(11)流袁都能佐岐那流比登都麻都阿勢袁比登都麻都比登迩阿理勢婆多知波氣麻斯袁(12)袁岐奴岐勢麻斯袁比登都麻都阿勢袁

(1) 袁—遠（群、参）
(2) 邇—尓（群、参）
(3) 逃—迦（群、参）
(4) 弊—幣（群、参）
(5) 袁—遠（群、参）
(6) 都—津（群）
(7) 袁—遠（群、参）
(8) 袁—遠（群、参）
(9) 袁—遠（群、参）
(10) 袁—遠（群、参）
(11) 弊—幣（兼）
(12) 袁—ナシ（兼）

E
縁 既而過二鈴鹿山一御(1)(悩)(2)病危迫、故(3)御歌曰、
袁(4)登賣能、登許能弁尓、和賀於岐斯、都留岐能多知、曾能多知波夜、
渡二鈴鹿河中瀬一、忽隨二逝水(5)一、時年卅(6)、仍□(號)(7)二其瀬一、曰二能知瀬一（能知者、命終之詞也、）
今改爲二長瀬一訛也、

古 此時御病甚急尓御歌曰
袁登賣能登許能弁尓和賀淤(8)岐斯都流岐能多知曾能多知波夜
歌竟即崩

(1) 御—ナシ（群、参）
(2) 病—病痛（群、参）
(3) 御—ナシ（群、参）
(4) 袁—遠（群、参）
(5) 水—水謂レ崩也（参）
(6) 卅—三十（群、参）「三十」ノ下割注「按日本紀紀年前後不レ合余別有レ考」（参）
(7) □—號（群、参）
(8) 淤—游（兼）

Dの歌の、『縁記』と古事記の用字の相違は、すべてそれぞれの諸本の用字異同の範囲に収まる。強いて言え

ば、「袁」の重なりが無い点において兼永本に近いともみられよう。重要なことは、D部に日本書紀も同様な歌を載せているのにもかかわらず、なぜ古事記の歌を引用したのかということである。たとえば、甲斐の酒折宮での問答歌などは、明らかに日本書紀の歌を引用している。記紀両書に歌がある場合、日本書紀のものを引用する方が『縁記』のあり方からは自然であるのは間違いない。それをあえて古事記に拠ったのは、次のEの歌への接続を考えての措置ではなかったかと思われる。Eの歌は、古事記のみにあり、日本書紀にはみえない。しかし、日本武尊が死に臨んでうたった重要な歌であり、しかも宮酢姫のもとへ置いてきた草薙剣を追慕するという、『縁記』にとっては欠かせない歌であったと思われる。

Eは、『縁記』と古事記で歌をうたった場所が異なる。古事記では、「思国歌」三首と共に「能煩野」で歌ったとあるが、『縁記』では「鈴鹿山」を過ぎた時に歌うとする。「鈴鹿山」が登場するのは『縁記』だけであり、これは歌の後の「長瀬」の地名起源記事とかかわりをもつ。後文の「鈴鹿河中瀬」→「逝水」→「能知瀬」→「長瀬」という、日本武尊の死を語る展開は、その土地で伝わっていた地名起源譚としてのまとまりを感じさせる。『縁記』と古事記の歌の相違は、「於」と「渉・游」、「留」と「流」のみであり、古事記を引用したものであることは間違いない。古事記を引用しつつ独自な文脈へと展開させているのは、『縁記』の意識的な手法としておさえておかねばなるまい。「鈴鹿山」は、いうまでもなく東国との境であり、日本武尊の東国平定の終了を強く印象付ける手法である。草薙剣の霊剣譚としての『縁記』においては、まさに大団円となる重要な場面である。

(3)〔三〕は、『縁記』独自の伝承として重視されている部分であり、古事記の美夜受比賣伝承と対応する。第二節の(3)に続く部分である。

F
縁 于レ時獻二大御食(1)一、宮酢姫(2)手捧二玉盞一以獻上(3)、彼姫所(4)(著)レ着裾(5)(6)〔衣裾、此云二意須比一〕(7)
染二於(8)月水一、(9)日本武尊覧レ之、即歌云(10)、
麻蕤義、乎皮(11)理乃夜麻等(12)、許知其知能、夜麻乃加(13)比由、等美和多流、
(14)(15)久吡何波(乃)(16)久(17)波富、多曾(18)(19)(ナシ)(20)多曾知夜何比那乎、麻岐弥(祢)(21)牟等、和例波母弊(幣)(22)流乎、
与利弥(祢)(23)牟止、和例波母弊(幣ヒ)(24)ヒ流乎、和伎毛古、那何祁西(25)流、意須比乃宇閉爾、
阿佐都紀乃其止久、都紀多知尓祁理、
宮酢姫(26)奉レ和云(27)、夜須美志(28)(志)ゝ、和期意富岐美、多加(29)比加流、比乃美古、
阿良多麻乃、岐閇由久止志乎、止志比佐尓、美古麻知何多尓、都紀加佐
祢、岐(30)美麻知何多尓、宇倍那宇倍那志母夜、和何祁(31)流、意須比乃宇閇尓、
阿佐都紀乃其止久、都紀多和(知)(32)尓祁流、
古 於是獻大御食之時其美夜受比賣捧大御酒盞以獻尓美夜受比賣其於意
須比之襴〔意須比三字以音〕著月経故見其月経御歌曰
比佐迦多能、阿米能迦具夜麻、斗迦麻迩、佐和多流久吡、比波煩曽、多
和夜賀比那袁、麻迦牟登波、阿礼波須礼梯、佐泥牟登波、阿礼波意母閇
梯、那賀祁勢流、意須比能須蘇尓、都紀多知邇祁理、
尓美夜受比賣答御歌曰
多迦比流迦比能美古、夜須美斯志和賀意冨岐美、阿良多麻能、登斯賀岐

(1) 御食—饌（群、参）
(2) 姫—媛（群）
(3) 上—ナシ（群、参）
(4) 姫—媛（群）
(5) 着—著（群、参）
(6) 裾—衣裾（群、参）
(7) 割注—古事記等ヲ注記スル（参）
(8) 月水—以下、醫書ヲ注記スル（参）
(9) 日本—倭（参）
(10) 云—曰（群、参）
(11) 皮—波（群、参）
(12) 等—止（群）以下ソレゾレノ句ニ解釈ヲ注記スルガ省略（参）
(13) 加—迦（参）
(14) 久—ナシ（群）
(15) 吡—吡比（参）
(16) 久—乃（群、参）
(17) 富—富曽（群）
(18) 曽多曽—ナシ（群）
(19) 多曽—ナシ（参）
(20) 知—和（群）
(21) 弥—祢（群、参）
(22) 弊—幣（参）
(23) 弥—祢（群、参）
(24) 弊—幣（参）
(25) 西—勢（参）
(26) 姫—媛（群、参）
(27) 云—曰（群、参）

布礼婆、阿良多麻能、紀[33]都岐閇由久、宇倍那宇倍那宇倍那、岐美麻知賀
多尓、和賀祁勢流、意[34]須比能（須比能御本）○須蘇尓、都紀多〻那牟余、

（28）志〻—斯斯（参）
（29）加—迦（群）
（30）岐—妓（群）
（31）祁—祁勢（群、参）
（32）和—知（群、参）
（33）紀都—都紀波（兼）
（34）意須比能—意須比能須比能（兼）

まず、『縁記』と古事記の地の文を比較して注目されるのは、「大御食」の時に「玉盞（大御酒盞）」を捧った宮酢姫の「意須比」が「月水（月経）」の状態であったという点が共通していることである。資料上の直接関係までは言えないが、「月水（月経）」という素材の特殊性は、両伝承の共通基盤を考えさせる。それは、両伝承中の歌の表記の近さからも裏付けられる。

『縁記』と古事記の歌の万葉仮名をすべて挙げてみる（両者で重ならない用字はゴチックで示す）。

［縁］阿宇意**加**迦**何**岐（甲）**妓**紀（乙）久祁（甲）**義**（乙）古（甲）**許**（乙）**其**（乙）**期**（乙）佐志斯須**西**勢蘇（甲）
曽（乙）多知都**等**（乙）**止**（乙）那**尓祢乃**（乙）能（乙）**皮**波比（甲）毗（甲）**弊**（甲）**幣**（甲）閇（乙）倍（乙）
富麻美（甲）牟母**毛**夜由**与**（乙）良理**利**流**例**和**乎**

［古］阿宇意迦**賀**岐（甲）紀（乙）久**具**祁（甲）古（甲）佐志斯須勢蘇（甲）曽（乙）多知都**斗**（甲）**登**（乙）**梯**（乙）
那**迩泥**能（乙）波**婆**比（甲）毗（甲）布閇（乙）倍（乙）富**煩**麻美（甲）牟**米**（乙）母夜由**余**（乙）良理流**礼**和
袁

右の『縁記』の万葉仮名で古事記に重ならないもののうち、古事記の仮名表記として使用されていないものは、「妓義期西止皮利例乎」である。そのうち、「皮西妓」は用字異同があり、省かれる可能性がある。それらを除く

と、六例のみが古事記と重ならない万葉仮名となる。また、前節で挙げた『縁記』独自の歌謡(4)で、〔三〕の万葉仮名に含まれない「己（乙）奈不保弥（甲）也留礼」のうち、古事記にないものは「己奈不保也」である。〔三〕より比率が高いが、同じ「風俗歌」と括られた歌群で、異なる資料を用いたと判断するほどの相違ともみられない。

ところで、『縁記』の万葉仮名については、甲乙の相違から重要な指摘がある。すなわち、『縁記』の甲乙の誤用例は「和多良部牟加毛（渡らへむかも）」（前節の(4)）の「部（甲類）」のみであり、「義《ゲ》（乙類）」の正しい用法から、『縁記』の歌が奈良中・末頃の仮名を保っているという指摘[24]である。したがって、古事記との類例〔三〕には甲乙の誤用はなく、その点を踏まえて書き下した上で比較してみる（傍線部は類似句）。

〔三〕縁 真菅《まそげ》　尾張の山と　こちごちの　山の峡ゆ　飛み渡る　鵠が（波久波富）　手弱腕を　枕き寝むと　我は思へるを　寄り寝むと　我は思へるを　我妹子　汝が着せる　襲衣の上に　朝月の如く　月立ちにけり

記 久方の　天の香具山　利鎌に　さ渡る鵠　弱細　手弱腕を　枕かむとは　吾はすれど　さ寝むとは　吾は思へど　汝が着せる　襲衣の欄に　月立ちにけり

日本武尊の歌であるが、「尾張の山」と「天の香具山」の違いは、「風俗歌」かどうかとかかわろう。古事記の「利鎌」の景が、新月があらわれると比喩的に表現することにより、視覚的イメージを鮮明にしつつ「月立ち」を導く形[25]は、『縁記』の「朝月の如く」の表現性に近い。傍線部の多さをふまえても、両歌は類歌関係にあるといってよい。

次に、宮酢姫の答歌をみてみる。

縁 やすみしし　我ご大君　高光る　日の御子　あらたまの　来経ゆく年を　年久に　御子待ち難に　月重ね　君待ち難に　諾な諾なしもや　我が着せる　襲衣の上に　朝月の如く　月立ちにける

古　高光る　日の御子　やすみしし　我が大君　あらたまの　年が来経れば　あらたまの　月は来経行く
　　諾な諾な諾な　君待ち難に　我が着せる　襲衣の襴に　月立たなむよ

宮酢姫の歌も、類似句が多い。ただし、次の三点は、両歌の性格の違いを示している。第一に、「やすみしし我ご大君」と「高光る日の御子」という歌い出しが相違する点。『縁記』の形は、万葉集と同じ形である。古事記が「高光る日の御子」を前にもってくるのは、天照大神神直系として、皇統の正統性を強調しているのに他ならない。「高光る」から歌い出す異例の意味を考えるべきである。それは、第二の「君待ち難に」の句の位置の相違にもつながる。『縁記』では、「御子」「君」を待ち難い心情を繰り返すことにより、「もっともなことでしょう」と「月立ち」（月のさわりになったこと）を弁解づける。宴席での笑いさえ想定させる。一方の古事記は、「月は来経行く」と年月のサイクルを確認した上で、「もっともなことでしょう」と月の経過を肯定的にうけつつ、「月が立ってほしいですね」と新しい暦月が始まることを願う。〈年月〉＝願望（なむ）の表現へと「月立ち」を転換させることにより、美夜受比賣の服属物語の文脈の中で歌われている。(26)「月立ちにける」と「月立たなむよ」という歌のとじめという第三の相違（波線部）は、宮酢姫を「火上姉子」として祭神にすえおく『縁記』と、尾張国造の服属の一環として意味付ける古事記の、両書の性格の違いに基づくといえよう。ともかく、両書の歌の類似句の多さは、共通歌からの分われを想定するのに十分だと言えよう。

以上、『縁記』が古事記を遡るものでないことは、第三節の〔一〕〔二〕のあり方より明らかであるが、〔三〕のあり方は、古事記の比較資料としての『縁記』の有用性を裏付ける。そして、第二節で検討した『縁記』の独自記事からは、

日本書紀を中心に据えつつも、諸伝承を援用しつつ記事を再構築する『縁記』のありようを確認した。そして第二節、第三節の記事を通して強く意識されていたのは、草薙剣の存在の大きさであり、熱田社を中心とした草薙剣の霊剣譚として中世日本紀の世界に流れこんでいくのであろう。その〈流れ〉は、『縁記』の別の面を意義付けると思われが、記紀の享受の一面を明らかにしたことをもって小稿を閉じたい。

【注】

（1）縁起の名称については、古い写本の内題の表記を援用するという西宮秀紀「「尾張国熱田太神宮縁起」写本に関する基礎的研究」（『愛知県史研究』4、平12・3）の立場に従う。なお、諸本の性格、系統については、同論文に詳細な分析がある。小稿も西宮論文の成果に負うところが多い。記して謝意を表したい。

（2）『群書解題』第六巻所収「尾張國熱田太神宮縁記」（続群書類従完成会編、昭37・4）

（3）『尾張國熱田太神宮縁記（熱田神宮文化叢書第一）』所収「尾張国熱田太神宮縁記について」（熱田神宮宮庁、昭42・6）

（4）『神道大系　神社編十九　熱田』所収「解題」（神道大系編纂会、平2・3）。同書に翻刻された『尾張國熱田太神宮縁記』は、「最も祖本千秋家本の原形を伝える岡山高蔭模写の熱田神宮所蔵本を用いることにし、適宜、宮内庁書陵部本を参考にした」ものであり、小稿ではこの翻刻本文を底本とし、必要に応じて諸本の異同を示すこととする。

（5）西宮氏、注（1）同論文。

（6）「縁」は脱字と思われ、同内容をもつ國學院大學図書館所蔵『縁記』（091.8・ku74・272）により補う。

（7）群書類従本は、『尾張國熱田太神宮縁記（熱田神宮文化叢書第一）』所収「本文」（熱田神宮宮庁、昭42・6）に拠る。

（8）西宮氏、注（1）同論文。

（9）西田氏、注（2）同解題。

（10）西宮氏、注（1）同論文。

(11)『神道大系　神社編十九　熱田』の翻刻本文に拠る。
(12)以下、比較において「千秋家本」という時は、注（4）同書の翻刻本文を調査対象とする。
(13)菅野雅雄「尾張国熱田太神宮縁起の研究—記紀受容の態度をめぐって—」（『名城法学』20の1・2、昭45・12）に、『縁起』と『日本書紀』の詳細な比較分析がある。参照されたい。
(14)刊本『参考熱田大神縁起』は、伊藤信民の明和六年（一七六九）三月と、秦鼎の文化辛未年（一八一一）の序をもつが、西宮氏注（1）同論文は、群書類従本系と千秋家本系の校合本であるとする。
(15)以下、日本書紀の引用は、天理図書館善本叢書所収、卜部兼右本に拠る。
(16)岩波日本古典文学大系『日本書紀上』補述7—四二参照。
(17)新撰日本古典文庫4『古語拾遺・高橋氏文』（現代思潮社、昭51・7）に拠る。
(18)平成十年一月二十四日の第一回「古事記逸文研究会」の稿者の発表時に、飯泉健司氏より「磐鹿六獦命」伝承とのつながりについて、貴重な指摘を受けた。記して謝意を表したい。
(19)尾崎氏、注（3）同論文。
(20)引用は、『神道大系　古典註釈編五　釋日本紀』に拠る。
(21)『神道大系　神社編十九　熱田』所収「熱田の神秘」の翻刻に拠る。
(22)伊藤正義「熱田の深秘—中世日本紀私注—」（『人文研究』31、昭55・3）及び阿部泰郎「日本紀と説話」（『説話の講座　第三巻　説話の場』勉誠社、平5・2）
(23)貴重古典籍叢刊9『屋代本　平家物語』（角川書店、昭48・11）に拠る。
(24)宮嶋弘「萬葉假名「義《ゲ》」の使用時より上宮記・上宮聖徳法王帝説の著述年代を考ふ」（『国語国文』12の12、昭17・12）。なお、西原一幸「『新撰写鏡』のコの仮名と「尾張国熱田太神宮縁記」」（『岡大国文論稿』6、昭53・3）にも、『縁記』の万葉仮名の正用の具体的指摘がある。
(25)拙稿「倭建命」（『古代文学の歌と説話』若草書房、平12・10）
(26)拙稿、注（25）同論文。

『袖中抄』に引用された『古事記』

吉海直人

一　『古事記』逸文について

かつて岡田米夫氏は、「古代文献に見える古事記」『古事記大成一』（平凡社・昭和三十一年十一月）において、数多くの文献を調査されている。その調査結果を一覧すると、平安朝文学には全くといっていい程『古事記』引用が認められないということが読みとれる。もちろん平安朝文学も調査の対象となっているのだが、それにもかかわらず、『古事記』という書名が登場していないのである。

単に『日本書紀』の方が国史として尊重されていたというだけなら、少しくらいは文学作品の中に『古事記』引用があってもよさそうなものである。ところが『古事記』の方がずっと文学的（説話的）であるにもかかわらず、引用は皆無に近いわけだから、むしろ『古事記』自体が天皇家の私物として秘蔵され、他の人々の目に触れなかったとすべきであろうか(1)。

そういった中にあって、顕昭《けんしょう》の『袖中抄《しゅうちゅうしょう》』が、わずか一例ではあるものの、岡田氏の調査報告に掲載されて

いる。その当時において、『袖中抄』は『歌学文庫一』(一致堂書店・明治四十三年刊)に翻刻されているだけで、国文学においても比較的マイナーな作品であった。もっとも岡田氏は『歌学文庫』の翻刻ではなく、國學院大学蔵写本を使って調査しておられるようなので、おそらく大変な作業であったと想像される。

『袖中抄』を所収した『日本歌学大系別巻二』(風間書房)が刊行されたのは、それから二年後の昭和三十三年十一月のことである。(2)ちょうど同じ時期に、文部省の科学研究費の成果として、梅沢伊勢三・小野田光雄氏「古事記逸文集成稿(一)」(古事記学会・昭和三十四年三月刊)が謄写版刷りで作成されている。この場合は、時期的に日本歌学大系本を参照することは可能であったけれども、短期間における総合調査であったためか、実際に『袖中抄』本文に当たって調査されたのではなく、前述の岡田氏の論文からの引用(孫引き)となっているので、ここでも日本歌学大系本は利用されていない(もっとも決して日本歌学大系本が最善本というわけではない)。

そこで今回、『日本歌学大系別巻十』(平成九年二月刊)の「書名索引」を参考にして一わたり調査してみたところ、『袖中抄』では四箇所に『古事記』が引用されていることがわかった。(3)当然そのうちの一箇所は岡田氏のご指摘された例であり、残る三箇所がここで新たに紹介する例ということになる。以下、その四例を順番にあげ、本文の分析・検討を行っていきたい。

なお、六条家の顕昭は漢籍・仏典に通じた碩学であり、中世歌学において偉大な業績を多数残している人物である。『袖中抄』(文治五年頃成立)はその顕昭の代表的な著作の一つであり、『万葉集』以下の歌集に用いられている歌詞約三百語について、百数十種の書物から証歌・典拠をあげてその意味を考証している(いわば歌語辞典・語源辞典でもある)。その博引旁証ぶりには驚かざるをえない。ここで問題にしている『古事記』も、その百数十種の書物の一つなのであるが、『日本書紀』が何十回となく引用されているのに対して、『古事記』の引用回数は

やはり極めて少ないことになる。

二　「あさもよひ」

まず『袖中抄』巻五の三番目「あさもよひ」項において、古歌「あさもよひきのせきもりがたづか弓ゆるすときなくまづゐめる君」があげられ、初句の「あさもよひ」に関して様々に考証がなされている。その中に、

（今伏古事記、古語拾遺、旧事本紀、大和本紀等、聊合首尾頗以会釈云々。今案にあさもよひは）朝にもやして飯を炊也。さて朝にもやしていひかしぐ木とつづくる也。　（81頁）

と、『古事記』が引用されている。ただしこの場合は書名のみの引用であり、必ずしも『古事記』本文が引用されているわけではない。またその書名さえも、底本誤脱（括弧は底本の誤脱を他本で補訂したもの）とされている部分なので、岡田氏がこの例を漏らしたとしても不思議はあるまい（橋本不美男・後藤祥子氏『袖中抄の校本と研究』（笠間書院・昭和六十年刊）でも「今伏」から「等」までなし）。

さて「あさもよひ」（古くは「あさもよし」）という語は、不思議なことに『古事記』に用例が見当たらない。そうなると、第一例目から逸文の可能性が生じてくるが、確認の意味も含めて他作品の用例も検討しておこう。調査の結果、『古語拾遺』等には見当たらなかったが、『万葉集』に六例あることがわかった。『万葉集』の表記及び接続を調べてみると、

1「朝毛吉　↓　木人」（五五番）[4]
2「朝毛吉　↓　木上宮」（一九九番長歌）
3「麻裳吉　↓　木道」（五四六番長歌）

4「麻毛吉→木川」(二一九八番)
5「朝裳吉→木方」(二六八四番)
6「朝裳吉→城於道」(三三三八番)

の如くなっていた。基本的に「あさもよひ」は、「紀(木)」及び同音の「城」にかかる枕詞のようである。契沖の『万葉代匠記』では、紀伊国が良麻の産地だから枕詞となったとしている。その証拠として、『万葉集』の「麻衣着ればなつかし紀国の妹背の山に麻蒔《ま》け吾妹《わぎも》」(一二一四番)があげられよう。また『延喜式』巻二十三「民部下」の「年料別貢雑物」に、「紀伊国紙麻七十斤。鎌垣船九隻」(国史大系本『延喜式中巻』587頁)とあることで、紀伊国の特産品と考えられている(「紙麻」は麻製の紙のことか)。

しかしながら、麻のような植物は日本中どこでも生産されるもので、特に紀伊国に限ったものではない。証拠となっている「民部下」の「年料別貢雑物」にしても、多数の国に紙麻があがっているのである(例えば「美濃国紙麻六百斤」、「播磨国紙麻二百十斤」など)。また『万葉集』の漢字表記において、「麻」は二例だけであり、他の四例は「朝」となっている。そうなると字面から「朝」の意味を担っても不思議はないはずである。

続く『古今集』以下の勅撰集に用例が見られないことから、おそらく「あさもよひ」は、平安時代には既に死後に近かったと思われる。平安後期以降、歌学書の中で『万葉集』等が再評価されるに至って、「あさもよひ」は文献上に再浮上したのであろう。(5) その折には既に枕詞であること以外は不明となっており、むしろ「朝」という表記にひきずられて意味が変容した可能性がある。

というのも、『俊頼随脳』に古歌「あさもよひ」があげられ、「あさもよひとは、つとめて物くふ折をいふなり」(全集本『歌論集』129頁)と説明されているからである。面白いことに、『今昔物語集』巻三十「人妻、化成弓

後成鳥飛失語第十四」にも、「アサモヨヒトハ朝《つと》メテ物食フ時ヲ云フ也」（大系本『今昔物語集五』243頁）とほぼ同文で出ている。また『秘府本万葉集抄』一六八〇番の注にも、「アサモヨヒトハ人ノクフイヒカシグヲ云也。見風土記」（『万葉集叢書九』）と出ている。[6]『今鏡』巻十「打聞」の記述も含めて、こういった「あさもよひ」の拡がりには留意しておきたい（他に『奥義抄』・『色葉和難抄』・『綺語抄』・『和歌色葉』・『詞林采葉抄』等にも見られる）。平安後期における「あさもよひ」は、もはや「紀」にかかる枕詞ではなく、「朝」という字面に引かれて[7]「朝催」と表記され、朝ご飯時あるいは朝食の支度、さらにはそのための薪などに再解釈されているのである。この解釈は、『袖中抄』によれば、『万葉五巻抄』の序に式部卿石川卿の説として紹介されているものらしい。

さて『古事記』にもどって、この「あさもよひ」は果たして逸文であろうか。それを考える上で重要と思われるのが、中巻神武天皇記の「阿佐米余玖（あさめよく）」（新編全集本146頁）という類似表現である。これも難解語の一つとされているが、一般には「朝目吉」と漢字が充てられ、朝目をさまして縁起のいいものを見るの意に解されている。これは単語の意味というよりも、文脈に即した解釈であろう。現在、歌語「あさもよひ」と非歌語「あさめよく」は全く別の語とされているようだが、「朝」という共通項を重視すれば、『袖中抄』は『古事記』に用例があるといっているわけではなく、類似表現からの類推としているのかもしれない。いずれにせよこれは括弧付きの引用であるから、やや不安が残る用例であった。しかし、もし「あさめよく」を参考資料として提示しているのであれば、少なくとも顕昭が『古事記』を見ていたことだけは確認されることになる。

三　「ゆつのつまぐし」

次に二番目の例をあげてみよう。『袖中抄』巻七の七番目「ゆつのつまぐし」項には、出典未詳の古歌「あさ

まだきたぶさいとなくかきなづる神なびくなりゆつのつまぐし」が引用され、その五句目の意味が詳しく考証されている。その中で「問云、今此云爪櫛與下文投於醜女爪櫛者同歟異歟」という問いに対する答えの中に、

答云、案古事記云、刺左之御美豆良湯津々間櫛之男柱一箇取闕也。下文云、刺其右御美豆良之湯津々間櫛取闕而投棄。然則左右各別、此文雖不見猶可依彼文也。（120頁）

と『古事記』本文が引用されている。この部分、『古事記』上巻伊邪那岐命《いざなきのみこと》の黄泉国《よもつくに》訪問の本文には、

故、刺左之御美豆良《みみづら》、三字以音。下效此、湯津々間櫛《ゆつつまくし》之男柱一箇取闕而、（新編全集本44頁）

とあり、割注を除いて全く一致していることが確認された。次に少し後の部分（下文）は、「亦、刺其右御美豆良之湯津々間櫛引闕而投棄」（同46頁）となっている。ここでは微細ではあるが、「取闕」が「引闕」になっており、本文異同が認められる。もっともこれが本当に『古事記』の異同なのか、それとも『袖中抄』の異同なのかは即断できない。そこで『袖中抄の校本と研究』で比較してみたところ、底本は「引闕」（159頁）となっており、『袖中抄』の本文異同として押さえられることがわかった。

また『古事記』引用は、二箇所の本文が一つにまとめられているわけだが、「案古事記云」という表記は、必ずしも『古事記』からの引用とは断定できないのではないだろうか。『袖中抄』においては、顕昭自身の文章なのか、出典からの引用なのかが不明瞭な場合もあるので、慎重さを要する。そこで『釈日本紀』を調べてみたところ、巻六「湯津爪櫛」項に「私記云」として、

又問。今此云爪櫛。與下文投於醜女爪櫛者。同歟。異歟。答。案古事記云。刺左之御美豆良湯津々間櫛之男柱一箇取闕也。下文云。刺其右御美豆良之湯津々間櫛引闕而投棄。然則。左右各別。此文雖不見。而猶可依彼文也。（国史大系本『釈日本紀』86頁）

とほぼ同文が出ていた。こうなるとこの部分は『古事記』からの直接引用ではなく、『釈日本紀』の引用文中の『古事記』ということになってくる。

余談ながら、『古事記』は歌語「ゆつのつまぐし」ではなく、「ゆつつまぐし」という語で使用されている。須佐之男命の大蛇《おろち》退治のところにも、「乃於湯津爪櫛取成其童女而、刺御美豆良」(新編全集本70頁)と見えている。ここでは櫛名田比賣《くしなだひめ》を櫛に変えて髪に刺しているわけである。一方、歌語としては『万葉集』には一例も用いられておらず、勅撰集にしても『古今集』以下の八代集には用例が見られない。唯一、『新勅撰集』七八八番に、

かつ見れど猶ぞこひしきわぎもこがゆつのつまぐしいかがささまし

という藤原基俊の歌が撰入されている(『奥義抄』・『時代不同歌合』にも所収)。この歌の出典となった元永元年『内大臣歌合』(五二番)の俊頼の判詞には、

ゆつのつまぐしとは、素盞烏尊の稲田姫に逢初め給ひし時、御みづから〔ママ〕にさし給ひし櫛なり。

とある。この表記からして、この「ゆつのつまぐし」の出典として、俊頼は『古事記』の伊邪那岐命ではなく、『日本書紀』の素戔嗚尊《すさのおのみこと》神話を想起しているようである。(8)

これによれば、やはり『日本書紀』の方が浸透していることになる。反面、『古事記』の存在がますます稀薄になってくる。それはともかくとして「ゆつのつまぐし」は長く死語となっていたわけだが、基俊が『内大臣歌合』で突然「ゆつのつまぐし」と詠じたことにより、それ以降の『色葉和難抄』や『八雲御抄』といった歌学書にも登場することになった。ただし新歌語として流行したという形跡は一切認められない。こうなると「ゆつのつまぐし」が歌語として『袖中抄』に掲載されたのは、出典未詳の古歌の存在以上に、基俊が歌に詠じたということの方が重要ではないだろうか。ただし肝心の基俊は、『古事記』ではなく『日本書紀』から引用しているよ

うなので、必ずしも『古事記』が読まれていた証拠とするわけにはいかない。

四　「しるしのすぎ」

三例目は、『袖中抄』巻九の七番目「しるしのすぎ」項に出ている。『古今集』の有名な、

　わがやどは三輪の山もとこひしくはとぶらひきませすぎたてるかど　（九八二番）

歌（ただし初句「わがいほは」）をめぐって、三輪明神の恋人を住吉明神とする説から発展して、その恋人とおぼしき住吉明神の考証がなされている（男女の別も諸説あり）。そこに『日本書紀』や『古語拾遺』とともに、

　古事記云、墨江之三前大神也。此荒御魂者常在筑紫橘之小戸、和魂今在摂津墨江耳。神功皇后初遷居摂津墨江耳云々。　（147頁）

と『古事記』が引用されているのである。[9] この本文を『古事記』上巻伊邪那岐命の禊祓いの部分と比較してみると、最初の部分は、

　其底箇《つつ》之男命・中箇《つつ》之男命・上箇《つつ》之男命三柱神者、墨江之三前《みまへ》大神也。　（新編全集本52頁）

と完全に一致している（『日本書紀』では「是即住吉大神矣」（大系本95頁）と異なっている）。この箇所こそが前述の「古代文献に見える古事記」に引用されているのであるが、そこで岡田氏は、

　これは古事記の伊邪那岐大神の禊祓の段に、原文では「墨江之三前大神也」とあることを引いたものである。真福寺本と異なる所を見ない。　（45頁）

と述べておられる。当然、「古事記逸文集成稿（一）」も岡田論をそのまま引用しているわけだが、そうなるところで「逸文」という語の定義が大きな問題となってくる。

岡田氏の場合は、必ずしも『古事記』の逸文（散逸本文）を集めておられるわけではなく、単に『古事記』を引用している古い文献を集成しておられるだけなので、そこに矛盾は一切認められない。ところが「古事記逸文集成稿（一）」の場合は、最初から「逸文」と銘打っているのであるから、現存の『古事記』に存しない本文を集めたもの、というのが常識的な見方ではないだろうか。そうなると現存の『古事記』本文と一語一句異ならないものは、単なる引用であって「逸文」とは言えなくなってしまう。つまりこの『袖中抄』の三番目の例は、逸文集成からは除外しなければならないことになる。

ところが「古事記逸文集成稿（一）」の凡例には、

応安四・五年真福寺本古事記が書写された頃までの古事記の逸文を集成しようと思う。

と記されている。どうやらここにおける「逸文」とは、真福寺本『古事記』が書写される以前に成立した文献に引用されている『古事記』本文という意味であり、辞書的一般的な「逸文」とはやや相違する概念らしい（引文?）。つまり現存の『古事記』と一致するかしないかは別問題なのである。これは『古事記』の逸文があまりにも少ないための方便であろうか。

ところで岡田氏は、「古事記云」がかかる部分を短く「墨江之三前大神也」までとされ、そこから「真福寺本と異なる所を見ない」と結論付けておられるのだが、そうすると「此荒御魂」以下の部分はどのようにお考えなのであろうか。少なくとも末尾に「云々」とあるのだから、ここまでが引用であることは明らかであろう。そうなると、『古事記』中巻にある神功皇后の新羅征伐の条が気になってくる。

神功皇后の話の中には住吉の三神及び御魂が登場しており、『袖中抄』の記述と無関係ではなさそうだからである。しかしながら「荒御魂者常在筑紫橘之小戸、和魂今在摂津墨江耳。神功皇后初遷居摂津墨江耳」という記

述は見られず、「即以墨江大神之荒御魂、為国守神而、祭鎮」（新編全集本248頁）とあるように、荒御魂は新羅に鎮座しているのである。そのことは『袖中抄の校本と研究』の注にも、

古事記中巻（神功皇后新羅遠征条）には「墨江大神之荒御魂」は新羅に祭られたことになっている。筑紫之橘之小門は三神の示現した所（書紀）。不詳。（199頁）

と記されている。一方、『日本書紀』ではまた異なっており、

従軍神表筒男・中筒男・底筒男、三神誨皇后曰、我荒魂、令祭於穴門山田邑也。（大系本上巻343頁）

と、荒御魂《あらみたま》を穴戸（山口県豊浦郡）に鎮座させている。また、

亦表筒男・中筒男・底筒男、三神誨之曰、吾和魂宜居大津渟中倉之長峡。（大系本上巻345頁）

ともあって、和御魂《にきみたま》の方は大津の長峡《ながを》（大阪市住吉区）に鎮座している。こうして比較してみると、少なくとも和御魂の鎮座場所に関しては、『袖中抄』と『日本書紀』が近似していることになる。

以上のことから、『袖中抄』の「此荒御魂」以下の記述は、『古事記』本文以外の注釈あるいは補説が引用されていると見るのが妥当かもしれない。ひょっとすると顕昭の見た『古事記』は、そういった記事が増補・混入された本だったのかもしれない。もしそうなら、岡田氏が見逃されたこの部分こそは、『古事記』の逸文として相応しいことにならないだろうか。この問題は、続く四番目の例とも深く関連しているので、次章であらためて考えてみたい。

五　「あらひと神」

最後の例は『袖中抄』巻十四の十一番目「あらひと神」項に出ている。『拾遺集』の安法《あんぽう》法師の歌（ただし三句

(五八九番)

あまくだるあらひと神のおひあそびおもへばひさしすみよしの松

の二句目に用いられている「あらひと神」の意味をめぐって住吉明神が引用され、

日本紀曰、底筒男命、中筒男命、表筒男命、是則住吉大明神矣注曰須美乃江乃大御神、古事記云、師説、古、稍善事為江云々。墨江之三前大明神是也。(230頁)

と記されている。(10) 肝心の『古事記』は割注の中に出ているのだが、このままでは「古事記云」がどの部分をさすのか不分明である。むしろ「注曰須美乃、江乃大御神 古事記云 師説、古、稍善事為江云々。墨江之三前大明神是也」とでもなっていた方がすっきりする。そこで『袖中抄の校本と研究』で確認してみたところ、割注形式にはなっておらず、また「稍」が「称」となっていた(322頁)。

いずれにせよ『袖中抄』における最後の『古事記』引用は、なんと三番目の引用と同一ということになる。ただし三番目の例は真福寺本と完全に一致していたにもかかわらず、ここでは「墨江之三前大明神是也」となっており、「明」・「是」の字が多くなっている。「是」に関しては、『古事記』本文の忠実な引用というのではなく、つまり『古事記』との本文異同というのではなく、単に説明的に「是」が付け加えられているだけかもしれない。

それはさておき、割注の中の「古」が気になる。これは師説として住吉の「吉」を「江」と訓むことの説明をしているのであろう(『日本書紀』では「住吉」、『古事記』では「墨江」)。そうするとここで「江」としているのは『古事記』であるから、この「古」は『古事記』の略称という可能性もある。もしそうなら書名のみではあるものの、これが『袖中抄』における五番目の『古事記』引用例ということになる。ただし学習院本では「古」が「云」となっており、また『袖中抄』巻二の二番目「たちつくりえ」項に、「日本紀云、すみのえ古、記 古は称積善事為江

云々」（30頁）とあり、『日本書紀』と『古事記』と「古記」が混乱している。あるいは「古記」は書名ではなく、古い表記という意かもしれない。また「師説」が顕昭の師ではなく、『日本書紀私記』からの引用であるとすれば、「古事記云」も孫引きということになりかねない。

ところで『袖中抄』では、それに続いて例によって問答が行われているのであるが、「又問云、如此文者、此三大神者當在筑紫橘之小戸。而今在摂津国墨江如何哉」という問いに留意しておきたい。この部分の「如此文」が具体的に何をさすのかわからないが、これは三番目の例にある「荒御魂者常在筑紫橘之小戸、和魂今在摂津墨江耳」と無縁ではあるまい（「當」が「常」に異同）。

その問いに対する答えは次のようになっている。

答云、此神荒御魂者猶在筑紫。但和魂独在墨江耳。案神功皇后記云、九年三月皇后親為神主。於是審神者曰今不答而更後有言乎。乃対曰、於日向国橘小門之水底所居而水葉雅之出居（註曰、水中葉甚翠雅也。言此神、師説如此。葉盛出居也云々）。神名表筒男、中筒男、底筒男神之有也。時得神語随教而祭也。然則此神本在筑前小戸。即神功皇后初遷居於摂津墨江耳。（230頁）

最初の「荒御魂者猶在筑紫。但和魂独在摂津墨江耳」は三例目とほぼ同文だが、わずかに二箇所（「常」が「猶」、「今」が「独」）に相違が見られ、また「但」が付いている。こういった記述からすると、必ずしも『古事記』からの正確な本文引用ではなく（つまり『古事記』逸文ではなく）、記憶に頼っているのかもしれない。それよりもここでは、「神功皇后記」という表現に注目したい。もしこれが『古事記』の「神功皇后記」を意味しているのなら、これこそが五例目の引用となるからである。

しかしながら『古事記』にこういった記述は認められず、むしろ中略はあるにせよ、『日本書紀』「神功皇后

紀」の、

三月壬申朔、皇后選吉日、入斎宮、親為神主。〈中略〉於是、審神者曰、今不答而更後有言乎。即対曰、於日向国橘小門之水底所居、而水葉稚之出居神、名表筒男・中筒男・底筒男神之有也。〈中略〉時得神語、随教而祭。（大系本333頁）

とほぼ一致しており、「記」は「紀」として『日本書紀』からの引用と考えた方がよさそうである。残念ながら「神功皇后記」は五例目の『古事記』引用ではなかった（『袖中抄の校本と研究』では「神功皇后紀」（323頁）となっている）。

しかも『釈日本紀』巻六の「住吉大神」項を見ると、「私記云」として、

又問。今如此文者。此三大神者。當在筑紫橘之小戸。而今在摂津国墨江。如何。答。此神荒御魂者。猶在筑紫。但和魂独在墨江耳。案神功皇后紀云。九年三月皇后親為神主。於是審神者曰。今不答。而更後有言乎。乃対曰。於日向国橘小門之水底所居。而水葉稚之出居神。名表筒男。中筒男。底筒男神之有也。時得神語。随教而祭之也。然則此神本在筑前小戸。即神功皇后初遷居於摂津墨江耳。（国史大系本『釈日本紀』88頁）

と出ている。こうなるとこの『古事記』引用にしても、『古事記』という書名は見られないものの、『釈日本紀』からの引用に含まれている可能性が高くなる。

こうして「しるしの杉」「あらひと神」の後半部分は、『古事記』からの直接引用ではなく、『釈日本紀』からの孫引きであることが見えてきた。(11) これで『古事記』逸文の定義はますます難しくなってきたわけである。

六　結論――顕昭と『古事記』の結びつき

以上、『袖中抄』に引用された『古事記』の用例について、『袖中抄』と『古事記』の本文を比較しながら私見を述べてきた。その結果、『日本書紀』の引用に関しては、『袖中抄』全体に亙って数多くみられ、しかも単に『日本書紀』というのみならず、「日本紀」・「仮名日本紀」・「日本紀公望注」・「日本紀注」・「日本紀私記」のごとく複数の書名（含注釈書）として引用されており、典拠としての重要性が十分認められる。それに対して『古事記』の場合は、引用自体四例のみであり、『袖中抄』における『古事記』は書名程度の引用、もしくは上巻の伊邪那岐神話及び住吉明神に関するごく狭い範囲からの引用に限られていることが判明した（神話部分のみである点も見逃せない）。引用された本文にしても、逸文と言えるような資料的価値の高いものは見出せなかった。しかも引用の一つは、明らかに『釈日本紀』所引の『日本紀私記』からの孫引きであった。『袖中抄』の場合は直接『日本紀私記』から引用しているのであろうが、そうなると他の用例にしても同様の疑いが残る。

なお、『袖中抄』には『顕秘抄』という草稿本（あるいは抄出本とも）が存する。同じく『日本歌学大系別巻五』にその翻刻があるので、参考までに該当部分を中心に一わたり調べてみた。この『顕秘抄』は『袖中抄』の略本ということで、『袖中抄』が二十巻二百九十八項目であるのに対して、『顕秘抄』は三巻四十一項目しか収録されていない。そのため『袖中抄』で『古事記』を引用する四項目のうち、『顕秘抄』にも項目としてあがっているのは三例目一つだけであった。もし岡田氏の調査された國學院大学蔵『袖中抄』が、抄出本たる『顕秘抄』系統本であったとすれば、『古事記』引用は一例で正解ということになる。

その三例目の「しるしの杉」項を『顕秘抄』で見ると、

古事記云、墨の江の三前大神也。此荒御魂者常在筑紫橘之小戸、和魂今在摂津墨江耳。神功皇后初遷居摂津墨江耳云々。（39頁）

と、『袖中抄』とほぼ同文の引用がなされていた。そうなるとこれも後半部分は『釈日本紀』からの孫引きになる。

その他、顕昭の著作を調べてみたところ、『古今集序注』に「所以見万葉・古事記・古歌集・類聚歌林・諸家集等に付て撰之」（『日本歌学大系別巻四』153頁）と書名のみの引用が見られる（この場合、『古事記』が歌集と同列に扱われていることに注意）。また『古今集注』でも、わずか一例ではあるが、

われ見ても久しくなりぬ住の江の岸の姫松いくよへぬらむ（九〇五番）

の注に、例によって「古事記云、墨江之三前大神是也」（同351頁）と出ている。顕昭はこの住吉明神条を『袖中抄』『顕秘抄』『古今集注』の三書に引用しているわけである。これに関しては、住吉明神が和歌の神様として信仰されていたことが最大の理由かもしれない。なお本文異同を調べると、『袖中抄』の四例目「あらひと神」項の本文と同様に「是」が付いており、そうなると顕昭の見た『古事記』には「是」があったとも考えられるが、安易に『古事記』本文の異同と断定することはいささかためらわれる。

『袖中抄』に引用された『古事記』については、岡田氏が一例しかあげられていないのに対して、本稿では『袖中抄』の四例のみならず、『顕秘抄』一例・『古今集序注』一例・『古今集注』一例が見つかったので、これを第一の成果としたい。加えて平安・鎌倉期の文学作品に『古事記』引用は皆無であるし、(12)しかも顕昭以後も『古事記』引用が積極的になされた形跡は認められないのだから、わずかではあるものの『袖中抄』及び顕昭の著作に『古事記』が引用されていることは、それだけでも特筆すべきことであろう。

しかしながら引用された『古事記』は、必ずしも『古事記』から直接引用されたものではなく、『日本紀私記』などから孫引きされたものとも考えられるので、顕昭が実際に『古事記』を参照したと断定することには消極的にならざるをえない。というよりも顕昭以外に『古事記』引用が見られないことからすれば、顕昭だけを特殊例とするよりも、顕昭も直接『古事記』を見ていないとする方が妥当かもしれない。

【注】

（1）単に『古事記』の価値が低かったというのではなく、平安朝においてタブー視されていた可能性もある。『日本書紀』の方は、「日本紀講」や「日本紀竟宴和歌」を通して流布していた。あるいは『古事記』は『日本書紀』に吸収されていたのであろうか。

（2）日本歌学大系本は天文二十二年（一五五三）の奥書を有する飛鳥井本を底本とし、同系統の慶安四年（一六五一）版本で省略等を補ったものである。たとえ『袖中抄』が真福寺本『古事記』以前の成立であるとしても、『袖中抄』自体も書写の過程で増減・変容しているのであるから、現存本との比較でどこまで厳密な判断が下せるのか疑問である。校本が作成されているということは、逆に善本不在をも意味する。

（3）ただしこれは『古事記』という語の調査結果であり、仮に書名抜きで『古事記』本文が引用されているものがあったとしても、それは今回の調査では検索できていないことをお断りしておきたい。

（4）『類聚古集3』（臨川書店）及び『校本万葉集別冊一（広瀬本）』（岩波書店）では「アサケツク」と訓が施されている。

（5）私家集の例としては『教長集』・『壬二集』に各一例見られるだけで、歌にはあまり詠じられていない。

（6）現存『風土記』にはなし。この『風土記』は必ずしも逸文ではなく、後世における地方の地誌類のことかもしれない。

（7）仁徳天皇の国見説話における竈の煙とも関わりがあるのかもしれないが、詳細は不明。

（8）『古事記』では「須佐之男命・櫛名田比売」と表記し、『日本書紀』では「素戔嗚尊・奇稲田姫」と表記している。その点で区別すると、『奥義抄』では『日本書紀』の素戔嗚尊の話を引用している。また『八雲御抄』にも、「ゆつのつ

まぐしは、いなだひめを櫛にさして頭にさす。蛇にのませじゆゑ也」（『日本歌学大系別巻三』347頁）と記されており、やはり『日本書紀』引用のようである。

（9）『古今集』歌であるから、顕昭の『古今集註』（『日本歌学大系別巻四』に翻刻あり）を確認したところ、九八二番歌の注は存していないことがわかった。

（10）これは『拾遺集』歌であるが、『拾遺抄』四三五番にも撰入されているので、顕昭の『拾遺抄注』（『日本歌学大系別巻四』に翻刻あり）を確認したところ、注は存在するものの、その中に『古事記』や『日本書紀』からの引用はなかった。

（11）新編全集『古事記』の解説にも、具体例は提示されていないが、「『古事記』から直接引用したのではなく、他書から孫引きしたと思われる例も含まれている」（418頁）と述べられている。

（12）『紫式部日記』に「この人は日本紀をこそ読みたまふべけれ」（全集本244頁）とあり、そのため紫式部に「日本紀の御局」というあだ名が付けられた話は有名。『源氏物語』蛍巻にも「日本紀などはただかたそばぞかし」（完訳本五24頁）と引用されているが、『古事記』の方は全く引用されていない（ただしこの「日本紀」が『日本書紀』をさすのか国史の総称なのかは未決定）。『袖中抄』以前の歌学書たる『俊頼随脳』や『奥義抄』・『袋草紙』・『教長古今集注』等にも『古事記』引用は見当たらないようである。平安朝末期の古典憧憬においても、『古事記』は浮上しなかったことになる。

＊本稿は、平成十年三月二十八日に國學院大学で行われた古事記逸文研究会例会における発表原稿をまとめたものである。その席上及び懇親会における質疑応答から多くの示唆を受けて改訂していることを明記しておきたい。

顕昭著作所引『古事記』本文一覧

A『袖中抄』

①案古事記云、刺左之御美豆良湯津々間櫛之男柱一箇引闕也。（『袖中抄』巻七「ゆつのつまぐし」）

②古事記云、墨江之三前大神也。此荒御魂者常在筑紫橘之小戸、和魂今在摂津墨江耳。神功皇后初遷居摂津墨江耳云々。（『袖中抄』巻九「しるしのすぎ」項）

③古事記云、師説、古、称善事為江云々。墨江之三前大明神是也。（『袖中抄』巻十四「あらひと神」項）

B『顕秘抄』

④古事記云、墨の江の三前大神也。此荒御魂者常在筑紫橘之小戸、和魂今在摂津墨江耳。神功皇后初遷居摂津墨江耳云々。（『顕秘抄』「しるしのすぎ」項）

C『古今集注』

⑤古事記云、墨江之三前大神是也。（九〇五番歌注）

III 注釈・神道の世界

『萬葉集註釋』

多田　元

寛元四年（一二四六）源親行の作業を引き継いで、仙覚は万葉集の校合を開始し、寛元五年に『寛元本万葉集』を完成させ、建長五年（一二五三）に後嵯峨上皇に万葉の無点歌一五二首に新点を付し奏上した。文永二年・三年（一二六五・六）再度校合を行い文永二年本・文永三年本を完成する。そして文永六年（一二六九）に『萬葉集註釋』を編む。奥書によれば二月から四月までの足掛け三ヶ月の作業によるものであるが、校合・付訓・注釈はそれ以前の作業の中で形成されていたことは言うまでもあるまい。

仙覚の『萬葉集註釋』は『日本書紀』・『風土記』・『続日本紀』などを多数引用し万葉歌の注に利用している。『日本書紀』については、吉川弘文館の新増補訂国史大系本が校合対象にしている。『風土記』もまた岩波書店の日本古典文学大系本が校合対象とし、多数の逸文を採用している。古代文献の受容史においては、万葉集に限ることなく重要な意味を持っていることは論を俟たない。しかしながら『古事記』からの直接引用の例は確認できない。ただし間接的に入り込んでいるかとも思われる例が僅かではあるが存在する。一つには『多氏古事記』の引用、一つには「日本紀」の引用と記されてはいるものの日本書紀とは異なるもの、日本書紀とも古事記とも記

さないが神話引用と思われるものがそれである。萬葉集註釋が古事記そのものの引用を含んではいないが、間接的に入り込んでいるとすると、受容史の問題としてはその対象とすべき文献として良かろうと思われる。

一　日本書紀引用のあり方

仙覚の引用態度の正確さや、彼の見た文献に素性の正しいものが多かったことは、日本古典文学大系本『風土記』の萬葉集註釋への信頼のあり方から容易に伺えるが、日本書紀の引用状況でそれを確認することから始めてみたい。仙覚が引用した日本書紀の本文形式は四類に分けられる。「日本紀」と明示して引用している三十九例中三十五例までが漢文に訓を付すものである（I類）。仮名で書き記し漢字を傍書するものが一例（II類）。漢字仮名交じりのものが二例（III類）。「日本紀」とされながら日本書紀で確認できないもの一例（IV類）。またその他に万葉歌の訓や字などを例示するもので、引用対象語の用例が複数あり箇所が特定できないもの（「イマシトハ日本紀ニハ汝ノ字ヲヨメリ」の類）九例、語句の引用で数が限られているので引用箇所が特定できるもの（「魚鹽地」「橿日」）もある。

I類　漢文に訓を付すもの

この用例群は現行日本書紀と比較してみると、脱字が稀に見受けられる程度でほとんど違いが無いと言って良い。ただ何箇所かに亘って仙覚所見の日本書紀写本の特徴が推察されるものがあり、それを確認したい。ただし萬葉集註釋自体の本文研究が進んでおらず、(1)『万葉集叢書第八輯　仙覚全集』所収『萬葉集註釋』（以下「叢書本」と記す）には誤植・改竄が少なくないとされ、翻刻時の問題か、『萬葉集註釋』書写過程の誤写か、仙覚の誤写か、

仙覚の見た日本書紀自体の問題なのかは検討の余地が有る。問題の残る点が多々あるにしても、とりあえず「叢書本」に従ってその特色と思われる箇所を確認したい（以下用例は「叢書本」のページ数で示す）。また引用に関しては、字体を問題とする箇所のみ原文を尊重し、その他は新字を用いた。

仙覚が目にした日本書紀が三十巻全て同一の系統の写本であったとはとても考えられない。その時々により、様々な日本書紀に接したものと考えられよう。それが故に仙覚は後に挙げるII～IV類のものも同等に「日本紀」（叢書本は「日本記」であるが資料館本・冷泉家時雨亭文庫本に拠り改める）と記したのであろう。そのなかで次の引用に付した文言は注目される。

1日本紀第一巻ニ国常立尊ヲトク注ノ詞ニ云ク、天地未生之時譬猶海上浮雪無所根係～化人号国常立尊

（P89）

「人」字を「かみ」と訓む為（巻二・一九九番歌）の引用であるが、第一段一書第五を「注ノ詞」としている。「一書」を「注」と認識しているのはその部分の書き様が他と異なりを見せていたからであろう。万葉集で「或本」「或云」「一書」「一云」に慣れ親しんでいるはずの仙覚が、巻一・二五番歌の次に「或本歌」として二六番歌が記述されているのと同じ形態の記載を見て「注ノ詞」と認識したであろうか。これは例えば（ア）二九番歌（柿本人麻呂の近江荒都歌）のように、歌の中に小書双行で「或云」の異伝注記する記載方法を想起して「注ノ詞」と判定したのではなかろうか。

ア　玉手次　畝火之山乃　橿原乃　日知之御世従或云自レ宮～　（万葉集巻一・二九番歌）

すると仙覚の見た日本書紀第一巻は、「一書」を本書と同大字で記す系統の日本書紀ではなく、「一書」を小書双行する古本系統のものであった可能性が考えられる。その本の系統が伺えるのが次の用例である。

2 島ヲ隅ト云事、明鏡也。就中於我朝者、【伊奘諾伊奘冊尊、立於天浮橋之上共計曰、底下豈無国歟、廼以天之瓊々玉也此云努矛指下而探之～名之曰磤馭盧島】（P17）

三番歌の注であるが、この引用は伊奘諾尊の「尊」字が抜けているほかはほとんど現行日本書紀と異同が無い（日本書紀引用部分には【 】を付す）。ただ小書双行注の冒頭「瓊」字が踊り字になっている部分は、ほとんどの写本が「瓊」字になっており、岩波本・小学館本『日本書紀』もそれに従っている。しかしながら『校本日本書紀』で確認すると「北野本」のみこの箇所が踊り字になっている。「北野本」について、岩波本は巻一の校合対象に入れていない。小学館本は校合対象にしているがこの校異は採っていない。また岩波本の諸本解説（大野晋氏）では古本系の「北野本」第一類にも、卜部系の「北野本」第二～五類にも、巻一を含めていない。小学館本の諸本解説（毛利正守氏）では巻一を卜部系（第三類）に分類している。しかしながら『校本日本書紀』によれば、「北野本」巻一は「一書」を小書双行にしており、巻一は古本系と考えるべきであろう。(2)

この踊り字は小川靖彦氏により翻刻された国文学資料館蔵『萬葉集註釋』（以下資料館本）、および冷泉家時雨亭叢書第39巻『金沢文庫本万葉巻第十八中世万葉学』所収『萬葉集註釋』（以下冷泉家時雨亭文庫本）も同様であり、仙覚が見た日本書紀そのままの転写と考えてよかろう。勿論「北野本」そのものを見たわけではないであろうが、「磤馭盧島」の「盧」字は「慮」字を用いるものが大多数であるが「北野本」も「盧」字を用いており、近縁性が認められる。このように特殊な写本の特徴を萬葉集註釋が持ち伝えているということは、仙覚の引用が極めて厳密なものであったことを物語るであろう。同じように写本と萬葉集註釋とが重なり合うものを見てみたい。

3 熟田津尓船乗世武登月待者。此歌頭句如古點者、或ハ、ムマタツ、或ハ、ナリタツ也。因検日本紀【七年春正月丁酉朔［壬寅］御船西征、始就于海路。甲辰御船到于大伯海時大田皇女産女焉。仍名皇女曰大伯

皇女庚戌御船泊伊予熟田津石湯行宮熟田津此云伱枳抱豆】（P22）

この八番歌の左注にも引かれた日本書紀の記事は岩波本・小学館本とも「七年春正月丁酉朔（丙寅）御船西征、始就于海路。甲辰御船到于大伯海時」とする。岩波本の校異によると「北野本・伊勢本・内閣文庫本」では「正月丁酉朔（壬寅）」と記されており萬葉集註釋と一致する（岩波本巻二六は底本「兼右本」、校合本は「北野本・伊勢本・内閣文庫本」）。万葉集においては八番歌左注に同文を引用しており、諸本「丁酉朔壬寅」と記すが、「元暦校本・伝冷泉為頼筆本・西本願寺本（ただし「壬」の訂正あり）・神宮文庫本・広瀬本」が「丁酉朔丙寅」と記す。おそらくは仙覚が万葉集校訂過程に於いて、「北野本」（巻二六は第一類古本系）に近い写本により「壬寅」を採用したのであろう。仙覚が万葉の左注を日本紀として資料にしたのではないことは、「熟田津石湯行宮熟田津此云伱枳抱豆」の訓注が万葉左注に見えないことで明らかである。仙覚は訓読注を必要として日本書紀を参照し、ここに引用したのであるから万葉集に合わせて干支を書き換えるということは考えがたい。むしろ万葉集の校合において自ら見た北野本と同系の書写本である日本書紀に則って左注の干支を改めたと考えるべきであろう。その為に仙覚系の万葉集写本が「壬寅」となったのである。

4 長歌ノ詞ノ中ニ神長柄神佐備世須登云々。カミナカラトイフハ、日本紀第廿五巻中ニ【惟神、惟神者謂随神道亦自有神道也】（P39〜40）

三八番歌の注であるが、日本書紀引用箇所は大化三年四月条の「惟神」とその割注である。岩波本・小学館本はその割注の「亦」と「自」との間に「謂」を入れて読む。岩波本の校異によると、「北野本・伊勢本・内閣文庫本（巻二五の校合本はこの三本）」には「謂」字は無く、底本（兼右本）によって入れている。小学館本は底本「寛文九年版本」、巻二五の校合本は「北野本・伊勢本・穂久迩文庫本・兼右本・内閣文庫本・三手文庫本」で、「兼

右本」と「伊勢本」傍書に「謂」字があり、それに拠っている。多数の写本に「謂」字が欠けているので仙覚の見たものを特定することは難しいが、ここにも「北野本」が入っていることは注目されて良かろう。「北野本」巻二五も第一類古本系で院政時代初期の書写とされる。なおこの「謂」の欠字は資料館本・冷泉家時雨亭文庫本も同じである。

この他、岩波本と異同を見せる引用本文で、校異を確認すると写本類に同一本文を確認できるものが少なくない（ただし二例ほど「私云」が引用する、後人の手によるものが含まれる。二例とも古写本に共通本文を見出せる。これについては仙覚を巡る文化層に日本書紀引用の同一性があると考え、特に言及はしない）が、現存写本で特定の系統の写本に限定することの可能性のあるものは先述の巻一北野本のみである。それは萬葉集註釋自身の本文に問題がある用例も含まれる可能性もあろうが、むしろ先に述べた如く仙覚が常に同一の日本書紀のみを見ていたわけではないことの証左ともなろう。また仙覚の引用が所見の日本書紀写本に忠実であったことも推察される。次のI類と異なるII類以下を見ると、仙覚が様々な日本書紀に出会ったが、それぞれを忠実に写したことが理解できる。

II類　仮名で書き記し漢字を傍書するもの

5 橿原乃日知之御世従ト者、大日本国、人代第一帝、神武天皇【(イ)三月辛酉朔、丁卯ニミコトノリ《令》ヲク《下》タサシメテ、ノタマハク《曰》、ワレ《我》ヒムカシ《東》ヲウチ《征》シヨリ、コヽ《於茲》ニ六年ニナリニタリ。】【(ウ)マサニ《当》山林ヲヒラキ《披》ハラヒ《払》、宮室ヲオサメツクリ《経営》テ、ツヽシミテ《恭》寶位ニノソミテ《臨》、ミタカラ《元元》ヲシツム《鎮》ヘシ】【(エ)観夫畝傍山東南ノ、橿原ノ地ハ、ケタシ《蓋》国ノ墺区ナリ。ミヤコ《可洛》ヲツクルヘシコノ月《是》スナハチ《即》、ツカサ〳〵《有司》ニオホセ《命》テ、経始帝宅】【(オ)故古語称シマウシテイハク《曰》、ウネヒノカシハラ《畝傍之橿原》ニシテ、シタツイハネ《底磐根》ニ宮

ハシラ《柱》、フト《太》シキタテ《立》、、タカマノハラ《高天之原》ニ、チキタカシリ《峻峙榑風》テ、ハツクニシラス《始取天下》、、メラミコト《天皇号》】、云へり。委見日本紀（P35）

二九番歌に対する注である。日本書紀の相当箇所の原文を挙げる。なお引用は必要箇所のみで途中が省略されているので便宜的に記号を付した。

イ 三月辛酉朔丁卯、下令曰自我東征、於玆六年矣

ウ 当披払山林、経営宮室、而恭臨寳位、以鎮元元

エ 観夫畝傍山（畝傍山、此云宇禰縻夜摩）東南橿原地者、蓋国墺区乎。可治之。是月、即命有司、経始帝宅

オ 故古語称之曰、於畝傍之橿原也、太立宮柱於底磐之根、峻峙摶風於高天之原、而始馭天下之天皇、

（畝傍山、此云宇禰縻夜摩）の割注が無いことと助辞の欠落以外は、傍書漢字と日本書紀原文は一致する。「委見日本紀」という書き振りからすると、普段目にする日本書紀と異なることは意識していた可能性は高いが、仙覚の引用態度からすると忠実に写しているものと思われる（資料館本・冷泉家時雨亭文庫本には漢字傍書は見られない。しかし古写本との字の共通性から叢書本が翻刻時にみだりに入れたものとは考え難い。本来『萬葉集註釋』は傍訓を付さないものと考えられ、この漢字傍書は仙覚によるものとは考え難いことも確かである。しかし片仮名訓が傍書漢字と一致することから、仙覚所引の日本紀の原形が後述「仮名日本紀」であった可能性は高いと考えた）。（オ）部分にみえる「ちぎ」について、萬葉集註釋傍書漢字は「榑風」であるが、日本書紀岩波本・小学館本は共に「摶風」と記す。これは共に「熱田本」に拠ったもので、他の写本（巻三、岩波本の校合対象本は「熱田本・神宮文庫本・北野本・伊勢本・内閣文庫本」、小学館本は「一峰本・三嶋本・春瑜本・熱田本・北野本・兼永本・伊勢本・穂久迩文庫本・大永本・玉屋本・兼右本・内閣文庫本・三手文庫本」）は全て萬葉集註釋傍書漢字と同じである。すると萬葉集註釋傍書漢字は日本書紀写本と同質のものであるとみて良

い。この仮名で書き記し漢字を傍書するものは「仮名日本紀」と称されるものの一類である。『釈日本紀』にその名が頻出する「仮名日本紀」について中村啓信氏はその用例を詳細に検討され、次のように分析された。

『釈日本紀』に載せる「仮名日本紀」とは仮名（字音仮名）交じり文を本文とするものでも、仮名のみを本文とするものでもなく、現在の『日本書紀』と同質の本文を有った本だということになる。その本文に傍注・傍訓の加えられたもので、形態的には、現在の注記・付訓ある古写本とほぼ同じものとの結論に到達する。[3]

中村氏はこの「仮名日本紀」とは全く別な「カタ仮名交じりの〝日本書紀歌注〟とでも言うべき写本に「仮名日本紀」と題簽するものと、平仮名交じりの『日本書紀』の読み下し文の型式を持つ『仮名日本紀』とがある。」とも指摘している。萬葉集註釋所引漢字傍書のものは、『釈日本紀』に見えるものに近いと考えられよう。仙覚はこのような変形した古代文献を受容する文化層にいたのである。

Ⅲ類　漢字仮名交じりのもの

これは前掲中村氏の指摘する読み下し形式のものであるが、現行日本書紀とはかなりの違いを見せる。

6 神風ノ伊勢ト云事　中略　日本紀云、垂仁天皇廿五年【三月朔、天照太神、伊勢国ニクタリ賜トキ、倭姫命ニ教ヘテノタマハク、此神風伊勢国トハ、スナハチ常世ノ重浪帰国也。此国ニ居トオモフト、ミコトノリ給。ヨリテ太神ノオシヘノマ、ニ、ソノマツリヲ伊勢国ニタツ。仍斎宮ヲ五十鈴川ノ上ニ興ス。コレヲイス、ノミヤトイフ。スナハチ天照太神、ハシメテアメヨリクタリ給所也】トイヘリ。（P57）

カ三月（丁亥）朔（丙申）（離）天照大神（於豊耜入姫命～東廻美濃）到伊勢国、時天照大神誨倭姫命曰、是神風

伊勢国、則常世之重浪帰国也。（傍国可怜国也。）欲居是国。故随大神教、其祠立伊勢国。因興斎宮于五十鈴川上。是謂磯宮。則天照大神始自天降之処也。

八一番歌、伊勢の国号の注であるが、日本書紀の記述からは現れ難いもの、字の明らかな相違には傍に「×」を付した。また萬葉集註釋引用では省略された部分に（ ）を付した。冒頭「三月朔」前後の干支は、他の「日本紀」引用のあり方からして、仙覚が省略する類のものでは有りえないことから、仙覚所見の「日本紀」そのものが既に省略されたものであったに相違ない。これを見るとI類の引用本文と大きく異なりを見せる「日本紀」であると言えよう。仙覚が日本書紀全巻を常に所持していたとしたらかような引用は有り得ないように思われる。仙覚はそれでも目に入れることのできた資料を用いそれに忠実に従って訓読作業を遂行したものと思われるが、それは裏を返せばかような「日本紀」や前掲の仮名日本紀も日本書紀として通用し得る文化状況にあったと言えるかもしれない。

7アツマノクニトイフコトハ、景行天皇御子、日本武尊東夷ヲセメサセタマヒケル時、相模国ヨリ、上総国ヘワタリ給トキ、海中ニシテニハカニ暴風ハケシクフキケレハ、日本武尊ノミツマ、弟橘媛、コノ風ハワカユエ、海神フカシメル風也。ワレイノチヲステヽ、キミノミイノチヲタスケタテマツルヘシトテ、ウミニイリナントノ給。ヨリテ海上ニシトネヲシキテ、スナハチ海ニイリ給ニケリ。スナハチ風タチマチニシツマリニケレハ、日本武尊、タヒラカニキシニツカセ給ニケリ

【サテ其後、陸奥ノアシキモノトモウチナヒケ給テノチ、日本武尊ノタマハク、蝦夷凶首コト〳〵ク、ソノツミニフシヌ。タヽシ信濃国、イマタオモムケス。スナハチ甲斐ノキタヨリ、ウツリマシテ、武蔵上野ヲヘテ、ニシノカタ、碓日坂ニオヨヒタマフトキ、日本武尊、コトニ弟橘媛ヲシノヒ給、ミコヽロマ

シマス。碓日嶺ニノホリテ、タツミノカタヲノソミミタマヒナケキテノタマハク、吾嬬耶　嬬此云莵摩コノユヘニ山ノ東ノ諸ノ国ヲ名ツケテ、アツマノ国ト云ナリ】。見日本紀。（P88）

キ亦相模に進して、上総に往来せむとす。海を望りて高言して曰はく、「是小き海のみ。立跳にも渡りつべし」とのたまふ。乃ち海中に至りて、暴風忽に起りて、王船漂蕩ひて、え渡らず。時に妾有り。弟橘媛と曰ふ。穂積氏忍山宿禰の女なり。王に啓して曰さく、「今風起き浪泌くして、王船沈まむとす。是必に海神の心なり。願はくは賎しき妾が身を、王の命に贖へて海に入らむ」とまうす。言訖りて、乃ち瀾を披けて入りぬ。暴風即ち止みぬ。船、岸に著くこと得たり。（景行紀四十年是歳条）

萬葉集註釋と日本書紀の共通する記述には傍線を付した（後半部はほとんど共通するので日本書紀書き下し文は省いた）。日本書紀の記述からは現れ難い部分に波線を付した。前半部は明らかに日本書紀とは異なった記述である。最終部に「見日本紀」とするのは仙覚が多く目にした漢文中心のI類との異なりを意識していたのかもしれない。しかしながら前の6の「日本紀」と合わせ考えると、ある部分は日本書紀に準拠しながらも、それを逸脱した記述を含みこんだ新たな「日本紀」が生み出されていた「中世日本紀」の世界が想起される。7の二重波線部「ヨリテ海上ニシトネヲシキテ」は日本書紀の記述からは生まれ得ないものであるが、古事記の「海に入りたまはむとする時、菅畳八重、皮畳八重、絁畳八重以ちて波の上に敷きて、其の上に下り坐す」という記述を念頭に置くと、用字・用語はかけ離れてはいるものの、古事記に触発されて変容した「日本紀」と考えられよう。とすると日本書紀から変容した「日本紀」の中に古事記の受容の歴史が潜んでいる可能性があると推察できる。

Ⅳ類　「日本紀」とされながらも日本書紀に見えないもの

8推古天皇山ニイリテ、カリシ給シニ、御足ニクヒヲフミテナヘキテヒキ給ヒケルヨリ、山ヲ、アシヒキトイフ。日本紀ニミエタリト云々（P68）

「云々」付きの引用で、仙覚の実見したものか否か不分明であるが、少なくとも日本書紀の記述ではない、なにやら民間言源説めいた記事である。中世日本紀の類と考えて良かろう。「日本紀」と記した日本書紀の引用のあり方を見ると、日本書紀を忠実に写したもの、記述形態の異なる仮名日本紀を写したもの、記述内容が日本書紀から変容したものを「日本紀」と認定して写したものが確認された。仙覚の引用態度からして仙覚が妄りに書き改めたものではけっしてないであろう。その中に古事記の受容がほの見えている。この中世日本紀に類する引用に目を向けてみよう。

二　神話引用のあり方

9昔天照太神アメノイハヤニコモリマシ〳〵シトキ、思兼神、ハカハリコトヲナシテ、アマノカクヤマノ鹿ヲイケナカラトラヘテ、肩ヲヌキテ、香山ノハワカノ木ヲネコシニシテ、其ノ肩ノ骨ヲヤキテ、ウラヲセシコトナリ。（P279）

ク思兼神有思慮之智深遠慮議（中略）内抜天香山之真牡鹿之肩、抜而。取天香山之天波波迦而令占（『先代旧事本紀』）

9は三三七四番歌の「うらへかたやき」の注であるが、天石屋戸条で鹿の肩を抜き、波波迦の木を用いて占う記述があるものは古事記と先代旧事本紀のみで、日本書紀には全く記述されていない。9の部分は仙覚が直接文

献から引用した記述スタイルを取っていないので、仙覚の記憶によるもののように見える。しかしその記憶の出所は文献に求められて良かろう。クの先代旧事本紀の記述は古事記を踏襲したもので、古事記とほぼ同文である。仙覚がどちらを見たかといえば、少なくとも古事記ではありえない。「思兼神」は古事記では「思金神」と表記されているからである。また万葉集巻二冒頭の磐姫皇后歌群の左注に古事記の書名が登場する以上、万葉学者仙覚は古事記を実見することを熱望していたにちがいない。もしその書名の書物を見たなら当然書名入りで引用するはずである。では仙覚は旧事本紀を見てその記憶で書いたのであろうか9の記述様式からしてそれは考えられまい。古事記・旧事本紀に直に接しての記述でないとしたら、先代旧事本紀を元にした中世日本紀の類に触れた記憶であろう。「ねこじにして」の対象は古事記・日本書紀・先代旧事本紀すべて「さかき」であるからだ。しかも「鹿の肩を焼く」という記述は、古事記にも旧事本紀にもないのである。しかし古事記を実見しなかった仙覚は、古事記を借用した先代旧事本紀からさらに変容した中世日本紀の類に触れることで、知らずの内に古事記受容の末端にいたとも言えそうである。

三　多氏古事記の記述

10多氏古事記曰崇神天皇之世倭迹々媛皇女為大三輪大神婦。毎夜有一壮士密来暁去。皇女思奇綜緩麻貫針及壮士之暁去也、以針貫襴。及旦看之唯有三輪遺器者。故時人為三輪村。社名亦然云々（P29）

ケ此謂意富多多泥古人、所以知神子者、上所云活玉依毘売、其容姿端正。於是有壮夫、其形姿威儀、於時無比、夜半之時、忽到来。故、相感、共婚共住之間、未経幾時、其美人妊身。爾父母恠其妊身之事、問

其女曰、汝者自妊。无夫何由妊身乎。答曰、有麗美壮夫、不知其姓名、毎夕到来、共住之間、自然懐妊。是以其父母、欲知其人、誨其女曰、以赤土散床前、以閇蘇小書双行。紡麻貫針、刺其衣襴。故、如教而旦時見者、所著針麻者、自戸之鉤穴控通而出、唯遺麻三勾耳。爾即知自鉤穴出之状而、従糸尋行者、至美和山而留神社。故、知其神子。故、因其麻之三勾遺而、名其地謂美和也。此意富多多泥古命者、神君、鴨君之祖。（崇神記）

所謂苧環型説話で、類型的な伝承である。それであるが故に多氏古事記の方が古伝であるとする見解もあるが、少なくとも記述のレベルからみて、古事記以前のものとは考え難い。呼称「多氏古事記」自体、古事記を前提にしている。古事記との共通文字には囲いを、類似記述には波線を付した。その類似点は少なくない。しかし最も大きい相違点は「倭迹々媛皇女為大三輪大神婦」であろう。この女性は、崇神紀十年条に大物主神の妻「倭迹迹日百襲姫命（姫倭迹迹姫）」として登場してくる。日本書紀は苧環型説話ではないが、「妻」という位置付けは多氏古事記に通底する。今まで見てきた「日本紀」が日本書紀を柱に古事記伝承を含みこんで変容したのと表裏の関係で、これは古事記を柱に日本書紀伝承を含みこんで新しい古事記を装ったものであろう。この二つの流れには（表裏一体と見れば一つの流れ）古事記の再評価が大前提である。延喜時の日本書紀講書の博士藤原春海が古事記を大きく取上げたのに端を発して古事記は再評価され、やがて中世日本紀の混沌の中で花開いたものが仙覚の手に掬い取られのである。この混沌の始発は日本書紀講書であった可能性は高いと思われる。[4]

【注】

（1）小川靖彦「国文学研究資料館蔵『萬葉集註釈』紹介と翻刻―仙覚『萬葉集註釈』の本文研究に向けて」（『国文学研究

資料館紀要　第二一号」平成七年三月）

（2）　中村啓信「『日本書紀』の諸本」（『日本書紀のすべて』武光誠編　新人物往来社　一九九一年七月）では「北野本」巻一を古本系に位置付ける。

（3）　中村啓信「『仮名日本紀』について」（『日本書紀の基礎的研究』中村啓信著　高科書店　二〇〇〇年三月）

（4）　津田博幸「聖徳太子と『先代旧事本紀』日本紀講の〈現場〉から」（『祭儀と言説　生成の〈現場〉へ』古代文学会編　森話社　一九九九年十二月）は古事記・日本書紀・古語拾遺などが合体した『先代旧事本紀』そのものが日本紀講の中で生成したと説く。

古事記上巻抄

谷口雅博

一　写本と成立

『古事記上巻抄』（以下『上巻抄』と略す）は、『古事記』の上巻・国譲り神話の後半部に当たる「建御雷神の派遣」「事代主神の服従」「建御名方神の服従」、そして「大国主神の国譲り」の途中までを抄出し、次いで『先代舊事本紀』の巻第三「天神本紀」から、やはり国譲りの場面を抄出し、巻第四から「建御名方神坐信濃國諏方神」という一文を載せている。これらの抄出の意図は、『先代舊事本紀』の引用の前に「諏方社事」と題していることから、諏訪社の祭神、「建御名方神」に関する神話を抄出することにあったと考えられる。奥書はなく、筆者・成立年は不明である。

『上巻抄』の写本には、真福寺宝生院蔵本（以下、真福寺蔵本）と、天理大学図書館蔵本（以下、天理本）の二本が現存している。真福寺蔵本の方は、大正十三年（一九二四）年、古典保存会から複製本が発行されており、橋本進吉氏の解説がある。(1)

編者及筆者共に詳ならず、書寫年代亦明に知る事能はざれども、書風用紙等より観れば、恐らくは鎌倉末期なるべく、遅くも南北朝を下らざるものなり。現に存する古事記の諸本は、應安四年及五年の寫本を以て最古とし、舊事紀の諸本は更に之を下る事遙に遠きもののみなれば、この書に抄出せる古事記及舊事紀の文は僅に一節に過ぎざれども、年代の古き點に於て兩書の古本に比して優るとも劣らざるものにして、その本文研究には逸すべからざる資料たり。

小野田光雄氏も『上巻抄』について詳細に論じられているが、[2] やはり真福寺蔵本を元にしており、天理本には特に触れられていない。本稿では天理本を元にして本文を作成したが、問題となるのは、この二本の関係であろう。橋本氏が、真福寺蔵本を、「恐らくは鎌倉末期なるべく、遅くも南北朝を下らざるものなり」と述べているのと同様、天理本も、天理大学図書館の所蔵目録には「鎌倉時代末期写」とある。また、反町茂雄氏は、『定本天理図書館の善本稀書』（八木書店、昭和五十六年）の中で、天理本は真福寺蔵本とほぼ同時代のもので、鎌倉の末か南北朝頃の古写本であると述べている。真福寺蔵本と同じく巻子本一巻。大きさは真福寺蔵本よりも全体的にやや小振りで、紙幅は縦二五・五センチに幅四五・四センチが三紙、及び幅三一・五センチが一紙。天地は二〇センチ。縦横二五・五センチの黄表紙の左肩に題簽を付し、別筆にて「古事記上巻抄」と記す。両書を比較したところ、本文に異同が三箇所見られるが、いずれも単純な書き誤りと見られるものである。それ以外では、字配りが全く同一、返り点、乎古止点、朱墨の別等、すべて共通していることからすれば、直接的な書写関係にあったと考える方が自然であろう。[3] どちらが親本かについては、確定はし難いものの、異同のある三箇所を見ると、

①訓注の中の「二」字があるべきところ、天理本にはない（四行）。

②本文「問」とあるべきところ、天理本「門」とする（一七行）。

③真福寺蔵本に傍訓「波奈例弖」とあるところ、天理本では「奈」と「弖」の間に○付補入記号があり、
　その右に「例」と記す（二七行）。

となっており、いずれの場合も、天理本→真福寺蔵本という経緯は考えがたく、真福寺蔵本を元と考えた方が自然であろう（論文末の『上巻抄』本文参照）。

『上巻抄』の成立時期については、卜部兼永筆本『先代舊事本紀』巻第三の奥書に、

　　文永七年六月十一日雨中天照太神御事抄畢　兼文
　石上神事抄畢　同十二日高皇産霊神皇産霊御事抄畢
　大己貴神御事抄畢　事代主神御事抄畢
諏方社
　建御名方神御事抄畢　同十三日天稚彦併味耜高彦槌（彦根）神事抄出畢

等と見えることから(4)、文永七年（一二七〇）、卜部兼文によって作成されたと見られてきたが、小野田氏は、『古事記』本文の引用が尻切れであり、訓にも誤りが多い等の理由から、兼文の製作とは考えがたいとして、

古事記上巻抄の作成者は、古事記・舊事本紀を所蔵し、卜部兼方の日本書紀を傳承し、日本書紀私記を披見することのできた人物であったと思われる。平野社の卜部兼文直系の子孫の誰かであろう。

と述べ、更に、

古事記上巻抄は諏訪圓忠の問いに答えるべく、延文元年の頃、平野社の卜部兼前が作成した文書と關係があ
りはしまいか、と私は推定する。

と述べられている（この点後述）。いずれにせよ、真福寺本・兼永筆本以前の『古事記』の姿を伝える貴重な資料

である点に変わりはない。

二　本文

『上巻抄』の本文・訓については、小野田光雄氏によって詳細な調査がなされている。まず本文については、『上巻抄』引用の『古事記』本文は卜部氏傳來の本に近いという見解を示している。

小野田氏の調査では、『古事記』真福寺本・道祥本・兼永筆本との異同五〇例のうち、『上巻抄』と一致するのは、真福寺本二十一例・道祥本十五例・兼永本三十八例であった。そして氏は、特に「神科野國之州羽海」の場合『上巻抄』と兼永筆本のみに「神」が付されている点をも考慮して結論を出された。試みに、卜部系の諸本の前田本・曼殊院本・猪熊本、それに寛永版本との異同もあわせて確認したところ、次表のような結果が出た。(5)

本文異同のある五十五例中、『上巻抄』と兼永筆本が一致し、真福寺本と一致しない場合が二十四例（○）と最も多い。『上巻抄』・兼永筆本・真福寺本ともに共通するが、他の諸本との間に異同のあるものが十七例（◎）、兼永筆本・真福寺本は一致しているが、『上巻抄』と異なるもの八例（×）、『上巻抄』と真福寺本とが一致し、兼永筆本と一致しないもの六例（△）となった。結局、全五十五例中、『上巻抄』と兼永筆本とで一致する場合が四十一であるのに対し、一致しない場合が十四例であり、現存する『古事記』の写本の中では最も兼永筆本に近いのは確かである。

真福寺本と兼永筆本との間に異同のある用例（○△）を見ると、いずれの場合も、文脈の上でより妥当性の高いと思われる字を用いている。問題のあるのは、7・13・28・48位であり、いかに整合性の高い本文であるかがわかる。問題のある箇所も、7の場合は通常の現行テキストでは「天石屋」としているもので、『上巻抄』と兼

行	番号	抄	真	祥	春	兼	前・曼・猪・寛
二	◎1	大	大	太	太	大	
	×2	ナシ	神	神	神	神	神(前～寛)
	○3	詔	沼	ナシ	ナシ	詔	
	○4	吉	去	去	去	吉	
	○5	金	令	金	金	金	
	◎6	及諸神	及諸神	ナシ	ナシ	及諸神	
三	○7	室	屋	屋	屋	室	
	◎8	都	都	豆	豆	都	
四	◎9	是可遣	是可遣	ナシ	ナシ	是可遣	
	○10	其	ナシ	ナシ	ナシ	其	
六	◎11	他	他	化	化	他	佗(猪・寛)
七	◎12	別	別	ナシ	ナシ	別	
	○13	便	使	ナシ	ナシ	便	
一〇	◎14	而	而	与	与	而	
	◎15	是	是	ナシ	ナシ	是	
	×16	那	耶	耶	耶	耶	耶(前～寛)
一一	×17	那	耶	耶	耶	耶	耶(前・曼・猪)
	◎18	釼	釼	劔	劔	釼	劔(曼・猪・寛)
一二	◎19	大	大	太	太	大	
	×20	ナシ	御	｜	御	御	御(前～寛)
	○21	問	同	問	問	問	
一四	◎22	之	之	ナシ	ナシ	之	
	◎23	奈	奈	ナシ	ナシ	奈	
	○24	白	曰	白	白	白	

一五	○	25	白	自	白	白	白	
	○	26	白	自	白	白	白	
一六	×	27	ナシ	往	往	往	往	往(前〜寛)
	○	28	大御	御大	大御	大御	大御	
	○	29	故〜来	《重複アリ	故〜来	故〜来	故〜来	
一七	◎	30	徴	徴	徴	徴	徴	徴(前・曼)徴(寛)
	○	31	重	量	重	重	重	
	○	32	語其父	語其見	語其見	其語見	語其父	
一八	△	33	即	即	即	即	郎	郎(前〜寛)
一九	◎	34	矣	矣	宗(奈イ)	宗(来イ)	矣	
	△	35	柴	柴	柴	柴	紫	紫(前〜寛)
二〇	○	36	問	同	問	問	問	
	○	37	今	令	令	令	今	
	×	38	ナシ	此	此	此	此	此(前〜寛)
二一	○	39	云	之	之	之	云	
	△	40	ナシ	ナシ	ナシ	ナシ	ミ	ミ(前・曼・猪)
二二	△	41	引	引	引	引	列	
二三	○	42	手末	未	手末	手末	午未(手未イ)	午未(手未イ)(前・曼)午未(手)(猪)
二四	△	43	故〜手	故〜手	ナシ	ナシ	故〜手	
	◎	44	令	令	ナシ	ナシ	今(令イ)	
二五	◎	45	釼	釼	劔	劔	釼	劔(曼・猪・寛)
	◎	46	尓	尓	ナシ	ナシ	尓	
二六	△	47	搕	搕	―	塩	榼	搕(前)榼(曼)榼(猪・寛)
	○	48	枇	批	―	批(搭イ)	枇	

	×49	捉	投	投	投	投	
二七	○50	神	ナシ	―	ナシ	神	
	○51	之	已	―	之	之	
二九	○52	父	欠	見	見	父	
	×53	違	建	建（違カ）	建（違カ）	建（違カ）	
三〇	○54	之	ナシ	之	之	之	
三五	○55	日	月	日	日	日	

◎　一七例　上巻抄＝真福寺本＝兼永本
○　二四例　上巻抄＝兼永本　≠真福寺本
△　六例　上巻抄＝真福寺本≠兼永本
×　八例　上巻抄≠真福寺本＝兼永本

永筆本以下の卜部系諸本は「天石室」となっているわけだが、「伊都之尾羽張神」の坐すところが、「天石屋」であるという確証はない。また、48の「枇」か「批」かについても、明確に「枇」が誤りであるとは言い切れない。となると、『上巻抄』の独自異文（×）にも、注意してみる必要がある。2・16・17・20・27・38・49・53のうち、2・20・27・38は文字の脱落という点で共通している。49は字体の近似によって書き誤ったと見られるもの。53は『上巻抄』の「違」が妥当。従来問題の多い16・17の「伊那佐之小濱」については、真福寺本「伊耶佐」とあるが、『日本書紀』神代上に「五十狭狭」、神代下に「五十田狭」となっていて揺れがある。「イタサ」と「イササ」はSとTの音韻交替、「イザサ」は「イササ」の濁音化したものと捉えれば、真福寺本に従って「耶」を採ることになる[6]。が、『出雲国風土記』に「伊奈佐乃社」、延喜式神名帳に「因佐神社」とあり、この例を参考に

すると「那」の方が妥当性は高くなる。[7]「イナサ」に「否（イナ）」の意を読みとる説では当然「那」となる。[8]正誤の決定はなかなか困難であるが、『上巻抄』の本文の確かさからすると、「那」の可能性は高い。

以上をまとめると、『上巻抄』の本文は確かに兼永筆本に近く、兼永筆本以前の卜部系祖本と関係している可能性がある。文字の脱落が多少見られるが、書き誤りの少ない本であるといえる。

三　訓

さて、本文についてはそういえるにしても、訓についてはどうか。『上巻抄』には兼永筆本にはない訓や兼永筆本とは異なる訓が、多く付されている。兼永筆本の訓の状況から考えるならば、『上巻抄』成立の頃、『古事記』全体にさほど多くの訓が付されていたとは考え難い。恐らくは『上巻抄』として、本文を抄出した際にこの箇所にのみ訓を施したものと考えられる。やはり始めに小野田氏の見解を示すと、

> 「上巻抄」を作成した人物は、『古事記』の文章を理解しないままに、『日本書紀』の家説を遵守したために誤訓を重ねたと思われる。

ということになろう。氏は特に兼方筆本『日本書紀』の訓と『上巻抄』の訓とを対照し、『上巻抄』の訓は対応する『日本書紀』の訓を採用したために、誤訓が多く生じているとする。確かに『上巻抄』の訓には問題のあるものも含まれる。『上巻抄』一一行目（以下、上巻抄の訓の位置を［抄○○］で示す）「佐加之万仁津知仁津岐太弖ミ」の訓は原文「逆刺立于」とあるところであり、『上巻抄』に「津知」の訓が入っているのは、『日本書紀』を参考にしたからに違いない。だが、そのように、決定的に本文と訓とが齟齬をきたしている箇所は、実はあまり多くはない。すべてにおいて『日本書紀』の訓を当て嵌めようとすれば、例えば「天石室」［抄三］は「イハヤ」と

なろうし、「取魚」［抄一六］は「ツリスル」となろうし、先述の「伊那佐」［抄一〇］は「イタサ」と訓まれそうだが、そうなってはいない。明確に本文とズレが生じているように見えるのは、四箇所に渡って出てくる「サリマツル」という訓である。本文では、「賜」「賜」「立奉」「獻」にそれぞれ、「佐里万津良牟哉」［抄一四］「佐利万津留倍之哉」［抄一七］「佐利万津留倍之」［抄一八］「佐里太天万津留倍志」［抄三一］と訓を付す。［抄三四］の「獻」には「太天万津留ナリ」とあって、「サリ」はない。『日本書紀』で国譲りを要求する場面を見ると、本書に「當須避（サリマツラムヤ）」「當奉避（サリマツルベシ）」等、「避」字が四回出てくる。一方、一書一には「避」は無く「奉」が使われ、「サル」の訓もない。国譲りの要求、若しくは承諾の言葉として、「避」を使うか「奉」「獻」を使うかは、神話内容に絡む問題であると思われる。『古事記』と『日本書紀』本書とでは当然神話も異なっており、それゆえ「奉」「獻」（『古事記』）に対して「避」（『日本書紀』）という表現が用いられているものと思われる。「避」のない文脈で「サル」という訓みを与えるのは、そもそも無理なのだが、あえて文脈上当て嵌めうる箇所で『日本書紀』の訓を採用したのは、「『古事記』の文章を理解しないままに、『日本書紀』の家説を遵守したために誤訓を重ねた」というよりも、むしろ積極的に『日本書紀』の神話世界を取り込んだ結果なのではなかろうか。

恐らくは『古事記』訓読があまりなされていたとは思われない時代に、『日本書紀』の訓を参考としつつ訓みを与えたということの痕跡は、『古事記』の訓読史を考える上で非常に重要な問題を孕んでいるであろう。

なお、小野田氏は『上巻抄』の萬葉假名は『日本書紀私記』（乙本）の用字によっており、古風を装い権威付けようとした、と説かれた。確かに、今『神宮古典籍影印叢刊2古事記日本書紀（下）』所収の「道祥自筆本日本書紀私記」によると、

「将佳也」　与介牟（二十一ウ）　［抄二］
「倒植於地」　左加之万尓津知尓豆支太天弖（二十一ウ）　［抄一一］
「踞其鋒端」　曽乃左支尓志利宇太介弖・
又宇知安具美尓井天（二十一ウ）　［抄一一］
「當須避不」　左利末津良牟也伊奈也（二十一ウ）　［抄一四・一七・一八・三二］
「促徴」　世免波多留（十二オ）　［抄一六］
「八重蒼柴籬」　也倍阿乎布之加岐（二十二オ）　［抄一九］
「不可違」　多加比万津良之（二十二オ）　［抄二九・三二・三四］

と見える。[9]だが、だとすると『私記』に出典を求め得ない他の萬葉假名訓はどう考えるのかという疑問は残る。「宇知加久美仁井天」［抄一一］の場合、対応する兼方本『日本書紀』の訓は「ウチアクミニヰテ」とあって、「加」と「ア」が対応しない。小野田氏は片仮名「ア」を、字体の類似故に「加」に誤ったのではないかと云うが、『私記』に倣ったのであれば、「宇知安具美尓井天」とあるのだから、「安」と「加」とを誤ったとは考えがたい。その他、「布美加倍之天」［抄一八］、「佐加多知尓」「宇知奈之弖」［抄一九］、「知加良阿良曽伊」［抄二四］、「阿之乃和加波於」［抄二六］など、『日本書紀』の訓や『私記』の訓との対応の見られないものもある点からすれば、『上巻抄』の訓の出所についてはもっと検討を要するが、現時点で提示できる材料はない。

四　古事記と先代舊事本紀

最後に、「諏方社事」として引用されている『先代舊事本紀』について触れ、その上で『上巻抄』全体につい

て、考えたい。小野田氏は、『上巻抄』引用の『舊事本紀』は、『釈日本紀』を手本にしていると述べている。『上巻抄』引用の『舊事本紀』には十三箇所の省略があるが、そのうちの十箇所は『釈日本紀』の省略箇所と同一であることによる。『釈日本紀』巻十五では「信濃須波水内神　神名帳曰。信濃國諏方郡南方刀美神社二座。（並名神大。）水内郡健御号方冨命彦別神社。（名神大。）　舊事本紀第三曰。」として載っている。(10) 建御名方神登場以前の箇所は大幅に省略され、経津主武甕槌二神の派遣、大己貴神・事代主神への問いかけという話の骨子のみを引用している。『釈日本紀』では建御名方神登場以後は省略していないが、これは当然のことといえる。『上巻抄』と『釈日本紀』とで異なる三箇所は、この建御名方神登場以後である。兼永筆本『先代舊事本紀』で補うと、「刄故尓懼而退居尓欲取建御名方神手乞皈而取者如取若葦搤枇而授離即逃去因追往而迫」「将煞」「恐矣莫煞」となる。(11)『上巻抄』で更に省略された箇所は、建御名方神が建御雷神に力競べで負けて恐れをなして逃げる場面、建御雷神に対して、「殺さないでくれ」と嘆願する部分である。この辺の配慮は、『上巻抄』作成の所以と関係あるのであろうか。

さて、あらためて問題とすべきは、『古事記』の抄出本文と『先代舊事本紀』引用文との関係である。例えば、兼永筆本『先代舊事本紀』奥書の「石上神事抄」に関連すると言われる現存『石神神宮御事抄』の場合、『古事記』『日本書紀』『舊事本紀』を始めとして延喜式や律令の類まで、それこそ網羅的に資料を引用している。(12)『上巻抄』が同じ奥書に見える「諏方社　建御名方神御事抄」に繋がるものとするならば、『石神神宮御事抄』とは随分趣が異なる。もちろん、建御名方神に関しては他に載せるべき資料が無いという事情はあろうが、それならば何故「古事記曰」「舊事本紀曰」として並列に扱い、「建御名方神御事抄」という題名にならないのか。中世における『先代舊事本紀』の位置付けからすれば、尚更である。が、『古事記上巻抄』と題されている以上、この

書はあくまで『古事記』を抄出するためのものであり、「諏方社事」と題され、「先代舊事本紀第三曰」「又第四曰」として記された文は補足資料の位置にある。『舊事本紀』の引用文に殆ど訓を付さないのもこの点に関係していよう。建御名方神が登場する場面の『舊事本紀』の文は、『古事記』をもとに作られたと考えられる故、当然ではあるが本文は殆ど同一である。が、『上巻抄』では、その逆の関係として認識している筈である。『古事記』の引用末に、序文から「和銅五年正月廿八日正五位上勲五等太朝安萬侶撰」を引用し、『舊事本紀』の引用末にも、やはり序文から、「先代舊事本紀聖徳大子并馬子大臣所製也」という一文を引用している。わざわざ作成者を記すことによって、その成立の先後関係を明確にしている。『日本書紀』に記述をもたない建御名方神関係神話の根拠を『舊事本紀』に求めているのである。更に先述の訓のありかたからするならば、『日本書紀』の神話世界をも取り込んでいるのであり、『古事記』を中心に据えた三大神書の一体化（一元化ではなく）が果たされているのではなかろうか。

五　おわりに

『上巻抄』には奥書が無く、成立事情・目的は不明である。小野田氏は、延文元年（一三五六）八月、吉田兼豊の請文の中に、諏訪社の縁起について尋ねてきていた諏訪圓忠が、去る正月に平野の卜部兼前にもその件について伺っていた旨を伝え聞いたということが記されていることから（『史料纂集』）、兼文・兼方の子孫である兼前と『上巻抄』の成立との関係を推測されている。また、阿部泰郎氏は、高野山三宝院蔵『神書目録関白流』では南北朝までに成立した神祇書およそ九十六点の冒頭に、『日本書紀』『旧事本紀』『古事記』を掲げ、「已上三大部」として神書の中核に位置付けていることを紹介し、実際、良遍の『神代巻私見聞』（一四二四）では、『古事記』

独自の出雲神話の段りなどを要説して談じており、『書紀』注釈に『古事記』が参照されるべき不可欠なテクストであった消息を伝えていると述べている。また伊勢神道書のなかに『古事記』からの引用が存するところから、巨視的には『古事記』もまた中世の伊勢をめぐる神話の再構築の為の素材の一部を構成しているということでもある。真福寺の神祇書中の『古事記上巻抄』（その内容は諏訪の建御名方神についてであるが）もそのような用途の為に抄されたものかと思われる。

と述べている。[13] 弘仁三年（八一二）に始まった『日本書紀』講書の場で『古事記』が参照されていることは、『私記』によって確認し得る。『日本書紀』講書の場は神話の変換・一元化をもたらしたとも捉えられているが、[14] そうした動きが逆に『古事記』のテキストとしての価値を高めていったのではなかろうか。『上巻抄』は、『古事記』のほんの一部を記すにすぎないが、現存する史料としては、真福寺本や兼永筆本の出現につながる、「古典化」された『古事記』[15]の始発に位置する文献といえるのかも知れない。

【注】

（1）『真福寺本古事記上巻抄』古典保存会、大正13年。

（2）以下、本文中で言及する小野田光雄氏の論は、「「古事記上巻抄」について」「古事記の校勘訓釋の黎明期」（『古事記・釋日本紀・風土記ノ文獻學的研究』平成8年2月、続群書類従完成会）による。

（3）天理大学図書館蔵『古事記上巻抄』は、天理大学図書館にて披見。真福寺宝生院蔵本は、古典保存会刊行の複製本による。

（4）天理図書館善本叢書『兼永筆本先代舊事本紀』八木書店、昭和53年9月。

（5）調査は、小野田光雄『諸本集成古事記』上巻（昭和56年11月、勉誠社）によった。

（6）思想大系『古事記』（岩波書店、昭和57年2月）、西宮一民編『古事記（修訂版）』（おうふう、平成12年11月）等。

（7）倉野憲司『古事記全註釈』第四巻（三省堂、昭和52年2月）。
（8）本居宣長『古事記伝』（『本居宣長全集』第十巻、筑摩書房、昭和43年11月）、西郷信綱『古事記注釈』第二巻（平凡社、昭和51年4月）。
（9）『神宮古典籍影印叢刊2古事記日本書紀（下）』八木書店、昭和57年。
（10）『新訂増補国史大系』第八巻、吉川弘文館、昭和40年4月。
（11）（注4）に同じ。
（12）『続々群書類従』第一、国書刊行会編纂、続群書類従完成会発行、昭和45年3月。
（13）阿部泰郎「真福寺本古事記の背景」（『古事記の現在』笠間書院、平成11年10月）。
（14）神野志隆光『古事記と日本書紀―「天皇神話」の歴史―』講談社現代新書、平成11年1月。
（15）『古事記』の「古典化」については、前掲『古事記の現在』（注13）第三章「古典化される『古事記』」の福田武史・中村啓信・阿部泰郎（注13に同じ）・金沢英之の諸論を参照されたい。

【資料】

天理大学図書館蔵本『古事記上巻抄』

・行頭の漢数字は、『上巻抄』の行数を示す。
・『古事記』引用文中の左側の算用数字は、本文の校異一覧の番号に対応する。
・『古事記』引用文中の右側の①～③は、真福寺蔵本との異同箇所を示す。
・『舊事本紀』では、省略されている箇所を卜部兼永筆本『先代舊事本紀』によって補い【　】内に記した。

④⑤は兼永筆本との異同を示す。

・繁雑を避けるため、乎古止点・朱墨の別は示さない（比較の結果、真福寺蔵本と全く同一であった）。

古事記上巻抄

天《アマ》照《テラス》大《オホンカミ》[1]御詔《ミコトノリシテ》[2][3]之亦遣《ツカサ》曷神《大礼乃カミヲ》者《ハ》[4]吉尓《与介牟仁》思金《ヲモイカ子ノカミ》[5]神[6]及《ヒ》諸神《モロカンタチ》

白《申テ》之坐《マウサク》天安河《アマノヤスカハノカハカミノ》ゝ上之天石《アマノイハ》[7]室《ムラ》名《ノ》伊《イ》[8]都《ツノ》之尾《ヲ》羽《ハ》

張神《リノカミ》[9]是《コレ》可レ遣《ヘシツカハス》伊都字以音①若《モシ》亦《又》非《ス》此《ノ》神《カミニ》者《ハ》[10]其《ノ》神《ノ》之子《ミコ》

建《タケ》御《ミカ》雷《ツチノ》之男《ヲノ》神《カミ》此《ヲ》應レ遣《ヘシツカハス》且其《ノ》天《ノ》尾《ヲ》羽《ハ》張神《リノカミハ》者

逆《サカサマニ》二塞上《フサキアケテ》天安《アマノヤス》河《カハノ》之水《ヲ》二而塞レ《布佐加（キ）弖》道居《於利万之万須阿太之》故[11]他神不レ得行一《古止於》

故[12]別遣二《ツカハシテ》天迦久神《アマノカクカミヲ》一可《ヘシ》門《玉》故尓《ニ》[13]便《チ》天迦久神《アマノカクカミ》問二天《ノ》尾《ヲ》

羽《ハ》張神《リノカミノ》之時《ニ》答白《テ申天万宇佐久》恐之仕奉《津加倍万津留倍之》然於此道一者僕子《也津加礼加御子》

建《タケ》御《ミカ》雷神《ツチノカミヲ》可レ遣乃貢《ヨケン》進《テ》尓《ニ》天《ノ》鳥舩神《カミ》副《テ》建御雷

神[14]而遣《ス》[15]是以此二神《フタハシラノカミ》降二《アマクタリマシテ》到出雲國伊[16]那《ナ》佐《サノ》之小《ヲ》濱一《ハマニ》

而伊那佐三字以音[17]拔《テ》十掬《ツカノ》[18]鈒一《ヲ佐加之万仁津知仁津岐太弖〃》逆刺立于浪穂趺坐《宇知加久美仁井天》其《ノ》鈒《ノ》前一《仁》

問二其大國主《ノ》神《ニ》一言《ク》[19]天照大[20]神高木神《タカミムスヒノカミノ》之命以[21]問

使之汝之宇《ウ》志《シ》波《ハ》祁《ケ》流《ル》此五字以音葦《アシ》原《ハラ》中國《ナカツクニハ》者我《カレハ》

御《ミ》子《コ》[22]之《ノ》所知《シルヘキ》國言《クニナリ》依賜《佐里万津良牟哉》故汝心《イマシカココロ》[23]奈何《伊加牟》尓《ニ》答《テ久》[24]白之僕《ヤツカレハ》者不レ得《ヘシ》《止比申天》[25]白《ク》我《カ》子《コ》八重《ヤエ》言代《コトシロ》主神《ヌシノカミニ》是可《申須倍之》[26]白然《ニ》為二鳥《ノ》遊《アソヒ》取レ魚二而[27][28]大御《ミノ》之前《サキニ》一未《タ》還《リ》来《キタラ》一[29]故《レ》尓《ニ》遣《テ》天鳥船《ヲ》神一[30]徴《世女波太弖》来八《ヤ》[31]重《エ》事代《コトシロ》主《ヌシカ》神《仁》而門《②フ》賜《佐利万津留倍之哉》之時[32]語二其《テノカソノ》父大神一言《ニノ玉ハク》恐《於曽良久波》之此國《ヲ》者立奉《佐利万津留倍之》天神之御子《ニ》一[33]即踏《布美加倍之天》二傾其《ノ》船《ヲ》一而天逆《佐加太知尓》手[34]矣於青[35]柴垣《阿於布之加岐於宇知奈之弖》打成而隠《加久礼万之奴》也《訓柴云布斯》故尓[36]問其大國主神一[37]今汝子事代主神如《カク》[38]白《申於波牟奴》訖亦有二可レ白《申倍岐》子一乎於是亦白[39]云亦我子有二[40]建《タケ》御《ミ》名《ナ》方《カタノ》神《カミ》一除レ此者無也《ナキナリ》如レ此《カク》白《申ス》之間《アヒタニ》其《ノ》建《タケ》御《ミ》名《ナ》方神《カタノカミ》千《チ》[41]引石《ヒキノイシ》撃《須倍弖》二[42]手末《タナスエニ》一而来《テ》言《ク》誰来我國《ニ》而忍《シノヒ》ゝ《、、、ニ》如レ此《カク》物言《申須》然欲《布》レ為《世牟止》二力競《知加良阿良曽伊》一故我先欲取其御手[43]故[44]令レ取二其御手《ヲ》一者即取成立氷《コヲリニ》一亦取成[45]剱刃一故尓懼《於津〃〃》而退居《志利曽岐於留》[46]尓欲レ取二其建《タケ》御《ミ》名《ナ》方《カタノ》神《カミノ》之手一乞《比弖》帰而取者如レ取若葦《阿之乃和加波於》[47]搤一[48]枇而[49]捉《止利》離《波奈③礼弖》者即逃去《仁氣佐留》故追往《於弖由久》而迫《仁介伊太留》二到[50]神科《シナ》野《ノ》國《クニ》[51]之《ノ》州羽海《須波乃宇美仁》一将《ニ》煞《津美世牟止須留時ニ》時建御名方神白《申サク》恐莫煞《和礼於津美之万志曽》我除《保加波》此《ノ》地《チノ》一者不レ行《由加之》他処《安太之止古呂倍》一亦不レ違《太加伊万津良之》我[52]父《カツ》大國主神《ノ》之命《申玉フ仁》二不レ[53]違二八重事一

三〇　代主神《乃》之言《乃給仁毛》此葦原中國者随《万仁ヽヽ》天神御《ミ》子《コト》[54]之命《乃里乃》
三一　獻《佐里太天万津留倍志》故更且《マタ》還来《加倍利万宇天〃》問其大國主神汝子等事代主
三二　神建御名方神二神者随《マニヽヽ》天神御《ミ》子之《コトノリノ》命勿違《太加比万津良志止》
三三　白訖《申於波牟奴》故汝心《イマシカココロ》奈何《伊加牟》尒《ニ》答《テ》白《申サク》之僕子等《也津加礼加古》二神随白《申須万仁ヽヽ》
三四　僕《毛》之不違《太加伊万津良之》此葦原中國者随命《ミコトノリノマニヽヽ》既《ニ》獻《太天万津留ナリ》也唯
三五　僕《カ》住所《スマントコロ》者《ハ》如天神御子之天津[55]日継《ノ》所知《シロシメスヘシ》之登
三六　陀流　此三字以音下效此
三七
和銅五年正月廿八日正五位上勲五等太朝安萬侶《ヤスマロ》撰
三八　諏方社事
三九　先代舊事本紀第三曰経《フツ》津主武甕槌《ヌシタケミカツチ》二神降到
四〇　於出雲國【五十田狭小汀】而問大己貴神曰天神【高皇産霊尊】勅曰【天照大神詔曰】葦原中國者
四一　我御子之可知之國【詔寄賜故】汝将此國奉天神耶【以不如何于時】大己貴命對曰【汝疑二神非是吾力處
来者故不須許也二神則撥十握劔倒刺立於地踞其鋒端而問大己貴神欲降皇孫君臨此地故先遣此二神駈除平定
汝意如何常避須不時大己貴神對曰】
四二　當問我子事代主神然後将報《カ》〔云〕【是時其子事代主神遊行在於出雲國三穂之碕以釣魚遊鳥為楽故以熊野諸
手船載使者稲背脚遣天鳥船神徴來八重事代主神問将報之辞時】事代主神謂其父曰【今天神有此借問之勅】
四三　我父宜當奉避吾亦不可違〔云々〕【因於海中造八重蒼紫籬蹈船而天之逆牟打而青紫垣打成隠故】尒問大己

貴神【合汝子事代主神如此白訖】亦有可
四四　白之子乎對曰必白之且我子有建御名方神除此者無
四五　也如此白問建御名方神千引之石指捧手末而
四六　来言誰④来我國而忍々如此言者然欲為力競故我
四七　先欲⑤取其御手故令取其手者即成立氷亦取成
四八　釼〔云々〕【刄故尓懼而退居尓欲取建御名方神手乞皈而取者如取若葦搤枇而授離即逃去因追往而迫】到於
科野國州羽海【将煞】之時建御名方神白【恐矣莫煞】我
四九　除此地者不行他處亦不違我父大國主神之命
五〇　不違兄八重事代主神之言此葦原中國者随天
五一　神御子命獻矣〔云々〕
五二　又第四曰建御名方神坐信濃國諏方神
五三　社
五四　先代舊事本紀聖徳大子并馬子大臣所製也

①ナシ―「二」(真福寺蔵本)　②「門」―「問」(真福寺蔵本)　③「波奈○《礼》弖」―「波奈礼弖」(真福寺蔵本)
④「誰」―「維《誰イ》」(兼永筆本)　⑤「欲」―「故《欲イ》」(兼永筆本)

釈日本紀所引古事記の問題点

鈴木啓之

一　はじめに

日本書紀の研究史上、卜部兼方撰釈日本紀の価値は既に多くの先学によって説かれている。(1)奈良から平安時代に行なわれた数次の日本書紀講書の私記説を集大成したこと、その私記も含めて現在逸書となった数多くの典籍の逸文の存在にその功績を認めるべきことは周目の一致するところであろう。特に上代文学の作品に限れば、風土記逸文を最も多く収めているのが釈日本紀であり、同時代の仙覚万葉集注釈と双璧をなし、風土記の研究においては不可欠の資料となっている。

風土記研究における位置付けとはやや異なるが、古事記逸文についても同様に数の上からは釈日本紀を越えるものはなく、釈日本紀の成立(2)が古事記の諸本中最古の真福寺本の成立（応安四—五年）を遡ること約百年である点から見て、その重要性は認められよう。

このような釈日本紀所引の古事記逸文をめぐっては、『古事記伝』以来、古事記の校訂上の資料として断片的

には言及されて来たが、(3) 言わば総合的な考察は管見では殆んどなされていない。(4) したがって、別の観点からの考察も当然なされてしかるべきであろう。

小稿においては、この逸文をめぐる問題の一端として、古事記の諸本系統の点から逸文の位置付けを確認することを目的としたい。同じ釈日本紀所引とはいえ、個々の古事記逸文は必ずしも同質一様ではなく、少なくとも二系統以上の古事記からの引用と考えられ、これを等しなみに扱うことはできない。

具体的には釈日本紀所引の古事記（特に兼文・兼方による直接引用本文）と現存諸本のうち真福寺本・兼永本との関わりを確認することとなるが、後述するように資料的制約を避けられず、僅かな推定と問題点の指摘に止まることを予め申し述べておく。

二　釈日本紀所引古事記逸文の実態——引用者の問題

まず釈日本紀所引古事記（以下それぞれ単に釈紀、記とも略す）の実態を簡単に眺めてみたい。

(4) 私記曰問古事記舊事本紀文同之云其所神避之伊耶那美命者葬出雲國与伯耆國堺比婆之山也

（巻第六・述義二「葬於紀伊國熊野之有馬村」）

(21) 先師説云、大己貴一名也。

古事記上曰大穴牟遅神亦名謂宇都志國玉神

（巻第八・述義四「顕國玉」）

(29) 古事記中巻曰於是宛八十建設八十膳夫毎人佩刀誨其膳夫等曰聞歌之者一時共斬

兼方案レ之、八十梟者、凶黨八十人也。

（巻第九・述義五「八十梟師」）

※( )中の番号及び記引用の本文は、本書「V資料篇1」の「3『釈日本記』所引『古事記』一覧（稿）」に依り（但し通し番号の符号□は( )に改めた）、他は神道大系古典註釈編五『釈日本紀』に依る。以下同。

右の三例は釈紀の引用形式の上では比較的簡明なものと言ってよい。(4)は周知の如く日本書紀講筵の記録である私記が記を引用したものである。(21)は「先師」が兼文と考えられる点[5]から兼文が、(29)は「兼方案之」とある点から兼方がそれぞれ記を引用したと考えてよい。

要するに釈紀所引の記には、既に平安講書の際に用いられた記と兼文・兼方父子の所持していた古伝卜部本[6]から抄出した記との二系統があるということになる。したがって、釈紀所引の記逸文に関する何らかの考察は、この二系統の峻別の上になされねばなるまいが、実は事はそれほどに容易ではない。

(34)古事記曰又於守陁墨坂神祭赤色楯矛又於大坂神祭墨色楯矛
神名帳曰大和國葛下郡大坂山口神社大月次新嘗。又曰同國宇陁郡八咫烏神社鍬靫
兼方案レ之、若此神社等歟。（巻第九・述義五「墨坂神大坂神」）

(35)古事記中巻曰大山守命云々衣中服鎧到於河邊云々到訶和羅之前而沉入訶和羅三字以音故以鈎探其沉處者繫其衣中甲而訶和羅鳴故号其地謂訶和羅前也（巻第九・述義五「号其脱甲處曰加和羅」）

(45)古事記曰此天皇之御世為大后石之日賣命之御名代定葛城部亦為太子伊耶本和氣命之御名代定壬生部亦水歯別之命之御名代定蝮部亦為大日下王之御名代（以下、見セ消チ十三字略）定大日下部為若日下部王之御名代定若日下部
私記曰。師説、凡定二御名代之部一、或取二御名一、或取二所レ居之地名一乎。
（二字抹消）案レ之、皇后、葛城襲津彦之女也。故、定二葛城部一。

（巻第十二・述義八「為大兄去来穂別皇子定壬生部亦為皇后定葛城部」）

先の三例（(4)(21)(29)）はそれぞれ「私記曰」「先師説」「兼方案」の記述から容易に引用者が判明したが、それに準じて見ると、(34)は兼方の引用、(45)も墨で抹消された二字が兼方であることから同様であるが、(35)は不明と言わざるを得ない。

　このような釈紀所引の記全体に亘る引用者の峻別をめぐっては、管見では唯一、石崎正雄氏のみに論がある。[7]石坂氏に拠れば、一見兼方引用と見られる(34)は神社の比定に関する兼方案と記とは直接関係はなく（関係するのは神名帳）「私記巳引のものを、兼方が神名帳と共に列挙したと見るべき」とする。また(35)は引用文の省略に「云々」が用いられ、この形式は私記のそれであること（後述）、(45)も記の引用は次の私記師説のために存在しており、葛城部の設置の由縁を説く兼方案を補足と見て、「兼文説、又はすでに私記案であつたかもしれぬ」と推定する。

　石坂氏の論考でも言及されているが、私記所引と兼文・兼方所引の峻別は限密には極めて困難な場合が多い。特に明らかに後者である確例は、氏の指摘に従えば釈紀所引の記の全件数に比して驚くほど少ないと言わざるを得ない（後述）。

　「私記曰」「先師」「兼方案之」の文辞は確かに引用者を示す重要な標となるはずだが、[8]石坂氏の発言はこれを疑わしめる場合のあることを示していよう。

　何れにせよ釈紀所引の記の引用者は、A私記・B兼文・C兼方の場合が考えられ、釈紀所引のあり方を仮に列挙すると（( )付きが直接の引用者、↓は再引用）、

1、(A)　2、(A)↓B　3、(A)↓C　4、(A)↓B↓C

5、(B)　6、(B)→C
7、(C)

の七通りの場合が考えられるのだが、小稿の立場からはB・C（兼文・兼方）を区別しない。つまり引用者ではなく引用の典拠の点から見てゆくことになり、したがって右の5〜7の場合の逸文を対象としたい（後述）。

三　逸文本文の素性——私記所引と兼文・兼方所引と

石坂氏の発言からは、記逸文を単純に分類することさへ困難であることが予想される。氏の論考は、釈紀全体の引用形式を見渡した上での極めて周到な用意と様々な可能性までをも考察したものと思われる。当然これを再検討する必要があるのだが、余りに広範に亘る氏の論に対して、筆者はその準備をなし得ない。今後の課題となるが、ここに至って少なくとも石坂氏説を無視する訳にはゆかず、批判的に継承すべきものと思われる。

したがって、以下に石坂氏説を紹介しておきたいのだが、前述のようなあり方とともに複雑で微妙な発言も見られ、氏説をまとめるのは容易ではない。そこで必ずしも氏の意を満たすものではなかろうが、小稿の立場から必要の範囲で示すこととする（詳細は氏の論稿に拠られたい）。

〈表I〉は、幸い氏自身が一覧としてまとめたものを極めて簡略して示したものである。そして、この表の結果は、次の基準によってなされている。

明らかに私記の引く古事記には三つの特徴が見られる。

1 巻数を記さない。

2 真福寺本と異なる古事記を引く（各巻とも※古事記三巻を指す、筆者注）。

3　省略記号「云々」を記す。

1・3は形式面の特殊で分りやすいが、先に触れた「私記曰」「先師」「兼方案之」を標とした上で、右の基準か

〈表Ⅰ〉

・(1)以下の通し番号は本書「V資料篇1、3」に依る。

・「私・文・方」は各々私記所引・兼文所引・兼方所引を示す。

・「◎・○・?」はこの順に確実性を、「ホ」は補説（補足）者たることを示す。「私・文・方」のすべてが空白であるものは所引不明、また「／」は石坂が逸文として示さなかったもの。

	私	文	方
(1)	◎		
(2)	◎		
(3)	◎		
(4)	◎		
(5)	◎		
(6)	◎		
(7)	◎		
(8)	?	○	
(9)	◎		
(10)	◎		
(11)	○		
(12)	○		
(13)	◎		
(14)	◎		
(15)	◎		
(16)	◎		
(17)	◎		
(18)			○
(19)	○	○	○
(20)		?	
(21)		○	
(22)	○		
(23)	○	○	
(24)	?	○	?
(25)			
(26)	○	○	
(27)			
(28)			
(29)			◎
(30)	?	○	○
(31)	?	○	○
(32)	?		
(33)			?
(34)	○		○
(35)	○		
(36)	○	○	?
(37)	?		?
(38)	?	?	
(39)	?	?	
(40)	／	／	／
(41)	◎		
(42)	?	?	?
(43)	?		?
(44)			
(45)	○	ホ	
(46)	○	ホ	
(47)		○	
(48)	?		
(49)			
(50)			?
(51)	?	?	
(52)			◎
(53)	◎		
(54)	◎		
(55)	◎		
(56)	◎		
(57)	◎		
(58)	◎		
(59)	◎		
(60)	◎		
(61)	◎		
(62)	◎		
(63)	◎		
(64)	／	／	／
(65)			
(66)			
(67)			
(68)	／	／	／
(69)	／	／	／
(70)			
(71)			
(72)	／	／	／
(73)			
(74)			
(75)			
(76)			
(77)			
(78)			
(79)	／	／	／
(80)			
(81)			
(82)	◎		
(83)	／	／	／
(84)			
(85)			
(86)	○		

ら検討、さらに引用前後の文脈をも考察した結果が、〈表Ⅰ〉の内容となる。
言うまでもなく、これは私記所引を認定する基準であり、これに外れる例が兼文・兼方所引となりそうなのだが、表に示された結果は単純ではない。例えば(25)・(27)・(28)・(44)・(49)などの諸例は表中の三箇所のいずれもが空欄で、判断不能（あるいは判断材料なし）や不明の意であろうが、この四例はいづれも「述義」の標目の次に古事記を引用する例である。一例のみを示す。

(27) 頭八咫烏《ヤタカラス》

古事記序曰化熊出爪天剱獲於高倉生尾遮径大烏導於吉野

（巻第九・述義五「頭八咫烏」）

(27)は確かな標もなく前掲の基準2のみが該当し、前後の文脈もない（なお表以外に石坂氏の言及はない）。私記でないならば兼文・兼方所引とする判断が素直かと思われるが、氏の判断は極めて慎重と言うべきだろうか。

さて、〈表Ⅰ〉を通覧して、用例数及び確実性の点から私記所引が注目されよう。これは私記の集大成たる釈紀の性格を示すものであろうが、私記所引の逸文については夙く岡田米夫氏が(9)「古い傳本（平安時代）の姿を残すものとして、尊重されてよい」と評す。この点から石坂氏の基準2は、重要な指摘といわねばなるまい。〈表Ⅰ〉には示さなかったが、石坂氏の表には真福寺本との校異結果も示されている（ただし、具体的にどの校異を如何に判断するかについての言及が殆んどされず、やや判然としない）。仮に氏の指摘の通りとすれば、すなわち私記所引の記が真福寺本とは系統を異にするということであり、その意味は改めて問われるべきであろう。

養老以来、弘仁、承知、元慶、延喜、承平、康保と都合七次に及ぶ講書に用いられた古事記が真福寺本とは別系であるとすると、その古事記を如何に考えるべきであろうか。七次にも及ぶ講書に供された古事記が一本、または同系統のみであったという保障は必ずしもできまい(10)。とすれば、私記所引の記を等しくまとめることは、数

本の古事記をより合わせた、言わば不純な本文を持つ架空の古事記を対象とすることになりはしまいか。石坂氏に対する批判とまではゆかないが、私記所引の記の系統判断はなお検討を要しよう。

これに対して、極めて乏しい用例しか確定し得ない兼文・兼方所引の記逸文の方が私記所引のそれに比して、言わば逸文の素性が明確であると想定し得る。それが、先に述べた兼文・兼方の手沢本たる古伝卜部系本からの引用と考えられるのであり、この点が小稿で対象とする所以でもある。

四　真福寺本古事記中巻実書からの予測

真福寺本古事記中・下巻にある奥書は、真福寺本の成立や系統を考察する上でかつて盛んに論ぜられ、なお不明な点も多いが現在では一応の理解が定ったと言えよう(11)。そして、その中巻の奥書に兼文の中巻を入手した経緯が、また「兼方宿祢本」の名がみられることから古伝卜部系本が想定されることになる。

従来の研究史が明らかにした点を踏まえて奥書の内容を略述すると、弘長三年《一二六三》藤原通雅が当時希覯とされた中巻を不慮に入手、この通雅本を文永五年《一二六八》に兼文が書写して古伝卜部本三巻が揃う（上・下巻は既に所持していたと推定）。この兼文本はその子兼方に相伝され、弘安四年《一二八一》「兼方宿祢本」として一條家で書写、さらに弘安五年《一二八二》に大中臣定世がこの「一條殿御本」を書写し定世の手許にも三巻が揃った（上・下巻は既に所持と推定）ということになる。すなわち兼文から兼方へ伝わった三巻が釈紀に利用された古伝卜部本であり、やがて現存卜部系の祖本たる兼永本へと至り、また定世本三巻は真福寺本に至るという経緯が考えられている。

これを踏まえて予測すれば、釈紀所引で兼文・兼方の引用した記逸文は、現存諸本の中で兼永本三巻と真福寺本中巻とに系統上の親近性を認め得ることとなろう。

ところで、この点についても既に石坂氏に言及があり、氏の調査に拠ると兼文・兼方所引の記中巻は真福寺中巻と相違するという。この事実に対する氏の発言は「真福寺本の方に伝写に際して誤りが多く、その為、真福寺本と卜部本（釈紀所引本）との相違が生じたもの」と推測する。また「真福寺本と相違する古事記中巻を引くものは、私記所引古事記であると云うことはできない」とも結論づけ、前掲の基準2に揺れを見せてもいる。

真福寺本中巻との相違は事実としても、その実態や上・下巻の逸文の実際、さらに真福寺本以外の記諸本（特に兼永本）との関連はなお明らかではない。改めて具体的な検討を要するものと思われる。

五　兼文・兼方所引逸文の検討――兼永本と真福寺本との親疎関係

釈紀所引の諸逸文の具体的考察として、兼文・兼方所引例を対象に石坂氏説を踏まえつつ検討してゆきたい。石坂氏の示した確例は、前掲〈表Ⅰ〉からは(18)・(21)・(29)・(47)・(52)（表中◎と○の例）の僅か五例のみであり、これのみでは何らの解決も得られまい。しかし、表には示し得ない各用例に対する氏の言及をも参照すれば、さらに(20)・(33)・(50)（表中?の例。ただし他の可能性はない）を、また(8)・(35)・(39)・(42)（私記所引の可能性もあるもの）をも加えることは許されるのではあるまいか。

ただし、(8)・(35)・(39)・(42)の四例を加えることについては、なお説明を要しよう。まず(8)・(39)・(42)は、釈紀以外に根拠が求められる。

(8) 古事記上巻曰黄泉比良坂者今謂出雲國之伊賦夜坂也　（巻第六・述義二「泉津平坂」）

・泉津平坂

古事記曰、所謂黄泉比良坂者、今謂出雲國之伊賦夜坂也。（兼方自筆日本書紀神代巻上　裏書）

(39)　古事記中巻曰倭比賣命賜草那藝釼亦賜御嚢而詔若有急事解茲嚢口云々到相武國云々入坐其野尓其國造火着其野故知見欺而解㆓開《テ》其《ノ》姨倭比賣命《ノ》之所㆑給嚢口《ヲ》㆒而見者《ミレハ》火打《ヒウチ》有㆓其裏㆒於是先《ニ》以㆓其御刀㆒苅㆓撥草㆒以㆓其火打㆒而打㆓出《テ》火㆒着《テ》㆓向火《ムカヒヒヲ》㆒而焼退還

（巻第十・述義六「倭姫命取草薙釼授日本武尊」）

・兼文案之、今世俗号火折嚢付于刀者、可為此因縁也、有其事也、日本武尊蕟向東國之時、先叅拝伊勢宮之間、倭姫命、被授草薙劔事、雖見日本紀、給嚢、此書之外无所見欤、有奥有感可秘〳〵

（真福寺本古事記中巻符箋）

文永十年二月十四日丑剋注之

(8)に対応して示した兼方本神代紀裏書は、(8)が「上巻」を加え「所謂」を略した以外は等しい。石坂氏は兼文説を兼方が(8)として記したとする。(39)と真福寺本中巻符箋は同文ではないが、符箋が明らかに兼文説であることと、その関心が倭姫命が倭建命に嚢を給うことが古事記にしか見えないことにあり、この兼文の関心が(39)として釈紀に抄出されたと考えてよかろう。石坂氏に拠れば、兼文所引は動かせないとも言う。(42)は敢えて示さないが、「古事記中巻曰」として仲哀記気比大神条の全文を省略なしに引く。これに対しても、真福寺本中巻符箋があり、日本書紀仲哀紀二年二月、神功紀十三年二月、応神紀即位前「一云」のいずれも気比大神の記事を抄録し「兼文案之角鹿笥飯大神者仲哀天皇御坐也」と兼文案を示す。(39)と同様と考えてよかろう。

石坂氏の言う形式論的原則からすると、(8)・(42)は巻数を記し「云々」もないことから明らかに私記所引ではない。(39)は「云々」があるもののこれを兼文と見るべきとすれば、(35)も同様の形式であるから兼文と判断される。

(35)　古事記中巻曰――云々――　（巻第九・述義五「号脱甲處曰加和羅」）

右は記引用部を略して示したが、巻数と「云々」の点の一致は明らかであり、さらに他の引用のない点も一致している。なお、この形式を用いると先に用例に加えた(20)も同様であり、その他でも石坂氏に従うと認定し難い例

も加え得るかと思われるが、今は氏に従っておく。

以上、辛うじて挙げ得た全12例を巻別に示せば、上巻5例、中巻4例、下巻3例となる。依然として少ないことは否めないが、これを以って真福寺本と兼永本との校異を示し、検討したいが、敢えて用例は掲げず本書別掲「V資料篇1、3」をもとに校異結果のみを示すこととしたい（〈表II〉）。

校異文字についてみると、(39)「武—摸」(42)「古—高」(50)「此—是」以外は、いずれも類似字体による相違と見られよう。また、(18)「椎—稚—推」(35)「鈎—鈎—釣」は通用字であるが、字体の面から校異と認めた。なお(39)「還—還出—還出」は、あるいは抄出の際の問題であり校異ではないとも言えるので今は考察の対象から除くことにする。

僅かな材料に過ぎないが、これを巻ごとに異同数を示せば次のようになる。

		上巻	中巻	下巻
真	同	1	6	1
	異	2	9	7
兼	同	1	8	7
	異	2	7	1

上の結果を踏まえて釈紀所引古事記＝古伝卜部系本と真福寺本・兼永本の関係をまとめるならば、まず下巻の対照的結果が目を惹こう。すなわち、兼＝釈≠真を示しており、前述の予測通り釈紀と兼永本の親近性が伺える。

上巻のみでは材料に乏しいが、真福寺本の上・下巻が同系である(12)ことを思い合わせれば、下巻と総合して考えてよかろうし、対する兼永本上・下巻も同様である。

上・下巻について言えば、やはり釈紀と兼永本は同系と判断され、真福寺本がこれに対立するという従来の研究史が明らかにした点と矛盾しない。

一方、中巻の結果は如何に捉えるべきであろうか。上・下巻とは異なり真福寺本と兼永本との明らかな対立は認められない結果となっているが、これは先に触れた真福寺本中巻の奥書から推測されるように中巻が共に同系であることを裏付

〈表II〉

	上					中								
	(8)	(18)	(20)	(21)	(29)	(33)			(35)					
釈	賦 1	椎 3	乗 2	／	／	火君 1	余 2	丹波 3	河 1	鈎 2	衣 3	甲 4	鳴 5	謂 6
真	賊	稚	○	／	／	○	○	舟波	阿	釣	夜	申	○	○
兼	○	推	垂	／	／	火若 大君(傍)	○ 全(傍)	○	○	釣	○	○	嶋	謂々

							下							
	(39)		(42)					(47)	(50)					(52)
釈	武 2	還 3	禊 1	古 2	之 3	宇 4	御 6	此 1	太 1	内 2	也 3	今 4	者也 5	此 6	智 2
真	○	還出	褉	高	已	○	ナシ	ナシ	ナシ	同	也云々	金	○	是	知
兼	摸	還出	○	高	○	ナシ	○	○	○	○	○	○	也者也	○	○

※釈＝釈紀　真＝真福寺本
兼＝兼永本
○＝釈と同じ　／＝校異なし
釈の欄の漢字の傍の数字は〈V資料篇1、3〉本文の校異番号

けるものであり、この点では矛盾がない。

しかし、石坂氏も疑問を呈したように、本来一系しかないはずの中巻においては、予想に反して釈紀との異なりが大きいと言わねばなるまい。釈紀所引の中巻と真福寺本・兼永本中巻との隔たりを如何に考えるべきであろうか。

この問題に関して兼永本について言えば、兼永本を古伝卜部本の改訂本と見る意見(13)がこの場合にも相当するのではないだろうか。上・下巻での一致（親近性）と中巻での相違は、改訂本たる所以でもあろう。

しかし、問題は真福寺本である。兼永本に較べて古伝卜部本の姿を伝えていると目されているにもかかわらず、中巻の径庭にどのような事情を想定すべきであろうか。今のところは消極的な解決であるが、古伝卜部本以来、数次（真福寺本中巻奥書に拠れば最低でも五回）の転写過程に拠る結果としか考えれまい。

六　おわりに

以上、釈日本紀所引古事記逸文の僅かな材料を通して、現存する真福寺本・兼永本との親疎関係の一端と問題点とを示し得たと思われる。ただし、より大きな問題点として、敢えて言えば、釈日本紀所引古事記の逸文の抱え込む資料的制約とその扱いの困難さは依然として残っていよう。

しかし、譬えばこのことが釈日本紀の引逸文の校訂材料としての意義を損うものとは思われない。また、小稿で扱った以外にも逸文をめぐる問題はなお残されていようが、すべて今後の課題としたい。

【注】

（1）安藤正次氏「日本書紀」解題（世界聖典全集『日本書紀神代巻全』大正九年四月　同全集刊行会）、太田晶二郎氏「前田育徳会所蔵釈日本紀　解説附引書索引」（『太田晶二郎著作集第五冊』平成五年一月　吉川弘文館）久保田収氏「釈日本紀について」（『藝林』第十一巻第三号　昭和三十五年六月）など。

（2）安藤氏前掲注1以来、諸説があるが、弘安九年（一二八六）以後、正安三年（一三〇一）以前で正応六年（一二九三）一応の完成とする赤松俊秀氏の説（『国宝卜部兼方自筆日本書紀神代巻研究篇』昭和四六年十二月　法蔵館）に従う。なお、小野田光雄氏「釋日本紀の成立について（覚書）」（『古事記釈日本紀風土記ノ文献学的研究』平成八年二月　続群書類従完成会）に諸説の整理がある。

（3）この点における特筆すべき成果としては、『神道大系古典編一　古事記』（小野田光雄氏校注　昭和五二年一二月　同大系編纂会）を挙げ得よう。

（4）管見では、岡田米夫氏「古代文献に見える古事記」（『古事記大成（第一巻）研究篇』昭和三一年一一月　平凡社）、石坂正雄氏「延喜私記考（中）――釈日本紀に引く日本書紀私記（六）――」（『日本文化』第四十三号　昭和四十一年三月）のみであり、各論的考察としては後者のみと言える。なお資料の収集としては『古事記逸文集成稿』（古事記学会昭和三十四年三月　梅沢伊勢三氏・小野田光雄氏・荻原浅男氏担当）があり、小稿もこれに負うところが多い。

（5）周知の通り釈紀中の「先師」は、私記中では前講者を指すこともあるが、ここは赤松氏前掲注2、石坂氏前掲注4に従う。なお太田氏前掲注1に拠れば兼文を指す「先師」は釈紀に「おほよそ一百回」という。またここで「兼方案之」についても触れれば、小野田氏前掲注2では101例、抹消11例という。

（6）この呼称、小野田氏前掲注3の「解題」に拠る。

（7）石坂氏前掲注4。

（8）小野田氏前掲注2では釈紀所引の記について「釋日本紀は引用文獻名を明示しているから私記内引用文か直接用文か混亂することは一例もない」（四九一頁）とし、同氏前掲注3では「日本紀私記所引の古事記を除き、卜部兼文、兼方父子が、直接にその手沢本から引用したと推定し得る一八三四字」（凡例、六八頁）とも認定されている。

（9）岡田氏前掲注4。

（10）梅沢伊勢三氏「平安時代における古事記」（『続記紀批判』昭和五十一年三月　創文社）に拠れば、「大学あるいは図書寮に伝来されたものが使用されている」と推測する。

（11）この点については拙稿「真福寺本古事記の成立と伝来」（古事記学会編『古事記研究大系2　古事記の研究史』平成十一年六月　高科書店）で言及した。

（12）小野田光雄氏「古事記『大殿の御本』の系統」（前掲注2書）。

（13）小野田光雄氏「真福寺本兼永本古事記中巻の校合註記」（前掲注2書）。この論で小野田氏は、兼永本の校合註記箇所九例と釈紀所引とを検討し、釈紀が校合に用いられていることと共に両書間の本文の隔たりを既に指摘している。小稿は別の資料から小野田氏説を認識したに過ぎない。

なお西田長男氏に拠れば、兼永本は平野卜部兼文・兼方本の直系ではなく吉田卜部本（平野卜部本系統を改訂・改竄）であり、兼永本の祖本をその父兼倶自筆本（現存せず）であったと推定している（『卜部兼永筆本古事記』「解説」昭和五十六年四月　勉誠社）。

伊勢神道書と古事記

岡田莊司

はじめに

伊勢神道書の中に古事記はどのように引用され受容されていったのか。この問題を早く論じたのが、岡田米夫氏である。(1) 氏は南北朝期（応安四・五年）に真福寺本古事記が書写される以前の古事記の引用事例について研究され、専門の伊勢神道書との関係にも論究が及んでいる。さらに小野田光雄氏は『神道大系・古典編・古事記』の解題において、引用文献の一覧を表示されている。これらによると、古事記が諸文献に引用されることが多くなるのは、中世鎌倉期の神祇官卜部氏関係と伊勢神道関係の書籍とである。伊勢神道書関係では、『神祇譜伝図記』『伊勢二所太神宮神名秘書』『皇字沙汰文』『類聚神祇本源』などに引用が見えることが指摘された。

伊勢神道書の成立過程については、近年大きく意見が分かれている。平安時代に遡るとする説から、鎌倉中後期の文永・弘安期の頃に成立したとする岡田米夫氏の説まで、その成立年代は未だ深い謎に包まれているが、私の理解するところは、平安末期以降の伊勢両部神道の影響をうけながら、鎌倉前期から鎌倉中後期の建治・弘安

年間頃にかけて完成していったと考えている。(2)

伊勢神道書といえば、先ず神道五部書が想起されるが、五部書の中には古事記の書名を掲げての引用は見られない。僅かに『伊勢二所皇太神御鎮座伝記』には、（一）瀧原宮一座の項に「速秋津日子神」（紀には速秋津日命とある）、（二）豊受皇太神一座の項に「於高天原成神」、また（三）「和久産巣日神子、豊宇氣姫命」（記には豊宇気毘賣神とある）などが、古事記の影響を感じとることのできる部分である。これは以下の諸文献への引用とも共通する。

岡田米夫氏は古事記の引用事例を総括され、「鎌倉中期以降、伊勢神宮を初め、神祇官に携はる大中臣氏、卜部氏等神道家の側に於て、それぞれ神道研究が再燃するに至つても、書紀の方が常に正史として主文に立てられた。又これに次ぐものとしては、先代旧事本紀が聖徳太子撰と見られた風潮に従つて、この方が書紀に次いで重んぜられることはあつても、古事記の方は、僅かに、古事記上巻抄、古事記裏書は存するが、書紀が釈日本紀としての浩瀚な註釈書を生み出してゐるのに対し、此方は註釈書としてもまことに片々たる心覚程度のものしか生み出されてゐないのである」(3)と述べられた。この指摘は、伊勢神道書における古事記受容の基本的理解といえるが、個別の伊勢神道書への受容のなかで、まだ論じ尽くされていない点も残されている。そこで、岡田米夫氏説を下敷きにしながら、追加の新史料に収録されている古事記引用の文献を紹介し、新たな視点を模索することにしたい。

一　『皇字沙汰文』

はじめに成立時期の確定している文献をとおして論じることにしたい。伊勢神道を主導した外宮祠官度会神主

に古事記が伝来していたことは、皇字論争の時に文献の一つとして古事記が挙げられていることから確認できる。

　鎌倉後期の永仁四年（一二九六）と翌年にかけて、外宮の豊受太神宮に「豊受皇太神宮」と「皇」の字を付けることの是非について、伊勢内外両宮の祠官の間で皇字論争が起こった。その一件の文書を収録した『皇字沙汰文』の中、永仁四年八月十六日「豊受皇太神宮神主」注進状（二問状）において、「日本書紀自二神代一迄二雄略一古語拾遺・古事記・律・令・格」などに、内外二宮が共に皇字を載せていないことを指摘して、内宮側に反論している。また、同書の永仁五年十月の「二宮禰宜等訴論外宮目安条々」にも、

一、二宮共不レ載二皇字一古書等
古事記　二宮共不レ被レ載二皇字一、内宮者称二天照太神一、外宮者号二登由氣神一、
日本書記（ママ）　自二神代一迄二雄略天皇一、二宮共無二皇字一、
古語拾遺　同無二皇字一、
律令格文等　無二皇字一、伊勢太神宮云々、

（中略）

内宮禰宜等、先進申状仁、外宮皇字不レ見二日本記（ママ）一之由、載レ之、如二彼記一者、内宮皇字同不レ見レ之、二宮共不レ書二其字一之上者、何外宮一方　皇字不レ見二日本記（ママ）一之由、可レ申レ之哉、仍二宮共不レ載二　皇字一之古書等、少々所二注申一也、

と見える。古書には内外二宮ともに皇字の無いことを指摘して、内宮禰宜の主張を批判している。ここに外宮祠

官度会氏において古事記が披見されていることを、先ず指摘しておく。

このうち、右の古事記にあるとされる「天照太神」の神名は、古事記原文には「天照大御神」とある記載が殆どで、「天照大神」の記載が数例見える。伊勢神道関係書には、「大神」を「太神」と記すことが多いので、この「天照太神」の神名は古事記からの忠実な書写とはいえない。

次に「外宮者号二登由氣神一」とあるのは、古事記上巻（天孫降臨）の「次登由宇氣神、此者坐外宮之度相神也」の文に基づいている。この一文について、西宮一民氏は[4]「登由宇氣」という音現象はあり得ないとされ、これを平安前期の改竄と見て、「宇」の字を削除し、「登由氣神」と読まれている。西宮説によれば、『皇字沙汰文』の表記が古体の古事記原本の形を遺していることになる。また、「外宮」の呼称は醍醐朝頃から見えてくるのであり、これも平安前期以降の竄入と推測されている。これに対して鎌田純一氏は[5]、この一文は鎌倉初期から中期にかけて伊勢外宮祠官度会氏によって竄入したものと見る。なお、この一文は、『伊勢二所太神宮神名秘書』の豊受太神の項にも同文が引かれている。

二　『神祇譜伝図記』

『神祇譜伝図記』は『皇字沙汰文』の残欠と考えられている永仁五年の年紀のある「二宮禰宜等訴論外宮目安条々」に「太神宮神祇本記上云、号神祇譜伝図紀（ママ）」とあり、「同下巻曰、号倭姫世紀（ママ）」と見えることから、同書は「太神宮神祇本記」の上巻にあたり、下巻の『倭姫命世記』と対になっていた。その成立年代も『倭姫命世記』の成立と前後する頃と考えられている。

西田長男氏は『神祇譜伝図記』の成立年代を文永七年（一二七〇）から弘安八年（一二八五）までの十六年間に

求めた。さらに久保田収氏は度会行忠の撰述の可能性を示唆され、この年代を狭めて建治三年（一二七七）九月から弘安三年（一二八〇）六月までの僅か三年の間に成立したと論じられた。西田説の上限年代である文永七年説には伴五十嗣郎氏の批判があり(6)、西田氏が根拠とされた記事は、後世の追記の可能性が高く疑問がのこされているが、ほぼ鎌倉後期の建治・弘安年間頃には成立していたことだけは確定している。

『神祇譜伝図記』には、次の四例の古事記本文が引用されており、古事記が引かれた最も古い成立の伊勢神道書ということになる。

①「水戸神」の項

古事記曰、速秋津日子、速秋津比賣二神、因河海持別而生神八柱、

②「和久産巣日神」の項

古事記曰、和久産巣日神、此神之子謂豊宇氣毗賣神云々、

③「住吉明神」の項

古事記曰、其底筒之男命、中筒之男命、上筒之男命、三柱神者、墨江之三所大神也、是神阿曇連等所祭也、

④最末の「天神七代」の項

古事記曰、伊邪那美神者、蔵出雲國與伯岐國堺比婆之山也、

以上の四例は既に岡田米夫氏によって紹介されたところである。

右の①は古事記原文には沫那藝神をはじめ八神の神名を掲げ、その最後に「八神」のあることを記すが、ここでは神名を省き「八柱」と記している。『伊勢二所太神宮神名秘書』も『神祇譜伝図記』と同文を引く。大神宮の別宮である瀧原宮の祭神とする。

②は古事記原文（上巻）と同文。「豊宇氣毗賣神」は日本書紀には見えない神名。『神祇譜伝図記』には「和久産霊日神」の子として外宮酒殿神の「豊宇加能賣神」を載せる。

③は住吉三神を掲げる。古事記原文には「三前」と記すが、ここでは「三所」とある。これにつづいて「是神阿曇連等所祭也」とあるのは、綿津見三神について述べた部分との混同があり、古事記原文には「阿曇連等之祖神以伊都久神也」とある。

④は「蔵」を古事記原文には「葬」に、「伯岐」は同じく「伯伎」に作る。以上の四例の中で、中世以前の文献に既に引用文のあるのは、この④の一文である。『長寛勘文』に載せる長寛二年（一一六四）清原頼業の「伊弉冉尊以熊野権現否事」には、「古事記云、伊邪那美神者、葬出雲國與伯岐國堺比婆之山也」と引用する。また、同勘文と「伊勢大神與熊野権現難同体事」の勘文にも、『日本紀私記』を引いて「古事記云、伊邪那美命者、葬出雲國與伯岐國堺比婆之山也」と引用文を掲げる。この部分は卜部兼方編の『釈日本紀』巻六、述義二、神代上、葬於紀伊國熊野之有馬村の項に、『日本紀私記』を引いて「私記曰、問、古事記云、其所神避之伊邪那美命者、葬出雲國與伯耆國堺比婆之山也」とある。

④を除いた①②③は伊勢神道書の本書において初めて引用された古事記の文である。平野卜部氏の手になる『釈日本紀』にも古事記の引用は多いが、伊勢神道書に引かれる古事記との共通する直接の関連は認められない。ということは、平野卜部氏と伊勢神道書との書籍の書承関係にまで及ぶ直接の関係は少なかったといえよう。

このほか、古事記の書名を掲げてはいないが、古事記の重要な一文が引かれている。『神祇譜伝図記』の冒頭には、神系譜が掲げられ、最初の「天御中主神」について、⑤「右神、天地初發之時、高天原成神、名天之御中主、天神地祇祖神也」とある。この部分は古事記本文冒頭の「天地初發之時、於高天原成神名、天之御中主神」

と同文であり、これも古事記の引用文である。この著名な冒頭の一文も、伊勢神道書における初出として『神祇譜伝図記』に現れてくることは注目される。本書は直接に古事記を引いていたと考えられる。天御中主神は「豊受皇太神」(「皇」字が付けられていることに注視)の項に、「亦名大元祖神、亦曰御饌都神、亦天御中主神」とあり、伊勢外宮祠官にとって特別の意味をもつ神と位置づけられていた。

『神祇譜伝図記』の性格を知る一つの特徴は、冒頭に、天御中主神―天八下尊―天御下尊―天合尊―天八百日尊―天八十萬魂尊までの神系譜を掲げ、高皇産霊神・神皇産霊神・津速魂命の三子をあげ、高皇産霊神の子の布刀玉命(忌部の上祖)、その子天鈿女命(猿女の上祖)の系譜を示す。次に神皇産霊神(度会神主の上祖)から大神主の大若子命・乙若子命までを掲げる。次に津速魂命(7)をはじめ四世孫天児屋命以降の中臣系図を掲げる。ここには大陜山臣から分かれて荒木田神主の上祖天見通命から荒木田最上までの一流の系譜を載せる。すなわち忌部氏、猿女氏、そして大中臣氏、荒木田氏、度会氏など、中央朝廷と伊勢の神祇関係氏族のすべてが、天御中主神に繋がっていることを強調した構成となっている。この冒頭部の系譜には、外宮度会氏、内宮荒木田氏の系譜を収めているが、祭主家大中臣氏の祖先系譜を中心に置いたものであることは疑いない。本書は外宮祠官度会氏撰作説(とくに度会行忠か、その周辺の一族)が有力であるが、特別に大中臣祭主家に意を用いた内容・構成に仕立てられていることに注意を要する。数々の伊勢神道書のなかで、大中臣氏との関係の深い書に古事記が引かれている。

鎌田純一氏(8)は、古語拾遺の亮順本に見える、天御中主神に三子あり、高皇産霊神と神産霊神との間に、「次津速産霊神 是為二皇親神留弥命一、此神子天児屋命、中臣朝臣等祖也」とある部分について、鎌倉前期に、外宮度会氏によって改竄されたと論じられたが、この竄入の意図と津速魂命・中臣系譜を冒頭部に載録した『神祇譜伝図記』の撰作意図とは同類である。ここに大中臣祭主家と外宮祠官度会氏との特別の人的関係を推測することが可能である。

三　『中臣祓義解』

次に、岡田米夫氏の論には未採録の『中臣祓義解』を取り上げることにしたい。本書をはじめて紹介したのは、西田長男氏[9]であり、その解説では成立時期を、卜部兼倶の中臣祓注釈書のなかに『義解』が引かれていることから、「室町時代の中期、文明―明応のころおい以前にもとめられることは、更めていうまでもなかろう。あるいはその文体から推測するに、室町時代はむろん、南北朝時代を越えて、鎌倉時代のいつごろかにまで遡らしめることができようか」と述べられた。本書は『中臣祓訓解』を下敷きにして、仏説を排除したところに特徴があるが、『訓解』撰作以降の鎌倉・室町期頃という程度で確実な成立時期は明らかに出来なかった。その後、陰陽道関係書籍の資料を拝見したなかに、京都府立総合資料館所蔵の「若杉家文書」の内、『中臣祓儀（ママ）解』の所在を知った。その奥書には、貴重な本書の来歴が記されている。

本云、去弘安元年四月十五日、雖レ令二書写一、以外狼藉之間、永仁五年七月、書改之、
禰宜度会神主常良判

右の奥書により、度会常良に伝来し、弘安元年（一二七八）以前に成立していたことがわかる。『中臣祓義解』を伊勢神道書に含めてよいのか。『義解』は伊勢両部神道の根本伝書の一つ『中臣祓訓解』を母胎にしながら生まれており、本書も大中臣氏、また度会氏の撰作の可能性が強い。恐らくは大中臣祭主家の意向をうけた外宮神主度会氏が撰述したと考えられる。『伊勢宝基本記』[10]の諸本の頭注には「真勝祓本」を引いて、注記があるが、これは「阿部朝臣真勝撰」に仮託された『中臣祓義解』の一文が引用されており、本書は伊勢神道書とともに伝来してきた。伊勢神道に関係の深い中臣祓注釈書であり、伊勢神道関係書であるので、『神祇譜伝図記』と『伊

勢二所太神宮神名秘書』との間に置いた。

『中臣祓義解』が古事記の引用を明記しているのは、次の①の一箇所である。また②③は古事記からの引用と考えられる。

①「八百万神達神集集賜文、神議々賜文」の注釈

古事記云、二祖神之命以、八百万神、於天安河原、神集々而議之矣、集、此云都度比、

②又於水底滌時、所成神、名云底津小《(少)》童命、小童云綿津見、底津筒男命、於中滌時、所成神、名云中津小童命、中筒男命、於上滌時、所成神、名云表津小童命、表筒男命、是則墨江之三前太神也、

③「天之益人文」の注釈

一日千人死、一日千五百人生、

右の①は古事記の天石屋戸段にある「是以八百万神、於天安之河原、神集集而、訓集云都度比、」と葦原中国平定段にある「爾高御産巣日神・天照大御神之命以、於天安之河原、神集八百万神集而」の部分を取捨したもの。

②は古事記の書名の明記はないが、古事記上巻の「次於水底滌時、所成神名、底津綿上津見神、次底筒之男命、於中滌時、所成神名、中津綿上津見神、次中筒之男命、於水上滌時、所成神名、上津綿上津見神」と「其底筒之男命、中筒之男命、上筒之男命三柱神者、墨江之三前大神也」の文に基づいているが、綿津見神の表記は日本書紀に見える「少童命」を採用している。先の『神祇譜伝図記』の③と共通する。

③も古事記の書名はない。古事記、黄泉国段にある「是以一日必千人死、一日必千五百人生也」とある文に基づく。

四　『伊勢二所太神宮神名秘書』

伊勢神道書のなかで、『伊勢二所太神宮神名秘書』は成立の経緯が明らかにされている書籍である。貞治四年（一三六三）に前祭主大中臣親世が大中臣時世に命じて、行忠自筆本を書写させた神宮文庫本の奥書によると、

弘安八年十二月三日、博陸侯之厳命撰進之処、快然之由、被レ下二御教書一、弾正大弼葉《(ママ)》行奉、

とある。また正和五年（一三一六）度会家行の書写本を祖本とする神宮文庫本（元禄八年黒瀬益弘奉納本）には、

抑此神名帳行忠神主撰之、禅林寺殿御治世之時、内々　奏覧預二　叡感一云々、

とあり、重要な記事がこの二本に見える。それによると、『神名秘書』の著者・編者は度会行忠であること。弘安八年（一二八五）の成立であり、「博陸侯」すなわち時の関白兼平の「厳命」をうけて編集されていること。これが亀山上皇にも奏覧されていること、などを明らかにすることができる。行忠は弘安六年に三禰宜に昇りながら、内宮の遷宮用材調達の方法をめぐり解任されている。その二年後のことであり、関白の命をうけての奏進は、在京中のこととの指摘がある。そして弘安九年二月には、神祇官において『天地霊覚秘書』の伝授をうけていることから、この前後の時期、伊勢を離れ京都に滞在していたと推定されている。[11] 行忠の在京により、伊勢神道は摂関家・上皇などの京都朝廷の中枢部まで浸透することになる。とくに大覚寺統の亀山上皇（正応二年、禅林寺において出家）、時の後宇多天皇（大覚寺統）の関白が関与するなど、大覚寺統との密接な関係がここに始まる。

①「瀧原宮一座」の項

件神、伊弉諾伊弉冉尊生河神、名曰水戸神、亦名速秋津日子神、

古事記曰、速秋津日子速秋津比賣二神、因河海持別而生神八柱、載于本記具也、

②「豊受太神一座」の項

古事記云、登由宇氣神、此者坐外宮之度相神者也、

③「斎宮」の項

古事記中巻云、倭比賣命賜草那藝劔、…（中略）…故、於今謂焼遣也、

（この裏書に、伊勢大神宮倭比賣命に関する、右文の前の「倭比賣命賜草那藝劔」までを記す）

④「酒殿神」の項

和久産巣日神子、豊宇賀能賣神、

右の①は『神祇譜伝図記』の①と同じ。

②は『皇字沙汰文』（「二宮禰宜等訴論外宮目安条々」）にも「外宮者号登由氣神」とある一文と共通する。先述のとおり、この外宮の記事は、古事記への竄入説がある。この説が正しいとすれば、『神名秘書』が成立する弘安八年以前には、改竄が完了していたことになる。

③は上記の伊勢神道書では唯一の古事記中巻（景行天皇段）を引く。古事記真福寺本との比校では、字句の異同が多い。

④は古事記の書名を示さないが、『神祇譜伝図記』②の部分と同じ。ただし神名は古事記原文には「豊宇氣毗賣神」とある。

度会行忠撰の『神名秘書』には、古事記上巻と中巻が引用されている。このことから、弘安八年には行忠の手に古事記が伝来していたことになる。しかも、右の伊勢神道関係書の三書に、とくに古事記の引用が目立っている。このうち『神祇譜伝図記』と『中臣祓義解』とは、大中臣氏撰作の可能性もあるが、恐らくは大中臣祭主家

(定世)との関係で、外宮祠官度会氏が筆を執ったものであろう。とすると、古事記の伝来過程として、祭主大中臣定世から外宮度会氏への流れを想定することができる。

真福寺本古事記の奥書によると、伝来の経路は、中巻と上下巻との二系統に伝えられ、弘安五年（一二八二）に大中臣祭主家の定世のもとで、上中下の三巻が揃うことになる。

中巻は弘長三年（一二六三）藤原通雅が書写し、文永五年（一二六八）この通雅本（幕府本）を卜部兼文が書写する。文永十年（一二七三）卜部兼文は大殿（藤原兼平）の本を以て校合する。弘安四年（一二八一）卜部兼方本を書写する（一条殿が書写か）。弘安五年（一二八二）一条殿本を祭主大中臣定世が書写する。

上下巻は文永三年（一二六六）大中臣定世が書写し、文永六年（一二六九）・建治四年（一二七八）にも一見したと見える。

右のことから、古事記上巻の度会氏への伝来は文永三年以降であり、『神祇譜伝図記』と『中臣祓義解』に引かれ、古事記中巻の伝来は弘安五年以降であり、『神名秘書』に引かれることになる。

このほか、金沢文庫に伝来する二例を紹介する。ともに鎌倉後期の書写と推定される。

①『伊勢諸別宮』(12)の「伊雑宮」の項

古事記曰、次生風神名志那都比神、此神名以音、

②「題未詳書（断簡）」（一紙）(13)

日本紀云□有九神、其底筒男命、中筒中男命、表筒男命、是即住吉大神スミノエノオホミカミトヨメリ、

古事記云、墨ノ江ノ三前ノ大神是也云々、

右の①は、これも岡田米夫氏によって紹介されている。伊勢神道関係書の多くは金沢文庫に伝えられたが、こ

の一書も劔阿の手元にもたらされ、書写された伊勢からの伝来書と推測される。古事記原文（上巻）には、「生風神、名志那都比古神、此神名以音、」とあり、本書では「古」字を脱している。日本書紀の表記は級長津彦命。

②は新たに金沢文庫展（平成八年）で紹介されたもの。住吉神について記述した覚書であり、伊勢神道書との直接の関係は無いのかもしれないが、とりあえずここに収める。古事記原文（上巻）の「墨江之三前大神也」は、先の伊勢神道書の二書にも引かれているところである。あるいは、伊勢神道書との書承関係を推定することができる。

おわりに

鎌倉後期の文永年間から建治・弘安、そして永仁年間期にかけて、伊勢神道の中に古事記が受容されていく過程を考察した。その時期は伊勢神道書の完成期にあたる。こののち、度会家行撰の『類聚神祇本源』の巻二、本朝造化篇には、古事記上巻の国生みの段が、巻三、天神所化篇には、同じく古事記上巻の冒頭部が、長文で引かれるようになる。また、北畠親房撰の『元元集』にも古事記が各所に引かれているが、これらは、先に触れた三書の引用箇所とは全く異なり、古事記受容の新たな展開といえる。そこに引用されている古事記は伊勢系統の本と推定されている。

この『元元集』には、「古事記釈」また「古事記釈注」と呼ぶ古事記の注釈書と推定される書物が引かれている。

①巻六、「内宮鎮座篇」

内宮者、或記云、古事記釈、旧記曰、内宮号者、内者、宇遅郷本名也、故就処地、因以称内宮也、

②巻七、「外宮遷座篇」

古事記釈注曰、外宮、則外者、遠義也、是天地開闢始神座、故因遠号外宮也、若曰玄古之君、云云、

この①②の書名・本文は、他には確認できない逸文である。本書が古事記の全体にわたる注釈書であったのか、伊勢の内宮・外宮など限られた注釈の内容であったのか、現在では明らかにできないが、恐らくは後者であろう。北畠親房以前に、伊勢神道書から派生して、伊勢神道関係の人物により、古事記の注釈が作成されている。

古事記は最初に伊勢神道書の中でも、神統譜や神名編の作成の中で引かれている。そして神道五部書のうちの、とくに神宮三部書の一つ『伊勢二所皇太神御鎮座伝記』には、最初に触れたように、（一）瀧原宮一座の項「速秋津日子神」、（二）豊受皇太神一座の項「於高天原成神」、（三）「和久産巣日神子、豊宇氣姫命」など、先の『神祇譜伝図記』『神名秘書』に引かれる古事記との共通項が認められ、ここから伊勢神道書成立の過程を断片的ながら類推することが可能といえる。古事記と伊勢神道書をつなぐ背景には、京都朝廷と伊勢神廷とを交流軸とした、大中臣祭主家（定世）と外宮祠官度会氏（行忠およびその周辺）との、特別の人的関係があったことを窺うことができる。(14)

【注】

（1）岡田米夫「古代文献に見える古事記」（『古事記大成』第一、平凡社、昭和三一）。
（2）拙稿「神道五部書」（皆川完一・山本信吉編『国史大系書目解題』下、吉川弘文館、平成一三）。
（3）岡田米夫、注1前掲論文。
（4）西宮一民『日本上代の文章と表記』（風間書房、昭和四五）。
（5）鎌田純一「古事記登由宇氣神記事について」（『國學院雑誌』六三-九、昭和三七）。

(6)　伴五十嗣郎「『神祇譜伝図記』について」(『神道資料叢刊一、神祇譜伝図記』皇學館大學神道研究所、昭和六三)、西田長男「度会神道成立の一班―新出の『神祇譜伝図記』に沿って―」(『日本神道史研究』四、講談社、昭和五三)、久保田収『中世神道の研究』神道史学会、昭和三四。

(7)　中臣上祖の津速魂命が出てくるのは、『神祇譜伝図記』のほか、『神皇実録』『神皇系図』にあり、この三書には中臣氏の関与の可能性が牟禮仁氏により指摘されている(「神家神道発生考―祭主大中臣氏の宗教的性格―」、國學院大學日本文化研究所編『大中臣祭主藤波家の研究』続群書類従完成会、平成一二、『中世神道説形成論考』皇学館大学出版部、平成一二、再録)。

(8)　鎌田純一「古語拾遺の改竄者は誰か」(『國學院大學日本文化研究所紀要』一一、昭和三七)。

(9)　西田長男「『中臣祓義解』開題並びに校訂」(『神道及び神道史』三〇、昭和五二)。『神道大系・中臣祓注釈』(神道大系編纂会、昭和六〇)にも収録。

(10)　拙稿「新出の『伊勢宝基本記抄』」(『大倉山論集』四一、平成九)。

(11)　牟禮仁「度会行忠と仏法(上・下)」(『神道宗教』一六八・一六九合併号、一七〇号、平成九・一〇、『中世神道説形成論考』皇学館大学出版部、平成一二、再録)

(12)　野村邦夫「神奈川県立金沢文庫保管『伊勢諸別宮』翻刻」(皇學館大學史料編纂所『史料』一五八、平成一〇)。

(13)　神奈川県立金沢文庫編『金沢文庫の中世神道資料』(津田徹英氏執筆)平成八。

(14)　拙稿「大中臣祭主家と伊勢神道書―大中臣定世の古事記書写を通路として―」(國學院大學日本文化研究所編『大中臣祭主藤波家の研究』続群書類従完成会、平成一二)。

Ⅳ　律令の世界

律令注釈書・政書類における『古事記』引用についての一考察

嵐　義人

わが国における大宝《だいほう》・養老の両律令《りつりょう》の編纂（大宝元年・七〇一、養老二年・七一八）は、『古事記』の編纂（和銅五年・七一二）とほぼ時を同じくして行われた。（1）そのうちの令《りょう》についての注釈は、奈良時代中葉から平安時代前期の間、大学寮明法科の講義などを核にいくつかの独立した注釈書に纏められたが、（2）その内容を令文に即して編纂し集成したものが『令　集解《りようのしゆうげ》』である。その成立年代は、未確定ながら、およそ貞観《じようがん》年中（八七〇年前後）かと見られている。（3）

その『令集解』中に、『古事記』からの引用らしき文が一例存することはよく知られているが、それが『古事記』の逸文でないことも既に定説化しており、（4）ここに縷述する必要はない。

そこで、これとは別に、筆者の専攻する律令学との関わりにおいて『令集解』およびそれと関連する政書類を対象に、共通して見られる『古事記』との関係について論じてみたい。

すなわち、平安中期に編纂された年中行事書『本朝月令《がつりよう》』（延喜《えんぎ》から承平《じようへい》ころ・一〇世紀前半）、およびやや後出の政書『政事要略』（長保《ちようほう》四年・一〇〇二）に各一条の『古事記』の引用が見えるが、(5)『古事記』との関連を通してこれら律令・政書類の関係を検証しようというものである。言うまでもなく、これらは先行文献を部類分けした類書的編纂物であり、編者はそれぞれ『集解』惟宗《これむねの》直本（編纂時は秦《はた》姓）・『月令』惟宗公方《きんかた》・『要略』惟宗（のちに令宗《よしむね》姓）允亮《まさすけ》という、親・子・孫の同一家系三代の手になるものである。(6)したがって、この三書を一群の書として見たとき、何か新しく見えてくるところがあるのではないか、というのが小稿での考察の狙いである。

一　三書引用文の確認

まずは、三書における引用部分を見ておくこととする。(7)

〔イ〕問《とふ》。称《となふ》二布利《ふりと》一之由《よしとは》。答《こたふ》。古事《とは》。穴云《にいふ》。饒速日命《にぎはやひのみこと》。降レ自《くだりしより》レ天時。天神授《さづく》二瑞宝十種《を》一。息津鏡《おきつ》一。部津鏡《へつ》一。八握剣《やつかのつるぎ》一。生玉《いくだま》一。足玉《たる》一。死反玉《しにかへしの》一。道反玉《ちかへしの》一。蛇比礼《のひれ》一。蜂比礼一。品之物比礼《くさぐさの》一。教導若痛処者《もしいたきところあらば》。合二茲十宝《せこのに》一。一二三四五六七八九十云而布瑠部《ひふみよいつむゆななやここのとをといひてふるへ》。由良々々止布瑠部《ゆらゆらと》。如レ此為《かくのなさ》レ之者《をば》。死人反《かへる》レ生矣《なり》。

（『令集解』第二、職員令、神祇伯条、傍書）

〔ロ〕古事記云《にいはく》。品陀《ほむだ》天皇之代《みよ》。於二吉野之白梼上《かしのふ》一作《つくりて》二横臼《よくすを》一。而於二其横臼一醸《かもし》二大御酒《おほみきを》一。献二其大御酒一之時。撃《うち》二口鼓《を》一為《なして》レ伎《わざを》而歌《うたひて》曰《いはく》。加志能布邇　余久須遠都久理。余久須邇　加美斯意富美岐。宇麻良邇　岐許志母知遠勢　麻呂賀知。

（『本朝月令』、六月、同日〈朔日〉、造酒正献醴酒事条）

〔八〕古事記云。百済国主《のこにきし》肖古王。以㆓牡馬一疋。牝馬一疋㆒を附㆓《つけ》阿知吉師《あちきしに》㆒。以献上《たてまつりき》。此阿知吉師者《は》。阿直史《あちのふひと》等之祖《おや》。（『政事要略』第五十五、交替雑事十五、馬牛事条）

なお、〔イ〕については、現行の『令集解』では、本来の文か後人の補入か不明瞭な傍書として書写されている。一般には、このような傍書は、原本での本文転写の間に脱落した部分を後補したものと解するが、『政事要略』第二十六の年中行事（二十六）十一月条にも次のように見え、これによって、現行のテキストでは傍書となっている〔イ〕が、恐らく本来の「令集解」では正式に同書の一部を構成する「問答」中の文であり、「古事。穴云。」については、本来の表記としては「古事記云」であったと解されるのである。[8]

> 中寅。鎮魂祭事。猿女見㆓此中㆒。
> 職員令云。神祇官。伯一人。掌㆓鎮魂㆒。鎮安也。人陽気曰㆑魂。々運也。言招㆓離遊運魂㆒。鎮㆓身体之中府㆒。故曰㆓鎮魂㆒。
> 集解云。問。鎮魂祭㆓何神㆒。答。神祇式云。鎮魂祭神八座。神魂。高御魂。生魂。足魂。留魂。大宮女。御膳魂。辞代主。問。称㆓布刹㆒之由。答。古事記云。饒速日命、降㆑自㆑天時。天神授㆓瑞宝十種㆒。息津鏡一。部津鏡一。八握剣一。生玉一。足玉一。死反玉一。道反玉一。蛇比礼一。蜂比礼一。品之物比礼一。教道若有㆓痛処㆒者。令㆓茲十宝㆒。一二三四五六七八九十云而布留部。由良由良止布留部。如㆑此為㆑之者。死人反生矣。

ここで、『令集解』の傍書について考察を加えておく。例えば職員令の左大臣の項には次の傍書が見える。

> 式部式云。考選目録申㆓太政官㆒。毎年正月三日。中務・式部・兵部三省輔。各引㆓其丞㆒。就㆓太政官版位㆒。

如二弁官申レ政儀一。輔読二申内外諸司諸家考目一。丞読二申選目録一。次兵部。次中務。並如二式部儀一。訖退出。

事見二儀式一。

『延喜式』（延長五年・九二七成立）では、「二月十日考選目録申二太政官一。」のあと改行して「当日平旦。弁官未レ申レ政之前。中務。式部。兵部三省輔。」云々とあって、(9)以下は同文であるが、右傍書の「毎年正月三日」の文は見えない。一方、編纂期が百年ほど遡る『弘仁式』（弘仁一一年・八二〇成立）では、標目の「考選目録申二太政官一。」と「毎年正月三日。中務・式部・兵部三省輔。」云々とが改行されている形式を除けば、末尾の「事見二儀式一。」に至るまで完全な同文である。

『弘仁式』と『延喜式』の中間には「貞観《じょうがん》式」（貞観一一年・八六九成立）が編纂されており、『令集解』の編纂とほぼ同時期の成立であるため、傍書の下限を見る上で参照したいところであるが、今、散佚して確認することができない。とはいえ、叙上の如く「式部式云」以下の傍書が『延喜式』成立後の追補でないことは確実であり、『令集解』成立時、既に本文中に盛りこまれていたと見て差支えない。なお、右の「式部式云」の引用に続いて、次の文が見える。

又条云。凡選任者。奏任以上者。式部注二可レ入用人名一。申二送太政官一。但官判任者。詮擬而申二太政官一。

この部分は、「弘仁式」「貞観式」とも散佚して比較することはできないが、『延喜式』との間には「式部注」の部分に異同があって（「省注」に作る）、上文と一続きの引用であることとも併せ考えるなら、これも「弘仁式」まで遡らせることが可能であろう。

さらに「式部式云」の前に引かれている文は、次の如く「唐令《とうれい》云」「六典《りくてん》云」「又云」（六典云の意）で始まる引用文によって構成されている。

唐令云。大師・大傅・大保。右三師。師二範一人一儀二形四海一。大尉・司徒・司空。右三公。経レ邦論レ道。燮二理陰陽一。祭祀則大尉亜献。司徒奉レ俎。司空行二掃除一。自二三師一以下。無二其人一則闕。六典云。三師。訓レ道之官也。蓋天子所二師法一。大極無レ所二統職一。然非二道徳崇重一。則不レ居二其位一。无二其人一則闕之。又云。三公。論レ道之官也。蓋以佐二天子一。理二陰陽一平二邦国一。無レ所レ不レ統。故不下以二一職一名中其官上者。因レ此言レ之。

興味深いことに、元慶《がんぎょう》八年（八八四）に諸道の博士らに令制官職の日唐比較を命じ、その結果を菅原道真らが答えているが（『三代実録』元慶八年五月二十九日条）、それと右の文とはほぼ同致する。したがって右の文は元慶八年のことに触れていないから、極めて近い時期のそれ以前の注記である可能性が大きい。以下、考察を略すが、このような考証により、傍書の一つひとつについて『令集解』固有の文か後の追記かを判断するなら、〔イ〕に関しては、幸いにも上に引いた『政事要略』の文によって、『令集解』固有の文であり、さらに本来「古事記云」と記されていたことが推定されるのである。

なお、上掲『政事要略』の引用では、「義解」の文は「令」の文に組み込まれ、「集解」の文と「義解」の文は別扱いになっている。また、これとは別に、「令」から数語を引く形式の「令義解」の引用も見せている。そして、『本朝書籍《しょじゃく》目録』では「令集解」は「三十巻」であると記されているにも拘らず、現行テキストは五十巻仕立てと推測され（喪葬令の尾題に「令集解巻第四十」とある）、「令」も「義解」も全文引いている。一方、現行『令義解』は「令巻第一官位注二義解一」とか「令巻第六宮衛令軍防令注二義解一」とかの巻末標記を持ち、『本朝法家文書目録』の「令義解」の巻立《かんだて》ではなく「令」の巻立に従っている。これらのことから考えて、原本「令」に「義解」を加えたのが現行『令義解』であり、元来の「令」十巻・「令義解」十巻と「令集解」三十巻の混成本が現行の『令

集解』であろうと推測される。[10] したがって、奥記から確かめられる書写年代において鎌倉期を遡りえない現行本『令集解』よりも、直系の孫の手で編纂され、原「令集解」の書式をそのまま伝える『政事要略』所掲の文が明らかに「令集解」固有の「問答」として引いていることは、十分尊重されてよい。

因みに、『令集解』には、古記や穴記といった注釈私記だけでなく、「問答」と呼ぶべき部分が本来的に存していたことが認められる。〔イ〕の傍書の見える職員令神祇伯条の「鎮魂」に対する注釈として本文に作るもの（傍書でないもの）を引いてみると、次の如く「問」「答」「又問」などが見える（「謂《いふこころは》」以下「故曰鎮魂」までは「令義解」の文）。

謂。鎮安也。人陽気曰レ魂。々運也。言招二離遊之運魂一。鎮二身体之中府一。故曰二鎮魂一。問。案二神祇令一。大嘗。鎮魂既在二常典之中一。而此重載二其義一如何。答。凡祭祀之興。祈禳為レ本。祈禳所レ料。率土共頼。唯此二祭者。是殊為二人主一。不レ及二群庶一。既為二有司之慇慎一。故別起レ文。又問。……

〔イ〕については、惟宗直本が記したであろう「令集解」固有の「問答」中の文であると解してよかろう。

その上で、「古事。穴云」か「古事記云」かの問題について再度考えてみると、少なくとも、注釈において注釈対象語彙と説明文・注釈文は容易に峻別することができる。〔イ〕を含む『令集解』の前後の文を分析して、「古事」が注釈対象語彙か注釈としての語句かといった検討を加えるなら、それはここには関連性がなく、むしろ「某書云」といった引用書名が示されるべきところと解されよう。したがって、仮に『政事要略』の引用文がなくとも、「穴」については誤写と解すべきである。なお、誤写とすれば、「穴」と「記」とは崩し字の字形が似ており、一方で『令集解』所引の諸私記中で「穴記」は最も多く引かれ、また「古事記云」は他にないため、字形に引かれて誤写をしたと解してよかろう。[11] ここでは「古事記云」を以て是とすべきである。

ところで、〔イ〕は、既に知られている如く『古事記』の文ではなく、『先代旧事本紀』を引用したものである。しかも〔イ〕に該当する記事は、『先代旧事本紀』に二箇所見える。天神本紀（巻第三）と天皇本紀（巻第七）とである。そのいずれに拠ったかは論じても詮ないのであるが、卜部兼方の『釈日本紀』述義十一（天武下）には、「為二天皇一招魂之」の語句についての参考記事として、次の如き文を見せている。(12)

兼方案レ之。十一月寅日也。今鎮魂祭也。

職員令曰。鎮安也。人陽気曰レ魂。々運也。言招二離遊之運魂一。鎮二身体之中府一。故曰二鎮魂一也。旧事本紀第七曰。神武天皇元年辛酉十一月朔庚寅。宇麻志麻治命奉レ斎《いはひまつりて》二殿内《みやらかうちに》於天璽瑞宝一。奉二為《おほんために》帝后一。崇《まつり》二鎮御魂《しづめおほんたまを》一。祈《いのる》二禱寿祚《みいのちを》一。所謂《いはゆる》御魂祭《おほんたましづめまつり》。自レ此而始矣。凡厥《をよその》天瑞《あまつみづは》。謂《いはゆる》宇麻志麻治命先考《のおや》饒速日尊。自レ天受来天璽瑞宝十種《とくさ》是。所謂瀛都《をきつ》鏡一。辺都《へつ》鏡一。八握剣一。生玉一。足玉一。死反《いきかへる》玉一。道反玉一。蛇《をろちの》比礼一。蜂比礼一。品々物《しなじなの》比礼一是矣。天神教導。若有二痛処一者。令三茲《しめてこの》十宝謂《をしていは》二一二三四五六七八九十一而布留部《とふるへ》。由良由良止布留部。如《かく》レ此為之者《いはば》。死人《かみさるひとも》返生矣《いきかへる》。即是布留之言本《ことのもと》矣。所謂御鎮魂祭。是其縁《ことはりのもと》矣。其鎮魂祭日者。猿女《さるめの》君等率二百歌女《もものうためを》一。挙《うたひあげ》二其言本一而神楽歌儛《たのしび》。尤是其縁者矣。

確証とはいえぬが、一応、右の天皇本紀（巻第七）を以て〔イ〕の原拠と見倣しておきたい。因みに、『先代旧事本紀』の二箇所の文と『令集解』の文とを比較してみると、次の如くである。(13)「教導」の語に注目すれば、天皇本紀の方が若干近いかも知れない。

さて、次に〔ロ〕〔ハ〕であるが、〔ロ〕は応神記の国主《くず》（国栖）の歌の引用であり、〔ハ〕はそれに続く百済の朝賀の記事を引用したものである。参考までに『古事記』の該当部を引いて異同を確認しておくこととする。(14)

品陀和気命（応神天皇）。坐二軽嶋之明宮《あきらの》一治《しらしめしきあめのした》二天下一也。（中略）又吉野之国主等《くずどもみて》瞻二大雀《おほさざきの》命之所レ佩御《はかせるみ》

天神本紀（巻第三）

天照太神詔曰。（中略）天降之時。高皇産霊尊児思兼神妹万幡豊秋津師姫栲幡千々姫命為レ妃。誕二生天照国照彦天火明櫛玉饒速日尊一之時。（中略）所レ生之児。以レ此可レ降矣。詔而許レ之。天神御祖詔。

授二天璽瑞宝十種一。

謂。瀛都鏡一。辺都鏡一。八握剣一。生玉一。死反玉一。足玉一。道反玉一。蛇比礼一。蜂比礼一。品物比礼一是也。天神御祖教詔曰。若有二痛処一者。令二茲十宝一謂二一二三四五六七八九十一而布瑠部。由良由良止布瑠部。如レ此為レ之者。死人反生矣。是則所レ謂布瑠之言本矣。

天皇本紀（巻第七）

辛酉為二元年一。春正月庚辰朔。都二橿原宮肇一。即二皇位一。（中略）宇麻志麻治命奉二献天瑞宝一。（中略）崇二斎殿内一蔵二于十宝一。（中略）復饒速日命児宇麻志麻治命。帥二内物部一造二備矛楯一。（中略）十一月丙子朔庚寅。宇麻志麻治命奉レ斎二殿内於天璽瑞宝一。（中略）所レ謂御鎮魂祭自レ此始矣。凡厥天瑞。謂。宇麻志麻治命先考饒速日尊自レ天受来天璽瑞宝十種。是矣。所レ謂瀛都鏡一。辺都鏡一。八握剣一。生玉一。足玉一。死反玉一。道反玉一。蛇比礼一。蜂比礼一。品物比礼一是也。天神　教導。若有二痛処一者。令二茲十宝一謂二一二三四五六七八九十一而布瑠部。由良由良止布瑠部。如レ此為レ之者。死人返生矣。即是　布瑠之言本矣。

令集解所引「古事記」

饒速日命。降レ自レ天時。　天神

（饒速日命。自レ天）授二瑞宝十種一。息津鏡一。部津鏡一。八握剣一。生玉一。足玉一。死反玉一。道反玉一。蛇比礼一。蜂比礼一。品之物比礼一。教導若　痛処者。合二茲十宝一。一二三四五六七八九十云而布瑠部。由良々々止布瑠部。如レ此為レ之者。死人反生矣。

刀《たちを》一歌曰《うたひけらく》。（中略）又於二吉野之白梼上《かしのふに》一作二横臼《よくす》一。而於二其横臼一醸《かみて》二大御酒《おほみきを》一。献二其大御酒一之時。撃《うち》二口鼓一為レ伎《わざを》而歌曰。加志能布迩　余久須袁都久理　余久須迩　加美斯意富美岐　宇麻良尓　岐許志母知袁勢麻呂賀知。此歌者。国主等献二大贄一之時々。恒至レ于レ今詠之歌者也。（中略）亦百済国主《こにきし》照古王。以二牡馬壱疋。牝馬壱疋一。付二阿知吉師一以貢上。此阿知吉師者。阿直史等之祖。

当時の引用のあり方から見て、主語・客語を補うことは異とするに足りないのであるから、断章取義による引用としては極めて精度の高い引用であり、(15) 惟宗家の引用態度を十分示唆していると言えよう。

二　惟宗家と『古事記』

『令集解』『本朝月令』『政事要略』の三書は、いずれも平安時代中葉の撰で、現行本はすべて残欠本である。『令集解』は、貞観年中（八七〇年前後）の成立と見られ、既に述べた如く、原本は三十巻仕立てであるが、現行のテキストは、それに「令」の本文と注文（それのみが単行の「令」という十巻から成る奈良朝成立の書であった）、および「令義解」（これも平安朝成立の単行の書としては十巻であり、令の本文・注文は注釈対象語彙のみ挙げられていた）を加えた五十巻本と推定されるもので、うち三十五巻が伝存している。伝存率は七割である。また『本朝月令』は、朱雀《すじゃく》朝（承平・天慶期・九三〇〜九四五年ころ）の成立と見られ、(16) 全四巻または六巻のうち一巻のみを伝え、伝存率は二割五分か一割七分である。『政事要略』は一条朝（寛和より寛弘に至る。九八五〜一〇一〇年ころ）の成立かと見られ、(17) 全百三十巻中二十五巻が現存し、約二割を伝えている。

このような伝存率から見て、『令集解』以外の両書には、『古事記』の引用がなお数条あってもよいかと思われ

るが、両書の引用傾向を検討すると、欠損部に『古事記』の引用を期待することはむずかしい。何故なら、まず〔ロ〕〔ハ〕の内容を見ると、この引用は惟宗氏との関連が色濃く窺われる。そして、『古事記』と比較的近い内容を見せると思われる『日本書紀』『先代旧事本紀』『高橋氏文』は、その少ない伝存本の中で複数引用されており、さらに国史・律令など官辺の書を優先的に引用している傾向が見られるのに対し、『古事記』の場合は副次的に他の書物の引用中に随伴して加えられているに過ぎないからである。

この点をやや詳しく見るなら、〔ロ〕〔ハ〕において惟宗氏の遠祖と見做したらしい百済系伝承との関連であるが、この問題については、まず、『新撰姓氏録』等に見える秦の始皇帝の裔とする所伝への疑問に触れなければならない。すなわち、惟宗氏は元慶七年（八八四）の賜姓に始まるもので、元来は秦《はた》氏であり、『日本三代実録』元慶七年十二月二十五日条(18)には、次の如く、その「秦」氏の祖を秦始皇に結びつけている。

廿五日丁巳。左京人《の》従《しゅ》五位《の》下行《げぎょう》下野権介《しもつけのごんのすけ》秦宿祢《のすくね》永原。従五位下守《しゅ》大判事兼《けん》行明法博士《みょうぼうはかせ》秦公《のきみ》直宗。山城国葛野《かどのの》郡人外《との》従五位下行音《こえの》博士秦忌寸《のいみき》永宗。右京人主計大允正《かずえのたいじょうじょう》六位上秦忌寸越雄。左京人右衛門少志《しょうさかん》秦公直本等《ら》。男女十九人賜《に》㆓姓惟宗朝臣《これむねのあそんを》㆒。永原等自言《まをす》。秦《の》始皇十二世孫《の》功満王子《の》。融通王之苗裔《びょうえい》也。功能《はよくし》㆓占星之意㆒。深《く》向《ひ》㆓聖朝㆒。化風之志《あり》。遠企㆓日域㆒。而新羅邀《むかひ》㆑路。隔㆓彼来王㆒。遂使㆘㆓衛足之草㆒。空払㆖㆑塵。通率㆓百廿七県人民㆒。誉田天皇（応神天皇）十四年歳次癸卯。是焉内属《す》也。

秦氏が秦始皇の裔であるとするのは、『新撰姓氏録』（弘仁六年・八一五成立）も同様である。現行の『新撰姓氏録抄』（鎌倉ころの抄出本）には、次のような秦氏の記載がある。(18)

山城国神別。／天神。／秦忌寸《のいみき》。／神饒速日命之後也。

左京諸蕃上。／漢。／太秦公宿祢《うづまさのみのすくね》。／出自㆓秦始皇帝三世孫孝武王㆒也。男功満王。帯仲彦天皇諡仲哀。八年

来朝。男融通王一云弓月王。誉田天皇諡応神。十四年。来二率廿七県百姓一
帰化。（以下略）

秦長蔵連《ながくらのむらじ》。／　太秦公宿祢同祖。融通王之後也。
秦忌寸。／　太秦公宿祢同祖。融通王五世孫丹照王之後也。
秦忌寸。／　太秦公宿祢同祖。融通王四世孫大蔵秦公志勝之後也。
秦造《のみやつこ》。／　始皇帝五世孫融通王之後也。

山城国諸蕃。／漢。／　秦忌寸。／　太秦公宿祢同祖。秦始皇帝之後也。功智王。弓月王。誉田天皇諡応神。十四年来朝。（中略）大鷦鷯天皇諡仁徳。御世。賜レ姓曰二波陀一。今秦字之訓也。（以下略）

秦忌寸。／　始皇帝十五世孫川秦公之後也。
秦忌寸。／　秦始皇五世孫弓月王之後也。
秦冠《のかむり》。／　秦始皇四世孫法成王之後也。

大和国諸蕃。／漢。／　秦忌寸。／　太秦公宿祢同祖。秦始皇四世孫功満王之後也。

摂津国諸蕃。／漢。／　秦忌寸。／　大秦公宿祢同祖。功満王之後也。
秦人《ひと》。／　秦忌寸同祖。弓月王之後也。

河内国諸蕃。／漢。／　秦宿祢。／　秦始皇五世孫融通王之後也。
秦忌寸。／　秦宿祢同祖。融通王之後也。
秦人。／　秦忌寸同祖。弓月王之後也。

和泉《いづみ》国諸蕃。／漢。／

秦公《のきみ》。／　秦始皇帝孫孝徳王之後也。

秦姓《うぢ》。／　秦始皇帝十三世孫然能解公之後也。

秦忌寸。／　大秦公宿祢同祖。融通王之後也。

秦勝《のすぐり》。／　同祖。

最初の一例を除き、諸蕃の「漢」(19)すなわち中国系の帰化人として位置づけられている。秦氏が帰化系氏族であることは普ねく知られており、少なくとも本家筋なり、そこに近い家系が神別・皇別を名乗ることはないと考えられるが、中国系とするのは、当時の対唐・対新羅（或いは三国）観と結びつき、「秦」の文字にことよせて特に主張したものであろう。養老の賦役令には、「凡以二公使一外蕃還者《げばんよりかへらば》。免《ぜよ》二一年《の》課役《を》一。其《それ》唐国者《ならば》。免二三年課役一。」という規定がある（外蕃還条）。穴記は「外蕃」を「高・百・新」等の国と注している。一方、同令の古記は「唐国」について「大唐国」と言い換え、公式令詔書条の古記は「隣国者大唐。蕃国者新羅也。」としている。このような「大唐」と尊重し「蕃国」と蔑視する差が、秦氏を中国系に結びつけさせて行ったのであろう。

なお、右の『三代実録』と『新撰姓氏録』で「功満王」の世数が違っているように、その系譜は疑わしい。秦氏については百済系氏族とする伝承が既に一般化していたと見るべきであり(20)、この点は、例えば上引の応神記においても、〔ロ〕〔ハ〕に続く部分に、次の如く秦氏と百済との深い関係の窺われる記述が存する。

亦貢三上横刀及二大鏡一。又科下賜百済国。若有二賢人一者貢上。故《かれ》受レ命以貢上人名。和迩《わに》師。即論語十巻。千字文一巻。并十一巻。付二是人一。即貢進。（此和尓吉師者。文首等祖。）又貢二上手人韓鍛。名卓素。亦呉服。西素二人一也。又秦造之祖。漢直之祖。及知レ醸レ酒人。名仁番《にほ》。亦名須々許理等参渡来《まゐわたりきつ》也。故是須々許理。醸二大御酒一以献。於レ是天皇宇《う》二羅《ら》宜《げ》是所レ献之大御酒一而（宇羅宜三字以レ音。）御歌曰。須々許理賀　加美斯美岐迩　和礼恵比迩祁理　許

登那具志　恵具志尓　和礼恵比迩祁理。如レ此之歌幸行時。以二御杖一打二大坂道中之大石一者。其石走避。
故諺曰二堅石避二酔人一也。

このように、秦氏と百済とを結びつけ、百済系であることを暗示する資料が存しても、なお始皇帝の裔とする主張を貫くことができたのは、令制の実務界における秦氏の力量によるものであろう。そして、その主張を『新撰姓氏録』に盛りこむことができた時点で、秦氏の主張は不動のものとなったのであろう。

ところで治部《ぢぶ》省には、「掌《つかさどる》レ鞠二問《することを》譜第《の》争訟《を》。一」という職掌を持つ「解部《ときべ》」なる官が大・少十人所属している。(21)『令集解』によれば、古記には「譜第者。天下人民《の》本姓之札名也。」とあって人々の姓氏の根源を掌握している官人のように解される。一方、『新撰姓氏録』の序には、「枝別之宗。特立之祖。書曰二出自一。」とある如く、『新撰姓氏録』は「譜第」を決する目的を有している。さらにこの治部解部と『新撰姓氏録』の間には看過しえぬ関係があって、治部解部の停廃（大同前後・八〇〇から八一〇年ころと推定）に絡んで『新撰姓氏録』（弘仁六年・八一五成立）が成立したと考えられる。(22) したがって『新撰姓氏録』の成立後は、諸氏の系譜は同書を基礎に扱われることになるのであるから、『三代実録』の文は当然に秦始皇の裔となっているのである。

このような状況が確定した後に至っても、惟宗氏三代の碩学は、秦氏が百済系であることを知っていたか、独自にその関連を究明したのであろう。〔ロ〕〔ハ〕は、特にそのような背景の窺える資料としての特徴が認められる。

そこで、『本朝月令』と『政事要略』における『古事記』の引用傾向を探ってみると、二つの特色が見出される。一つは、独立引用ではないということ。今一つは、『日本決釈』なる書と共に引載されているということである。『本朝月令』や『政事要略』の引用は、原則として一典拠ごとの独立引用（一書ごと改行される）であるが、

『古事記』は、関連性の高い資料を一括引用した中に収められている。すなわち、次の如くである。

⦅ロ⦆日本紀神代云。于レ時神吾田鹿葦津姫以下卜二定田号一。曰二狭名田一。以二其田稲一醸二天舐酒一嘗レ之。又用二渟浪田稲一為レ飯嘗レ之。日本決釈云。応神天皇之代。百済人須曽己利人名。酒公。参来。始習二造酒之事一。以往之世。未レ知二醸酒之道一。但殊有二造酒之法一。上古之代。口中嚼レ米。今南島人所為如レ此。古事記云。（この間〈ロ〉あり、今略す）職員令。造酒正。掌レ醸二酒醴酢一。謂醴舐酒。

⦅ハ⦆古事記云。（この間〈ハ〉あり、今略す）百済王本系云。牡馬始。此馬種蕃二息於天下一也。日本紀云。保食神已死。唯其神之頂化為二半馬一。日本決釈曰。今案。保食神已死。神之頂化為二牛馬一。爰難者云。倭国无二馬牛一。事見二書伝一。故応神天皇之世。百済進二牛馬一。自レ此而後。倭国有二牛馬一。若本有二牛馬一者。古先君臣寧杖レ策徒歩乎。雄計天皇（顕宗《けんぞう》天皇）二年十月。天下安平。民無二徭役一。歳比登稔。牛馬被レ野。私案。神代有レ馬。又見二交替雑田部一。

右の⦅ロ⦆⦅ハ⦆において、『日本書紀』を引いただけでは内容として不十分である。一方、『古事記』だけの場合（すなわち〈ロ〉〈ハ〉の独立引用）、内容として一応の要件は充たすであろう。しかし、そこに『日本書紀』を架上したということは、『古事記』を基本書と見倣していないことを示している。

試みに『隋書』経籍志を翻くと、そこには「史類」の目として次の十三種を挙げている。

①正史。　②古史。　③雑史。　④覇史。　⑤起居注。　⑥旧事。　⑦職官。　⑧儀注。　⑨刑法。　⑩雑伝。　⑪地理。　⑫諸系。　⑬簿録。

『旧唐書』では、②を「編年」、③を「偽史」、⑥を「故事」、⑫を「諸牒」、⑬を「目録」と改めるが、趣旨は同じである。そして、『隋書』経籍志での「正史」とは、『史記』『漢書』『後漢書』の類であり、「古史」とは

『紀年』『漢紀』『魏氏春秋』の類、「雑史」とは『周書』『戦国策』『帝王世紀』の類、「覇史」とは『黄陽国史』『十六国春秋』『吐谷渾記』の類、「旧事」とは『西京雑記』の類、「雑伝」とは『高士伝』『逸民伝』『高僧伝』『孔氏家伝』『列女伝』『神仙伝』『述異記』『捜神記』の類である。『日本書紀』は「正史」①であるが、『古事記』は正史ではなく、恐らく「雑史」③に位置づけられるものであろう。惟宗家三代にとっては史類の位置づけなどは周知のところであろうから、「雑史」あたりの書と見られる『古事記』は、主たる引用書目から除外していたと見てよいであろう。

次に、『古事記』と『日本書紀』を組合せた上になお、さらに『日本決釈』等の引用を付加している点について考察してみるなら、『日本決釈』なる書は佚書であるが、その逸文から見ると、明らかに百済系の資料を載せる書である。(23)⦅ロ⦆には「百済人須曽己利」なる人物が醸酒の方法を熟知していたと見えるが、百済人「仁番《にほ》亦名須々許理」渡来のことは、既に引いた〔ロ〕〔ハ〕に続く応神記に見えるところで、『日本書紀』には相当記事はない。そして、『新撰姓氏録抄』には次の記事が見える（上掲の書式に倣う）。

右京皇別下。／酒部公《さかべのきみ》。／同皇子（景行天皇皇子五十香足彦命か）三世孫足彦大兄王之後也。大鷦鷯天皇（仁徳天皇）之御代。従二韓国一参来人。兄曽々保利。弟曽々保利（または曽保利）二人。天皇勅レ有二何才一。皆有二造レ酒之才一。令レ造二御酒一。於レ是賜二麻呂号酒看都子一。賜二山鹿比咩号酒看都女一。因以二酒看都一為レ氏。

一方⦅ロ⦆を見ると、「須曽己利」に注して「酒公」なる名も伝えているが、『日本書紀』には雄略天皇の十二年・十五年に「秦酒公《はたのさかぎみ》」なる人物が見え、「秦造酒」ともいっている。「秦酒公」は『新撰姓氏録抄』の「太秦

公宿祢」「（山城国諸蕃）秦忌寸」の項に見えるが、いずれも醸酒との関係には触れられていない。しかし名詮自性、秦酒公は須曽己利（須々許理、兄・弟曽々保利）その人であるか、同族の者と見てよいであろう。嚮に見た〔ロ〕〔ハ〕に続く応神記に、「又秦造之祖。漢直之祖及知醸酒人。名仁番。亦名須々許理等参渡来也。」とある文こそ、その間の懸け橋となる記事と見てよいであろう。このような関係を知る秦氏の裔にして明法家の惟宗公方の編纂した書が《ロ》の引用を見せていることは、注目に値する。(24)

惟宗家三代にとって、『古事記』は重要文献として重視すべき書ではないが、『日本決釈』など珍らしい書と並んで先祖絡みの所伝を見せる貴重な資料という程度の認識はもち、該当する部分の抜萃を大事に保管していたのではなかろうか。

三　『令集解』に引く「古事記」

最後に、『令集解』の「問答」において、『先代旧事本紀』の記述を「古事記云」として引用したことをどう解釈すべきかについて考えておきたい。

内容に疑問のある引用が「古事記云」として引かれている場合、その「古事記」に対し、次の三とおりの想定が成り立つであろう。

（1）正確な表記
（2）誤記
（3）（厳密に言えば正確とはいえぬが）許容される俗用表記

これを律令に当嵌めてみれば、（1）は「律」であり「令」である。（2）は特に実例はないが、強いて言えば

広橋家本に見える「禁衛律」（正しくは「衛禁律《えごんりつ》」）か、（3）は「養老令」とか「大宝律」の類である。

ところで、（1）の〈正確〉な表記については、さらに㋑現行『古事記』の逸文、㋺別本『古事記』、の二種が考えられる。しかし、㋑はまずありえない。現行『古事記』には欠損を考えられる箇所が見当たらず、何よりも〔イ〕の「饒速日命」なる表記が用いられていない（現行『古事記』では「邇芸速日命」）からである。

（1）の㋺は大和《おおわ》岩雄氏らが説かれるところであり、否定する場合でもその可能性に触れる論考が多い。したがってこれについては、古代の書名の在り方から若干の検討を加えておくこととする。

古代において書名はどう決まるのかを考えてみると、ⓐ著作・編纂当初から定まっているものもあれば、ⓑ当初は書名が無かったり、ⓒ定着するまで揺れの見られるものもある。そして、ⓐは寧ろ少数派で、『文華秀麗集』『古今和歌集』『令義解』など勅撰の書にしか見られぬと言ってよい。一方、私的な抜粋や記録、詩文や物語などはⓑⓒに該当し、受容者によって徐々に書名が定着して行く傾向が強い。時代はやや下るものの、『源氏物語』（「紫のゆかりの物語」とも）や『九暦』（藤原師輔の日記、「九条殿御記」とも）などはⓒである。

では「古事記」なる書名は、当初より定まったものであろうか、当初は定まっていなかったのであろうか。「序」と称する上表文中には、勅撰であるかのような記述も見えるが、正式書名として「古事記」と名づけて献上したとは記していない。[25] 一方、平安初期になると「古事記」の書名が明確な形で登場してくる。例えば、成立年未詳ながら『万葉集』の左注には、巻二に「古事記曰。軽太子奸㆓軽太郎女㆒。」云々（八九）、「右一首。古事記与㆓類聚歌林㆒所㆑説不㆑同。」云々（九〇）、巻十三には「検㆓古事記㆒曰。」云々（三二七七）とある。[26] 次に、弘仁初年（八一〇～八一五ころ）の成立かともいわれる『琴歌譜』の注記に、「右。古事記云。大長谷若建命（雄略天皇）坐㆓長谷朝倉宮㆒治㆓天下㆒之時。」云々（しづ歌）、「難波高津宮御宇。大鷦鷯天皇（仁徳天皇）。納㆓八田皇女㆒為㆑妃。

（中略）今校。不ㇾ接二於日本古事記一」云々（歌返）、「一古事記云。誉田天皇（応神天皇）遊二猟淡路島一。」云々（同上）、「古事記云。大長谷若建命。坐二朝倉宮一治二天下一之時。」云々（盞歌《うき》）、「日本記云。（中略）立二木梨軽皇子一為二太子一也。（中略）今案二古事記一云。」云々（しらげ歌）がある。[27]なお、大長谷若建命に始まる二つの文は、「しづ歌」が赤猪子《あかゐこ》について記し、「盞歌」が目弱王《まよは》について記している。ここからは、「日本古事記」「一古事記」を除けば「古事記」の書名が定着しているようにも観察される。しかし、「一古事記云」という引き方で現行『古事記』と別の所伝を挙げていることから見れば、当時は未だ「古事記」なる書名が特定の一書に固定していなかったと解すべきであろう。[28]また、「古事記云」のみで（「一古事記云」とか「某氏古事記云」としない）別本引用をする例が知られぬ以上、〔イ〕を別本『古事記』からの引用であると見ることはできない。

次に（2）の〈誤記〉とする想定は、あり得ないとは言わぬが、現実に『先代旧事本紀』を引いていることと、「古事記」も「旧事記」も「フルコトブミ」と訓み得るとする伴信友以来の指摘[29]があることを勘案するなら、単なる誤記として片づけるわけにも往かない。この点を明らかにするため、「旧事紀」を「古事記」と書き得るか今少し考察しておきたい。

まず、『令集解』での傭字の傾向として、「フルシ」を表わすのに「旧」よりも「古」の方が圧倒的に多いという特色が指摘できる。水本浩典氏らの『令集解総合索引』を検してみても、「古令」三十七、「古律」一、「古答」二十六、「古説」二十二、「古私記」三十三などに対し（「古記」は除外）、「旧令」「旧説」各二といった歴然たる違いが認められる。[30]さらに、『令集解』所引の諸私記にはかなりに恣意的な表記をする傾向も認められる。例えば、正式な表記の確定している諸国の国名についてすら、紀伊を「木国」（儀制令赴車駕所条跡記）とし、信濃・飛驒を「信野・斐太」（賦役《ふやく》令調庸物条古記）とし、摂津を「津国」（選叙令国博士条古記）としている。[31]また、書名等につい

ても、『玉篇』からの引用を「野王案」で始めたり、「詩経云」とすべきところ「詩云」と略すなど（職員令神祇伯条にも見える、令釈の特長である）の便法も散見される。

では、〔イ〕の「古事記云」は、本来「旧事紀云」とすべきところを、「旧」を「古」に置換して（「紀」と「記」については不問）「古事記云」になったと解してよいものかといえば、それは否定したい。『本朝月令』『政事要略』の引書表記において、『先代旧事本紀』を引用するに当たっては、勿論「先代旧事本紀云」が正式な引書表記でありこの表記の例が多見されるものの、「旧事本紀云」とする場合も見られる。この略式表記を吟味してみると、圧倒的に「本」字を伴う例が多い。この「本」字を伴う略式表記は、『本朝月令』『政事要略』二書以外にも「日本紀私記」『釈日本紀』等に見られるが、一般に、同一家系の引用書の引書表記や略称には共通性が認められるものである[33]（『吾妻鏡』を江戸時代に『東鑑』とした類もある）。したがって、惟宗家三代の共通した傾向を読み取るなら、〔イ〕の「古事記云」を、「旧事紀云」の、一般性の高い、些細な誤記であったと見ることはできない。しかしまた、真の誤記とすることも軽々に結論づけることもできない。

そこで（3）〈許容される俗用表記〉が残ることとなるが、「許容される俗用表記」という表現に捉われることなく、〔イ〕において『先代旧事本紀』を「古事記云」として引く可能性を探ってみたい。それは恐らく、『古事記』なる書名の定着度が低く、『先代旧事本紀』という確定した書名がない場合、あるいは、『先代旧事本紀』なる書名が未だ周知徹底した固有名詞になっていないような場合に起こり得ることなのであろう。そして『令集解』（より厳密には『令集解』所引の「問答」）への引用時期は、まさにそのような場合に当嵌るらしく思える。例えば、後に「先代旧事本紀」と呼ばれる一書はやや以前に成立していたが、正式書名がない段階で、『令集解』所引の「問答」に取りこまれた場合を想定してみると、それだけで「古事記伝」と記される可能性も出てくるが、

さらに、『古事記』はその遙か以前に成立しながら、関心もなく、被見の機会もなかったため、その書があることすら知らなかったとしたら、『令集解』所引の「問答」が『先代旧事本紀』の文を「ある古きことを記した書」という意味で「古事記云」として引用する可能性は極めて高いと言ってよかろう。

　ところが従来の研究において、『先代旧事本紀』の成立年代も、『令集解』の成立年代も、『令集解』所引「問答」の成立時期も、『先代旧事本紀』の書名の定着時期も、いずれも確定されていない。しかし、上の如く定着以前の書名の揺れを念頭に置いて推測を進めてみると、ある程度の見通しは立つようである。いまは推論の域を出ないが、次にその概要を示しておきたい。

　まず、『令集解』所引「問答」の筆者であるが、恐らくは『令集解』の編者惟宗直本であろう。「穴記」（穴太《あなほ》氏私記の略）「讃記」（讃岐《さぬき》氏私記の略）のような作成ないし管理者の氏を示す語が見えないことから、惟宗直本その人か彼以前の一族の筆録と考えられ、「問答」に「先問」「前答」等の「先」や「前」などがなく[34]、現行のテキストが傍書にしていることから見て、当初より『令集解』編者の注記として他の私記の文と区別して記していた可能性も窺える。編者直本その人の筆録の可能性が高いといえよう。とはいえ、成立時期は全く不明。ただ直本の生没年は未詳ながら、『令集解』の成立時期と考えられる貞観中期はまだ若い頃と考えられ、当該「問答」の成立は、『令集解』の成立より前であるが大幅に遡るものではないと考えられる[35]。

　次に『古事記』との関係であるが、その成立は、貞観年中を遡ること百数十年の和銅五年（七一二）。しかし、上述した史類の分析の如く、若き明法家惟宗直本（『令集解』編纂時は秦直本）にとって、関心外の書であったに相違なく、先輩明法家各氏の注釈私記を博捜し、専心整理していたであろう頃に態々翻く書ではなかったと考えられる。とすれば、『古事記』なる書名の書物の存在すら知らなかったという想定も強ち否定できないであろう。

『先代旧事本紀』の成立年代については、一般に、『古語拾遺』（斎部《いんべ》広成撰）を引いていることから、同書の成立年次である大同二年（八〇三）を以て上限と見ている。(36) 確かに、『先代旧事本紀』巻第七（天皇本紀）の

復天富命率二斎部諸氏一。作二種々神宝・鏡・玉・矛・楯・木綿・麻等一也。復櫛明玉命孫造二祈玉一。古語美保伎玉。是謂二祈禱一矣。

なる文が、『古語拾遺』の次の文を写していることは明白である。

又令下天富命率二斎部諸氏一。作中種種神宝。鏡・玉・矛・盾・木綿・麻等上。櫛明玉命之孫造二御祈玉一。古語美保岐玉。言二祈禱一也。

さらに、『先代旧事本紀』の内部徴証として、上限を弘仁十四年（八二三）に下げる記事も見出せるが、それには後補の疑いがないこともない。すなわち巻第十（国造本紀）に、次の記事が見える。

加我国造。
泊瀬朝倉朝（雄略天皇）御代。三尾君祖石撞別命四世孫大兄彦君定二賜国造一。難波朝（孝徳天皇）御代。隷二越前国一。嵯峨朝御代。弘仁十（四脱）年。割二越前国一分為二加賀国一。

すなわち、「嵯峨朝」以下がなくても、国造設置に支障は生じないのである。しかし、『先代旧事本紀』巻第十（国造本紀）には、「加我国造」の前に次の記事が見える。

摂津国造。
拠二准法令一。謂二摂津職一。初為二京師一。柏原帝（桓武天皇）代。改レ職為レ国。

「初為二京師一」とは、都を置いたことで、天武朝以下の難波宮を指すと考えられる。養老令では「摂津職」に対し「帯二津国一」の本注があり（『令義解』職員令）、「津」の国造がいたことは理解できるが、それを「摂津」国

造と記し、国造が置かれるべき「国」の設置について「柏原帝代」以外に記述がないことを見れば、右の記事は、「津国」の成立時ではなく、「摂津国」の成立時以降の記述を示していることになる。とすれば、「摂津職」が「摂津国」に改められた延暦一二年（七九三）を遡るものではないことになる。上限は従来より指摘されている大同二年（八〇三）、場合によっては弘仁十四年となろう。

一方、下限については、従来、『日本紀私記』丁本（承平《じょうへい》私記）において「師説」が「先代旧事本紀」を五箇所、「旧事本紀」を一箇所明記していることから、その丁本（承平私記）が承平六年（九三六）の『日本書紀』講書を纏め[37]たものである以上、「師説」ということはそれに先行するものであろうが、年次としては承平六年とすることが一般的である。[38]したがって、『先代旧事本紀』の成立は遅くとも承平六年、恐らくは延喜・延長（九〇一～三〇年）ころと見るべきであろう。

因みに、卜部兼方の『釈日本紀』（十三世紀末の成立か）には、次の如き記述が見える。

（甲）大仰云。御記文。神鏡小瑕如何。先師申云。如二旧事本紀一者。以レ鏡入二其石窟一者。触レ戸小瑕。其瑕於今猶存云々。（述義三〈神代上〉「八咫鏡」）

（乙）私記曰。問。是何神哉。答。当二是天照太神之御子一矣。私案。先代旧事本紀云。此尊者。天照太神之妹也云々。（同上「稚日女尊」）

（丙）私記曰。問。……又問。……又問。如二先答一者。日神之像一向可レ如レ矛。……先代旧事本紀云。図二造日造之鏡一。即是伊勢崇秘之大神。所謂八咫鏡。亦名二真経津鏡一是也。……答。重難叶レ理。短慮争レ決。但案二旧事本紀一。探二天香山之銅一令レ鋳二造日矛一。……又同本紀云。授二八坂瓊曲玉及八咫鏡。草薙剣三種神宝一。永為二天璽一。……又問。一書并旧事本紀文。以二日矛一似レ称二紀伊国大神一。然者日前社兼可レ有二日

矛及㆒。於㆓伊勢太神宮㆒者。雖㆑有㆑鏡可㆑無㆑矛歟。如何。（同上「紀伊国所坐日前神也」）

（丁）私記曰。……師説不㆑詳。　公望私記云。案。先代旧事本紀第三云々。居㆓於天稚彦門之湯津楓木之抄㆒云々。（述義四〈神代下〉「湯津杜木」）

（戊）大問云。此国。何国哉。　先師申云。……云々。然則。膂完之空国者。熊襲国之号歟。将亦下国之惣名歟。熊襲国者。為㆓佐渡嶋一名㆒之由。見㆓旧事本紀㆒耳。（同上「膂完之空国」）

（己）私記曰。問。……又問。日隅宮者。……答。……師説云。……又大己貴神与㆓日吉神㆒同体之条。見㆓何書㆒哉。如㆓先代旧事本紀文㆒者。（同上「天日隅宮」）

坂本太郎博士は、「釈日本紀に単に「私記」として引用されたものには、この時（元慶度）の私記が多くあったと、私は考える。」と言われる(40)。元慶二年ないし五年（八七八〜八八一）の講書の私記ということであろう。確かに（丁）などは、「私記」が「公望私記」以前の書であることを示している。公望とは、『釈日本紀』巻一（開題）の「日本紀講例」において承平六年（九三六）度の「博士」として見える「従五位下行紀伊権介矢田部宿祢公望」であり、また「新国史」を引いた部分には、延喜四年（九〇四）の講書において「紀伝学生矢田部公望」を明経生らと「尚復」（博士なり侍読の講書を復習する職）に任じたとある。職掌の上から、「公望私記」は延喜の講書の際の記録と解してよかろう。したがって、延喜の公望私記の前に置かれた「私記曰」については、養老・弘仁と続く順から言っても、講書の質(41)から言っても、元慶度の記録と推定されよう。しかし、「私記」をすべて元慶度と見做すことは如何であろう。すなわち（甲）（戊）は「私記曰」とは別の記録であるが、少なくとも（甲）は康保二年（九六五）講書の際の上卿の質問とその答である。「御記文」とは『三代御記』（殊に「村上天皇御記」）の文であり、その文は「御記曰。天徳四年九月廿四日。」云々として直前に引かれており、（甲）は天徳四年（九六〇）

以降の記録でなければならないからである。以上から窺えることは、「先代旧事本紀」なる書名が定着したと見做す時期は成立よりかなり後のことではないかということである。

縷々、諸資料の記述を肯定した上で可能性を論じてきたが、大筋として「先代旧事本紀」なる事名の確立期は成立の後ほど経てからのことであると見てよいとの見通しが立ったかと思う。

そこで、以上のところを踏まえ、『令集解』における「古事記云」の解釈につき一つだけ補強材料を提示しておきたい。

それは、弘仁度の講書筆記たる「弘仁私記」ではないかとされる(42)「日本書紀私記」甲本の「序」に見える、次の如き興味深い記述である(43)。

世有二神別記十巻一。天神天孫之事。具在二此書一。発二明神事一。最為二証拠一。然年紀夐遠。作者不レ詳。夐遠視也。軀正反。自レ此之外。更有二帝王系図一。天孫之後。悉為二帝王一。而此書云。或到二新羅高麗一為二国王一。或在二民間一為二帝王一者。因レ茲延喜年中下二符諸国一令レ焚レ之。而今猶在二民間一也。

序の文脈では、最初に『日本書紀』が勅を奉じて編纂されたことを述べ、その中に『古事記』のこと、『日本書紀』の「帝王系図」のことに触れ、それが「上《は》起二天地混論之先一」「下《は》終二品彙甄成之後一」とし、尋いで「神胤皇胤指レ掌灼然。」で「暮二化古風一。挙目明白。」であり、「異端小説。恠力乱神」もあって「為レ備二多聞一。莫レ不二該博一。」としている次に、上の「神別記」について述べている。そのあとは長々と『新撰姓氏録』(「新撰姓氏目録」とする)に触れ、次に弘仁の講書のことを述べ、「弘仁十年」の年紀を記して、それが神武天皇誕生より「一千五百五十七歳」であると結んでいる。

ところで、右の「神別記(44)」とは如何なる書であろうか。神々のことを記したものとも読めるが、文脈的には、記紀と「新撰姓氏録」(現行の抄本にあらず)との中間的な内容を持つもので且つその三書のいずれでもない十巻か

ら成る書とも解せる。そして「帝王系図」が「神別記」の付録であるとすれば、これこそ『釈日本紀』巻一（開題）に見える「先代旧事本紀十巻。并レ序。……在二神皇系図一巻一。」そのものではなかろうか。「神皇系図一巻」は現行本『先代旧事本紀』の序[45]に付された目録にも見える。右の「日本書紀私記」甲本「序」では「帝王系図」となっているが、「神別記」の注に「天神・天孫之事」と見え、その「帝王系図」の注に「天孫之後」云々とあるところを勘案すれば、内容的には天神即ち「神」、天孫即ち「皇」の「神皇系図」と見てよいであろう。

もし、叙上の如く、弘仁の末から天長のころにかけて（八二〇年代）、未だ「先代旧事本紀」という書名が定着せずに、「神別記」などと称されていたとするなら、[46]そのさらに五十年ほど後の『令集解』に取り入れられた「問答」の成立時点においても、書名が定着していなかったという揺れを想定することは許されよう。

これを要するに、『先代旧事本紀』は、大同二年（八〇三）から弘仁の末ないし承平ごろ（八二〇〜八三五ころ）の成立で、初めは固定した書名が知られておらず、延喜四年（九〇四）以前に至って徐々に「先代旧事本紀」の書名が定着していったと考えられる。一方、惟宗家における『古事記』の受容は比較的遅く、延喜一〇年（九一〇）以前を以て下限とするが、『日本書紀』よりも詳しく記載されている秦氏の先祖の記事以外には関心を持っていなかったらしく推測される。

このような条件の中に、『令集解』所引の「問答」を置いてみると、「先代旧事本紀」を如何なる書名で引くであろうか。「神皇記」「先代旧記」なども想起しうるが、所謂『古事記』を知らないと仮定すれば、明法家の好む直截表現で「古」字を用いる呼び名としては、「古記」の名以外では、「古事記云」が最も妥当性があると考えられよう。つまり、『令集解』所引「問答」すなわち〔イ〕に見える「古事記」は、後にいうところの『先代旧事本紀』に対し、未だ書名が定着していない状況下での普通名詞的呼称を以って示したものとも解されるのである。

以上、『令集解』が「先代旧事本紀」を「古事記」として引いた理由を考察し、従来の「本」字を無視したフルコトブミ説を排し、確定に至るまでの書名の揺れに着目して惟宗家三代の学統を拠りどころに捉えなおすという新見を提示してみた。[47] この大胆な試みに対し、大方のご批正を切に冀う次第である。

【注】

（1）『古事記』以上に『日本書紀』と律令の編纂期は近く、『令集解』においても、公式令詔書条（巻第三十一）古記に次の如き引用が見える。

古記云。（中略）問。大八洲。未㆑知。若為。答。日本書紀巻第一云。因問㆓陰神㆒曰。汝身有㆓何成㆒耶。対曰。吾身有㆓一雌元之処㆒。陽神曰。吾身有㆓雄元之処㆒。（以下略）

（2）荊木美行編『令集解私記の研究』（平成九年、汲古書院）で取り上げられた諸注釈私記には、令釈、古記、穴記、讃記、跡記、朱記等がある。

（3）佐藤誠実「律令考」（『佐藤誠実博士律令格式論考』平成三年、汲古書院）。瀧川政次郎『律令の研究』（昭和六年、刀江書院）。推定の西暦は概数とする。以下同じ。

（4）岡田米夫「古代文献に見える古事記」（『古事記大成1、研究篇』昭和三一年、平凡社）。

（5）岡田米夫前掲論文。梅沢伊勢三・小野田光雄「古事記逸文集成稿㈠」（昭和三四年、古事記学会）。

（6）和田英松「惟宗氏と律令」（『国史説苑』昭和一四年）。

（7）以下の引用において、校訂注等は省略した。
なお、〔イ〕は新訂増補国史大系『令集解、前篇』（昭和一八年、吉川弘文館）、〔ロ〕は新校群書類従、第四・公事部㈠「本朝月令」（昭和六年、内外書籍株式会社）、〔ハ〕は新訂増補国史大系『政事要略』（昭和一〇年、吉川弘文館）によった。

（8）注目すべき文字の異同については傍点を以て示した。以下同じ。

(9) 新訂増補国史大系『交替式・弘仁式・延喜式』（昭和一二年、吉川弘文館）。
(10) 拙稿「律令注釈書をめぐる二、三の問題」（荊木美行編『令集解私記の研究』平成九年、汲古書院）。
(11) 伴信友「鎮魂伝」（国書刊行会叢書第一期『伴信友全集』第二冊、明治四〇年）。
(12) 新訂増補国史大系『日本書紀私記・釈日本紀・日本逸史』（昭和七年、吉川弘文館）。
(13) 新訂増補国史大系『古事記・先代旧事本紀・神道五部書』（昭和一一年、吉川弘文館）。
(14) 注13に同じ。
(15)『本朝月令』所引の冒頭「品陀天皇代」のみは、当時の引用の通例に従い、趣旨を取って表現を改めている。
(16) 清水潔「本朝月令と政事要略の編纂」（『神道史研究』第二四巻三号、昭和五一年五月）。
(17) 虎尾俊哉「政事要略」（坂本太郎他編『国史大系書目解題、上』昭和四六年、吉川弘文館）。
(18) 佐伯有清『新撰姓氏録の研究・本文篇』（昭和三七年、吉川弘文館）。なお、同『新撰姓氏録の研究・考証篇第五』（昭和五八年、吉川弘文館）など参照。
(19)「諸蕃」には、「漢」の外に、「百済」「高麗」「新羅」「任那」がある。
(20) 平野邦雄「秦氏の研究」（『史学雑誌』第七〇編三号・四号、昭和三六年三・四月）。現今は伽羅系と見るのが有力説である。
(21) 解部には、治部省に大解部四人、少解部六人がいる外、刑部省に大解部十人、中解部二十人、少解部三十人がいる。
(22) 拙稿「律令制継受期における品官の意義」（『時野谷滋博士還暦記念制度史論集』昭和六一年）。
(23) 和田英松『国書逸文』（昭和一五年）に三条の逸文（うち二条はロ・ハ）が収められているが、すべて百済関係の記事である。
(24)（ハ）にはなお「百済王本系」なる書が引用されている。
(25) 周知の如く、『続日本紀』にも書名は見えない。
(26)『新編国歌大観』第二巻（昭和五九年、角川書店）。興味深いことに、三首とも軽太子（木梨軽皇子）の所伝につき『古事記』を参照している。

(27) 小西甚一校注「雑歌」（日本古典文学大系『古代歌謡集』昭和三二年、岩波書店）。「歌返」の「日本古事記」は、「日本記与古事記」の誤写か。石之日売（磐之媛）皇后が大いに怒った話は記紀共に載せるが、いずれも淡路島の三原には言及していない。

(28) 仙覚の「万葉集註釈」巻一に、次の引用がある。

土佐国風土記云。神河。訓二三輪川一。源出二北山之中一。届二于伊与国一。水清。故為二大神一醸レ酒也。用二此河水一。故為二河名一。世訓二神字一為二三輪一者。多氏古事紀曰。崇神天皇之世。倭迹々媛皇女。為二大三輪大神婦一。毎レ夜有二一壮士一。密来暁去。皇女思レ奇。以二綜麻一貫レ針。及二壮士之暁去一也。以レ針貫レ襴。及レ旦看之。唯有二三輪遺一レ器者。故時人称為二三輪村一。社名亦然。云々。

一方、現行『古事記』では、玉依毘売が懐妊して父母に問い質された後の「答」以下に、次のような記述が見える。

答曰。有二麗美壮士一。不レ知二其姓名一。毎レ夕到来。供住之間。自然懐妊。是以其父母。欲レ知二其人一。誨二其女一曰。以二赤土一散二床前一。以二閑蘇此二字以レ音。紡麻一貫レ針。刺二其衣襴一。故如レ教而旦時見者。所レ著レ針麻者。自二戸之鈎穴一控通而出。唯遺麻者三勾耳。（中略）故因二其麻之三勾遺一。而名二其地一謂二美和一也。

書出しこそ異伝の感じを持つが、漢風諡号は注記などが混じたものであろうし、「倭迹々媛」は書紀の「倭迹迹日百襲姫命」に引かれて改めたものと解するなら、「多氏古事記」は現行『古事記』（「太氏古事記」と称し得るか）に近いといえよう。

(29) 注11に同じ。

(30) 水本浩典・松尾義和・柴田博子編『令集解総合索引』（平成三年、高科書店）。

(31) 養老の令文は、唐令を参考にしつつも大宝令を踏襲していると考えられており、本文中に「斐陀国」（賦役令斐陀国条）があり、注文に「津国」（職員令摂津職条）が見える。

(32) 鎌田純一『先代旧事本紀の研究・研究の部』（昭和三七年、吉川弘文館）。

(33) 王朝時代の日記の異称は、整理してみると、同一家系および師弟・主従関係などの系統によって一定の表記が採られる傾向が認められる。

(34) 直本の兄直宗が明法家としては先輩に当たることから、直宗の私記などがあってもよいと思われるが、その場合でも、直本としてはやはり自己の記録と区別する何らかの略称を付すであろう。

(35) 「令釈」よりも前に置いてあることから、大学寮明法科において重要視されていた一つの問答の書を想定することも作業仮説としてはありうるが、「釈云」「穴云」等の如き標目がないことから、その想定は否定しておいてよいであろう。

(36) 注32に同じ。

(37) 坂本太郎『六国史』（昭和四五年、吉川弘文館）。

(38) 注32に同じ。

(39) 注37に同じ。

(40) 注37に同じ。

(41) 注37に同じ。

(42) 粕谷興紀「日本書紀私記甲本の研究」（『芸林』第一九巻二号、昭和四三年）。

(43) 注12に同じ。

(44) 写本のヲコト点では、「別」と「記」の間に音合符が引かれている。なお、本居宣長『古事記伝』一之巻（旧事紀といふ書の論）に次の記述が見える。「又神別本紀といふものも、今あるは、近キ世ノ人の偽造れるなり」と。

(45) 現行『先代旧事本紀』の序では、推古二十八年（六二〇）に聖徳太子が蘇我馬子らに編纂を命じ、太子が薨じた翌年の三十年（六二二）に撰修したことになっている。そして太子が命じたのは「先代旧事。上古国記。神代本紀。神祇本紀。天孫本紀。天皇本紀。諸王本紀。臣連本紀。伴造国造百八十部公民本紀」（『日本書紀』推古二十八年には「是歳。皇太子。嶋大臣共議之録二天皇記及国記。臣連伴造国造百八十部并公民等本紀一」とある）で、撰修した「先代旧事本紀」は「神皇系図一巻」と「先代国記。神皇本紀。臣連伴造国造本紀十巻」であるとする。これは、太子を「摂政・上宮・厩戸・豊聡耳・聖徳太子尊」と異種の称号を混合して記し、「国記」を「上古国記」に限定するなど（『日本書紀』皇極四年六月己酉条に「蘇我臣蝦夷等臨レ誅。悉焼二天皇記。国記。珍宝一。船史恵尺。即疾取二所レ焼国記一而奉二中大兄一。」とある）、先学も指摘する如く序は完全な偽作である。

(46) 完全な偽作である「序」と、各巻の首題・尾題を除けば、現行『先代旧事本紀』自体にも、正式書名を明示する記載はない。

(47) 論じ残した点も多いが、鎮魂祭関係の記録は極めて多いことに鑑み、今後、鎮魂祭関係資料の中での〔イ〕の位置づけを進めておく必要があると考えている。因みに、伴信友も「鎮魂伝」で触れている如く、鎌倉初期の成立とされる『年中行事秘抄』（新校群書類従、第四・公事部㈠、昭和六年、内外書籍株式会社）十一月の「中寅日。鎮魂祭事。」には「鎮魂歌」を引いているが、その末尾に次の記述がある（解説等は、小西甚一校注「雑歌」、日本古典文学大系『古代歌謡集』昭和三二年、岩波書店、に見える）。

次、一《ひと》二《ふた》三《み》四《よ》五《いつ》六《むゆ》七《なな》八《や》九《ここの》十《たりや》。　十度読レ之。毎度中臣王結也。

V 資料篇1

1　『先代旧事本紀』と『古事記』上巻・中巻諸本との比較

松本直樹
工藤　浩

凡例

一　『先代旧事本紀』の『古事記』上巻・中巻引用部分と『古事記』上巻・中巻諸本との異同関係を調査することを目的とする。『先代旧事本紀』が『古事記』上巻・中巻の文を引用していると思しき箇所のうち、『古事記』の真福寺本、伊勢系諸本（道果本・道祥本・春瑜本）、兼永筆本その他の諸本間で文字の異同の認められる箇所のみをあげる。寛永板本以下の板本のみ異なる箇所はあげない。訓みについては、本文の文字の調査に必要と判断される場合のみ取り上げる。

一　神名などの固有名詞は『日本書紀』の表記によるところが多いが、いちいち断らない。

一　『先代旧事本紀』の順に従って配列する。

一　『先代旧事本紀』の底本は兼永筆本（天理図書館善本叢書41『先代舊事本紀』）とする。兼永筆本は現存諸本の共通の祖本であり、『古事記』諸本との比較などは、全てこれによってなされるべきであるが、参考までに諸本間の異同を示す。諸本間の異同は鎌田純一『先代舊事本紀の研究―校本の部―』、同『先代舊事本紀』（神道大系古典編

八）による。

一　『古事記』の底本は小野田光雄校注『古事記』（神道大系古典編一）とし、諸本間の異同は同書および小野田編『諸本集成古事記』による。なお、真福寺本は京都印書館、道果本は吉川弘文館、道祥本は古典保存会、春瑜本は日本古典文学会、兼永筆本は勉誠社よりそれぞれ出された影印本・複製本によって出来る限り確認する。

一　底本の字体には忠実であるようにつとめるが、便宜上常用漢字に改めるものもある。例えば、卽を即、靑を青、巢を巣、手偏を「扌」、示偏を「ネ」とするなど。また畳字は「々」に統一した。

一　底本と諸本との比較における字体の扱いは、始めに示した目的に応じて担当者が判断した。「随」「隨」の違いを不問とする場合などある。

一　諸本の略称は次のとおり。

【先代旧事本紀】

兼―兼永筆本　**陽**―陽明文庫本　**多**―曼珠院本　○**右**―兼右本　○**良**―吉田良凞本　○**宮**―秘閣本　○**従**―兼従本　○**村**―村井古巌本　※**石**―石川忠總本　△**山**―山田以文本　△**中**―仲原職忠本　◎**三**―三浦為春本　◎**白**―白雲書庫本　◎**頼**―徳川頼房本　◎**隠**―隠顕蔵本　◎**神**―神楽岡庫本　◎**前**―前田綱紀本　◎**清**―清原弘賢本　**巫**―御巫清直本　◎**寛**―寛永板本　**光**―徳川光圀考訂本　**延**―延佳本鼇頭旧事紀　**右系**―◯印（兼＋伊勢系）　**山系**―△印＋北小路家本　**石系**―※印＋卜部一本　**三系**―◎印＋八雲軒本・九条家本・下冷泉家本　**類**―類聚神祇本源　**元**―元元集

【古事記】

真―真福寺本　**果**―道果本　**道**―道祥本　**春**―春瑜本　**兼**―兼永筆本　**曼**―曼珠院本　**前**―前田本　**猪**―猪熊本　**寛**―寛永板本　**延**―延佳本鼇頭古事記　**訓**―訂正古訓古事記　**兼以下**―兼・曼・前・猪

一　各項、右列が『先代旧事本紀』。最初に底本（兼永筆本）各冊の丁数・表裏・行を記す。兼永筆本は十巻五冊であるから、巻一・二が第一冊、巻三・四が第二冊、巻五・六が第三冊、巻第七・八が第四冊、巻九・十が第五冊

にあたる。例えば巻二の「34オ08」は底本第一冊の「三十四丁表八行目」を示す。引用部が二行以上に亙る時は最初の行を示す。諸本間の異同は上部に置く。

一　各項、左列が『古事記』。最初に真福寺本上巻・中巻の行、次に底本（神道大系本）の頁を記す。例えば「119・087」は真福寺本第一一九行・神道大系本八七頁を示す。引用部が二行以上に亙る時は最初の行を示す。諸本間の異同は下部に置く。

一　上巻（巻一～巻六）は松本直樹、中巻（巻七、巻十）は工藤浩が担当した。

右列＝旧事本紀　底本（兼永本）の丁・表裏・行 ＋ 兼永本本文
左列＝古事記　真福寺本の行・底本（神道大系）の頁 ＋ 神道大系本文

【巻一　陰陽本紀】

05オ08　（一）投下其矛
057・041　（1）指下其沼矛

05ウ06　對曰吾身（二）者成々而不成合處一處耶
061・047　答（2）白吾身者成々不成合處一處在

05ウ08　詔曰吾身者（三）成々而有成餘處一處耶
061・047　詔我身者成々而（3）成餘處一處在

06オ01　故以我身成餘處判塞（四）海身不成合處

（一）投―指（延）
（二）者―ナシ（右系・類・元）
（三）成々而―ナシ（右系）
（四）海―傍に「汝」（兼）

（1）指―拵（真・道・春）、指（果・兼以下）
（2）白―白（真・果・道・春）、曰（兼以下）
（3）成―ナシ（真）

061・047　故以此吾身成餘處刺①塞②汝身不成合處而
06オ02　以為産國土如何
062・047　以爲生成國土生③奈何
08オ02　判(一)塞汝身不成合
061・047　刺④塞⑤汝身不成合
09オ01　曰茲(二)以先所生謂大八州
081・056　曰⑥此八嶋先所生謂大⑦八嶋國
09オ08　凡産生(三)十四嶋
106・064　凡（中略）所生嶋壹拾肆嶋⑧
09ウ03　淡道之穂之狭別(四)(五)嶋
073・055　淡道之⑨穂之俠⑩［使］別嶋
09ウ05　次生伊与(六)二名嶋謂此嶋者身一而有面四毎面有名
073・055　次生伊豫之二名嶋此嶋者身一⑪而有面四毎面有名
09ウ02　伊豫(七)國謂愛止(八)比賣
074・055　伊豫國謂愛上⑫比賣
10オ02　土左國謂辻(九)依別

（一）判—刺（前・延・類・元）
（二）茲—斯（類・元）
（三）生—ナシ（元）
（四）別—列（石系）
（五）嶋—ナシ（前・延）
（六）与—豫（類・前・延・寛）
（七）豫—与（右系）
（八）止—上（延・類）
（九）辻—傍に「速」（兼）、速（石系・寛・延）

（1）刺—判（真・寛）、判（果・道・春・兼・曼）、判《傍に「剕」》（猪）、剕（前）、刺（延・訓）
（2）塞—寒（真）
（3）生—ナシ（果・延・訓）
（4）刺—判（真・寛）、判（果・道・春・兼・曼）、判《傍に「剕」》（猪）、剕（前）、刺（延・訓）
（5）塞—寒（真）
（6）曰—固（兼）
（7）大—太（真・果・道）
（8）嶋—又嶋（真・果・道・春）
（9）之—三（果・道・春）
（10）俠—使（真・兼）、ナシ《傍に「使」》（春）、狭（寛・延・訓）
（11）一而有面四—一面○四《傍に「有四」》（真）、一面有四（果・道・春）、一而有面四（兼以下）
（12）上—止（前）、止（寛）

（一）自—傍に「向」（兼）、向（石系・右系・山系）、白（頼・前・寛・延）
（二）建—速（頼・前・延）
（三）古—士（頼・前・類・寛・延）
（四）天—謂天
（五）秋—秋津
（六）折—根（延）
（七）止—上（延・類）
（八）大—天（類）
（九）止—上（延・類）

075・055 土左國謂建①依別
10オ06 筑紫國謂自㈠日別
077・055 筑紫國謂白②日別
10オ08 肥國謂建㈡日別（改行）日向國謂豐久古㈢比泥別
078・055 肥國建③日向日豐久士比泥別
10ウ02 熊襲國謂建日別
078・056 熊曽國謂建④日別
10ウ03 次伊岐嶋天㈣比祭都柱
079・056 次生伊岐⑤嶋亦名⑥謂天比登都柱
10ウ04 次津嶋謂天之狭手依比賣
079・056 次生津嶋亦名謂天之狹⑦手依比賣
10ウ05 次大倭豐秋㈤嶋謂天御虚空豐秋津折㈥別
080・056 次生大倭豐秋津嶋⑧亦名謂天御虚空豐秋津根別
11オ01 次小豆嶋謂大野手止㈦比賣
082・056 次生小豆嶋亦名謂大野手⑨上⑩比賣
11オ02 次大嶋謂大㈧多麻止㈨流別
083・056 次生大嶋亦名謂大多麻上⑪流別
11ウ02 次生石土毗古神

（1）建—傍に「速依別　旧事—」（道・春）
（2）白—自（果・道）、自《傍に「向カ　旧事本紀白日別」》（春）
（3）建日向日豐久士比泥別—建日向日豐久士比泥別（真・訓）、達（達）日向日豐久士比泥別（兼・曼）、建日別日向曰豐久志比泥別（道・春）、建日別日向曰豐久志比泥別《傍に「舊事本紀有—」》（果）、達日別日向曰豐久士比泥別（前）、達日向日《傍に「速日別日向謂」》（猪）
（4）建—違（真）
（5）岐—ナシ（道）、ナシ《傍に「岐有」》（春）、伎（兼以下）
（6）名—ナシ（果・道）
（7）狹—使（真）
（8）嶋—ナシ（真）
（9）手—午（真）、乎《傍に「手イ」》（前）
（10）上—止（前）、ナシ（寛）
（11）上—止（前）、ナシ（寛）

（一）止―上（前・延・元）
（二）建―速（前・延・元）
（三）賣―奢（延）、煮（元）
（四）女―母（延）
（五）推―槌（前・清）、椎（寛・延・元）
（六）稚―雅（右系）、槌（前・清）、椎（寛・延・元）
（七）而―ナシ（元）
（八）天―ナシ（陽）

085・063　次生石土毗古神①
11ウ05　次生天之吹止㊀男神
086・063　次生天之吹②上③男神
12オ01　次生水戸神名建㊁秋津彦神
088・063　次生水戸神名速秋津日子④神
12オ03　速秋津彦速秋津姫二神因河海持別生神
089・063　速秋津日子速秋津比賣二神因河海⑤持別而生神
12ウ03　次生天之久比賣㊂㊃女道神次生國之比賣㊂㊃女道神
092・063　次天之久比奢⑥母智神
12ウ06　次生野神名鹿屋姫神亦云野推㊄神
094・063　次生野神名鹿⑦屋野比賣神亦名謂野推⑧神
12ウ07　大山祇神野稚㊅神因山野持別而㊆生神
095・063　大山津見神野椎⑨神二神因山野持別而生神
13オ01　天㊇之狭土神次生國之狭土神
096・063　天之狹⑩土神（割注略）次國之狹⑪土神
13オ03　次生天之狭霧神次生國之狭霧神
097・064　次生天之狹⑫霧神次國之狹⑫霧神
13オ05　次生天之闇戸神次生國之闇戸神

（1）古―吉（真）
（2）吹―須（真）
（3）上―止（前）、上（寛）
（4）子神―子神子神《傍に「本云如本但此二字両書カ」》（兼）
（5）河―阿（真）
（6）奢―大者（真）
（7）鹿―麻（真）、庚（果・道・春）、麻鹿（兼以下）
（8）推―栢（果）、槌（道・春）、推（真・兼・前）、他は「椎」
（9）椎―椎（真・寛・延・訓）、栢（果）、槌（道・春）、推（兼以下）
（10）狹―使（真）
（11）狹―俠（真）
（12）狹―俠（真）

097•064　次天之闇戸神次國(1)之闇戸神
13オ07　次生大戸或(一)子神次生大戸或(一)女神
097•064　次大戸或(2)子神（割注略）次大戸或(2)女神
13ウ01　生神名鳥之石楠舩神亦云(二)(三)謂天鳥舩神
097•064　生神名鳥之石楠(3)舩神亦名謂天鳥舩
15オ06　河海悉泣(四)乾矣是以悪神之音如狭蠅流(五)万物之妖
186•107　河海者悉泣乾是以悪神之音如侠(4)蠅(5)皆滿(6)萬物之妖
16ウ08　共所生嶋十四神卌(六)五柱
106•064　共所生嶋壹拾肆嶋(7)又神参拾伍神
17オ07　坐香山之畝尾丘樹下所居之神号曰綺(七)澤女神
109•077　坐香山畝尾木本名泣澤女(8)神
18オ07　於胷所成神名(八)(九)瀬勝山津見神
119•078　於胸所成神名淤滕(9)山津見神
18ウ06　走就済(10)津石村所成之神名
112•077　走就湯津石村所成神名(10)
19オ01　坐天安河上天窟
484•205　坐天安河々上之天石屋(11)

（一）或—惑（前・清・延・元）
（二）云—名（延・元）
（三）謂—ナシ（元）
（四）泣—ナシ（元）
（五）流—イ「湍」「皆滿」（兼）、皆満（延・元・古事記裏書）
（六）卌—四十（右・頼・前・寛）、三十（延）
（七）綺—傍に「啼」（兼）、啼（石系・山系・三系・右系・延）
（八）名—ナシ（石）
（九）瀬勝山津見—津見（石・寛）、中山津見（前）、於勝山津見（延）、淤山津見（元）
（10）済—傍に「湯」（兼）、湯（石・中・寛・延・元）

（1）國之闇戸神—ナシ（真）
（2）或—或（真）、他は「惑」
（3）楠—桶（真）
（4）侠—狭（果・道・春）
（5）蠅—繩《傍に「蝿カ」》（兼）
（6）滿—満（真）
（7）嶋又—又嶋（真）、「又」ナシ（兼・寛・延・訓）
（8）女—如（真）
（9）滕—勝《傍に「滕」》（道）、滕（春）、騰（曼）
（10）名—者（真）
（11）屋—室（兼・寛・古事記上巻抄）

（一）血—訓み「アセ」（兼）
（二）泉—ナシ（右系）、黄（石・頼・寛・延）
（三）判—刺（石系・山系・三系、延）
（四）列—訓み「サク」（兼）、烈（石）、裂（延・元）
（五）居—是（石系・山系）、ナシ（頼・寛・延・元）
（六）ケ—箇（頼・前・寛・延）、筒（元）
（七）待—持（元）

19オ02 亦名建布都神亦名豊布都神
115•077 亦名建布都神（割注略）亦名豊布都神(1)

19オ05 亦血(一)走就湯津石村所成之神名
114•077 血亦走就湯津石村所成(2)神名

20オ01 愛我那迩妹尊吾与汝所作之國未作竟故可還
126•087 愛(3)我那迩妹命吾与汝所作之國未作竟故可還

20オ07 具與泉(二)泉神相論
128•087 且(4)與黄泉神相論

20ウ01 故判(三)左御髻湯津爪櫛
129•087 故刺(5)左之御美豆良（割注略）湯津々間櫛

20ウ08 於腹者黒雷居於隂者列(四)雷居
132•087 於(6)腹者黒雷居(7)於陰者析(8)雷居

21オ01 於左足鳴雷居於右足伏雷居(五)也
133•087 於左足者鳴(9)雷居於右足者伏雷居

22オ05 迯到黄泉平坂則立隠桃樹採其桃子三ケ(六)(七)待撃者
139•088 追到(10)黄泉比良（割注略）坂之坂本時取在其坂本
桃(11)子三箇待(12)撃者

22オ06 悉迯還

（1）神—ナシ（真・果・道・春）
（2）成—生（果・道・春）
（3）愛—處（兼・寛）
（4）且—且具（寛・延）、且具（訓）、具　舊事紀示（山田本）
（5）刺—判（真）、判《傍に「剌」》（猪）、判（道・春）、判（果・兼・曼）、判（前）、判（寛）
（6）於—ナシ（兼以下）
（7）居—ナシ（真）
（8）析—析（真・果）、桁（道・春）、折（兼）、折（前・曼・猪）、折（寛・延・訓）、訓みは「サク」（兼以下）
（9）鳴—嶋（真・果）、鳰（道・春）
（10）到—別《傍に「致カ」》（兼）、別（前・曼・猪・寛）、訓み「ワク」（兼以下）
（11）桃—排（真）、挑（道）、桃（果・春）、桃（兼以下）
（12）待—持（真・果・道・春）

（一）惣—惚（延）
（二）石—后（中）
（三）反—返（右系・頼）
（四）賊—訓み「フ」（兼）、賦（良）
（五）褢—嚢（石）、裳（右系・頼・中・寛・延）
（六）置—量（元）
（七）坐—咋（前・延）
（八）纒—手纒（前）

140•088 悉攻(1)返

22オ08 勅桃子曰汝如助吾於葦原中國所有顯見蒼生之落苦瀬而患惣(一)之時
141•088 告桃(2)子汝如助吾於葦原中國所有宇都志伎上(3)（割注略）青人草之落苦瀬而患惣(4)時

24オ01 復所塞其黄泉坂之石(二)者号道反(三)大神
149•089 亦所塞(5)其黄泉坂之石者号道反(6)之(7)大神

24オ03 塞坐黄泉戸大神
150•089 塞(8)坐黄泉戸大神

24ウ07 謂出雲國伊賊(四)夜坂
150•089 謂出雲國伊(9)賦夜坂

25ウ06 故於投棄御杖所成神名衝立船戸神
153•099 故於投棄御杖所成神名衝(10)立船戸神

26オ02 於投棄御褢(五)所成神名時置(六)師神
154•099 於投棄御嚢(11)所成神名時量(12)師神

26オ07 於投棄御冠所成神名飽坐(七)之宇斯能神
157•099 於投棄御冠(13)所成神名飽咋(14)之宇斯能神

26ウ01 於投棄左御手之纒(八)所成神名

（1）攻—攻（真）、迯（果・道・春・延）、逃（訓）、坂（兼以下）
（2）桃—桃（真・果・道・春）、桃《訓み「モ、ニ」》（兼）
（3）上—云（真）
（4）惣—惣（真・兼）、惚（道・果・春）
（5）塞—寒（真）
（6）反—及（真）
（7）之—ナシ（兼以下）
（8）塞—寒（真）
（9）伊賦—伊賊（真）、伊賊（果）、伊伊賊《傍に「旧事本紀伊字一字カ」》（道・春）、伊賦（兼以下・釈日本紀・兼方本日本書紀所引の記）
（10）衝—衡（真）、衡《訓みは「ツキ」》（果・道・春）
（11）嚢—嚢（真）、嚢（果・道・春）、裳（兼以下）
（12）量—畐（果）、量《傍に「時畐（畳・畳）師舊（旧）事本紀」》（果・道・春）

（一）弱—溺（類）

（二）成—生（元・類・古事記裏書）

（三）生之—之生（類・元）

（四）擧—奉（元）、擧（頼・前・寛・延）

（五）啼—常（元）

（六）之—ナシ（元）

（七）恨—根（前・延・元）

（八）路—海（延）

157・099　於①投棄流左御手之手纏所成神名

27オ01　詔上瀬者速下瀬者㈠弱而初於中瀬潛

164・100　詔之上瀬者瀬速下瀬②者③瀬弱而初於中瀬④墮迦豆伎而

28ウ08　洗右御目時所㈡成之神名月讀命

175・101　洗右御目時所成神⑤名月讀命

29オ04　大歓喜詔曰吾㈢生之子而於生終時得三貴子

179・106　大歡喜詔吾者生々子而於生終得⑥三貴子

29ウ05　故各随寄賜命所知者之中速素戔烏命不治所命之國八㈣擧鬢至于心前㈤啼泣矣

184・107　故各隨依賜之命所知⑦看之中速須佐之男命不治所命之國而八拳⑧須⑨至于心前啼伊佐知伎也

31ウ01　何由不治所寄之國泣啼㈥之矣

187・107　⑩何由以汝不治所事⑪依之國而哭伊佐知流

31ウ02　欲罷妣國㈦恨之堅州國故泣矣

188・107　欲罷妣國根之堅⑫州國故哭

32オ05　坐淡㈧路之多賀者矣

190・107　坐淡⑬海之多賀也

（13）冠—寂《傍に「冠カ」》（兼）

（14）咋—咋（真）、咋《傍に「飽坐之宇斯能神」》（道・春）

（1）投棄流—投棄流（真のみ）、投流（諸本）、投棄（延・訓）

（2）者—ナシ（真）

（3）瀬—ナシ（真・果・道・春）

（4）墮—隨（兼以下）

（5）名月讀命—重複アリ（真）

（6）三—人（真）

（7）看—看（真）、者（兼・果・道・春）

（8）須—須（真）、須《傍に「鬚」》（果）、鬢（道・春）、須（兼以下）

（9）于—千（真）、于（果・道・春ほか）、チ（兼以下）

（10）何—河（真）

（11）依—作（真）

（12）州—洲（兼以下）

（13）海—路（果・道・春）

【巻二　神祇本紀】

34オ02　亦於左右御手
194•113　亦於左右御手(1)

34オ03　各纒八咫(一)瓊之五百箇(二)御綂(三)之瓊玉
194•113　各纒持八尺勾璁(2)［璁・琚］之五百津之美湏麻流之珠

41ウ04　河之川上天堅石
237•125　河(3)之河上之天堅石

44オ05　内扳(四)天香山之真牡鹿之肩扳(五)而取天香山之天波波迦而令占矣
240•125　内抜天香山之眞男鹿(4)之肩抜而取天香山之天之(5)波(6)波迦（割注略）而令占

45オ05　胷(六)乳裳緒押毎於番登
249•126　掛出胸乳裳緒(7)忍垂於番登

45ウ04　天太玉命天兒屋命私(七)出其鏡奉樂(八)天照太神之時
天照太神逾思奇而

（一）咫—坂（清）、尺（前・延）
（二）箇—筒（右系・陽）
（三）綂—統（石系・右系・山系・三系・延）
（四）扳—抜（延）
（五）扳—抜（延）、「ハラヘ」と訓む（兼）
（六）胷—虫損ながら「胷」に近い（兼）、この上に「掛出」アリ（延）
（七）私—指（延・元）
（八）樂—示（前・延・元）

（1）手—ナシ（真）
（2）璁—璁（真）、瓊（果・道・春）、琚《傍に「璁」「璁カ」》（兼）、琚《傍に「珠カ」》（前）、琚（曼）、琚《傍に「璁カ」「珠カ本」》（猪）
（3）河之—ナシ（果・道・春）
（4）鹿—麻（真・兼以下）、麻《傍に「鹿カ」》（兼）、庣（果・道・春）
（5）之—ナシ（兼）
（6）波波—波々（果・道・春）、婆々（兼以下）
（7）緒—渚（真）

253・126　天兒屋命布刀玉命指出其鏡示(1)奉天照大(2)御神之
時天照大(3)御神逾思(4)奇而

47オ02　抜鬢
258・127　切鬢(5)

47ウ07　素戔烏尊立伺其熊(一)
261・134　速須佐之男命立伺其態(6)

47ウ08　所敍之神於身生物者(二)
262・134　所殺(7)神於身(8)生物者
48オ02　於隂生麦於尻生大豆
263・134　於陰生麦(9)於尻生大豆

【巻三　天神本紀】

08ウ04　是何神遣使將言趣矣
448・194　是使何神而將言趣(10)

09オ08　至于八年久不復奏也
454・197　至于八年不復(11)奏

10ウ05　逆射上逮坐天安河之河原天照(三)太神高皇産霊尊

(一) 熊―訓み「シハサヲ」(兼)、態（石・延）
(二) 者―ナシ（延）
(三) 太―大（光）

(1) 示―示（真）、亦（果・道・春・延）、尓（兼・前・曼）、尒（猪・寛）
(2) 大―太（果・道・春）
(3) 大―太（真・果・道・春）
(4) 思―息（真）
(5) 鬢―鬢（真）、髪（果・道・春）、鬚（兼以下）
(6) 態―熊（真）
(7) 殺―敍（諸本）、敍（諸本）
(8) 身―叺（真）、䏶《傍に「身カ」》（兼）、身（果・道・春ほか）
(9) 麦於―於麦（兼以下）
(10) 趣―越（真）
(11) 復―護（真）

御前
462•198　逆射上逮坐天安(1)河(2)之河原天照大(3)御神高木神之
御所
11オ01　即示諸神等
465•198　即(4)示諸神等
11オ03　不中天稚彦
466•198　不中天若(5)日子
11ウ03　翠鳥為御食人
479•199　翠鳥(6)爲御食人
12ウ01　弔来
477•199　弔(7)來
12ウ05　天照太(一)神詔曰亦遣曷神者吉矣
484•205　天照大(8)御神詔(9)之亦遣曷神者吉(10)
12ウ06　思兼神及諸神僉曰天(二)坐(三)天安河上天窟稜威尾羽
張神
484•205　思金(11)神及諸神白之坐天安河々上之天石屋(12)名伊
都之尾羽張神
12ウ07　若且非此者其神之子武甕雷男(四)神

（1）安—女（真）
（2）河—阿（真）
（3）大—太（道・春）
（4）示—示（真のみ）、尓（他本）
（5）若—君《傍に「若カ」》（真）
（6）鳥—馬（真・果・道）、鳥（兼以下）
（7）弔—予（真・道・春・曼）、吊（兼・前）、帚（猪）、吊（寛）
（8）大—太（道・春）
（9）詔—治（真）、ナシ（道・春）
（10）吉—去（真・道・春）
（11）金—令（真）
（12）屋—室（兼以下）

（一）太—大（光）
（二）天—ナシ（石・前・寛・延）
（三）坐—座（元）
（四）男—ナシ（延）

「485・205　若夊非此神者其①神之子建御雷之男神

15オ01　遣(一)天鳥船神嶽來八重事代主神
494・206　遣②天鳥船神徵③［嶽］來八重④事代主神

15オ05　天(二)之逆牟(三)打而青紫(四)垣打成隠
496・206　天⑤逆手矣於青柴⑥垣打成而隠也

15オ06　故尒問大己貴神合(五)汝子事代主神如此白(六)訖
497・209　故尒問⑦大國主神今⑧汝子事代主神如此白訖

15オ08　白之且我子有建御名方神除此者無也
498・209　白之⑨亦我子有建⑩御名方神除此者無也

15ウ01　建御名方神千引之石拾捧手末(七)而
499・208　建御名方神千引⑪石擎手⑫末而

15ウ03　欲為力競
500・209　欲爲力⑬競⑭

15ウ04　故令取其(八)手者即成立氷
500・209　故⑮令⑯取其御手者即取成立氷

15ウ06　如取若葦搕(九)批(10)而授(11)離即逊去
502・209　如取若葦隘⑰批而投離即逃去

「15ウ07　科野國洲羽海将㪅之時

(一)　遣―遺（右）
(二)　天―矢（石系・山系）
(三)　牟―手（光・頼・前・延）
(四)　紫―柴（石・三系）
(五)　合―今（光・前・延・元）
(六)　白―曰（中）
(七)　末―未（頼）
(八)　其―其取
(九)　搕―搭（釈日本紀・古事記裏書・元）
(10)　枇―批（石・三系・延・元）
(11)　授―抜（釈日本紀）、投（前・光・延・古事記裏書）

(1)　其―ナシ（真・道・春）
(2)　遣―この上に重複アリ（真）
(3)　徴―徵（真・道）、嶶（春・兼・猪・古事記上巻抄）、微（前・曼）
(4)　重―量（真）
(5)　天―傍に「天逆手打而青柴垣打成隠　旧事本紀」（道・春）
(6)　柴―紫（兼以下）、紫《傍に「柴カ」》（前）
(7)　問―同（真）
(8)　今―令（真・道・春）
(9)　之―云（兼・寛・古事記上巻抄・延）
(10)　建―建々（兼）
(11)　引―列（兼以下）
(12)　手末―末（真）、手末（道・春・寛・延）、午末《傍に「手末イ」或いは「手」》（兼以下）
(13)　力―傍に「刀」「力　旧事本紀」（道・春）
(14)　競―覓（真）、競（道・春）、競（兼以下）
(15)　故令取其御手―ナシ（道・春）

（一）佳―住（石系・山系・三系・延）
（二）可―所（光・延）
（三）副―訓み「ツキ」（兼）、別（石）、嗣（光・延）
（四）所―所知（光・前・延）
（五）限―傍に「拘」（兼）
（六）午―氷（前・光・寛・延）
（七）之―神之（光・前・延）
（八）填―垣（前）、埴（光・延）
（九）下―ナシ（光・延）

502•209 科⑴野國之⑵州羽海將殺⑶時
16オ01 亦不違我父大國主神之命
503•209 亦不違⑷我父⑸大國主神之命
16オ02 不逺兄八重事代主神之言此葦原中國者随天神御子命獻矣
504•209 不違⑹八重事代主神之言此葦原中國者隨天神御子之⑺命獻矣
16オ08 唯僕佳(一)可(二)者如天神御子之天日副(三)所(四)之登陁流
507•212 唯僕住所者如天神御子之天津日⑻繼所知之登陀流
16ウ03 百不足八十限(五)午(六)隱而侍
510•212 百不足八十垧⑼手隱而侍
16ウ04 即事代主神為之(七)御尾前而仕拳
511•212 即八重事代主神⑽爲神之御尾前而仕⑾奉
17オ07 櫛八玉神化鵜入海底咋出底之填(八)作天八下(九)十毗良迦而
513•212 櫛八玉神化鵜⑿入海底⒀咋出底之波迩（割注略）作天八十毗良迦而

(16) 令―今《傍に「令イ」》（兼）
(17) 隘批―搕批（真・延）、不明（道）、搕批《傍に「搭イ」》（春）、榼枇（兼・曼・猪）、搕枇（前）

(1) 科―神科（兼・古事記上巻抄）
(2) 之―巳（真）
(3) 殺―敎（諸本）
(4) 違―遣《傍に「逺カ」》（道）、逺（春）、建《傍に「違」》（前）
(5) 父―欠（真）、見（道・春）、攵（古事記上巻抄）
(6) 違―建（真）、建《傍に「逺カ」》（道・春）、建《傍に「違カ」》（兼）
(7) 之―ナシ（真）
(8) 日―月（真）
(9) 垧―怕（真）、垧《傍に「垧　百不足之八千限旧事―」》（道）、垧《傍に「垧」「百不足之八十隈旧事本紀」》（春）
(10) 神―ナシ（真・道・春）

（一）落―傍に「藻」（兼）、藻（石系・山系・三系）
（二）燧―攢（三系）、鑽（光・延）
17ウ02
514·212

（三）産―彦（頼・寛）
17ウ03
515·213

（四）舉―拳（光・前・延）
（五）之―弖（前）、氐（延）
17ウ04
516·213

（六）曰―口（光・前・延）
（七）鮭―訓み「ウヲ」（兼）、礦（石）、鮾（寛・頼）
（八）途―訓み「ニ」、邇（光・前・延）
17ウ07
518·213

（九）折―打（村・延）
17ウ08
519·213

（10）登―祭（良・村）、久（前）、古久（延）、劉古久（元）、佐登斯呂（古事記裏書）
21オ07
535·220
21ウ02

鎌海落（一）之柄作燧臼以海蓴之柄作燧杵而燧（二）出火
云
鎌海（1）布之柄作燧臼以海蓴之柄作燧杵而欑（2）出火
云
是我所焼火者於高天原者神産（三）霊御祖尊之
我所燧（3）火者於（4）高天原者神産巣日御祖命之
登陁流天之新巣之凝烟之八（四）舉缶（五）摩之焼拳
登陀流天之新巣之凝烟（割注略）之八拳（5）垂（6）麻（7）弖
焼舉
曰（六）大尾翼鮭（七）佐和佐和途（八）於寄騰而
口大之尾翼鱸（割注略）佐和佐和迩（8）（割注略）控
依騰而
折（九）竹之登遠々迩獻天之真魚咋也
打（9）竹之（10）（11）登遠々登遠々迩（割注略）獻天之眞魚咋
也
為我御魂如拜吾前奉齋
爲我御魂而如（12）拜吾前伊都岐奉
此二神者拜祭佐登（10）斯侶五十鈴宮

（11）仕―仕作（兼以下）
（12）入―八（兼以下）
（13）咋―吹上（真）

（1）海―汝（真）
（2）欑―欑（真）、燧（道・春）、攅（兼・前）、欑（曼・猪）、鑽（寛）、鑚（延）
（3）燧―燧（真・春）、燧《傍に「焼　旧事本―」》（道）、焼（兼以下）
（4）於―ナシ（兼以下）
（5）拳―舉《傍に「舉旧事本―」》（道・春）
（6）垂―乗（真）
（7）麻―摩（兼以下）
（8）佐和佐和迩―佐佐和・迩《傍に「佐和」》（兼）、佐佐和佐和迩（寛）
（9）打―打（真）、打《傍に「折」》（道・春）、折《傍に「打如本」》（兼）
（10）之―之之（兼・寛）
（11）登遠々―ナシ（真・道・春）
（12）如―女（真）

536・220
此二柱神者拜祭佐久々斯侶(1)伊湏受能宮

21ウ06
539・220
次手力(一)雄神此者坐佐郎(二)(三)々縣也
次手力男神者坐佐那々(2)(3)縣也

22オ01
540・220
天鈿賣命猨女上祖
天宇受賣命者（以下割注）猿(4)(5)女君等之祖

【巻四　地祇本紀】

25ウ06
264・136
到於出雲國簸之河上石(四)鳥髪地之時自其河上箸流下
降出雲國之肥上(6)河上名鳥(7)髪地(8)此時箸從其河流下(9)

26オ06
269・136
是為高志（八岐大虵）毎年來喫今（臨被呑）時
（ ）内は書紀による。
是高志之八俣遠呂智(10)（割注略）毎年來喫今(11)其可來時

26ウ03
271・136
其身生蘿亦松栢梠檜
其身生蘿及(12)檜梠

（一）力—力思（宮）、力男（村）
（二）郎—傍に「郡イ」（兼）、郡（村・古事記裏書）
（三）々—之（三系・元）
（四）石—在（前・元）、名（延）

（1）侶—詔（真）、呂（道・春）、侶（兼以下）
（2）々—ナシ（寛・延・訓）
（3）縣—懸（真・兼以下）、縣（道・春）
（4）猿—俵（真・道・春）、猨（訓）
（5）猿女君等之祖—〻女君等之祖《「〻女」を「コレハヲムナ」と訓む（兼・前・曼）、二女君等之祖《「二女」を「コレハヲンナ」と訓む》（猪）
（6）上—ヒ（真）、ナシ（果）
（7）鳥—過《訓みは「へツ」》（兼以下）
（8）地—「虵」か「蛇」（兼以下）
（9）下—丁（真）
（10）智—知（真）
（11）今—令（真）、令《傍に「今カ」》（果）
（12）及—乃《傍に「及カ」》（兼・曼・猪）

26ウ05　悉常血爛矣
272・136　悉常血(1)爛也

26ウ06　詔老夫曰是汝之女者奉吾之耶
273・136　詔(2)其老夫是(3)汝之女者奉於吾哉

31オ03　自浪穂乗(一)天羅(二)摩舩而
413・186　自波(4)穂乗天之羅(5)摩舩而

31ウ01　尓多迩且久白(三)言
415・186　尓多迩具(6)［且］久(7)白言

31ウ01　世(四)者久延彦必知之即之(五)久延彦問時
415・186　此者久延毗古必(8)知之即召久延毗古問時

31ウ03　神皇産(六)霊神之御子少彦名那神故尓(七)白(八)上於
416・186　神産巣日神之御子少名毗古那神（割注略）故尓白(9)上於

31ウ07　故与汝葦原色男兄弟
418・186　故與(10)汝葦原色許男命爲兄弟

32オ02　山田之曽(九)冨騰者也
421・186　山田之曾(11)冨騰者也

35オ02　共行稲羽之時於大己貴神肩(10)袋為願(一一)従者率往相(一二)

(1) 血—面（兼以下）、皿（真・果・道・春）
(2) 詔—謂詔（兼以下）
(3) 是—⿱口乏（真）
(4) 波—彼（道・春）
(5) 羅—蘿（延）
(6) 具—且（諸本）、訓みは「カ」（兼以下）、「ソ」（延）、「グ」（訓）
(7) 久—又（真）
(8) 必知之即召久延毗古—ナシ（兼以下）
(9) 白—白（真）、自（道・春・兼以下）
(10) 與—⿱𦥑六（真）、与（道・春・曼）
(11) 曾—首（兼以下）、「首」を見せ消ち（猪）、曾（延）

(一) 乗—垂（石系）
(二) 羅—蘿（延）
(三) 白—曰（中）
(四) 世—此（前・延）
(五) 之—召（延）
(六) 産—彦（良）
(七) 尓—ナシ（元）
(八) 白—曰（中）
(九) 曽—首（前）
(10) 肩—負（石系・山系・右）
(一一) 願—ナシ（延）
(一二) 相—於（延）

(一) 僕—訓み「ヤツコ」(兼)
(二) 挨—訓み「ヤカラ」(兼)、撿(三)、族(石・右系・延)
(三) 烈—列(頼・前・寛)
(四) 挨—族(頼・前・寛・延)
(五) 熟—孰(延)
(六) 烈—列(頼・前・寛)
(七) 蒲—訓み「カマヲ」(兼)、蒲(石系・山系・三系・延)

是到於氣多崎之時
299・147 共行稲羽時於大穴牟遲(1)神負帒(2)爲従者率往於是
到氣(3)多之前時
35オ06 浴此海塩當風吹而
301・147 浴(4)此海塩當風吹而
35ウ03 僕(一)在於岐嶋
303・147 僕(5)在淤岐嶋
35ウ05 計挨之多少故汝者随其挨(二)
304・147 計族(6)之多少故汝者随其族(6)
35ウ06 自此嶋迄氣多崎背烈(三)伏渡
305・147 自此嶋至于氣多前(7)皆列(8)伏度
35ウ07 乍走讀渡爰知与吾挨(四)熟(五)多如此言者見欺而烈(六)伏
之時吾蹋其上讀渡来
306・146 走乍讀度於是知與吾族(9)孰多如此言者見欺而列(10)
伏之時吾蹈其上讀(11)度來
36オ02 伏最端和迩捕吾
307・148 伏最端和迩捕(12)我
36オ06 取其水門之蒲(七)黄敷散而輾轉其上者

(1) 遲—避(真)
(2) 帒—偸(真)、偸《傍に「佩」》(兼)、伐《傍に「旧事袋」》(道・春)、佩(前・曼・猪)
(3) 氣多之—氣・之《傍に「寻カ」「旧事—」》(道・春)
(4) 浴—俗(真)
(5) 僕—條(兼・前)、條(前・曼・寛)、訓みはともに「ヲチ〳〵」
(6) 族—挨(真・前)、挨《傍に「族」》(兼)、訓み「ヤカラノ」(兼・前)、族(道・春)
(7) 前—傍に「﨑カ」(道・春)
(8) 列—別《傍に「烈カ」》(道・春)
(9) 族—挨(真・兼以下)、族(道・春)
(10) 列—傍に「烈カ」(道・春)
(11) 讀—走《傍に「讀」》(真)
(12) 捕—補(兼以下)

（一）白—曰（中）

（二）屓—負（石系・山系・三系・延）

（三）急—怒（前）

（四）造—告（延）、遣（前）

（五）貝—具（石系・山系・三系）

（六）八—ナシ（前・延）

（七）恙—水（前）

（八）陻—塗（石系・山系・三系・延）、傍に「塗カ」（兼）

310•148　取其水門之蒲⑴黄敷散而輾轉其上者

36ウ02　尭白(一)大己貴神

312•148　尭白⑵［自］大穴牟遅神

36ウ02　必不得八上姫雖屓(二)袋而汝命獲矣

313•148　必不得八上比賣雖負帒⑶汝命獲⑷之

36ウ06　八十神急(三)欲敎大己貴神共議而至伯耆國之手向山本

314•153　八十神忿⑸欲殺大穴牟遲神共議而至伯岐⑹國之手⑺間山本

36ウ08　吾共追下者汝待取

315•153　和礼（割注略）共追下者汝待⑻取

37オ03　上于天請神皇産霊尊之時乃造(四)訓黒貝(五)姫与蛤貝八(六)姫命作治

318•153　上于天請神産巣日之命時乃遣𧏛⑼貝比賣与蛤貝比賣令作活⑽

37オ06　尓訓黒貝姫岐佐宜集而蛤貝姫侍恙(七)而陻(八)母乳汁

319•153　尒𧏛⑾貝比賣岐佐宜（割注略）集而蛤貝比賣待承⑿而塗⒀母乳汁

⑴　蒲—捕（真・兼以下）、蒲（道・春）

⑵　白—自（真・道・春・曼・延・寛）、自《傍に「白カ」》（兼）、白《傍に「自」》（前）

⑶　帒—傶（真・兼）、傶《傍に「袋」》（道・春）、佩（曼・猪・寛）

⑷　獲—護（真）、獲（道・春・寛・延・訓）、猚（兼以下）

⑸　忿—怒（兼以下）

⑹　岐—伎（兼以下）

⑺　手—傍に「手向山旧事本紀曰」（道・春）

⑻　待—侍（真）

⑼　𧏛—蛪（真）、𧏛（兼以下）、蟹《傍に「黒貝姫旧事本紀云」》（道・春）

⑽　活—沽（真）、治（道・春）

⑾　𧏛—𧏛（真・兼以下）、蟹（道・春）

⑿　承—恙（真・道・春・延）、水（兼以下）

⒀　塗—陰（真）

37オ08
321・156

八(一)山而切伏大樹茄矢打立其手(二)合入其木中則打離其氷目矢而拷(三)殺矣
入山而切伏大樹茹(1)矢打立其木令入其中即打離其氷(2)目矢而拷殺也

37ウ03
322・156

亦其御祖命哭乍求者得見即折其木而取出治(四)矣
亦其御祖(3)哭乍求者得見(4)即折其木而取出活(5)

37ウ05
322・156

告其子言汝有此間(五)者遂為八十神所滅矣
告其子言汝者(6)有此間者遂爲八十神所滅

37ウ07
323・156

乃速遣於紀國之大屋彦神御所
乃違(7)遣於木國之大屋毗古神之御所

37ウ08
324・156

矢判(六)之時自木俣(七)漏而迯矣
矢刺(8)乞時自木俣漏逃(9)而云(10)

38オ01
324・156

素戔烏尊所坐之根之堅殃(八)國
須佐能男命所坐之(11)根堅州國

38オ04
326・156

其女須勢理姫命出見為目合而相婚還入(九)白其父言
其女(12)須勢理毗賣出見爲目(13)合而相婚(14)還入白(15)其父言

（一）八―入（前・延）
（二）手合―木令（前・延）
（三）拷―栲（頼・寛）
（四）治―訓み「シラス」（兼）
（五）間―有（多）
（六）判―訓み「サス」（兼）、刺（石・延）
（七）俣―股（延）
（八）殃―殉（頼・前・寛）、州（延）
（九）入―人（頼・白）

（1）茹―茄（兼以下）
（2）氷目矢―氷〇天（〇＝不明）（真）、水曰矢《傍に「水目矢」》（道・春）、水目矢《傍に「自カ」》（兼）、水自矢（前・曼・猪・寛）、氷目矢《訓みは「ヒメシヤ」》（延）、冰目矢《訓みは「ヒメヤ」》（訓）
（3）祖―祖命（延・訓）
（4）見即―即見（真・道・春）
（5）活―沽（真）、治（道・春）
（6）者―ナシ（兼以下）
（7）違―速（寛・延・訓）
（8）刺―剌（真・兼以下）、判（道・春）
（9）逃―迯（真・道）、迯（兼）
（10）云―傍に「去カ」（兼）、去（前・曼・猪・寛）
（11）之―ナシ（道・春）
（12）女―必（真）
（13）目―自（道・春・兼以下）

(一) 告—造（寛）
(二) 覆—訓み「ミ子」（兼）、寝（前・延）
(三) 八—入（前・延）
(四) 呉公—蜈公（頼・寛）、蜈蚣（前・延）、「八呉公」を「ヤツノムカデ」と訓む（兼）
(五) 虵—蜂（前・延）
(六) 玉—土（前・延）

38オ06　告(一)此者謂之葦原色許男即喚入而令覆(二)其虵室
327・156　告此者謂之(1)葦(2)原色許男命(3)即喚入而令寝其蛇室

38ウ02　故平寝出復来日夜者(三)(四)八呉公与虵(五)室亦授呉(四)公蜂之比礼教如先故平出矣
330・156　故平(4)寝出之亦(5)來日夜者入呉(6)公与蜂室夕灬授呉(6)公蜂之比礼教如先故平(7)出之

38ウ05　復鳴鏑射入於大野之中令採其矢
331・157　亦鳴(8)鏑射入於大野之中令(9)採其矢

38ウ08　落隠入間火者焼過
333・157　落隠入之間(10)火者焼過

39オ01　咋持其鳴鏑出来而奉矣
334・157　咋(11)持其鳴鏑(12)出來而奉也

39オ04　已死訖出自其野
336・157　已死(13)訖出立其野

39オ06　故咋破々其木實含赤玉(六)唾出
338・157　故咋破其木實含(14)赤土(15)唾出

39オ08　握其神之髪
339・157　握(16)其神之髪

(1) 之—夕灬（真）
(2) 葦—韋（兼・曼・猪）
(3) 命—ナシ（兼以下）
(4) 平—手（真）手《傍に「平」》（道・春）
(5) 亦—赤《訓みは「赤來日」で「アクルヒノ」》（兼・曼・猪）
(6) 呉公—蜈蚣（延）
(7) 平—手（真）
(8) 鏑—鏑（真・道・春・延）、鏑（兼）、鏑（曼・猪・寛）、訓みは「カフラ」（兼以下）
(9) 令—今（真）、全《傍に「令イ」》（道・春）
(10) 間—聞（真・兼以下）、間（道・春）
(11) 咋持—咋（真）、以咋（道・春）
(12) 鏑—鏑（諸本）、鏑（寛・訓）
(14) 婚—婚（曼・寛・延）、他は「聟」
(15) 白—自（真）、自《傍に「向」「白カ」》（兼）、白（道・春）、向《傍に「白カ」》（前・曼）

（一）詔—詔（前・延）
（二）水—氷（延）
（三）様—樣（石系・右系・山系）
（四）判—訓み「サシ」（兼）、刺（石・延）
（五）狭—狹（延）
（六）俣—股（延）
（七）佐田北—伎由比（前・延）、「田」の傍に「曲イ」（兼）
（八）之—氐（前・延）
（九）那—郡（頼・前・寛）
（10）冬—久々（延）

39ウ03 及天河琴而迯出之時其天詔（一）琴拂樹而地動鳴
341・158 及天沼（1）琴而逃出之時其天沼琴拂樹而地動鳴

40オ03 其我之女湏世理姫爲嫡妻而
345・158 其我之女湏世理毗賣爲適（2）妻而

40オ05 高天原水（二）様（三）高知而居是奴也
347・158 高天原氷（3）椽多迦斯理（割注略）而居是奴也

40オ08 畏其嫡妻湏勢理姫
350・158 畏其適（4）妻湏世理毗賣

40ウ01 所生之子者判（四）挟（五）木俣（六）
350・158 所生子者刺（5）狭（6）木俣

40ウ05 為宇佐田北（七）而宇那賀氣理之（八）至今鎮坐
397・177 爲宇伎由比（7）（割注略）而宇那賀氣理弖（割注略）至（8）今鎮坐也

48ウ01 妹若沙那（九）賣神
437・190 妹若沙那（9）賣（10）神

48ウ06 次冬（10）記若室葛根神
438・191 次久（11）々（12）紀若室葛根神

（13）死—歽（兼以下）
（14）含—㕣（真・兼・前）、全《傍に「含」》（道）、会《傍に「㕣」》（春）
（15）土—云《傍に「大二」》（道・春）
（16）握—振（真）

（1）沼—治（真）、治《傍に「天河琴旧事本紀云」》（道）、沿（春）、詔（兼以下）
（2）適—嫡（道・春・寛・延）、適（兼以下）
（3）氷—水（真）
（4）適—適（真・兼以下）、適《傍に「嫡カ」》（道・春）、嫡（寛）、嫡（延・訓）
（5）刺—剌（真・兼以下）、判（道）、判（春）
（6）狭—挾（前・延）
（7）伎—岐（猪・寛・延）
（8）至—玉（真）
（9）那—傍に「比カ」（道・春）
（10）賣—壹（真）、壹《傍に「賣カ」》（道・春）

【巻六　皇孫本紀】

36ウ06
549•227

此御前任(一)奉猨田彦大神者専所顕申也汝送奉
此立御前所仕奉猿(1)田毗古大神者専所顯申之汝
送(2)奉

36ウ07
550•227

其神御名者汝貟(二)仕奉是以猨女君等貟(三)其猨田彦
神名而女呼猨女君之事是也
其神御名者汝負(3)仕奉是以猿女君等負(3)其猨(4)田毗
古之男神名而女呼猨(5)女君之事是也

37オ02
552•227

猨田彦神坐阿耶(四)河之時為漁而於比良天(五)具其平(六)
見咋合而沈溺海塩故其沈居底之時
猨(6)田毗古神坐阿耶訶(7)（割注略）時爲漁而於比良
夫(8)貝(9)（割注略）其手(10)見咋合而沈(11)溺海塩故其沈居
底之時

37オ06
555•227

共(七)沫佐久行(八)之時名謂沫佐久御魂
其阿(12)和佐久時名謂阿(13)和佐久御魂

37オ07
555•227

爰送猨田彦神而還到
於是送(14)猨田毗古神而還到

(一) 任—仕（石系・右系・三系）
(二) 貟—訓み「カスニ」、傍に「肩《ヲヒ》イ」（兼）、負（石・前・寛・延・頼）
(三) 貟—傍に「肩《ヲフ》イ」（兼）、負（石・中・三系・延）
(四) 耶—邪（延）
(五) 天—傍に「夫イ」（兼）
(六) 平—傍に「手イ」（兼）
(七) 共—傍に「其イ」（兼）、其（石・中・三系・延）
(八) 行—傍に「古事記無行字」（兼）、ナシ（延）

(11) 久々—冬《傍に「久々」》（兼）
(12) 紀—氾、氾、氾《訓みは「シ」》（兼以下）

(1) 猿—猿（真・道・春）、猨（兼以下）
(2) 送—迸（真）
(3) 負—肩《訓みは「ヲヒ」か「ヲフ」、傍に「貟イ」、訓みは「カスニ」》（兼以下）
(4) 猨—猿（真・道・春）、猨（兼以下）
(5) 猨—猨（真・兼以下）、猿（道・春）
(6) 猨—猨（真・兼以下）、猿（道・春）
(7) 訶—傍に「河旧事本—」（道・春）、傍に「河カ」（兼）
(8) 夫—傍に「天旧事本—」（道・春）、傍に「天イ」（兼）
(9) 貝—具（諸本）、傍に「貝カ」（道・春）、貝（延・訓）

（一）大―傍に「天イ」（兼）、天（石系・中・三系・延）
（二）任―仕（頼・前・寛・延）
（三）細―紐（延）
（四）其―欄外に「是以御世嶋之速贄古事記如此」（兼）
（五）直―訓み「ナヲク」（兼）
（六）日―月（寛）
（七）々―ナシ（延）
（八）判―訓み「サス」（兼）、刺（石・山・頼・前・寛・延）
（九）榑―槵（三）、搏（石・山・右・頼）
（10）樣―棒（石）、風（前）、椽（延）

［37オ07
［556・227
追聚鰭廣物鰭狭物以問言汝者大(一)神御子任(二)奉耶
追聚鰭廣物鰭狹(1)物以問(2)言汝者天(3)神御子仕奉耶

［37ウ02
［558・227
云此口不答之口而以細(三)小刀折其口
云(4)此口乎(5)不答之口而以紐(6)［釼・細］小刀折其口

［37ウ04
［559・228
其(四)御々世々速贄獻之時給猨女君等
是以御世(7)御世嶋之速贄獻之時給猨(8)女君等

［38オ08
［547・221
直(五)道求笠狭之御前而朝日(六)々(七)直判(八)國
眞來(9)通笠紗(10)之御前而朝日之直(11)刺(12)國

［38ウ01
［548・221
此地吉地矣
此地甚(13)吉地

［38ウ02
［549・221
於高天原榑(九)樣(10)高知坐也
於高天原氷(14)椽多迦斯理而坐也

（10）手―傍に「平」「乎」二字併記（道・春）、傍に「平イ」（兼）
（11）沈―沈（真）、沉《傍に「沉イ」》（道）、沈（春）、沉（前）、沈（兼）
（12）阿―河《傍に「阿カ」「津カ」》（道・春）
（13）阿和―ナシ（諸本）、沫（延）
（14）猨―授（真）、後《傍に「猨カ」》（道・春）

（1）狹―俠（真）
（2）問―同（真・道・春）
（3）天―傍に「天イ」（兼・曼）、大《傍に「天」》（前）、大（猪・寛）
（4）云―之（真）
（5）乎―畢（真・道・春）
（6）紐―釼（真・道・春）、細（兼以下）、紐（延・訓）
（7）御世―ナシ（諸本）、傍に「御世本有カ　両書カ」（道・春）
（8）猨―授（真）
（9）來―米（真・兼以下）、來（道・春・延・訓）
（10）紗―紗（真）、沙（道・春・兼以下）
（11）直―真（真・道・春）
（12）刺―判（真）、判（道・春）、「刻」か「剣」（兼以下）
（13）甚―其（兼以下）
（14）氷椽―水掾之（真）、氷椽（道・春）、水椽（兼以下）、氷椽（延・訓）

40オ06　雖雪雨(一)零風吹恒如磐石而常石堅石不動坐
567・235　雖雪(1)零風吹恒(2)如石而常(3)堅不動坐

40ウ02　木花之阿摩比能嶽(二)坐
570・236　木花之阿摩比能微(4)〔割注略〕坐

40ウ03　天皇命等之御命(三)不長矣
571・236　天皇命等之御命(5)不長也

(一) 雨—ナシ(延)
(二) 嶽—微(延)
(三) 御命—訓み「ミイノチ」(兼)

(1) 雪—雪雨(兼以下)
(2) 恒—垣(兼以下)
(3) 常—常石(道・春・延)
(4) 微—徴(真)、嶽(兼・道・春・猪)、微(前・訓)、徴(曼・寛・延)、チ《「阿摩比能チ」を「アマヒノチ」か「アマイノチ」と訓む(兼以下)、「ミ」と訓む(訓)》
(5) 命—ナシ《上の「御」を「マシマス」と訓む》(兼以下)

【巻七　天皇本紀】

46ウ02　次葺敢竃見別命*〔竃口君等祖〕
490・406　足鏡別王者　〔鎌倉之別、小津石代之別、漁田之別祖也。〕

46ウ04　息長田王〔阿波君等祖〕
491・406　次息長田別王之子、杙(6)俣長日子王。

* 〔 〕は割注を示す。以下同様。

(6) 杙—栰(曼・猪・寛・延・訓)

【巻十　國造本紀】

便宜上、國造名から掲げた。

29ウ08　大倭國造

（一）宇―子（延）
（二）賜―ナシ（兼）
（三）王―皇（兼）
（四）八―入天（兼）

30オ01　橿原朝御世。以椎根津彦命。初為大
010•265　賜名号槁根津日子。〔此者

30オ02　倭國造
011•265　倭(1)國造等之祖〕

33ウ05　甲斐國造
33ウ06　纏向日代朝世。狭穂彦王三世孫臣
33ウ07　知津彦公此宇(一)鹽海足尼定賜(二)國造。
188•318　次沙本毘(2)古王者〔日下部連、甲斐國造之祖。〕

38オ04　三野前國造
38オ05　春日率川朝。皇子彦坐王(三)子八(四)爪命
38オ06　定賜國造。
173•317　日子坐(3)王。（中略）生子、（中略）亦名八爪(4)入日子王。

41オ08　科野國造
41ウ01　瑞籬朝御世。神八井耳命孫建五百
41オ02　建命定賜國造。
112•297　神八井耳命者、〔意富命（中略）科野國造（中略）
等之祖也。〕

54ウ02　日向國造

（1）倭―俀（真）
（2）毘―毗（兼・曼・寛）
（3）坐―㘴（真・兼・春・前）
（4）爪―瓜（訓）

（一）豊─坐（兼）

54ウ03　輕嶋豊明御世。豊(一)國別皇子三世
54ウ04　孫老男定賜國造。
373・376　豊(1)國別王者〔日向國造之祖。〕

（1）豊─豐（延・訓）

2 新撰龜相記と古事記・日本書紀との比較

工藤　浩

凡例

一　新撰龜相記本文の中で、古事記・日本書紀に依拠すると見られる部分を掲げ、各々の本文の異同関係を示した。

一　中列に新撰龜相記本文を太字で置き、上部に梵舜自筆本の行数を漢数字で示した。梵舜自筆本は、現存する新撰龜相記諸本の中で最も古い写本である。

一　右列に古事記、左列に日本書紀の対応箇所を記した。日本書紀の本文・一書第一～十一の別はそれぞれ㊍・①～⑪の如く示した。

一　新撰龜相記本文は、梵舜自筆本に校訂を施した拙稿「校本　新撰龜相記」（『古代研究』第二十六号）に拠り、古事記・日本書紀のそれは、小野田光雄校注『古事記』（神道大系古典編一）・國學院大學日本文化研究所編『日本書紀』一～四にそれぞれ拠った。

一　諸本間の文字異同は前項に掲げたものに拠ったが、小野田光雄著『諸本集成古事記』・中村啓信校注『日本書紀』（神道大系古典編二～四）・『伊勢神道』（上）（神道大系論説編）所収平泉隆房校注『類聚神祇本源』を適宜

参照した。

一　新撰龜相記の校異は本文上部、古事記・日本書紀のそれは本文下部に置き、記・紀の別は「**記**」「**紀**」の如く示した。

一　本文の字体は、できるだけ底本に忠実に再現したが、明らかな誤字は明示の上で校訂を施し、極端な異体字は一部通用の字体に改めた。

一　諸本の略号は左記のとおりである。

【新撰龜相記】
梵―梵舜自筆本　**井**―井上頼囶筆本　**菅**―菅政友筆本　**叢**―叢蘆亭主人筆本　**宮**―宮内庁書陵部蔵本
資―国文学研究資料館蔵本　**御**―御巫清直筆本　**小**―小杉榲頓筆本　**度**―度會時彦筆本

【古事記】
真―真福寺本　**伊勢系諸本**（**果**―道果本　**道**―道祥本　**伊一**―春瑜本）　**卜部系諸本**（**兼**―卜部兼永筆本　**前**―前田家本　**曼**―曼殊院本　**猪**―猪熊本　**寛**―寛永版本）　**延**―鼇頭古事記　**記傳**―古事記傳　**本源**―類聚神祇本源

【日本書紀】
兼―兼方本　**水**―水戸本　**池**―池内本　**東**―東山本　**熱**―熱田本　**夏**―兼夏本　**長**―長仰本
致―兼致本　**峯**―一峯本　**足**―兩足院本　**阪**―阪本本　**丹**―丹鶴本　**宥**―宥日本　**玉**―玉屋本
三―三嶋本　**嘉**―嘉禎本　**熈**―兼熈本　**早**―早川本　**縄**―爲縄本　**類**―類聚國史　**略**―日本紀略
閣―内閣文庫本　**勅**―勅版本　**活**―木活字本　**私乙二**―日本紀私記乙本

記　高天原成神　名　天之御中主神次　　高御産(1)

四〇八　**天有一神。名稱天御中主神。次有一神名稱高御産**

記　巣日神　　次伊耶那岐神次妹伊耶那美神二柱神立

天浮橋而指(1)下其矛

四〇九　**巣日神。又有两神(一)〔伊佐諾命伊佐波命〕*两神、立天浮橋**

指下矛

紀　（本）本伊奘諾尊

記(1)　産—座（真）

記(1)　指—朽（真）

（一）两—兩（井・宮・小）
兩（資）

＊〔　〕は割注を示す。以下同様。

記　畫(1)鳴而引上時自其矛末垂落塩之累積成嶋。　是游能碁(2)

四一〇　**攪探引上。矛之末、落下之滷、凝成一嶋。名曰游能碁(一)**

紀　（本）本凝成一嶋。名之曰(1)

記(1)　畫—書（真）
(2)　碁—基（道・果・伊一・本源・兼・前・曼・猪・寛）
＊神道大系は「碁」

紀(1)　之曰—曰之（閣）

（一）碁—其（梵・井・叢・宮・御・小）

記　呂嶋。

四一一　**侶嶋。**

記　於其嶋天降坐見立天之御柱見立八尋殿　伊邪

四一六　**两神、降坐嶋見立天御柱八尋殿舂也。伊裝**

紀　　　　　　　　　㊍伊奘

記　岐命　詔　我身成餘　汝身者如何伊邪那美命答白(1)　吾
身者

記（1）白—曰（兼・前・曼・猪・寛・本源*的（伊一））
*神道大系は「白」

四一七　**諾命、詔、余、有餘身。汝命如何。伊佐波命、荅曰、妾**
有

紀　諸尊

記　不成合處　以此吾身成(1)餘處刺塞(2)汝身不成合處而以(3)爲生成
國土　汝者自

記（1）成—ナシ（真）
（2）塞—寒（真）
（3）以—ナシ（兼・前・曼・猪・寛・記傳）

四一八　**不足之處。以餘納欠欲生國土。宜汝命者柱自**

記　右廻逢　我者自左　廻逢

四一九　**右廻之。吾者自左、廻會〔男女之服、左右此由也〕期**
向理(一)**。伊佐波**

（一）向—而（井・宮・資・小）

記　命言　　　　伊邪那岐命言　各言竟之(1)後

記（1）之—云（真）

四二〇　**命曰、穴荷壯夫。伊奘諾命曰穴荷美人。然後會之**

記　生子水蛭子不入子之列次生淡嶋

四一 〔婚姻之始之〕先生水蛭〔不入子列〕次生淡嶋〔今在阿波國以東海中。無有人居。不入子例列〕

記　二神議云　今吾所生之子不良　叅(1)上天神之御所　布斗麻迩爾

四二 两神語曰、今吾所生之子不能如之。昇天啓之諸神。太兆

記　卜相詔之(1)女先言而不良、還降改変言

四三 卜相詔女、先、出言、宜還改事、卜兆之興元始見此

記　如先　所成大(1)八洲國

四四 两神改廻之〔左右〕如先然後生成大八洲嶋、并諸神最後

紀　①二神改復(1)巡柱

記　生　迦具土神　神避坐也

四五 所生、迦具土神〔火神(一)〕所焼玉門神避坐也。至坐黄泉平

記（1）叅—參（延・記傳）

記（1）之—云（延）

記（1）大—太（真・道・果・伊一・本源）

紀（1）復—後（丹）

（一）火—大（井）

記　　　　　　生金山　古神金山　賣神
弥

四二六 **坂所思。上國生置惡兒。還坐(一)生金山彦金山姫〔金神也今鍪也〕弥**

紀　　④金山彦

記　都波(1)能賣神　波邇夜須　古神波邇夜須　賣神

四二七 **都波能賣神〔水神〕埴山彦埴山姫〔掌(一)土器神今壺也〕**

紀　②③埴(1)山姫(2)

記　追往黄泉國

四二九 **伊裝諾命戀慕不息。往黄泉國伊裝波**

紀　(本)⑥伊奘諾尊

記　語詔曰吾与汝　所作之國　未　作竟　故可

四三〇 **命、坐會。爰語曰、吾与汝命所作之國、未有作竟(一)。故可**

（一）生—ナシ（叢・小・度）

（一）土—上（井・小）

（一）竟—意（梵・井・菅・叢・宮・小）

記（1）波能—能波（兼・前・曼・猪・寛）

紀（1）埴—垣（②③宥・玉・三）
（2）姫—媛（③のみ阪）娼（③のみ類）

記　還　答曰(1)吾者爲黄泉戸喫(2)　欲還　且與黄泉神　相

四二一　**還坐。荅申吾已黄泉戸喫訖。可還難也。但与黄泉神、相**

記　論　莫視我　還入其殿内甚久難待　湯津津間櫛之
男柱

四二二　**論將還暫莫見我。還入殿内。良久不坐(一)。不能忍心取櫛**

記　箇燭一火入見之時　八雷神
見畏而

四二三　**一刄燭火見之〔故一火忌之〕體已腐爛八雷衛達。于時、**
畏慄穢

記　迯還　伊邪那美命　遣豫美都志許女令追

四二四　**惡火急迯還。伊裝波命、發忿令豫美都志許女追之、又**

記　八雷神副千五百之竟泉軍　黄泉比良坂出雲國

四二五　**八雷率千五百軍追之。伊裝諾命、迯出黄泉平坂〔出雲國**
伊

記（1）曰—白（真・道・伊一）
（2）喫—㕸（真）、喫（道・果・伊一）

（一）坐—出（度）

紀

⑩泉(1)平坂

記 賦(1)夜　坂　取桃子待撃者　悉迯返也
伊邪那岐命最後

四三六 賦夜之坂〕採桃子撃其賊(一)。已迯還(二)〔病處置桃此由也〕伊装波命、最後

記 追來　千引石　道返之大神　汝國之人草一日、絞殺千頭
伊邪那岐

四三七 追來堺千曳〔八道返神也〕曰上國之人、毎日、絞殺千頭。伊装諾

記 命　詔一日立千五百産屋

四三八 命、詔毎夜立千五百産屋

記 伊邪那伎(1)命詔　吾到穢國　故吾爲禊到坐日向之橘小門之

四三九 伊装諾命、詔(一)、吾至穢國。故吾爲(二)至坐日向之橘水門之

紀 ㊍⑥伊奘諾尊

紀(1) 泉—泉津（峯・足・玉・三）

記(1) 賦—賊（真・道・伊一）

(一) 賦—賊（小）
(二) 還—遐（梵・御）、（井・管・宮・小）、遝（叢）

記(1) 伎—岐（延・記傳）

(一) 詔—詔曰（資）
(二) 至—到（宮・資・小）

（一）洲―瀬（井・菅・宮）

（一）大―ナシ（小）
（二）直比毗―大直毘（度）
（三）比―毗（叢）、ナシ（資）
（四）毗―比（叢）、毘（小）
（五）此―ナシ（叢）
（六）神―神直（資）
（七）毗―毘（小・度）

記　阿波岐　原爲禊投棄御杖　十二神詔　上(1)瀬者(2)速

四〇　阿波岐之原爲禊投棄御杖。脱化爲神十二。詔、上瀬者速

記　下瀬者(1)瀬(2)弱(3)　中瀬堕(4)迦豆伎滌時所成神　八
十

四一　下瀬者弱。故中洲(一)堕潜之時所成神、十一最生成二神〔八
十

紀　⑥八十

記　禍津日大禍津日　次所成神　神直毗
大直毗　洗左御目所成天

四二　禍津日大禍津日(二)〕次成二神〔神直毗直比毗(二)(三)(四)(五)此(六)両神万禍故
神事歌曰大直毗(七)〕洗左御目所成天

紀　枉(1)津日神　⑧神直日神
⑥大直日神

記　照大御紙洗右御目所成月讀命　洗御鼻所成建速須

記（1）上―ナシ（道・伊一）
（2）者―者瀬（道・果・伊一）、ナシ（兼・前・曼・猪・寛・延・記傳）

記（1）者―ナシ（真）
（2）瀬―ナシ（道・果・伊一）
（3）弱―蒻（真・道・果・伊一・兼・前・猪）
（4）堕―随（兼・前・猪）、隨（曼・寛・延・記傳）

紀（1）枉―狂（丹・略）、柱（類）、杜（縄）

四四三　**照太**(一)**神。洗右御目所成月讀命、洗御鼻所成建速須**

（一）太—大（菅・叢・御・度）

四四四　**佐男命。伊裝諾命、吾生諸子今得貴子天照太**(一)**神。汝命、**
宜

記　佐之男命伊耶那佉(1)命吾生ミ子　得三(2)貴子天照大(3)御神汝命

記　知　高天原　事依月讀命知　夜之食國　建速須佐之
男

（一）太—大（叢・御・度）

記（1）佉—岐（延・記傳）
（2）三—ミ（真）
（3）大—太（真・道・果・伊一）

四四五　**知食高天原白日事。月讀命知之夜**(一)**事。並居上天。須**(二)**佐**

記　命汝知海原　事依　速須佐之男命　故
汝

（一）之夜—夜之（叢）
（二）須—須（井・資・小・度）

四四六　**命汝知海原之事〔配人主也〕而須**(一)**佐命恒事泣哭**(二)**。故問曰**
汝

紀　㊍常以哭(1)泣

記　何(1)由以　罷妣國根之堅州(2)國　詔
汝

（一）須—須（井・叢・宮・資・御・小・度）
（二）泣哭—哭泣（度）

紀（1）哭—哭（兼・水・致・峯・足・玉・三・勅・私乙二）、哭（池）

記（1）何由—河曲（真）
（2）州—洲（兼・前・曼・猪・寛・延・記傳）

四四七　**行如之。其由何之。啓罷妣根之堅州國〔黃泉國也〕詔曰、汝甚不**

紀　㊍汝甚無

記　不可住此國速須佐之男命　罷

四四八　**道。宜早去之。不得住此。須**(一)**佐命、啓、今我隨**(二)**命可罷。**

紀　道

記　天照大神　上天　時　山川悉動、國

四四九　**但相見天照太**(一)**神將**(二)**永退也。昇天之時、山川悉動、國**

紀　㊍相見　㊍永退(1)矣(2)

記　土皆震。大神聞(1)驚詔我那勢命上来(2)由者必不善心欲

四五〇　**土皆震。大神驚聞**(一)**詔吾妹命、上來由者必非善心將**(二)

記　奪(1)我國　待問速須佐之男命　天照大神詔汝心

四五一　**奪我國。于時、待間**(一)**須**(二)**佐命具陳本意。大神、詔**(三)**汝心**

（一）須―須（井・宮・資・御・小・度）
（二）隨―随（叢・宮）、随（資）

（一）太―大（叢・御・度）
（二）將―将（井・宮・度）、将（叢・小）、将（資・御）

（一）驚聞―聞驚（度）
（二）將―将（井・宮・度）、将（資・小）、将（御）

（一）間―問（菅・宮）
（二）須―須（井・宮・資・御・小・度）
（三）詔汝―詔曰（井・管・資・小）

紀（1）退―退欲（玉）
（2）矣―ナシ（玉「去」三）

記（1）聞―聞（真）
（2）来―未（真）

記（1）奪―奮（真・道・果・伊一）

(一) 将—将（井・宮）、将（菅）、将知（資・小）、将知（御）

(一) 釼—劒（井・菅・資・小）、劔（宮）、劔（度）
(二) 須—須（井・叢・宮・資・御・小・度）

(一) 宗—ナシ（小）
(二) 如—知（井・菅・小）

記　何以　各宇氣比而生子天照大御神乞度建速須佐之命

四五二　**何以將(一)啓。云、各宇氣比尔生子矣。大神乞取須佐命**

記　所佩十拳釼(1)成神　速須佐男命(2)乞度天照大御神所纏　所生五柱

四五三　**之佩釼(一)成三女子。(二)須佐命請取大神御物成五男子**

記　邪心　告三柱女子者、物實曰汝物所成

四五四　**爰天神詔知無黒心。復詔三女子者、汝者所化宜爲**

紀　㊍無(1)黒心

記　汝子　五柱男子者物實曰我物所成故自(1)吾子也。如此詔別也。

四五五　**汝子〔筑前國宗(一)形三前之神也〕五男子物吾物所化故爲吾子。分別如(二)之**

記　速須佐之男命白(1)我心清明　離天照大御神之營田(2)之阿、埋

記 (1) 釼—劒（果・延）、劔（兼・前・曼・猪・寛）、劔（記傳）
(2) 命—ナシ（兼・前・曼・猪・寛）、之男（延・記傳）

紀 (1) 無—无（阪・縄）

記 (1) 自—白（真・道・果・伊一）

記 (1) 白—自（真・道・果・伊一・兼・前・曼・猪・延・記傳）
(2) 田—因（真）

其溝

（一）須—須（井・叢・宮・資・御・小・度）

四五六　**須(一)佐命啓我心清潔。侈奢此事還爲惡行壞畔、埋溝**

（一）放—故（度）
（二）矢—失（叢・度）
（三）也—ナシ（度）

四五七　**樋放、頻蒔、串刺〔天神營田所犯之罪〕屎戸〔天神聞食大嘗殿放(一)矢(二)也(三)〕如此、惡行、**

紀　③廢渠槽㊍③重・種子③插籤(1)
③九(2)此惡事

紀(1)籤—ナシ（玉）
（2）九—凢（足・玉・三）、凡（丹・類・勅）

四五八　**天神不咎　天神、坐忌服屋令織御衣。爰素戔命、天之斑**

記　天照大御神者登賀米受而、　天照大御神坐忌服屋而令(1)織神御衣　逆剝天斑

記(1)令—合（兼・前・曼・猪・寛）

四五九　**駒、剝於逆〔剝自脊也〕穿機殿甍陷入織女見驚陰衝於梭**

記　馬剝、所堕入時、天服(1)織女見驚而、於梭(2)衝陰上而

記(1)服—衣（兼・前・曼・寛・延・記傳）
（2）梭—援（真・道・果・伊一・兼・前・曼）、揆（猪・寛）

記　死　天照大御神　開(1)天石屋戸而刺許母理坐　爾高天原皆暗、葦原中國悉闇

記(1)開—閇（記傳）

（一）磐—盤（宮・小）
（二）之—共（度）

四六〇　**卒忽死之。天神閇磐(一)戸高天已闇。晝夜無別。萬神之(二)語**

記　於天安之河原神集　而ゝ思金神(1)　集常世長鳴(2)鳥令鳴

四六一　**神集於天河俱作議。思金神、集常世長鳴萬(一)鳥令鳴〔鷄之**

(一) 萬—ナシ（度）

記(1) 思—思念（兼・前・曼・寛）
(2) 鳴—嶋（真）

記　天兒屋命　内拔天香山之眞(1)男鹿之肩拔而

四六二　**曉鳴也〕天兒屋根命、天香山之真男鹿之肩骨内拔ゝ出**
〔不剝皮而取也〕

記(1) 眞—麻（真・兼・前・曼・猪・寛）

記　取採天香山之天之(1)(2)波ゝ迦　玉祖
命(3)　令

四六三　**採天香山之母鹿木皮、火成トト〔今龜甲稱肩本(一)由此也〕**
玉祖命、所

(一) 本—ナシ（資）

記(1) 之—ナシ（兼・前・曼・寛・延）
(2) 波ゝ—婆ゝ（兼・前・曼・寛）、婆婆（延）
(3) 命—ナシ（道・果・伊一）

記　作八尺勾璁(1)之五百津之御湏麻流之珠　伊斯許理度賣
命　鍛人

四六四　**造八尺瓊勾玉〔今出雲國所貢御富玉也〕伊斯許理度賣命、**
使鍛冶(一)

(一) 冶—治（井・叢・宮）

記(1) 璁—璁（真）、瓊（道・果・伊一）

（一）太―大（御）
（二）掘―堀（井・叢・資・小・度）

記　天津麻羅　令作鏡　布刀玉命　天香山之五百箇津之眞賢木矣⑴、根許士洸許士而

四六五　**津麻良所造八尺鏡。太（一）玉命、掘（二）採天香山之真賢木〔賢木祭神**

紀　(本)太⑴玉命、堀⑵天香山之五百箇⑶坂⑷樹⑸

記　於上枝取着八尺勾璁⑴之五百津⑵之御須麻流之玉、於中枝取繫八尺鏡、於下枝取下枝垂白⑶丹寸手

四六六　**此由也〕上枝着八尺勾玉中枝懸八尺鏡。下枝垂白丹寸手**

紀　(本)中枝⑴懸八咫鏡(本)下枝⑵懸青和幣

記　青丹寸手　取持而⑴　天兒屋命　布刀詔戸言禱白而、天宇受賣

四六七　**〔木綿也〕青丹寸手〔麻也〕持捧。天児屋命、太詔戸言禱白。天鈿女**

紀　(本)白和幣

記　命　日影爲緆⑴　小竹葉　於天之石屋戸伏躰氣而蹈登杼呂

記（1）矣―乎（道・果・伊一）

紀（1）玉―王（活）
（2）堀―握（夏・長・峯・足・丹・類・略・閣）
（3）箇―筒（夏・丹・三・縄・類・略・閣）、箇改メ筒（峯）
（4）坂―ナシ（玉）
（5）樹―木（玉）

記（1）璁―瑽（真）、瓊（道・果・伊一）
（2）津之―ナシ（真・道・伊一・兼・寛）
（3）白―自（真）

紀（1）枝―柭（類）
（2）枝―柭（類）

記（1）而―西（真）

記（1）緆―鬘（道・果・伊一・延・記傳）、縄（兼・前・曼・寛）

許可志

四六八　**命。日影爲蘰取竹手於石屋戸伏船陥登動揺而爲**

記　八百万神　共咲　於是

天照大御神(1)　吾隠坐而

記(1)神―ナシ（真）

四六九　**神楽八百萬神、一共咲之〔十一月鎮魂此由也〕于時、天**

神詔吾今隠居

記　天原自闇　天宇受賣者爲樂、八百万神諸咲　天宇受賣

四七〇　**天下將闇(一)。天鈿女命何、以爲樂、八百萬神亦何咲之。天**

鈿女

紀　㊍云(1)何天鈿(2)女命柯樂如此者乎　㊍天

鈿女

紀(1)云―表（三）、之（丹）

(2)鈿―釼（早）、細（峯・玉・三）

(一)將―将（井・宮）将（資・御・小）

記　白言、益汝命而貴神坐　故歡喜咲樂。布刀玉命　出

四七一　**命言、自女(一)命貴神春爲。故歡喜咲樂耳。太玉命、出**

紀　㊍命　㊍③太玉命

(一)女―汝（宮・度）

（一）視―妙（梵・井・菅・叢・宮・資・小）、眇（度）
（二）太―大（叢）

（一）儲―ナシ（井・菅）

（一）爰―ナシ（度）

記　鏡示⑴奉天照大御神　臨坐之時　其所隠立之手⑵力男神
四七二　**鏡視（一）之。天神、太（二）悋覧之。時手力男神、在前隠立戸腋。**
紀　㊟本時手力⑴男神

記　取其御手引出　布刀玉命　以尻久米縄控度其御後方
四七三　**取御手奉曳出。太玉命、儲（一）出頭縄搘度御後〔出頭縄此由也〕**
紀　㊟本③太玉命㊟本端出之縄

記　白⑴言、従此以内不得還入　高天原　自得照明
四七四　**啓曰、莫復入坐于時、天下照明莫萬妖自息。衆神懽然**
紀　㊟本乃⑴請曰、勿⑵復還⑶幸

記　八百万神共議而、於速須佐之男命、負千位
四七五　**爰（一）見卜興亦復如之。八百萬神共議素戔命　負千座**
紀　㊟本素⑴戔⑵嗚⑶命、而科⑷之以千座

記（1）示―亦（道・果・伊一・延）、尓（兼・寛）
（2）手―天手（道・果・伊一・延・記傳）
紀（1）力―刀（早）

記（1）白―自（真）
紀（1）乃―刄（足）而（玉）
（2）勿―而（玉・三）
（3）還―遷（玉）
紀（1）素―索（三）
（2）戔―蓋（玉・三）
（3）嗚―烏（足）、焉（阪）
（4）科―科（峯・三・類・縄）、科（宥・閣）

記　置戸(1)　　　　　　　　　亦切髪(2)及手足爪令秡(3)而、神夜良比夜(4)
良比岐

四七六　**置戸〔祓物惣稱也〕亦切髪手足爪令贖其罪神掃遂棄。**

紀　㊍置戸(1)　　　　　　　㊍秡(2)其(3)手足(4)之爪贖(5)之

記　天照大御神　　　我御子　正

四八五　**天照太(一)神、詔羣神、吾御子以正哉(二)**

(一)太—大（叢・御）
(二)哉—哉吾（井・菅・宮・資・小）、ナシ（叢・御・度）

記　勝吾勝々速日天忍穂耳命　豐葦原之千秋長五百秋之水穂
國者

四八六　**勝勝(一)速日天之忍穂耳命奉降豐葦原之水穂國主。于時、此**

紀　　　　㊍以爲葦原中(1)國之主

(一)勝—「々」（井・菅・宮・資・小）、ナシ（叢・御・度）

記　　豐葦原之千秋長五百秋之水穂國者伊多久佐夜藝弖
有那(1)理　高御

四八七　**命、啓豐葦(一)原水穂國、今聞地祇逆亂。天神、謂高御**

(一)原—原之（宮・資・度）

記　産巣日(1)神曰我御子、　　八百万神、集

記(1)戸—广（真）(2)髪—髪（道・果・伊一）、鬚（兼・前・曼・猪・寛・延・記傳）(3)秡—秡（真）(4)比—比尒（延）

紀(1)戸—戸秡（玉）(2)秡—拔（兼・水・池・東・熱・熙・早・夏・長・致・峯・足・阪・宥・玉・類・略・閣・連）、抜（縄）(3)手—ナシ（類）(4)之—ナシ（峯・足）(5)贖—爪以（阪）、瓜（玉）

紀(1)中—中津（三）

記(1)那—祁（記傳）

記(1)日—目（真）

四八八　**産巣(一)日神曰我御子、奉寄國祇多亂逆(二)。八百万神、集**

記　於天安河之河原　議白之　天菩比神是可遣

四八九　**於天河令議使者。群神白云、可遣天穂日命〔出雲井於社也〕此神**

紀　㊍②天穂(1)日(2)命

記　至于時三年、不復(1)奏　天若日子賜天之麻迦古(2)弓(3)、天之波

四九〇　**至于時三年、不奏返事。天若日子賜天之麻迦古弓、天之波(一)**

記　波矢而遣　至于八年、不復(1)奏天照大神　亦問諸神又遣曷神

四九一　**波(一)矢遣之。而至于八年。亦不(二)復奏(三)。天神問曰遣曷神、令**

記　問　所由　諸神答白可遣雉名鳴女　詔　鳴女自天降到居

(一) 巣—〇（井）
(二) 亂逆—逆亂（度）

紀（1）穂—穗（㊍長）
（2）日—曰（㊍丹）

記（1）復—護（真）
（2）古—士（道・伊一）、吉（兼・前・曼）
（3）弓—弖（兼・前・曼・猪）

(一) 波—彼（叢）

記（1）復—護（真）

(一) 波—々（叢・御）、ナシ（度）
(二) 不—ナシ（御）
(三) 奏—命（叢）

四九二 **問此由。群神啓、可遣鳴女〔雌雉也〕　詔鳴女汝天降住**
居於

記 天若日子之門湯津楓上　　射殺

四九三 **天若日子門在楓上問之。鳴女如詔旨。而天若日子、射殺**

記 其矢　逮坐天安[1]河[2]之河原　高木神　詔
者　或有邪心者

記(1)安—女（真）
(2)河—阿（真）

四九四 **之〔雉頓使此也〕其矢、詣於天神御所。天神、詔此矢有**
惡心者必

紀 若以惡心射[4]者　　①遂至天神所[1]處。時天神見其[2]矢[3]

紀(1)所—御（玉）
(2)其—ナシ（三）
(3)矢—眞（兼・書・向）
(4)射—燭（類）

記 中　衝返　　中天若日子　以死〔此遣矢之本也〕
建御雷之男神此應遣

四九五 **中之。衝返其矢、返中若[一]子死之。〔故忌返矢〕次遣建御**
雷命

(一)若—若日（叢・度）

記　天照大御神　詔太子　　故隨言依

四九六 **掃荒神訖。天照太神**(一)**、詔太子水穗國荒神掃訖。故吾**

記　賜降坐而知(1)者　太子　答白　子天迩岐志國(2)迩岐志　天津
日子日子

記(1) 知—看（延・記傳）
(2) 國迩岐志—國迩岐志國迩岐志（真）、ナシ（道）

(一) 太—大（叢・御・度）

四九七 (一)**太降坐治賜。太子啓、吾子天迩岐志國迩岐志、天津日子**
日

記　子番能迩ゝ藝命、應降也

(一) 太—太子（叢・資・小・度）、天（御）

四九八 **子番能迩ゝ藝命、可降給之**(一)**〔稱皇御孫命此由也〕天照**
(二)**太神、奉**

記　八尺勾瑽鏡及草那藝釼　詔者　此之鏡者專爲我御
魂而

(一) 之—〇（井）
(二) 太—大（叢・御・度）

四九九 **降此孫之時**(一)**授八尺**(二)**鏡草那藝釼詔、以此鏡釼爲我御霊**

記　天兒屋命、布刀玉命

(一) 之—之（小）
(二) 尺—咫（井・菅・宮・小）

五〇〇 **奉齋同殿。又兒屋命、太玉命、詔兩神、取持天籠不傾**

紀　②同床[1]共殿以爲齋鏡①②太玉[2]命

五〇三　**離天之石位、押分**

紀　㊍離天石座、排分[1]

記　天八重多那雲而　竺紫日向之高千穂之久士布流多氣　底津石根宮柱布斗

五〇四　**天八重雲降　筑紫日向高千穂峯。下津磐根宮柱太**

紀　　㊍日向襲之[1]高千穂峯

五〇五　**尻立高天原千㕁高知坐而也今[一]稱祝詞。**

記　斯理於高天原氷[1]椽[2]多迦斯理而坐也

五〇六　**伊耶[一]本和氣天皇、坐於難波宮聞食大嘗。酔給御酒**

記　伊耶本和氣王[1]　坐難波宮　坐大[2]嘗　宇良冝而

五〇七　**御寝皇弟、墨江中、王謀返[一]火着大殿。倭漢直之祖、阿**

記　大御寝　墨江中王　火着大殿　倭[1]漢直之祖、阿

(一) 今—即（梵・井・菅・叢・宮・小）

(一) 耶—邪（井・菅・叢・宮）

(一) 返—反（御）

紀 (1) 床共殿—殿共床（玉）、牀共殿（嘉）、吉（私乙一）
(2) 玉—王（嘉）

紀 (1) 分—ナシ（丹・略）

紀 (1) 之—峯「之」消去

記 (1) 氷—水（真・兼・寛）
(2) 斛—斛之（真）

記 (1) 王—命（兼・前・曼・猪・寛・延・記傳）
(2) 大—太（真）

記 (1) 倭—倭（兼）

記　知直　盗出而、　乗御馬
石上神宮

五〇八　**直、竊奉出天皇、駕御馬〔丹治比野御酒窟也。〕(一)幸坐倭石上神宮。**

（一）丹治比野御酒窟也—ナシ（度）

記　皇弟水歯別命(1)、叅赴(2)令謁(3)。天皇令詔吾疑汝命(4)若与墨江中王同心乎(5)。

記（1）命—今（真）（2）赴—底（真）（3）令—令ゝ（真）（4）命—君（真）（5）乎—早（真）

五〇九　**皇弟水歯別命、叅向令奏。天皇詔疑墨江中王聞(一)意乎。**

（一）聞—同（梵・度）

記　故不相見。答(1)白僕者無穢邪(2)心。詔然者殺墨江中王

記（1）白—曰（真）（2）邪—非（真）

五一〇　**故不相見。答(一)奏不聞意無邪心。詔然者殺其王可叅之**

（一）答—各（梵・井・菅・宮・小）

記　還下難波　曾婆加理　近習墨江中(1)王之隼人　吾為天皇　汝

記（1）中—ナシ（真）

五一一　**奉詔還到難波謂曽波加理曰〔墨江中王近仕隼(一)人也〕立為天皇。汝**

（一）隼—車（御）

（一）之—〇（丼）

記　作大臣　治天下　率殺汝王答白(1)　殺汝王

五二　**作大臣將治天下。宜殺汝王答云唯ゝ謀殺王訖**

記　率曾婆加理上幸於倭到大坂山口以爲雖有大功　殺己君

五三　**擧曾波加理向倭到大坂山口。所思、雖有大功、殺君**

記　不義　報其功　今日留(1)此間明日上幸

五四　**不義。先、報其功後則誅之**(二)**。出詔今日留此明日進之。**

記　即造假宮忽豐樂　大臣之位

五五　**即造假宮忽豐樂。大臣之位。授曾波加理。然則、**

記　号其地謂近飛鳥也　上到于倭詔今日留此爲祓明日　參出

五六　**殺之〔号其地爲近飛鳥也〕到坐于倭詔今日留此爲祓明日　參出**

記　將拜神宮故号其地謂遠飛鳥　故

記(1)　白—曰（兼・前・曼・猪・寛・延）

記(1)　留—死田（真）、畄（兼・前）

五一七　将拜神宮〔故其地号遠飛鳥〕故行神態。先爲解除。死之膚

記　大長谷若(1)建命　志幾大縣主作舎

記(1)　若—ナシ（真）

五一八　断之由此也(一)。大長谷、若建天皇御代、河内大縣主舎

(一)　由此—此由（梵・井・菅・叢・宮・小）

記　上堅魚作舎　天皇　令焼其家之時
大縣主懼畏

五一九　上作堅魚木。天皇詔令火焼之〔屋不置堅魚木之由此也(一)〕大縣主畏

(一)　之由此也—此也之由（梵・井・菅・叢・宮・小）

記　獻能美之弊(1)物　故令止着火　帯中日子天皇、坐穴

記(1)　弊—幣（兼・前・曼・猪・寛・延・記傳）

五二〇　獻幣財。故着火止(一)之。〔今礼代幣帛此也〕帯中日子天皇、坐穴

(一)　止—山（叢）

記　門之豊浦宮将撃熊曾國　請神之命　太(1)后息長帯

記(1)　太—大（兼・前・曼・猪・寛・延・記傳）

五二一　門豊浦宮。将撃熊曾國。神教(一)乞之。大后息長帯

(一)　教—殺（小）

記　日賣命　歸神　詔者　西方有國

五二二　**比（一）賣命、歸神教。曰、莫征此國。自然而伏。宜（二）西方在國。**

（一）比―此（菅・井・小）
（二）宜―宣（井）

記　珎寶多在其國吾今歸（1）賜其國天皇答白登高地見西方不見國土

記（1）歸賜其國―ナシ（真）

五二三　**珎寶已（一）盈。先（二）征彼國。天皇詔陟高山見西方、不見國土。**

（一）已―巳（叢）
（二）先―ナシ（度）

記　唯有大海　謂爲詐神　建内宿祢大臣白

五二四　**唯在大海。神、爲偽言神罸。天皇大后、并建内足尼大**

記　恐　取國之大奴佐　種〻求生剝逆剝阿離溝埋（1）

記（1）埋―理（真・伊一・兼・前・曼・猪・寛）

五二五　**畏在（一）因取大麻〔大祓毎戸取麻一条此也〕擇求生剝逆剝畔放溝埋**

（一）在因取大―在取曰大（梵）、取國大（井・叢・宮・小）、取曰太（度）

記　屎戸上通下通（1）婚　國之大祓

記（1）通―通右ニ御本无之アリ（真）

請神

五二六 **屎戸上通下通〔上條犯母与子・与母之罪此也〕國大祓**
〔祓輿近在御代也〕更請神

記 之命

五二七 **教襲新羅訖。**

記 飛鳥清原大宮御大八（1）

記（1）大—太（真・道・果・伊一）

五八七 **案古事記　飛鳥清御原宮（一）御**

記 州天皇　詔（1）之諸家之所賚帝紀（2）及本辭既違正實多加

記（1）之—云（延）
（2）及—乃（兼・前・曼）、乃右ニ及カ（猪）

五八八 **宇天皇、詔、諸家之所（一）賚帝紀及本辭既違正實多加**

記 虚僞。當今之時不改其失　舍人姓稗田名阿礼年是廿八爲

五八九 **虚僞。當今不（一）改曷（二）得其真。舍人羝田阿礼、年是（三）廿八。爲**

記 人聰明勅語阿礼令誦習皇帝日繼及先代舊辭　運移世異

五九〇 **人聰明。詔阿礼令誦皇帝日繼及先代舊辭。運移、世異**

（一）宮—ナシ（井）

（一）所—ナシ（小）

（一）不—所（梵・井・菅・宮・小）
（二）得—稱（梵・菅）稌（井）、具（菅・宮・資・御・小）
（三）是—具（梵・井・菅・小）

記　未行其事矣和銅五年正五位上勲五等太朝臣安萬侶(1)

五九一　**無成記焉。和銅四年正五位上勲五等太(一)朝臣安萬(二)、奉詔**

五九二　**撰録也。**

（一）太―本（叢）
（二）萬―萬侶（度）

記（1）侶―侶下ニ謹上アリ（延・記傳）

3 『釈日本紀』所引『古事記』一覧（稿）

鈴木啓之

凡例

一　本資料は『釈日本紀』所引『古事記』逸文の一覧として、かつその逸文と『古事記』の主要な諸本との校異を併せて示したものである。

一　(1)『釈日本紀』本文は前田本（尊経閣文庫編刊『前田育徳会所蔵釈日本紀』の影印本に拠る）をもととし、前田本を底本とした次の校訂本を参考にして本文を作成した。

・『神道大系　古典註釈編五　釈日本紀』（小野田光雄氏校注）略称「神道」

・『新訂増補国史大系』第八巻（黒板勝美氏著）略称「国史」

(2) 校訂上の対象とする本文は、『古事記』逸文の箇所のみに限定し、問題箇所については本文左傍に漢数字（㈠、㈡……）で示し、右の二書の校訂本の本文及び校注を頭注に記し、参考に供した。

(3) 漢字の字体は概ね前田本に従い、カタカナの異体はすべて通用に改めた。

(4) a　前田本に付された訓点及び諸符号のうち、返点・傍訓（読み仮名、送り仮名）・句切点・合点以外はすべ

て省略し、必要に応じて本文左傍に※を付し備考としてその容態を頭注に示した。

b　逸文には通し番号（1、2……）を付し、その範囲は「　」で示した。これ以外の符号は私には一切用いない。

(5)『古事記』逸文の所在については、本文の後に『釈日本紀』の「巻数、篇名、標目（「和歌」の場合は初句と歌謡番号）」の順で示し、参考のために二つの校訂本の頁数を「神道・国史」の順で示した。

一

(1) 逸文と古事記諸本との校異調査に当たっては、影印本と共に『諸本集成古事記』（小野田光雄氏編）を用いた。

(2) 調査対象とした諸本、およびその略称は次の通り。

・**真**—真福寺本
・**果**—道果本　**祥**—道祥本　**春**—春瑜本　※この三本を併せて「伊勢系」とも記す。
・**兼**—兼永本　**前**—前田本　**曼**—曼殊院本　**猪**—猪熊本　※この四本を併せて「卜部系」とも記す。
※右全体を指して「諸本」と記す。

(3) 校異箇所は本文右傍に算用数字（(1)、(2)……）で示し、その校異を脚注に記した。

1 答師説以古事記為始…（中略）…即其序云「上古之時言意並朴敷文構句(1)於字即難《シ》已因(2)訓述者詞不逮心全以音連者事趣更長是以今或一句(1)之中交用音訓或一事之内全以訓録※

1
(1) 句—勺（真）
(2) 因—田（真）、目（道）、固（兼・曼・猪）、固《イ》（前右傍書）

即辞理難(3)《ハ》見※以注(4)明意(一)」云々

巻第一・開題「問本朝之史以何書為始哉」一七・一二

(3) 難―叵（諸本）
(4) 注―經（真）

[1]
※「以訓」「以注」に各々「訓ヲ以テ」「注ヲ以テ」と訓ずべきヲコト点あり、省略。
(一) 意―国史「此下宜補況易解更非注六字」。

[2]
古事記三巻在序

╲自神代迄推古天皇御宇

╲序曰「臣安萬侶言」云々「清原大(1)宮昇即天位」云々「於是天皇詔之」云々「時有舎人姓稗田名阿礼年是廿八為人聡明度日(2)《目与》(一)誦口拼(3)《拂》(二)耳勒心即勅語阿礼令誦習帝皇日継及先代舊辞然運移世異未行其事」云々「以和銅四年九月十八日詔臣安萬侶撰録稗田阿礼所誦之(4)勅語舊辞以獻上者」云々「(5)和銅五年正月廿八日正五位上勲五等太朝臣安萬侶」

巻第一・開題「本朝史書」一八・一二

[2]
(1) 大―太（真・伊勢系）
(2) 日―日《目与》（真）、目（伊勢系・卜部系）
(3) 拼―拂《拂》（諸本）
(4) 之―云（真・伊勢系）
(5) 和銅…安萬侶―諸本大字本文

[2]
(一) 日―神道「釋紀諸本「度目」。兼方神代紀裏書は底と同じく「度日」に作り、兼文から兼方へと傳えられた古事記の系統に属する眞福寺本古事記も「度日」に作る」。国史「目、原作曰、據原傍書及古事記序改」。
(二) 拼《拂》―神道「兼方神代裏書は「拼」に作り校異なし。古事記諸本「拂」」。

[3]
╲公望私記曰案古事記此五神下注云此「五柱神者別天神」者也

巻第五・述義一「國常立尊」一〇三・七二

4

私記曰問古事記云舊事本紀文同之「其所神避之伊耶(一)那美命(1)(二)者葬出雲國与伯耆(2)(三)國堺(3)(四)比婆(4)之山也」

巻第六・述義二「葬於紀伊國熊野之有馬村」一二八・八四

5

私記曰問此意如何　答古事記及日本新抄並云謂易子之「一木乎(1)」

巻第六・述義二「唯以一兒」一二九・八五

6

私記曰…(中略)…文問…(中略)…答案古事記云「判左之御美豆良(1)湯津ミ間櫛之男柱一箇取闕」也下文云「判其右御美豆良之(2)湯津ミ(3)(一)間櫛引闕而投棄(4)」

巻第六・述義二「湯津爪櫛」一三一・八六

7

私記曰問…(中略)…答師説…(中略)…古事記云「一火」也

4
(1) 命—神（諸本）
(2) 耆—伎（諸本）
(3) 堺—堺（諸本）
(4) 婆—波（曼・猪）

5
(1) 乎—𠂉（真）

6
(1) 良—諸本「良」の下「三字以音下效此」（分注）
(2) 之—ナシ（祥・春）
(3) ミ—之（真）
(4) 棄—葉（真）

4
(一) 耶—国史「耶、古事記作邪、耶邪古通用」。神道校注なし。
(二) 命—国史「命、同上（古事記、筆者注）作神」。神道校注なし。
(三) 耆—神道「兼右要略鈔・板本も底と同じ。古事記「伎」に作る」。国史「耆、同上（古事記、筆者注）作伎」。
(四) 堺—神道「底及び兼右要略少・板本になし。大永本及び古事記に據って補う」。国史「據同上（古事記、筆者注）補」。

6
(一) ミ—神道「二例、底はともに「之」に作り、大永本は、後の「之」を「ミ」に作る。「之」と「ミ」は互に誤冩されるが、ここは古事記諸本に據って「ミ」（津の畳字）に改める」。国史「原作之、據古事記

改、下同」。

※「美豆良」に声点あり、省略。

巻第六・述義二「秉炬」一三二・八六

8
古事記上巻曰「黄泉比良坂者今謂出雲國之伊賦(1)夜坂也」

巻第六・述義二「泉津平坂」一三三・八七

9
私記曰公問…（中略）…答…（中略）…又案古事記「其石置中各對立」云々

巻第六・述義二「塞其坂路」一三三・八七

10
私記曰問…（中略）…答案古事記云「度事戸(1)」矣

巻第六・述義二「建絶妻之誓」一三三・八七

11
私記曰問…（中略）…答古事記云「禍(1)津日神(2)」也

巻第六・述義二「八十枉津日神」一三四・八八

12
私記曰問…（中略）…答…（中略）…古事記云「而八拳須(1)至于(2)心前」也

巻第六・述義二「八握鬚髯」一三七・八九

8
(1) 伊賦―伊賊（真・道）、伊伊賊（果・春）、旧事本紀伊字一字也（果左傍書・春右傍書）

10
(1) 戸―右傍補記（真）

11
(1) 禍―八十禍（諸本）
(2) 神―諸本「神」の下「訓禍云摩賀下效此」（分注）、但し前のみ「麻賀」

12
(1) 須―鬚（道左傍書）、鬚（祥・春）、須（卜部系）
(2) 于―千（真・卜部系）、于与（前右傍書）

13

13
私記曰
問案古事記云「八尺勾璁(1)之五百津之美須麻流之珠(2)」也…
(中略)…※又問案古事記曰「五百津之美須麻留(3)」…(中略)
…古事記「八尺勾璁(1)之五百津之美須麻流之珠(2)」
巻第六・述義二「八坂瓊之五百箇御統」一四一－二・九二

14
私記曰
問案古事記云「千入之靭(1)」注云「訓入云能梨(2)」
巻第六・述義二「千箭之靭五百箭之靭」一四三・九三

15
私記曰
問古事記云「竹鞆」
巻第六・述義二「高鞆」一四四・九三

16
私記曰
問…(中略)…答云…(中略)…
問古事記云「於向(1)股(2)蹈那豆美」注云「三字以音」
巻第六・述義二「蹈堅庭而陷股」一四五・九四

17
私記曰
問…(中略)…答…(中略)…又問…(中略)…答古事記云
「於天之石屋戸伏汗氣(1)而踏(2)登杼(3)呂許志(4)」矣

※「又」以下全文―前田本見セ消チ。神道「大永本の校異がない」。

13
(1) 璁―瑽(真　一九四行)、瓊《ニノ》(伊勢系)、恐(卜部系)、瑽《タマ》(兼右傍書)、璁与(兼左傍書)、珠与(前右傍書・猪右傍書)、珠与本(猪左傍書)／瑽(真　二〇八行)、瓊(伊勢系)、瑽《タマ》(兼・猪・曼)(曼のみ無訓)、恐《タマ》(前)
(2) 之―真(二〇八行)、諸本ナシ
(3) 留―真(一九四・二〇八行)、流(諸本)

14
(1) 靭―靭(真)
(2) 梨―理(諸本)、また諸本「理」の下「下效此自曽至迩以音也」(分注、但し卜部系「也」なし)

16
(1) 於向―向於(真)
(2) 股―般(兼・曼・猪)

17
(1) 氣―諸本「氣」の下「此二字以音」(分注)
(2) 踏―蹈(真・伊勢系・猪)

19

（一）欲《故》—神道「板本は「故欲」と改め、狩谷説は「欲字衍」とする。大永本の校異なし。古事記について見ると、兼永本は「欲」で、底の本文と同じ。眞福寺本は「故」に作る。文意としては「故」一字がよい。古事記傳が「書紀釋に引けるは故欲と作る、共に誤なり」（卜部系の「欲」と共に）とする書紀釋は板本系に據ったのである」。国史校注なく本文「故欲」。

（二）供—国史「供、恐當作共、下同」。

（三）以—神道「底「次」に作る。缺損を修補したように見える。板本「以」、大永本の校異なし。古事記諸本「以」」。国史「以、原作次、據古事記改」。

（四）紡麻—神道「底「紡床《紡麻》」」。紡床の紡は紛を紡に重

卷第七・述義三「覆槽置」一六二・一〇〇

18

古事記上巻曰「故其老夫答言僕者國神大山(1)津見神之子焉僕名謂足(2)名椎(3)妻名謂手(4)名椎女名謂櫛名田比賣」

卷第七・述義三「脚摩乳手摩乳」一七三・一〇六

19

古事記中巻曰「此謂意冨多〻泥古人所以知神子者上所云活玉依毗《ヒ》賣其容姿端正(1)於是有壮夫其形姿(2)威儀於時無比夜半之時儵忽到來(3)(一)欲《故》相感共婚(二)供住之間未經幾時其美(4)人姙身尒父母恠其姙身之事問其女曰汝者自姙旡夫何由姙身乎答曰有麗美壮夫不知其姓(5)名毎夕到来(二)供住之間自然懐姙是以其父母欲知其人誨其女曰(三)以赤(6)土散床前以閇蘇此二字以音(四)紡麻貫針刴其衣襴故如教而旦(7)時見者所着針麻者自戸之鈎穴(五)椌(8)通而出唯(9)遺麻者三勾耳尒即知自鈎穴出之狀而従糸尋行者至美和山而留神社故知其神子故因其麻之三勾遺而名其地

（3）杼—拂（祥・春）
（4）志—諸本「志」の下「此五字以音」（分注）

18

（1）山—山上（諸本）
（2）足—足上（諸本・但し祥欠損）
（3）椎—稚（真）、梠（果）、槌（祥・春）、推（卜部系）
（4）手—手上（諸本）

19

（1）於—ナシ（真）
（2）姿—次（真）
（3）欲《故》—故（真）、欲（卜部系）
（4）美—義（真）
（5）姓—「姙ヒ」と見セ消チにし左傍書「姓」（兼）
（6）赤—朿（真）
（7）旦—且（卜部系）
（8）椌—控（前・曼・猪）
（9）唯—喉（真）

訂してあり、見セ消チなし」。国史校注なく本文「紡麻」。

(五) 椌―神道「板本は「控」を用い、大永本との校異はない。底及び古事記の兼永本・眞福寺本は「椌」で、「椌」は「控」と通用した」。国史校注なく本文「控」。

21

(一) 上―神道「この引用文、底は小字で、行間に追加補筆している。それにともなって「古事記上」の「上」も、特に小字とならなかったと見える。大永本は小字」。国史校注なく「上」小字。

22

(一) 鳴―神道「底・板本「嶋」。大永本に拠る。古事記諸本「鳴」」。国史「鳴、原作嶋、拠古事記改」。

謂美和也[10]」

巻第七・述義三「大三輪神」一七九・一一〇

20

古事記上巻曰「自波[1]穂乗[2]天之羅摩舩而内剝鵝[3]皮剝為衣服有帰来神」云々「此者神産巣日神之御子少名毗古那神[4]」

巻第七・述義三「白蘞皮」一八〇・一一〇

21

古事記上(一)曰「大[1]穴牟遅神[2]亦名謂宇都志國玉神[3]」

巻第八・述義四「顯國玉」一九〇・一一二

22

無名雉古事記「雉名鳴女」(一)

巻第八・述義四「無名雉」一九一・一一二

23

公望私記云案先代舊事本紀第三云々居於天稚彦門之湯津古事記同

用「楓」字 楓木之抄云々

巻第八・述義四「湯津杜木」一九一・一一三

24

私記曰…(中略)…

(10) 也―諸本「也」の下「此意冨多〻泥古命者神君鴨君之祖」(分注。但し、前「意冨多〻泥古神」とし「神」の右傍書に「命イ」、また真「鴨之祖」)

20

(1) 波―彼(祥・春)

(2) 乗―垂(祥・春・兼・曼・猪)

(3) 鵝―我(曼・猪)

(4) 神―諸本「神」の下「自毗下二字以音」(分注)

21

(1) 大―諸本「大」の上「亦名謂」。

(2) 神―諸本「神」の下「牟遅二字以音」(分注)、さらに本文16字・分注6字

(3) 神―諸本「神」の下「宇都志三字以音」(分注)

24
(一)神道「この「古事記中曰」の引用文、「廣矛」の釋文の私説と「百不足之八十隈」の行間及「百不足之八十隈」の下の餘白に小字で補っている。この補いようは、大永本も同様である旨の校異がある」。
(二)樓―神道「底は「接」に作るが、「樓」の異體「樓」の誤寫である。古事記及び板本「樓」。大永本の校異なし」。国史「樓、原作棲、…(中略)…據古事記改」。
(三)木―神道「底「本」に作るのは、缺損を補修して補書したものの誤りである」。国史「木、原作本、…(中略)…據古事記改」。

25
(一)霊―神道「釋紀諸本同じ。狩谷説「靈、當下依二原文一作上レ虚」。国史大系「虚、原作レ靈、

24
古事記中(一)曰「天皇亦頻詔倭建命言向和平東方十二道之荒夫流(1)神及摩都樓(二)波奴人等」云々「遣之時給比(2)〻羅木(三)之八尋矛(3)」

巻第八・述義四「廣矛」一九四・一一四

25
古事記上曰「綿津見《ワタツミ》大神」云々「召集和迩魚《ワニ》問(1)曰今天津日高之御子霊(2)(一)空津日高為将出幸上國誰者幾日送奉」云々「一尋和迩(3)如期一日之内送奉也(4)其(5)和迩将返之時解所佩之紐(6)小刀着(7)《シ》(二)其頸而返故其一尋和迩者於今謂佐比持神也」

巻第九・述義五「鋤持神」二一七・一二六

26
古事記中巻曰「天照大神高木神二柱神之命以召建御雷神而詔葦原中國者(1)伊多玖佐夜藝帝阿理那理(2)」云々「故汝建御雷神可降尓答曰(3)僕雖不降專有平其國之横刀可降是刀此刀名云佐士布都神亦名云甕布都神亦名布都御魂此刀者坐石上神宮也」

24
(1)流―琉(諸本)
(2)之―「云」か「公」か不明(真)
(3)矛―弟(真)、なお諸本「矛」の下「此〻羅三字以音」(分注)

25
(1)問―同(真)
(2)霊―虚(真・祥・春)
(3)迩―この下、真本文で最大41字、最小24字
(4)奉也―奉(真)、之(祥・春)
(5)其―其〻(卜部系)
(6)紐―鈕(祥・春・曼・猪)、釼(兼・前)
(7)着―若(真・祥・春)、著(猪)

26
(1)者―卜部系「者」の下「専汝所言向之国故良志此二字以音」」。
(2)理―諸本「理」の下「此十一字以音」(分注)、さらに本文23字、分注5字
(3)曰―白御本(真右傍書)

據二古事記一改」。古事記の當例は、眞福寺本と伊勢本は「虚」に作るが、兼永本以下のト部系は「靈《クシ》」に作る。ここは、底のままにしておくべきである」。国史本文「虚」、校注「虚、原作靈、據古事記改」。

（二）着《シ》―神道本文「著《ス》」（傍訓なし）。国史「著」。

30

（一）真魚咋也―神道「底は缺損を修補して「眞咋」の二字が補書されている。板本及び古事記に據る」。国史「眞魚、也、原蠹蝕、並據刊本及古事記補」。

27 古事記序曰「化(1)熊出爪天釼(2)獲於高倉生尾遮侄(3)大烏導於吉野」

巻第九・述義五「平國之釼」二一八・一二六

28 古事記序曰「列(1)儛攘賊聞歌伏仇(2)」

巻第九・述義五「頭八咫烏」二一八・一二六

29 古事記中巻曰「於是宛八十建設八十膳夫毎人佩刀誨其膳夫等曰聞歌之者一時共斬」

巻第九・述義五「伴氏師大来目督将」二二〇・一二八

30 古事記上曰「於出雲國之多藝志之小濱造天之御舎(1)而水戸神之孫櫛八玉神為膳夫獻天御饗之時禱白而櫛八玉神化鵜入(2)海底咋(3)出底之波迩(4)作天八十毗良迦(5)」云々「獻天之真(一)魚咋也」

巻第九・述義五「八十梟帥」二二二・一二八

27

（1）化―紀（伊勢系）

（2）釼―劔（兼・曼・猪）

（3）侄―經（真）、「侄」を見セ消チにして右傍書「徑」（猪）

28

（1）列―別（真・伊勢系）

（2）仇―犰（真）

30

（1）舎―諸本「舎」の下「多藝志三字以音」（分注）祥は欠損、「多藝志」のみ残存

（2）入―八（卜部系）

（3）咋―咋上（真）

（4）迩―諸本「迩」の下「此二字以音」（分注）、祥は「此二字」欠損

（5）迦―諸本「迦」の下「此三字以音」（分注）

31
（一）同中─神道「底は缺損し、補修しているが文字不明。大永本に據る。板本にこの二字なし」。国史「同中、原蠹蝕、今意補」。

32
（一）御─神道なし。

34
（一）墨─国史「黒」とし、「黒、原作墨、今従古事記」。神道校注なし。

31
同（一）中巻曰又「仰伊迦賀色許男命作天之八十毗羅（1）訶定奉天神地祇之社」
巻第九・述義五「天平瓮」二三〇・一二九

32
古事記曰「故天皇崩後其庶兄當藝志美〻命娶其適后伊須氣余理比賣之時将殺其三弟（1）而謀之間其御（一）祖伊須氣余理比賣患苦而以歌令知其御子等歌曰」云々
巻第九・述義五「手研耳命圖害二弟」二三〇・一三四

33
古事記中巻曰「神八井耳命者意冨臣・小子部連・坂合部連・火君（1）・大分君・阿蘇君・筑紫三家連・雀部臣・雀部造・小長谷造・都祁直・伊余（2）國造・科野國造・道奥石城國造・常道仲國造　長狭國造・伊勢舩木直・尾張丹（3）羽臣嶋田臣・等之祖也」
巻第九・述義五「多臣之始祖也」二三〇・一三四

34
古事記曰「又於宇陁墨坂神祭赤色楯矛又於大坂神（1）祭墨（一）色楯矛」
巻第九・述義五「黒坂神大坂神」二三一・一三五

31
（1）訶─諸本「訶」の下「此三字以音也」（分注）

32
（1）弟─第（傍訓ハシラノ）（卜部系）

33
（1）火君─火若（兼）、大君（右傍書）、大若（前）、炊（曼・猪）
（2）余─全（兼右傍書）
（3）丹波─舟波（真）

34
（1）神─押与（兼・曼・猪左傍書）、押（前右傍書）

35

（一）鈎—神道「鉤」。

36

（一）沼—神道「詔」（底のまま）、校注なし。国史「沼」、校注なし。

（二）著—神道「底、缺損を修補して「箸」としている。「著」と通用したが、板本に「著」とあり、大永本の校異がないので「著」に據った」。国史「著」、校注なし。

35

古事記中巻曰「大山守命」云々「衣中服鎧到於河(1)邊」云々「到訶和羅之前而沈入（訶和羅三字以音）故以鈎(2)(一)探其沈處者繋其衣(3)中甲(4)而訶和羅鳴(5)故号其地謂(6)訶和羅前也」

巻第九・述義五「号其脱甲處曰加和羅」二三二・一三五

36

古事記中巻曰「昔有新羅國主(1)之子・名・謂天之日矛(2)是人叅渡来也・所以叅渡来者・新羅國有一沼(3)・名謂二阿具奴摩(4)一此沼(二)之邊ニ一賤女晝寢・於是日輝如虹指其陰上・亦有一賤夫・思異其狀恒伺其女人之行・故是女人・自其(5)晝寢時(6)・姙身生赤(7)玉・尓其所伺賤夫乞(8)三取其玉・恒裹著(9)(二)レ腰(10)・此人營二田於山谷之間一・故耕人等之飲食・負一牛・而入二山谷之中一遇三逢其國(11)主之子天之日矛一尓問其人曰・何汝飲食負牛・入山谷・汝必殺(12)食是牛・即捕其人將入獄囚(13)・其人答曰・吾非殺(12)牛・唯送二田人之食一耳・

35

(1) 河—阿（真）
(2) 鈎—鈞（真・兼・前・曼）
(3) 衣—夜（真）
(4) 甲—申（真）
(5) 鳴—嶋（卜部系）
(6) 謂—謂ミ（卜部系）

36

(1) 主—王（真）
(2) 矛—弟（真）
(3) 沼—詔（真）
(4) 摩—諸本「摩」の下「自阿下四字以音」（分注）
(5) 其—兼右傍書「其イ」として補
(6) 時—前右傍書で補
(7) 赤—赤（真）、赤ヱ（兼）、赤イ（左傍書）、赤ヱ（前）、袁（左傍書）、袁ヱ（曼・猪）
(8) 乞—凡（兼・前・曼）、乞イ（右傍書）
(9) 著—着（諸本）
(10) 腰—前「胃」を見セ消チにして行末（「此人」の下）に「腰」と注す
(11) 國—兼左傍書「國イ」として補、前左傍書「イ」、ナシ（曼・猪）

然猶不赦・尓解二其腰之玉一・幣二其國主之子一・故赦二其賤夫一將来其玉置二於床邊一・即化美麗嬢子・仍婚為嫡妻・尓其嬢子常設二種〻之珎味一・恒食二其夫一故其國主之子心奢詈妻其女人言凡吾者非應為汝妻之女將レ行二吾祖之國一・即竊乗小舩・逃遁度來・留二于難波一此者・坐難波之比賣碁曽社・謂二阿加流比賣神一者也於是・天之日矛・聞二其妻遁一・乃追渡来将到二難波(14)之間一其渡之神塞以・不入・故更還・泊(15)二多遅摩國一・即留二其國一・而娶二多遅摩之俣尾之女一・名前津見・生子多遅摩母呂須玖・此之子多遅摩斐泥・此之子多遅摩比那良岐此之子(16)多遅摩毛理次多遅摩比多訶・次清日子三柱(17)(三)」云々「故其天之日矛持(18)渡来物者玉津寶云而珠二貫・又振浪比礼比礼二字以音下效此(19)切浪比礼振風比礼切風比礼・又奥津鏡・邊津鏡・并八種也・此者・伊豆志之八前大神也・故茲神之女名

(12)殺─飲（真）
(13)囚─図（真）、因（卜部系）
(14)波─兼右傍書で補
(15)泊─伯（真）
(16)子─尓（真）
(17)三柱─諸本横書分注
(18)持─特（諸本）、但し卜部系傍訓「モチテ」
(19)下─ナシ（真）

(三)三柱─神道「底は缺損を修補して「二字」の如く補書している。板本「三字」、大永本「三柱」と校異がある。縦書きか横書きかは不明」。国史「三柱、原作二字、據古事記改」。

37
（一）紉―神道・国史「紐」。神道「底は「細」に作る」。国史校注なし。

39
（一）着―神道「著」。

伊豆志袁(20)登賣神坐也」

巻第十・述義六「七物則蔵于但馬國常為神物也」二四三・一四〇

37 古事記曰「即作八塩折之紉(一)小刀援其妹」

巻第十・述義六「匕首」二四五・一四一

38 古事記中曰「小(1)碓命(2)到于熊曽(3)」云々「自其時稱御名謂倭建命然而還上之時山神河神及穴戸神皆言向和而参上」

巻第十・述義六「有悪神則殺之」二五〇・一四三

39 古事記中巻曰「倭比賣命賜草那藝釼(1)亦賜御嚢而詔若有急事解茲嚢口」云々「到相武國(2)」云々「入坐其野尓其國造火着(一)其野故知見欺而解二開《テ》其《ノ》姨倭比賣命之《ノ》所レ給嚢口《ヲ》一而見《ミレハ》者火打《ヒウチ》有二其裏一於是先以《ニ》二其御刀一苅二撥草一以二其火打一而打二出《テ》火一着二向火《テムカヒヒヲ》一而焼退還(3)」

巻第十・述義六「倭姫命取草薙釼授日本武尊」二五一・一四四

(20) 袁―赤《ヲ》（前）、袁（前左傍書）

38
(1) 小―ナシ（兼・曼・猪）、兼左傍書「小イ」として補
(2) 命―真「命」の下、本文22字、卜部系23字
(3) 曽―諸本「曽」の下「建之家」

39
(1) 釼―諸本「釼」の下「那藝二字以音」（分注）
(2) 武―摸（兼卜部系）
(3) 還―還出（諸本）

[40]

私記曰案古事記云「化八尋白智鳥翔天」云云

巻第十・述義六「神霊化白鳥而上天」二五三・一四五

[41]

公望私記案古事記「天皇控(1)御琴而建内宿祢居(2)於沙庭請神之命於是大(3)后歸神言教(4)」云々

巻第十一・述義七「為審神者」二六四・一四九

[42]

古事記中巻曰「建内宿祢命率其太子為将褉(1)而經歴淡海及若狭國之時於古(2)志前之角鹿造假宮而坐尓坐其地伊奢沙和氣大神之(3)命見於夜夢云以吾名欲易御子之御名尓言禱白之恐随命易奉亦其神詔明日之旦應幸於濱獻易名之幣故其旦幸行于(4)濱之時毀鼻入鹿魚既(5)依一浦於是御子令白于神云於我給御食之魚故亦稱其御(6)名號御食津大神故於今謂氣比大神也」

巻第十一・述義七「太子令拝角鹿笥飯大神」二七三・一五四

[41]

（1）控—椌（兼）

（2）祢—祢大臣（諸本）

（3）大—太（諸本）

（4）教—教覚詔者（諸本）

[42]

（1）褉—禊（真）

（2）古—高（諸本）

（3）之—巳（真）

（4）于—ナシ（卜部系）

（5）既—ナシ（前）

（6）御—ナシ（真）

43

古事記曰「百済國主照古王以牡馬壹(1)疋牝馬壹(2)疋(一)返付阿知(3)吉師以貢(4)上又科賜百済國若有賢人者貢上故受命以貢上人名和迩(5)吉師即論語十巻千字文一巻并十一巻付是人即貢進(此和尔吉師者文首等祖)」

巻第十一・述義七「百済王貢良馬二疋」二七四・一五五

44

古事記曰「天皇登高山見四方之國詔之於國中烟不發」

巻第十二・述義八「朕登高臺以遠望之」二八三・一五七

45

古事記曰「此天皇之御世為(1)大后石之日賣命之御名代定葛城部亦為太子伊(一)耶本和氣命之御名代定壬生部亦為水齒別命之御名代定蝮部亦為大日下王之御名代(二)定蝮部亦為大日下王之御名代(三)定大日下部為若日下部王之御名代定若日下部」

巻第十二・述義八「為大兄去来穂別皇子定壬生部亦為皇后定葛

43

(1) 疋—返(真・猪)、兼・曼左傍書で「返」

(2) 疋返—返(真・兼・曼)、疋(兼・曼右傍書)、疋(前・猪)

(3) 吉—寺(真・兼・前・曼)、兼・曼左傍書、前右傍書「吉」

(4) 上—諸本「上」の下「此阿知吉師者阿直史等之祖」(分注、但し「等」諸本異同あるも省略)、さらに本文8字

(5) 吉—ナシ(真)

45

(1) 大—太(真)

43

(一) 返—神道「返は衍字であろう。板本は「返‐付《テ》」と讀み、大永本の校異はない。釋紀の原型からのものと思われる。古事記について牡馬壹疋、牝馬壹疋の疋を見ると、眞福寺本は二例とも「返」に作り、兼永本は「牡馬壹疋返牝馬壹疋返」とそれぞれ注記がある。「返」と見えるのは「疋」の古い異體で、…(中略)…釋紀の「疋返」は兼永本古事記の原型と關係が深いと思われ、釋紀書寫者の誤りではないことがわかる」。国史「返、古事記旡、恐衍」。

45

(一) 耶—国史「耶、刊本及古事記作邪、古通用」。神道校注なし。

(二) 定以下十三字—神道「見セ消チの十三字、底は墨線一本で消してい

る。板本、この十三字なく、大永本の校異もない」。国史校注なく十三字を見セ消チとする。
（二）定以下十五字―神道「「定大日下部……御名代」の十五字、板本になし。大永本にあり。」。国史校注なし。

城部」二八三・一五八

46
古事記曰「太后為將豊樂而採御綱柏(1)幸行木國之間天皇婚八田若郎女」云々「大(2)后大(3)恨怒載其御舩之御綱柏(4)者悉投棄於海故号其地謂御津前也」
巻第十二・述義八「御綱葉」二八四・一五八

47
古事記下巻曰「此(1)天皇御身之(2)長九尺二寸半御歯長一寸廣二分上下等齊既如貫珠」
巻第十二・述義八「瑞歯別天皇」二八七・一六〇

48
古事記曰「此時新良國主(1)貢進御調八十一艘尓御調之大使名云金波鎮漢紀武此人深知藥方故治差帝皇之御病」
巻第十二・述義八「醫至新羅則令治天皇病」二八八・一六一

49
古事記下曰「天皇御年柒拾捌歳(1)」
巻第十二・述義八「天皇―時年若干」二八九・一六一

46
（1）綱柏―緹拍（真）、綱拍《ウチタマフ》（卜部系）
（2）大―太（諸本）
（3）大―太（真）
（4）柏―拍（真）、拍（兼・猪）

47
（1）此―ナシ（真）
（2）之―ナシ（前）

48
（1）主―王（真）

49
（1）歳―諸本「歳」の下「甲午年正月十五日崩」、真小字分注、卜部系大字

50

古事記下曰「尓軽太子(1)畏而逃入大前小前宿祢大臣之家而
備作兵器尓時所作矢者銅其箭之内(2)故号其矢謂軽箭也(3)穴穂王子亦兵器此王子所作之矢者即今(4)時之矢者也(5)此(6)謂穴穂箭
也」

巻第十二・述義八「穴穂括箭軽括箭」二八九・一六一

51

古事記下巻曰「吾者雖悪事而一言雖善事而一言〻離(1)之神
葛城之(2)一言主之大神者也」云々「故是一言主之大神者彼
時所顕也」

巻第十二・述義八「一言主神」二九〇・一六二

52

古事記下曰「日子人太子(1)又娶漢王之妹大俣王生御子智奴(2)
王」

巻第十四・述義十「吉備嶋皇祖母命薨」三四一・一八九

53

私記曰問…(中略)…又問今案古事記云「次國稚如浮脂
而」クラケナスタ、ユヘル「之時(1)」者…(中略)…

50
(1) 太―ナシ（真）
(2) 内―同（真）
(3) 也―也云〻（真）
(4) 今―金（真）
(5) 者也―也者也（卜部系）
(6) 此―是（真）

51
(1) 離之―雖〻（真）
(2) 之―ナシ（真）

52
(1) 子―諸本「子」の下、大字本文34字、小字分注2字
(2) 智―知（真）

53
(1) 時―諸本「時」の下「流字以上十字以音」（分注）

54
※「多陁用獘流」に声点あり、省略。

57
（一）上—神道「古事記諸本、小字の聲注」。国史校注なし。

54 公望私記曰今案…（中略）…又案古事記「脩理固（1）成（2）是多陁（3）※用（4）獘流之國賜天沼（5）矛」也
巻第十六・秘訓一「溟涬」三九六-七・二一八

55 私記曰…（中略）…答案古事記凡呼女人者稱「手弱女」
巻第十六・秘訓一「婦人」四〇六・二二三

56 私記曰問案古事記只云「津嶋」
巻第十六・秘訓一「對馬嶋」四〇七・二二四

57 私記曰問…（中略）…案古事記云愛即注云「愛上（一）」也
私云謂愛上者愛字讀上聲止云注也
巻第十六・秘訓一「可愛」四〇八・二二四

58 私記曰問…（中略）…答師説…（中略）…古事記云「鹿（1）屋野姫（2）」
巻第十六・秘訓一「草野姫」四〇九・二二四

54
（1）固—因（真・伊勢系）
（2）成—ナシ（道・祥）、春右傍書「成《ス》」として補
（3）陁—陀（真）
（4）獘—弊（伊勢系）、幣（卜部系）
（5）沼矛—治弟（真）

58
（1）鹿—麻（真）、麻鹿（卜部系）
（2）姫—比賣神（諸本）

59 ※「和久」に声点あり、省略。

60 ※「蕃登」に声点あり、省略。

61 ※「津」「美須麻留」に声点あり、省略。

62 ※「美豆羅」に声点あり、省略。

59 私記曰問案古事記云「和久※産霊(1)」
巻第十六・秘訓一「稚産霊」四一〇・二二五

60 私記曰問古事記説陰上二字云「蕃登※(1)」
巻第十六・秘訓一「陰上」四一二・二二六

61 私記曰問案古事記曰「五百津※之美須※麻留(1)」云々
巻第十六・秘訓一「五百箇御統」四一三・二二七

62 私記曰問…(中略)…又問案古事記云「乃於左右御※美豆羅又(1)於(2)御鬘(3)亦於左右御手(4)各纒(5)八尺勾璁(6)之五百津之美須麻流之珠」云々
巻第十六・秘訓一「纏其髻鬘」四一三・二二七

63 私記曰問…(中略)…答…(中略)…
私案古事記云「尓(1)大氣都比賣自鼻口及尻種々味物取出而種々作具」云々

59 （1）霊―巣日神（諸本）

60 （1）蕃登―美蕃登此三字以音（諸本）

61 （1）留―流（真（一九四・二〇八行）諸本）

62 （1）又―亦（諸本）
（2）於―春右傍書で補
（3）鬘―縵（諸本）
（4）手―ナシ（真）
（5）纒―纒持（諸本）
（6）璁―瓊（伊勢系）、恐（卜部系）、璁《タマ》（兼右傍書）、珠与璁与（兼左傍書）、璁与（前左傍書）、璁与（猪右傍書）、珠与本（猪左傍書）

63 （1）尓大氣都比賣―ナシ（伊勢系）

64

問（私記曰）…（中略）…問…（中略）…答偏案文面似餘下母字也但古事記説全有此字而其注云「八字以音[1]」

巻第十六・秘訓一「洟」四一五・二二八

巻第十六・秘訓一「瑲々」四一七・二二九

65

古事記曰「速須佐之男命宮可造作之地求出雲國尓到坐須賀[1]地[2]初作須賀宮之時自其地雲立騰尓作御歌」

巻第廿三・和歌一「夜句茂多兎」（1番）五八四・二九〇

66

阿《ア》妹《モ》（メ「米」古事記此字也）（注略）奈《ナ》屢《ル》夜《ヤ》（注略）乙《ヲ》（「淤」古事記此字也）登《ト》（注略）…（中略）…弥《ミ》素《ス》（「湏」古事記此字也）磨《マ》屢《ル》廼《ノ》

巻第廿三・和歌一「阿妹奈屢夜」（2番）五八七-八・二九一-二

67

古事記曰「故阿治志貴高日子根神者忿[1]而飛去之時其伊呂妹高比賣命思顕其御名故歌曰」

巻第廿三・和歌一「于儾能」（7番）五九五・二九四

68

于《ウ》儾《タ》能《ノ》…（中略）…多《タ》知《チ》曽《ソ》縻《ハ》能《ノ》末（「微《ミ》」古事記此字也）廼《ノ》

64
（1）音―諸本「音」の下「下效此」（分注）

65
（1）賀―諸本「賀」の下「比二字以音下效此」（分注）
（2）地―諸本「地」の下、本文34字

67
（1）忿―兼「征」を見セ消チとし、左傍書「忿」

69 於《ヲ》佐《サ》箇《カ》廼《ノ》…（中略）…異《イ》「伊《イ》」古事記此字也 離《リ》鳥《ヲ》利《リ》苫《ト》毛《モ》

巻第廿三・和歌一「於佐箇廼」（９番）五九八・二九六

70 哆《タ》々《タ》奈《ナ》梅《メ》弖《テ》…（中略）…多《タ》々《タ》介「加《カ》」古事記此字也 陪磨《ハ》…（中略）…宇《ウ》介《カ》「加」古事記此字 辟《ヒ》餓《カ》等《ト》茂《モ》也

71 古事記曰「撃兄師木弟師木之時御軍暫疲尓歌曰」

巻第廿三・和歌一「哆々奈梅弖」（12番）六〇〇・二九七

72 波《ハ》辞《シ》枳《キ》豫《ヨ》辞《シ》…（中略）…夜《ヤ》摩《マ》苫《ト》波《ハ》區《ク》玾《ニ》能《ノ》（注略）摩《マ》倍《ホ》羅《ロ》「本呂」古事記此字也 磨《ハ》

巻第廿四・和歌二「夜摩苫波」（22番）六一五・三〇三

73 許《コ》能《ノ》弥《ミ》企《キ》塢《ヲ》…（中略）…娜《タ》濃《ノ》芝《シ》枳《キ》沙《サ》樂也　古事記「陁怒斯佐ゝ」

74 古事記曰「此者酒楽之歌也」

巻第廿四・和歌二「許能弥企塢」（33番）六二五・三〇八

75 知《チ》婆《ハ》能《ノ》伽《カ》豆《ツ》怒《ノ》塢《ヲ》…（中略）…區《ク》玾《ニ》能《ノ》朋《ホ》「冨」古事記此字也 母《モ》弥《ミ》喩《ユ》

76 古事記曰「天皇越幸近淡海國之時御立宇遅野上望葛野歌

曰」

巻第廿四・和歌二「知婆能」（34番）六二五・三〇八

77

古事記曰「吉野之國主等」云々「又於吉野之日(一)檮上作横臼而於其横臼釀大御酒獻其大御酒之時撃口鼓為伎而歌曰」

巻第廿四・和歌二「伽辞能輔珥」（39番）六二九・三一〇

78

知《チ》破《ハ》椰《ヤ》臂《ヒ》苫《ト》「大流」古事記如此

巻第廿五・和歌三「知破椰臂苫」（42番）六四一・三一三

79

菟《ツ》藝《キ》泥《ネ》赴《フ》…(中略)…涴《ワ》餓《カ》能《ノ》朋《ホ》例《レ》磨《ハ》涴「和」古事記此字也

巻第廿五・和歌三「菟藝泥赴」（53番）六四七・三一七

80

古事記曰「天皇直(1)幸女鳥王(2)之(3)所坐而坐其殿戸之閾(4)(一)上於是女鳥王坐機而織服」

巻第廿五・和歌三「比佐箇多能」（59番）六五二・三一九

77

（一）日―国史「白、原作日、據古事記改」。神道校注なし。

80

（一）閾―神道「底は「間」の略字に見える。板本は「間」に作り、大永本の校異はない。今は眞福寺本古事記に據って訂す。眞福寺本古事記中巻の奥書に卜部兼文は「莫出閾外」と書いているが、あるいはこの字とも思われる」。国史「閾、原作間、今從古事記眞福寺本延佳本等」。

80

（1）直―置（卜部系）

（2）王―ナシ（卜部系）

（3）之―「之…女鳥王」十六字を右傍書で補い「如本」と注する（卜部系）

（4）閾―闕（卜部系）

81 ※ 神道「〳古事記曰」以下、底・板本とも分注の「私記曰。定安席也」に續けている。しかりとすれば、この古事記は「私記」にすでに引用されていた文とも考えられる。大永本は「古事記曰」より改行、大字二等とすると校異がある。巻廿六・第十四巻、雄略天皇五年春二月の歌の釋にも、私記を言わず直接「〳古事記曰」として分注とした例がある。底のままの形式とする」。

81 破始多《ハシタ》弖能《テノ》…（中略）…椰須武志呂《ヤスムシロ》箇茂 安席也私記曰定安席也〳※古事記曰「伊毛登能煩礼波佐賀斯玖母阿良受」

巻第廿五・和歌三「破始多弖能」（61番）六五四・三二〇

82 阿資臂紀能《アシヒキノ》…（中略）…去鐏去曽《コソコソ》 其義未詳或説…（中略）…私記曰…（中略）…案古事記作「許存(1)許曽婆(2)」…（下略）

巻第廿六・和歌四「阿資臂紀能」（69番）六六七・三二六

83 阿摩儾霧《アマトフ》…（中略）…臂等資利努陪《ヒトシリヌヘ》涁《シ》「志」古事記此字也

巻第廿六・和歌四「阿摩儾霧」（71番）六六八・三二六

84 於朋摩弊《ヲホマヘ》…（中略）…輸區泥餓《スクネカ》 宿祢也古事記曰「大前小前宿祢」

85 〳古事記曰「穴穂御子興軍(1)圍大前小前宿祢之家尓到其門(2)時零大氷(3)雨故歌曰」

巻第廿六・和歌四「於朋摩弊」（72番）六六九・三二七

86 野須涁斯志《ヤスミシシ》…（中略）…婆利我曳陁《ハリカエタ》──枝也〳古事記曰「登坐榛上」又曰「波理能紀能延陁」私記

82
（1）存─在（卜部系）
（2）婆─波（真）

85
（1）軍─車（真）
（2）門─明（卜部系）
（3）氷─水（真）

曰……
（下略）

巻第廿六・和歌四「野須渉斯志」（76番）六七六・三三〇

VI 資料篇 2

資料篇2　凡例

一　本編は、上代文学会分科会「古事記逸文研究会」で取り上げられなかったもので、古事記の引用が認められるいくつかの文献について調査し、資料篇としてここにまとめたものである。

一　まず、本文に先立ち簡単な説明を付し、作者・成立・諸本・解説・凡例に分けて記した。

一　本文については各文献の古事記引用箇所を示し、当該文献の諸本異同は本文左に漢数字で注番号を示し頭注とした。古事記諸本との異同は本文右に算用数字で注番号を示し脚注とした。

一　古事記諸本との校合は『諸本集成古事記』を用い、諸本の略号は次に示すとおりである。

　真福寺本（真）、道果本（道）、道祥本（祥）、春瑜本（春）、兼永本（兼）、前田家本（前）、曼殊院本（曼）、猪熊本（猪）、寛永版本（寛）

道果本から春瑜本までをあわせて「道以下」で表す場合がある。また、兼永本から猪熊本までをあわせて「兼以下」で表す場合がある。また、すべての諸本を示す場合は「諸本」とした。

一　各文献における諸本の校異の略号は、各文献ごとに定め各文献ごとの凡例で示した。

一　同一文献に複数箇所の引用がある場合は、①②…と順に番号を付した。

一　各文献中小書双行で記されている部分は、［　］に括って示した。

一　引用文によっては、引用者自身の本文と認められる箇所が散見する。その場合は『古事記』の引用部分にのみ傍線を引き、引用者の本文と区別した。

一　執筆者は以下の通りである。

1『琴歌譜』　宮岡薫・大館真晴
2『元元集』　千賀万左江
3『皇字沙汰文』　千賀万左江
4「神道五部書」　千賀万左江
5「題未詳書」（断簡）　千賀万左江
6『伊勢諸別宮』　千賀万左江
7『本朝月令』　山本堅太郎
8『政事要略』　山本堅太郎
9『年中行事秘抄』　山本堅太郎
10『師光年中行事』　山本堅太郎
11『大倭神社註進状』　山本堅太郎
12「弘仁私記序」　松田信彦
13『兼方本日本書紀』（裏書）　松田信彦
14『丹鶴叢書本日本書紀』　松田信彦
15『長寛勘文』　山﨑かおり
16『類聚神祇本源』　山﨑かおり
17『聖徳太子平氏伝雑勘文』　大館真晴
18『上宮太子拾遺記』　大館真晴

1 『琴歌譜』

宮岡　薫

『琴歌譜』の研究は、大正十三年（一九二四）六月、佐佐木信綱氏が近衛家の古典籍の中から発見し、翌十四年一月発行の『藝文』に、その大略を紹介するために発表した、「新たに知られたる上代の歌謡に就いて」をもって開始された。その論文において、佐佐木氏は発見の喜びを率直に表明した。

　この琴歌譜は、同じく數百年來筐底に秘藏せられ、隨つて、學者の耳目に觸れざりし文献で、巻中、未だかつて世に知られなかつた上代の歌謡十數首を含んでをる。卽ち、紀記萬葉等に収められてある以外に、上代の歌謡十數首が、この書の発見によつて、新たにわが歌謡史の上に加はつたのである。多年上代及中世の歌謡に就いて研究してをる自分にとつては、この發見は夢にはあらずやとたどらるゝばかりの喜ばしさであつた。[1]

と述べた。氏の関心が歌謡にあったことから、「茲都歌」をはじめ「茲良宜歌」までの十九曲二十二首（佐佐木氏は、「片降」と「大直備歌」とが同じ歌詞なので一首と数える）の歌詞を検討し、「他に所見なき歌」として十三首（歌返・高橋扶理・伊勢神歌・天人扶理・継根扶理・庭立振・阿夫斯弖振・山口扶理・余美歌・長埴安扶理・阿遊陀扶理三首）を指摘した。

そして『琴歌譜』が、わが国の歌謡史、音楽史、国語学、国史、神道研究などに「寄與する所の尠くない書」であると認めた。

爾来『琴歌譜』の研究は、佐佐木氏の論を立脚点にして今日に至ったが、主に歌謡、音楽、国語学の分野において成果をあげてきた。しかし、その研究史を眺めると、特に歌謡史の研究について、方法としての問題点があると指摘されている。それは、矢嶋泉氏の言葉を借りると、「佐佐木は、①歌謡伝来の様相、②記紀歌謡の原資料、③国語史、④音楽史・歌謡形式、⑤神祇史、⑥『古事記』受容史、等の研究上、重要な資料的価値をもつこと、⑦所載の縁起は国史の補完資料となること等を『琴歌譜』の有する意義として指摘したが、その後の研究史が引継いだ関心は主として②と④に集中したように見受けられる。（中略）しかし、本来別の次元に属するはずの②と④を安易に繋いで、その後の研究史が『琴歌譜』を通じて古代歌謡の記紀への定着過程を推定したり、記紀歌謡が実際にどのように歌われたかを推定したりする方向へと踏み出して行った点に関しては、かなりの危うさをはらんでいたのではなかったか。[2]」と危惧の念を抱いており、このような「『琴歌譜』を通じて記紀歌謡を透し見ようとする方法の危うさは、端的に言えば『琴歌譜』の位置づけの曖昧さに起因する。[3]」と発言した。この問題は、歌謡史の分野のことだけではなく『琴歌譜』の本質に係わる事柄であって、これまで七十数年の研究史を積み重ねてきた、『琴歌譜』の研究状況を象徴するひとつの事象として理解する必要があろう。

最近の研究で高く評価されるべきことは、文献の基礎的研究である「琴歌譜注釈稿[4]」が平成十一年（一九九九）三月に完結したことである。それは、神野富一・武部智子・田中裕恵・福原佐知子の四氏の共同討議の結果をふまえて作成されたものであり、今後の『琴歌譜』研究の発展に寄与することは大である。また、研究の動向を正確に把握するために不可欠な「『琴歌譜』研究・参考文献目録[5]」が増田修・横山妙子の両氏によって編まれた。

その内容は、『琴歌譜』の文学的研究ならびに音楽的研究を主題とするもの、歌謡に言及しているもの、琴譜・歌謡を研究するのに必要と思われる著書・論文などを含むもので、佐佐木氏の論を筆頭に一八六の文献が掲載されており、平成十年（一九九八）までを期間とした労作である。このように『琴歌譜』研究の環境は、整備されつつあって、新しい局面を迎えるに至っている。

【注】

（1）佐佐木信綱「新たに知られたる上代の歌謡に就いて」（『藝文』第十六年第一号　一九二五年一月）。
（2）矢嶋泉「『琴歌譜』をめぐって」（『青山語文』第二十六号　一九九六年三月）。
（3）注（2）に同じ。
（4）神野富一・武部智子・田中裕恵・福原佐知子「琴歌譜注釈稿」（一）・（二）・（三）・（四）（『甲南国文』第四十三号　一九九六年三月、第四十四号　一九九七年三月、第四十五号　一九九八年三月、第四十六号　一九九九年三月）。
（5）増田修・横山妙子「『琴歌譜』研究・参考文献目録」（増田修「研究史・『琴歌譜』に記された楽譜の解読と和琴の祖型─附・『琴歌譜』研究・参考文献目録─」『藝能史研究』第一四四号　一九九九年一月）。

一、作者

未詳

二、成立

平安初期か

三、諸本

【写本】陽明文庫蔵本〔天元四年（九八一）伝写〕
【影印】陽明叢書『古楽古歌謡集』（思文閣出版、昭53・9）
　古典保存会複製書二期『琴歌譜』（昭2）
【活字本】『日本歌謡集成1』（高野辰之編、東京堂出版、昭55・3）
　日本古典文学大系『古代歌謡集』（土橋寛・小西甚一校注、岩波書店、昭32・7）
　『記紀歌謡集全講』（武田祐吉、明治書院、昭31）

四、解説

『琴歌譜』は一巻から成り、琴歌教習用のテキストといわれている。含まれる歌曲数は十九曲で歌詞は二十二首ある。巻頭に漢文の序がある。

本文は「茲都歌」などの歌曲名をあげ、その下に歌詞を万葉仮名で双行に書き、次に歌詞の声譜と、その右傍に朱で和琴の譜が記されている。

また、「茲都歌」「歌返」「余美歌」「宇吉歌」「阿遊陀扶理」「酒坐歌二」「茲良宜歌」には縁起を記し、その出典を「古事記云」「一説云」「日本紀云」「古歌抄云」と明示する場合と出典を記さない場合とがある。また『琴歌譜』の載せる二十二首には『古事記』『日本書紀』『続日本紀』『古今和歌集』『本朝月令』『年中行事秘抄』などと共通する歌謡が八首ある。

唯一の伝本である陽明文庫本の奥書には「琴歌譜一巻　安家書　件書希有也。仍自大歌師前丹波掾多安樹手伝写。天元四年十月二十一日」とある。これは「大歌師前丹波掾多安樹」が伝写した本を、

天元四年（九八一）十月二十一日に安家が書写したものか。

五、凡例

今回使用したテキストは以下のとおりである。

・『琴歌譜』…陽明叢書『古楽古歌謡集』
・『古事記』…『国宝真福寺本古事記』桜楓社
・『日本書紀』…天理図書館善本叢書『日本書紀』〈兼右本〉、対校は神道大系『日本書紀』穂久迩文庫本に拠る。但し、『日本書紀』六十九番歌謡については、図書寮本『日本書紀』（石塚晴通著・美季出版社）も対校に加えた。

六、参考文献

佐佐木信綱　新たに知られたる上代の歌謡に就いて（『藝文』16-1、大14・1）
佐伯常麿　琴歌譜（『古歌謡集 全』校註国歌大系1、国民図書、昭3・3）
山岸徳平　解題 歌壇歌・琴歌譜（『古歌謡集 全』校註国歌大系1、国民図書、昭3・3）
武田祐吉　琴歌譜（『上代文学集』校註日本文学類従、博文館、昭4・1）
土田杏村　紀記及び「琴歌譜」に於ける志良宜歌、「琴歌譜」の譜法に就いて（『国文学の哲学的研究』第3巻「上代の歌謡」第一書房、昭4・6）
武田祐吉　琴歌譜（『上代文学史』博文館、昭5・10）
安田喜代門　上代歌謡の曲節「短詩形の声楽的研究」・「長詩形の声楽的研究」（『上代歌謡の研究』中文館書店、昭6・11）
田坂誠喜　琴歌譜に於ける片歌（『国語と国文学』8-11、昭6・11）
田坂誠喜　上代国文学に於ける琴歌譜の位置（『日本文学』1-10、昭6・12）

鈴木正蔵　大歌の音楽的術語に対する一考察（1・2）（『國學院雑誌』39-8・9、昭8・8〜9）

佐佐木信綱　琴歌譜に就いて（『上代日本文学講座4』春陽堂、昭8・10）

藤田徳太郎　琴歌譜、及び気比、北御門の神楽歌（『古代歌謡の研究』金星堂、昭9・9、復刊『古代歌謡乃研究』有精堂出版、昭44・7）

武田祐吉　記紀の歌謡と琴歌譜（『国文学研究』神祇文学篇、大岡山書店、昭12・1）

木本通房　琴歌譜（『上代歌謡詳解』武蔵野書院、昭16・8）

佐佐木信綱　琴歌譜（『上代歌謡の研究』人文書院、昭21・10）

田辺幸雄　『夷振之片下』考（『国語と国文学』26-7、昭24・7）

小野田光雄　琴歌譜引用の「古事記」について（『国語と国文学』30-11、昭28・11）後に『古事記・釈日本紀・風土記の文献学的研究』（続群書類従完成会、平8・2）

賀古　明　琴歌譜の歌（1〜3／4〜6）（『雪炎』27〜29／30〜39、昭29・10〜12／昭30・1〜10）

武田祐吉　琴歌譜歌謡集（『記紀歌謡集全講』明治書院、昭31・5）

武田祐吉　『琴歌譜』における歌謡の伝来（『國學院雑誌』57-6、昭31・6）後に『武田祐吉著作集』第8巻文学史歌物語篇（角川書店、昭48・11）

武田祐吉　『古事記』における歌謡の伝来（『国語と国文学』33-7、昭31・7）

岩橋小弥太　紀記史料としての歌謡（『上代史籍の研究』吉川弘文館、昭31・1）

賀古　明　琴歌譜の有縁起歌（『國學院雑誌』57-3、昭31・6）後に『琴歌譜新論』（風間書房、昭60・9）

賀古　明　琴歌譜難語考—あきつはなふく・ふ、きのをとり—（『上代文学』7、昭31・7）後に『琴歌譜新論』（風間書房、昭60・9）

岡田米夫　古代文献に見える古事記（8琴歌譜の引用文）（『古事記大成』1、平凡社、昭31・11）

賀古　明　埴安ぶり（『國學院雑誌』57-6　昭31・12）後に『琴歌譜新論』（風間書房、昭60・9）

1 『琴歌譜』

小西甚一　琴歌譜（『古代歌謡集』日本古典文学大系3、岩波書店、昭32・7）

岩橋小弥太　『歌かへし』と『かへし歌』（『國學院雑誌』58-5、昭32・9）

国田百合子　上代歌謡に現われた辞「や」について—記紀歌謡・琴歌譜を中心として—（『和歌文学研究』3、昭32・4）

倉野憲司　琴歌譜序私注（『文学・語学』4、昭32・6）

武田祐吉　志都歌の歌ひ返しの考（『文学・語学』7、昭33・3）

志田延義　古代歌謡における見立て・寄せ—琴歌譜の阿遊陁扶理」は「阿遊地ぶり」か—（『日本歌謡圏史』至文堂、昭33・4）

室田浩然　琴歌譜歌謡中の「庭立振」の歌の解釈（『解釈』4-1、昭33・1）

賀古　明　琴歌譜の「歌返し」の歌（『上代文学』10、昭33・7）後に『琴歌譜新論』（風間書房、昭60・9）

賀古　明　琴歌譜「茲都歌」（『日本文学論究』17、昭34・3）後に『琴歌譜新論』（風間書房、昭60・9）

西宮一民　琴歌譜に於ける二、三の問題（『帝塚山学院短期大学研究年報』7、昭34・11）後に「琴歌譜と仮名遣と符号」と改題して『日本上代の文章と表記』に所収（風間書房、昭45・2）

賀古　明　琴歌譜の注記「自余小歌同十一月節」（『日本歌謡集成』巻1　上古編月報6、東京堂出版、昭35・8）後に『琴歌譜新論』（風間書房、昭60・9）

相磯貞三　校注琴歌譜（『記紀歌謡全註解』有精堂書版、昭37・6）

宇佐美多津子　琴歌譜の基礎的事項に関する考察（正）・（続）（『学習院大学国語国文学会誌』5・6、昭36・4／昭37・5）

賀古　明　琴歌譜「阿遊陁扶理」攷—正月七日節饗宴歌への由縁—（『上代文学』16、昭39・6）後に『琴歌譜新論』（風間書房、昭60・9）

賀古　明　歌われた古代歌謡の定着—琴歌譜の『譜詞』を拠点として—（『古典の窓』7、昭40・10）

賀古　明　琴歌譜の原本の成立とその構成（『万葉集新論—万葉情意語の探究—』風間書房、昭40・3）
賀古　明　琴歌譜の歌謡と古事記の歌謡（『万葉集新論—万葉情意語の探究—』風間書房、昭40・3）
林　謙三　琴歌譜の音楽的解釈の試み（『東洋音楽研究』18、昭40・8）後に『雅楽—古楽譜の解読—』（音楽之友社、昭44・12）
賀古　明　志良宜歌—歌曲名攷—（『古事記年報』11、昭41・9）後に『琴歌譜新論』（風間書房、昭60・9）
高木市之助　校註琴歌譜歌謡集（『上代歌謡集』日本古典全書、朝日新聞社、昭42・3）
賀古　明　古代歌曲名考—序説—（『國學院雑誌』68-6、昭42・6）後に『琴歌譜新論』（風間書房、昭60・9）
賀古　明　古代歌謡の詠唱—琴歌譜を拠点として—（『星美学園短期大学研究論叢』1、昭43・3）後に『琴歌譜新論』（風間書房、昭60・9）
真鍋昌弘　校註霊異記歌謡　琴歌譜（附）古語拾遺歌謡（『日本歌謡文学』桜楓社、昭41・11）
賀古　明　琴歌譜の大歌（『文学・語学』50、昭43・12）後に『琴歌譜新論』（風間書房、昭60・9）
島田晴子　琴歌譜の構成について（『学習院大学国語国文学会誌』12、昭44・3）
益田勝実　祭のあと（『古代歌謡全注釈古事記編』日本古典評釈全注釈叢書月報15、角川書店、昭47・1）
島田晴子　琴歌譜の縁記について（『学習院大学国語国文学会誌』16、昭48・7）
山上伊豆母　楽家多氏成立の背景—神話から神楽へ—（『芸能史研究』47、昭49・10）
賀古　明　酒座歌・酒楽之歌—古代歌曲名考—（『倉野憲司先生古稀記念古代文学論集』桜楓社、昭49・9）後に『琴歌譜新論』（風間書房、昭60・9）
大和岩雄　現存古事記以外にも存在した古事記（『古事記成立考—日本最古の古典への疑問—』大和書房、昭50・1）
岩橋小弥太　上代の歌謡・五節・雅楽寮と楽所・大歌神楽歌　催馬楽（『芸能史叢説』吉川弘文館、昭50・7）
大久間喜一郎　記紀歌謡の詩形と大歌—琴歌譜「酒坐歌」を軸として—（『上代文学』38、昭51・11）後に『古代文学の伝統』（笠間書院、昭53・1）

島田晴子　赤猪子の歌謡物語（『五味智英先生古稀記念上代文学論叢』論集上代文学8、昭52・11）
荻　美津夫　歌儛所と大歌所（『日本古代音楽史論』吉川弘文館、昭52・9）
賀古　明　琴歌譜歌謡考―短埴安扶理（『星美学園短期大学研究論叢』9、昭52・3）後に『琴歌譜新論』（風間書房、昭60・9）
居駒永幸　記紀における歌謡物語の形成―歌謡集の想定から―（『國學院大學大学院文学研究科論集』4、昭52・3）
青木周平　「琴歌譜」に於ける歌謡享受の問題（正）・（続）（『國學院大学日本文化研究所報』76・79、昭52・4／昭52・10）後に「歌謡資料としての琴歌譜」と改題して『古事記研究―歌と神話の文学的表現―』（おうふう、平6・12）
土橋　寛・岸辺成雄　陽明文庫版影印本、琴歌譜（『古楽古歌謡集』陽明叢書国書篇8、昭53・9）
解説　琴歌譜（『古楽古歌謡集』陽明叢書国書篇8、昭53・9）
大和岩雄　異本古事記をめぐって（『文学』48-5、昭55・5）
小島美子　古代歌謡のフシのこと（1～3）（『春秋』227～229、昭56・8～9）
磯部美佐　琴歌譜の音楽―注記、符号を中心に―（『東洋音楽研究』48、昭57・9）
飯島一彦　『琴歌譜』研究史と課題―附・研究文献目録―『國學院大學大学院文学研究科論集』9、昭57・7）
飯島一彦　琴歌考（『日本歌謡研究』22、昭58・9）
島田晴子　土田杏村『新羅歌』説の検討（『上代文学論叢』笠間書院、昭59・3）
沖森卓也　万葉集はどのように歌われていたか（『ユリイカ』16-12、昭59・11）
古橋信孝　琴歌譜（『万葉・歌謡』研究資料日本古典文学5、明治書院、昭60・4）
小西甚一　歌謡から和歌へ（『日本文芸史』Ⅰ、講談社、昭60・7）

沖森卓也　琴歌譜の音の高低に関する符号について（『国文白百合』16、昭60・3）
賀古　明　琴歌譜関係文献目録（『琴歌譜新論』風間書房、昭60・9）
賀古　明　『琴歌譜新論』（風間書房、昭60・9）
堺　信子　琴歌譜「庭立振」私考—布々支乃乎止利—（『学習院大学上代文学研究』11、昭61・3）
吉川英夫・林　謙三　琴歌譜の復元（『日本音楽文化史』創元社、平元・10）
猿田正祝　記紀歌謡と琴歌譜との比較考察（『國學院大學大学院文学研究科論集』19、平4・3）
猿田正祝　酒楽歌についての一考察—歌謡と説話の接続を中心として—（『國學院大学大学院紀要—文化研究科—』23、平4・3）
宮岡　薫　続日本紀歌謡の解釈—天つ神御孫の命の歌を中心に—（『甲南大学紀要文学編』84、平4・3）
永田和也　大歌所について（『國學院雑誌』91-2、平2・2）
阿久沢武史　五節舞の由来—琴歌譜歌謡考—（『三田國文』17、平4・12）
若林重宗　陽明文庫蔵『琴歌譜』の音表記のし方について—「手」の字の注記をめぐって—（『大阪私立短期大学協会研究報告集』30、平5・10）
斎藤英喜　古事記—歌曲名からの視点—（古事記研究大系9『古事記の歌』高科書店、平6・2）
井口樹生　大嘗祭と歌謡及び和歌—『琴歌譜』十一月節を中心に—（『芸文研究』65、平6・3）
猪股ときわ　歌う身体と書く身体—『琴歌譜』の序文より—（『日本文学』43-3、平6・6）
居駒永幸　『古事記』のうたと『琴歌譜』—琴の声の命脈—（古事記研究大系9『古事記の歌』高科書店、平6・2）
矢嶋　泉　『琴歌譜』をめぐって（『青山語文』26、平8・3）
神野富一・武部智子・田中裕恵・福原佐知子

横田淑子――琴歌譜注釈稿（一）（『甲南国文』43、平8・3）
神野富一――琴歌譜―リズムの問題を中心に―（『古代文学講座9　歌謡』勉誠社、平8・3）
神野富一・武部智子・田中裕恵・福原佐知子――歌謡と和歌（『国文学解釈と鑑賞』62-8、至文堂、平9・8）
神野富一――琴歌譜注釈稿（二）（『甲南国文』44、平9・3）
神野富一――琴歌譜「余美歌」考（『国語国文』66-9、平9・9）
神野富一――琴歌譜の成立過程（『万葉』164、平10・1）
河合　章――琴歌譜の「原テキスト」成立論（『国語と国文学』75-5、平10・5）
神野富一――琴歌譜十四「片おろし」歌と万葉集について（『解釈』44-7、平10・7）
神野富一・武部智子・田中裕恵・福原佐知子――琴歌譜注釈稿（三）（『甲南国文』45、平10・3）
猪股ときわ――実践のための書物―『琴歌譜』という「曲絃図」をめぐって―（『新物語研究5　書物と語り』若草書房、平10・3）
宮岡　薫――古代歌謡研究文献目録補訂―一九七五年～一九九四年―（『芦屋ゼミ』11、平10・3）
下仲一功――『琴歌譜』語句索引（『古代文学研究』4、平10・12）
増田　修――研究史『琴歌譜』に記された楽譜の解読と和琴の祖型（『藝能史研究』144、平11・1）
増田　修・横山妙子――『琴歌譜』研究・参考文献目録（『藝能史研究』144、平11・1）
神野富一・武部智子・田中裕恵・福原佐知子――琴歌譜注釈稿（四）（『甲南国文46』平11・3）
宮岡　薫――古代歌謡研究文献目録―一九七五年～一九九九年―（『古代文学研究』6、平10・12）

①茲都歌

歌譜

美望呂細止引〻留於〻於〻迩丁都短久乙伊夜阿阿乙阿乚多細上阿〻麻乚可上阿下
阿上央吉乚伊〻乙火都吉〻阿和廻上乚安乚阿築安〻ㄥ麻乚須如返曳出宇乚宇上乚宇乙
伊乚与和廻上乚又同於乚フ應丁都宇吉伊伊伊丁阿阿ㄥ麻阿乙丁須宇伊丁伊ㄥ余丁於々都吉丁伊〻
阿阿ㄥ麻阿乙丁須宇伊丁ㄥ余丁於〻、都吉丁伊伊阿阿ㄥ麻阿乙丁須宇伊伊余上於於フ応丁
都宇〻吉伊伊伊伊丁阿阿ㄥ麻阿乙丁須宇伊丁伊ㄥ余丁於於都吉丁伊伊阿阿ㄥ麻阿乙丁須宇伊伊ㄥ
余丁於於

歌詞

美望呂尒(1)　都久也多麻可吉　都(2)安(3)万(4)須　多尒可毛与良牟　可美乃美也碑等

右、古事記云、大長谷若(5)建命、坐長谷朝倉宮、治天下之時、遊行(6)美和河之時、邊(7)有洗衣童女。其容姿甚(8)麗。天皇、問其童女、汝者誰子。答白己名謂引(9)田赤猪子。天皇詔、汝不嫁夫。今将召(10)。故其女、仰待天皇之命、既経八十歳。天皇已(11)忘先事、徒過盛年、而賜歌云。時赤猪子之(12)涙泣(13)、悉湿其所服之丹摺(14)袖。答其大御歌、而詠此歌者、此縁記、与歌異也。

※（1）～（4）は歌譜との相違を示したものである。
（1）尒—迩
（2）歌譜には「都」の右下に「吉」あり。
（3）安—阿
（4）万—麻
（5）若—ナシ（真）
（6）真以下、「行」の下に「到於」の二字あり
（7）邊—河辺（真以下）
（8）甚—其（真）
（9）引田赤猪子—引田部赤猪子
（10）召—嗄（真・兼）兼には左傍に「喚イ」とあり「喚」（前以下）
（11）已—既真以下
（12）之—云（真）
（13）涙泣—泣涙（真以下）
（14）摺—揩（真以下）

参考　右の（5）・（8）・（12）の異同から古事記は卜部系の写本に拠ったことがわかる。（→）六、《参考文献》青木周平氏論文参照

※『古事記』九十四歌謡

美母呂(15)尓　都久夜多麻加岐　都岐阿麻斯　多尓加母余良牟　加微能美夜比登

(15) 呂―召（兼・前・曼・猪・寛）

②歌返

難波高津宮御宇大鷦鷯天皇、納八田皇女為妃。于時皇后聞大恨。故天皇久不幸八田皇女所。仍以戀思若姫之、於平群与八田山之間、作是歌者、今校、不接於日本古事記。

一古事記云、誉田天皇、遊獦淡路嶋時之人歌者。

※『古事記』に対応する記述なし

※「大鷦鷯天皇」と「八田皇女」の人名用字は『日本書紀』と一致している。（↓）六、《参考文献》賀古明氏『琴歌譜新論』参照

③宇吉歌

古事記云、大長谷若(1)建命、坐朝(2)倉之宮、治天下之時、長谷之百枝(3)槻下、為豊楽。是日、亦巻(4)日之遠(5)杼比賣、献大御酒之時、天皇作此歌。

(1) 若―ナシ（真）
(2) 朝倉之宮―長谷朝倉之宮（真以下）
(3) 枝―ナシ（真）
(4) 巻―春（真以下）
(5) 遠―袁（真以下）

④十六日節酒坐歌二

歌譜

許短能於美短吉伊伊丁伊伊波阿丁和可阿阿美丁伊吉伊丁奈先上後下良受久志能於可阿阿丁阿阿美伊

等上許余於於於丁ㄥ迩伊伊万須丁伊波多太丁阿須宇須久奈丁阿美伊可味能丁ㄥ之伊夜

等余於保於於丁於吉伊保於於吉丁ㄥ茂於於止保之丁ㄥ之伊夜丁可无宇保於乙於
吉丁〔保於吉丁〕ㄥ久丁宇流保之丁ㄥ志伊夜丁万都理伊伊許於丁於之丁伊美吉伊叙於
乙丁於於阿佐受遠丁西佐阿阿阿佐阿阿佐受遠丁ㄥ西亞夜

※〔　〕内は朱書き

歌詞

許乃(1)美伎(2)波　和可美支(3)奈良須(4)　久之(5)乃(6)可美　止(7)許与(8)尓(9)伊万須　伊波多須(10)
ゝ(11)久奈美(12)可美乃(13)　止(14)余保ゝ支(15)毛(16)止保之　可无保支(17)ゝ(18)久留(19)保之　万川(20)利(21)己(22)之
美伎(23)曽(24)　阿佐須(25)乎(26)西　佐佐

※『古事記』三十九歌謡

許能美岐波　和賀美岐那良受　久志能加美　登許余迩伊麻須　伊波多、
須、久那美迦微能　加牟菩岐　夲(27)玖琉(28)夲斯　登余夲岐　夲(29)岐母登夲斯　麻
都理許斯　美岐叙　阿佐受袁勢佐、

※『日本書紀』三十二番歌謡

虚能弥仚(30)破　和餓旀企那羅儒　區(31)之能伽旀(32)　等虚豫珥伊麻輸　伊破多、須
周玖那旀伽未能　等豫保枳　、、(33)茂苫(34)陪之　訶武保枳　、、玖流保之　摩
莬利虚辞　弥企層　阿佐孺塢斉　佐、

※以下の（1）〜（26）は歌譜との相違を示したものである。

（1）乃―能
（2）伎―吉
（3）支―吉
（4）須―受
（5）之―志
（6）乃―能
（7）止―等
（8）与―余
（9）尓―迩
（10）「多」の右下に朱にて「々」の字あり
（11）ゝ―須
（12）美―味
（13）乃―能
（14）止―等
（15）支―吉
（16）毛―茂
（17）支―吉
（18）、―朱にて「保吉」
（19）留―流
（20）川―都
（21）利―理
（22）己―許
（23）伎―吉
（24）曽―叙
（25）須―受
（26）乎―遠

歌譜

己能美枳丁伊遠於可美祁丁亞牟比度波丁蔆乃都豆丁宇見力伊宇有須引ㄥ迩多
提丁牟志伊夜宇太碑伊都宇丁津有丁可阿美祁ㄥ礼衣賀毛志丁牟志伊夜万比伊伊都
宇都力宇可阿美祁丁牟礼衣可毛之丁无志伊夜丁許乃美力伊支伊夷能於阿也阿尓伊
移伊移伊伊丁宇太〻乃於志佐阿阿阿佐丁阿阿宇多〻乃於无志伊夜

歌詞

許(1)乃(2)美支乎(3)(4)　可美介(5)无(6)比止(7)波　曽(8)乃川(9)〻(10)美(11)　宇須尓(12)太(13)天(14)　宇太比(15)川(16)〻(17)　可
美介(18)礼(19)可毛之(20)　未(21)比川(22)、(23)　可美介(24)礼可毛之　己(25)乃(26)美支〔乃〕　安(27)也尓宇太
〻乃之(28)佐〻(29)

※〔　〕内は朱書き

※『古事記』四十番歌謡

許能美岐袁　迦美祁牟比登波　曽能都豆美　宇須迩多弖、　宇多比都、
(30)迦祁礼迦母　麻比都、　迦美祁礼加母　許能美岐能　美岐能阿夜迩宇多(31)陁
怒斯　佐、

(27)兼以下「夵」の下に「岐」あり
(28)琉―流（兼以下）
(29)夵―兼・春・前・曼・猪・寛なし
(30)佡―企（穂）
(31)區―遍（穂）
(32)弥―祢（穂）
(33)、、―保枳（穂）
(34)苫―苔（穂）

※以下の（1）～（29）は歌譜との相違を示したものである。

(1)許―己
(2)乃―能
(3)支―枳
(4)乎―遠
(5)介―祁
(6)无―牟
(7)止―度
(8)曽―蘇
(9)川―都
(10)、―豆
(11)美―見
(12)尓―迩
(13)太―多
(14)天―提
(15)比―碑
(16)川―都
(17)、―津

※『日本書紀』三十三番歌謡
許能弥企塢　伽弥鶏武比等破　曽能莵豆弥　于輸珥多氏、　于多比莵、
伽弥鶏梅伽墓　許能弥企能　阿椰珥于多娜濃芝(32)　作沙

⑤兹良宜歌

歌譜

阿志了上比幾上能上丁夜万多阿阿乎於於於於於上下上都久利伊伊移夷移引伊カ移伊移移
レ丁夜万多丁阿何良カ阿志夷太備丁小乚乎和試世丁志太止比夷尓伊和カ阿我止於カ
布都万丁志多奈伎上伊レ尓移和阿我引奈引阿久都万丁試夜丁巳受宇宇巳於曽引
巳受巳於レ於引於於於於引曽伊母尓移伊移伊引夜須宇久波乚太布宇礼亞〻
亞〻〻引夜須宇久波太布礼

歌詞

阿志比支(1)乃(2)　夜万多乎豆(3)久利　夜万多可良(4)一説云也万多可美　志多(5)比(6)乎(7)和之(8)西(9)一説云布須世
志多(10)止比尓和可(11)止布豆(12)万志多奈支(13)尓和可奈(14)久豆万(15)一説云可多奈支尓和可奈久豆万　許(16)曽(17)許(18)曽伊
毛(19)尓　夜須久波多(20)布例(21)
日本記曰、遠明日香宮　御宇雄朝嬬稚子宿祢天皇代、立木梨軽皇子、爲太子也。奸聞母妹軽大娘皇女、乃悒懐少息。仍歌者。今案古事記「云」日本

(18) 介―祁
(19) 可―賀
(20) 之―志
(21) 末―万
(22) 川―都
(23) 、―都
(24) 介―祁
(25) 己―許
(26) 乃（朱）
(27) 安―阿
(28) 之―志
(29) 、―佐
(30) 迦―兼以下「迦」の下に「美」あり
迦―加（兼以下）
(31) 多―兼・春・前・曼・猪・寛なし
(32) 芝作―「芝」傍らに「枳」穂　※（底）
（「作」底傍書、枳イ）

※以下の（1）～（21）は歌譜との相違を示したものである。
(1) 支―幾
(2) 乃―能
(3) 豆―都
(4) 可―何
(5) 多―太
(6) 比―備
(7) 乎の右下に朱にて「和」あり
(8) 之―試

記之歌、与此歌、尤合古記。但至許曽許曽之句、古記不重耳。

古歌抄云、雄朝豆万稚子宿祢天皇、与衣通日女王寐時作歌者。

※『古事記』七十八番歌謡

河(22)志比紀能　夜麻陁袁豆久理　夜麻陁加美　斯多備袁和志勢　志多杼比尓
和賀登布伊毛袁　斯多那岐尓　和賀那久都麻(23)袁　許存(24)許曽波(25)　夜須久波陁
布礼

※『日本書紀』六十九番歌謡

阿資臂紀能　椰摩娜烏兎(26)約(27)利　椰摩娜箇弥(28)　斯哆媚烏和之(29)勢　志哆那企貳
和餓(30)儺勾兎(31)摩　箇(32)哆(33)儺企貳　和餓儺勾兎(34)摩　去鐏去曽　椰主區(35)津(36)娜布例(37)

(9) 西―世
(10) 多―太
(11) 可―我
(12) 豆―都
(13) 支―伎
(14) 可―我
(15) 豆―都
(16) 許―己
(17) 曽―受
(18) 許―己
(19) 毛―母
(20) 多―太
(21) 例―礼

※以下の『日本書紀』巻十三（允恭天皇）の記述から、縁起の用字文体は『日本書紀』と一致していることがわかる。（↓）六、

《参考文献》賀古明氏『琴歌譜新論』

・「雄朝嬬稚子宿禰天皇代」
・「廿三年春三月甲午朔庚子、立木梨軽皇子為太子。」
・「廿四年夏六月、…中略…　時有人曰、木梨軽太子、姧同母妹軽大娘皇女。」

(22) 河―阿（兼以下）
(23) 麻―摩（兼、前、曼、猪、寛、延）
(24) 存―在（兼、前、曼、猪、寛）
(25) 波―婆（兼以下）
(26) 兎―菟（宮）兔（穂）
(27) 約―勾（宮）
(28) 弥―彌（宮）・「旭」（穂）
(29) 之―ナシ（穂）
(30) 餓儺―儺餓（宮）
(31) 兎―兔（穂）
(32) 哆―娜（宮）
(33) 企―ナシ（穂）
(34) 兎―菟（宮）・兔（穂）
(35) 區―⿺辶區（穂）
(36) 津―柑（宮）
(37) 例―利（穂）

2 『元元集』

一、作者

北畠親房

二、成立

延元二・三年頃（一三三七・一三三八）

三、諸本

【写本】真福寺本［建徳二年（一三七一）］巻四・五のみ
石川本（神宮文庫蔵）［正保二年（一六四五）］巻一～七
慶安四年本（神宮文庫蔵）［慶安四年（一六五一）］巻一～七
その他

【版本】承応二年版［承応二年（一六五三）］巻一～八

【活字本】『日本古典全集　神皇正統記・元元集』（正宗敦夫校訂、日本古典全集刊行会、昭9・9）
『元元集の研究』（平田俊春、山一書房、昭19・6）
『神道大系　論説編十八　北畠親房(上)』（平田俊春・白山芳太郎校注、神道大系編纂会、平3・3）

四、解説

北畠親房は延元二年九月に度会家行の『類聚神祇本源』を書写しており、その後すぐに『元元集』の執筆にあたったとされている。『元元集』の執筆は親房その後の著作である『神皇正統記』『東家秘

伝』『二十一社記』を生み出す基となる。よって『類聚神祇本源』の影響を少なからず受けているが、漢籍の知識を援用し独自の神道説を生み出しているとされる。

八巻の内容は、巻一、天地開闢・本朝造化・神皇紹運篇。巻二、天神化現篇。巻三、地神出生上篇。巻四、地神出生下篇。巻五、神器伝授・神籬建立・神道要道篇。巻六、内宮鎮座篇。巻七、外宮鎮座篇。巻八、御遷幸指図（巻八異文―天御量柱・御形文図・神宣禁誡篇）となる。『古事記』の引用文は巻一の本朝造化篇、巻二の天神化現篇、巻五の神器伝授篇にみられる。また、『古事記釈』（巻六）『古事記釈注』（巻七）という書名もみられる。『類聚神祇本源』の引文とは大方一致するものの、『元元集』の引用文では、音訓注を引用しない点、巻二の天神化現篇では、『古事記』の引用を6つに分けて記載している点が伺える。

諸本については、多くの書写本があるが、巻八については異本が多く、巻八を欠く本が多い。さらに巻一から七まで揃った諸本も少ない。詳細は平田俊春氏の『元元集の研究』を参照。以下、本調査で使用の諸本を概略する。

①真福寺本（真福寺宝生院大須文庫蔵）

建徳二年、僧廣範書写の現存する最も古い写本であるが、巻四・五のみの零本。『元元集』では、巻五に錯簡が有るか否かにより系統を分けるが、真福寺本ではその錯簡がないこと、また古訓を多く存することから「原本の面影を髣髴」させると評されている。しかしながら、誤字脱字脱文もかなり見受けられる。国文学研究資料館のマイクロフィルム（87-278-012）を使用。

②石川本（神宮文庫蔵）

正保二年、近江国膳所の藩主、石川主殿忠総が伊勢神宮に奉納したもので天台座主青蓮院尊純法親王の筆になる。巻一から七まで整ったものとしては最古の写本である。巻五の錯簡が存在することにより、真福寺本とは別系統とされる。誤字脱字が多い。石川忠総は同書とともに『古事記』を奉納し

五、凡例

ている。調査にあたっては石川本『古事記』も参考にする。国文学研究資料館のマイクロフィルム（34-482-1）を使用。

③**慶安四年本（神宮文庫蔵）**

慶安四年に書写され、伊勢神宮に奉納されたものである。巻一から七まで揃う。巻五、神籬建立篇と神国要道篇の順序が逆になるが、神器伝授篇の錯簡がない点、また、引用文献の混合が少なく、裏書が最もよく存在している点、誤字脱文が少ない点から真福寺本につぐ本とされる。各巻ごとに書写者が異なり、付訓の有無があるが、『元元集の研究』の校訂本の底本として採られている。調査は国文学研究資料館のマイクロフィルム（34-482-1）を使用。

④**承応二年版**

承応二年に刊行された流布本。巻一から八まで揃う。但し、巻八は御遷幸指図篇となる。巻五の錯巻により、石川本の系統を引くとされる。

誤字脱文、前後の文の混合が多く、『元元集』の真義がこの版本では理解されないとされる。調査は國學院大學図書館所蔵本を使用。

⑤**万治二年本（神宮文庫蔵）**

万治二年に岩倉厚菴により書写されたものである。巻一から八まで揃う。巻八は御遷幸指図篇。奥書によると、承応二年版の誤謬を正すことを目的に書写された。その際、用いられた本が版本の基になったものとされる。

調査は国文学研究資料館のマイクロフィルム（34-482-2）を使用。

・神宮文庫所蔵の慶安四年書写本を底本とする。訓読は底本のままとする。（巻一・五は付訓・返り点なし）

・対校本としての略号は、①「真」、②「石」、④「承」、⑤「万」とする。
・『古事記』の異同には石川本『古事記』（国文学研究資料館紙焼きE3635）も含める。略号「石」

巻一・本朝造化篇

古事記曰天神諸(1)(一)命以詔伊耶那伎(2)命伊耶那美命二柱神修理因(3)(二)成(4)是多陀用幣(5)流之國賜天沼矛(6)而言依賜也故二柱神立天(7)浮橋而指(8)(三)下其沼(9)矛(10)以畫(11)者塩(12)(四)許許袁(五)袁呂〔呂〕邇(13)(六)畫(14)鳴(15)(七)而引上時自其矛末(16)垂落塩之累積成嶋是淤能基(17)呂島(18)(19)(八)於其嶋天降坐而見立天之御柱見立八尋殿(20)「此以下大概同旧(九)事本紀説」

又(一〇)曰御合生子淡道之(21)穂之狭(22)別嶋(23)次生伊豫(一一)之二名嶋此嶋者身一(24)(一二)而(25)(一三)有面四毎面有名故伊豫(一四)國謂愛止(26)比賣(27)讃(28)(一五)國謂飯依比古(29)粟國謂大宜(一六)都比賣(30)土(一七)左國謂速(31)依別次生隠伎(一八)之三子嶋亦名天之忍許

(1) 諸—誥（猪イ・寛）
(2) 伎—岐（諸本）
(3) 因—固（祥・兼以下）
(4) 成—ナシ（道・祥）
(5) 幣—弊（真・道以下・延）
(6) 矛—弟（真）
(7) ナシ—［訓立云多〻志］（諸本）
(8) 指—杇（真・道以下）但シ祥・春傍書「指」トアリ
(9) 沼—治（真）
(10) 矛—弟（真）
(11) 畫—書（春）
(12) 塩—堛（真以下・兼・前・曼・猪）但シ兼傍書「塩カ」トアリ、石「塩」但シヨミ「ツチクレ」

(一) 諸—囯（石）、誥（承・万）
(二) 因—固（承）
(三) 指—投（石・承・万）
(四) 塩—堛（承・万）但シ承傍書「塩イ」トアリ
(五) 袁—裳（承傍書・万）
(六) 邇—ナシ（承）
(七) 鳴—嶋（石）
(八) 島—嶋（石）
(九) 旧—舊（承・万）
(一〇) 又—亦（承）
(一一) 豫—㑀（承・万）
(一二) 而—ナシ（石）
(一三) 有面—面有（石）
(一四) 豫—㑀（承・万）
(一五) ナシ—岐（石・承・万）
(一六) 宜—冝（承）
(一七) 左—佐（石・承・万）

(一八) 伎—岐(承・万)
(一九) 畫—豊(石)
(二〇) 伎—岐(石・承・万)
(二一) 度—渡(承・万)
(二二) 固—因(石・承)、「囙」(万)
(二三) 児—兒(石)
(二四) 士—止(承・万)
(二五) 児—兒(石・万)
(二六) 嶋—ナシ(承)

呂別[32]次生筑紫嶋此嶋亦身一而有面四毎面有名故筑紫國謂白[33]曰
別豊國謂豊曰別肥國謂畫(一九)[34]曰別日向國謂[35]豊久士[36]比泥別[37]熊曾國謂
建曰[38]別次生伊伎(二〇)[39]嶋亦名謂天比登都柱[40]次生津嶋亦名謂天之狹[41]手
依比賣次生佐度(二一)嶋次生大倭豊秋津嶋亦名謂天御虚空豊秋津根
別故固(二二)[42]此八嶋先所生謂大[43]八嶋國然後還坐之時生吉備児(二三)嶋亦名
謂建曰方別次生小豆嶋亦名謂大野手[44]止[45]比賣次生大嶋亦名謂大
多麻士(二四)[46]流[47]別次生女嶋亦名謂天一根[48]次生知訶嶋亦名謂天之忍男[49]
次生両児(二五)嶋亦名謂天両屋[50][自吉備児嶋至天両屋(二六)嶋并六嶋]

(13) ナシ—[此七字以音](諸本)
(14) 畫—書(真)
(15) ナシ—[訓嶋云那志〻](諸本)
(16) 末—未(真)
(17) 基—碁(真)
(18) 島—鳴(真)、嶋(道以下・兼以下)
(19) ナシ—[自淤以下四字以音](諸本)
(20) [此以下…]—ナシ(諸本)
(21) 之—三(道以下)
(22) 狹—使(真・春傍書・兼以下)但シ猪傍書「狹」トアリ、寛「狹」
(23) ナシ—[訓別云和氣下効此](諸本)
(24) 而—面(真・道以下)
(25) 有面四毎面—有四四毎而(真)但シ「有四」ハ○符、有四毎面(道以下)
(26) 止—[上](真・道以下兼・曼・猪)、[止](前)
(27) ナシ—[此三字以音下効此也](諸本)
(28) 讃—讃岐(諸本)
(29) 粟—栗(祥・春)
(30) ナシ—[此四字以音](諸本)
(31) 速—建(諸本)但シ祥・春傍書「速」トアリ
(32) ナシ—[許呂二字以音](諸本)
(33) 白—自(道以下)但シ春傍書「白」トアリ
(34) 畫—建(真・道以下・兼)、達(前・曼・猪)、速(猪傍書・寛)
(35) 國謂—曰(諸本)但シ猪傍書「日向国謂」トアリ
(36) 士—志(道以下)
(37) ナシ—[自久至泥以音](諸本)

(38) ナシ―［曽字以音］（諸本）
(39) 伎―岐（真・道以下）
(40) ナシ―［自此至都以音…］（諸本）
(41) 狭―使（真）
(42) 固―曰（真・道以下・前）、因（猪傍書・寛）
(43) 大―太（真・道以下）
(44) 手―午（真）、乎（前・石）但シ前傍書「手」トアリ
(45) 止―［上］（真・道以下・兼・曼・猪）、［止］（前・石）、ナシ（寛）
(46) 土―［上］（真・道・祥兼・曼・猪）、［止］（春・前・石）、ナシ（寛）
(47) ナシ―［自多至流以音］（諸本）
(48) ナシ―［訓天如天］（諸本）
(49) 名―ナシ（真）
(50) ［自吉備…］―ナシ（諸本）

巻二・天神化現篇

1 古事記曰天地初發《テヒラケシ》之時於《ニ》二高天原《タカマノハラ》一成《ナリイツル》神《ヲ》名二天之御中主《ノ》(1)(一)神《ト》一次《ニ》(2)高産巣日《タカミムスヒノ》神次《ニ》神産巣日《カムミムスヒノ》神(二)此三柱《ミハシラノ》神者《ハ》並《ニ》獨《リ》神《ト》成《リ》坐《テ》而隠《カクシタマフ》レ身《ヲ》也次《ニ》國稚《ノワカシトキ》如二浮《ヘル》脂《アフラ》一而久羅下那《クラケナ》(3)(三)洲多陀《スタ》、用《ヨ》幣流《ヘル》(四)時《ニ》(4)(5)(6)如《コトク》二葦牙《アシカイノ》一因《テ》二萌騰《キサシノホル》(7)之初(8)(五)一而成《ナリイツル》神《ヲ》名二宇《スウ》摩志阿斯訶備比古遅《マシアシカヒヒコチノ》神《ト》一(9)次《ニ》天之常立《アマノトコタチノ》神(10)此二柱《フタハシラノ》神(六)亦《タ》(11)(12)獨《リ》神《ト》成《リ》坐《テ》而隠《カクシタマヘリ》レ身《ヲ》也上《カミクタンノ》(13)(七)上件五柱《イツハシラノ》神者《ハ》別《ニ》天神神(14)(八)次《ニ》

（一）記―紀（万）
（二）日―月（石）
（三）洲―州（石）
（四）ナシ―之（石・万）但シ万傍書「イ无」トアリ
（五）初―物（石・万）
（六）ナシ―足古事（万）但シ○符傍書
（七）上―ナシ（石・承・万）但シ底ニ見セ消チ符アリ
（八）神―ナシ（石・承・万）但シ底ニ見消チ符アリ

(1) ナシ―［訓高下天云阿麻下效此］（諸本）
(2) ナシ―御（諸本）
(3) 洲―州（真・道以下）
(4) 幣―弊（真・道以下）
(5) ナシ―之（諸本）
(6) ナシ―［流字次上十字以音］（諸本）
(7) 因―固（真）
(8) 初―物（諸本）但シ春傍書「初」トアリ
(9) ナシ―［此神名以音］（諸本）
(10) ナシ―［訓常云登許…］

（一）記—紀（万）
（二）上—万傍書「イ无」トアリ
（三）ナシ—始（石・承）

（一）記—紀（万）
（二）迩［止］神—迩神［止］（万）
（三）ナシ—妹（石・承・万）

（一）記—紀（万）
（二）斗—計（石）
（三）斗—計（石）
（四）據—拠（石・万）
（五）者—ナシ（石）
（六）埿—泥（石・万）

（一）記—紀（万）
（二）ナシ—［上］（石）、［止］（万）但シ傍書イ无」トアリ

（一）記—紀（万）
（二）底本「那」ハ○符傍書
（三）耶—丼（石）
（四）獨—独（石）

成《ナリイツル》ヲ神名二國之常立ノ神一等ト⑮［云云］

[2]古事記(一)ニ曰次成《ニナリイツルカミヲ》神名二國スノ之常立ノ神ト①次豊雲上野《ニトヨクム》神②［五③
神化生後也但於(三)國常立計七代也］此ノ二柱ノ神モ亦タ獨リ神ト成リ
坐テ而隠《シタマヘリ》レ身ヲ也

[3]古事記(一)ニ曰次成《ニナリイツルカミヲ》神名二宇《スウ》比《ヒ》地《チ》迩《ニノ》(二)［止①］神(三)次②須《ス》比《ヒ》智《チ》迩《ニノ》
［去③］神④一

[4]古事記(一)ニ曰次角杙《ツノクヒノ》神次妹活杙《イククヒノ》神①［二柱］次意富斗能地《ヲホトノチノ》(二)神
次妹大斗乃弁《ヲホトノヘノ》神②③［(四)據二此説一ニ者(五)略二狭槌一ヲ之故ニ(六)埿土煮沙土煮尊
大戸之道大苫邊尊ノ之中間ニ有二角杙活杙ノ神一也］

[5]古事記(一)ニ曰次於母陀流《ニヲモタルノ》神①次②阿夜訶志古泥《ニアヤカシコネノ》(二)③神④

[6]古事記(一)ニ曰次伊耶那岐《ニイサナキノ》神①次②伊耶那美《イサナミノ》(二)神③上件ノ自リ二國ノ之常
立ノ神一以下《シモツカタ》(三)伊耶那美《イサナミノ》神④以前《ヨリカンツカタ》并《アハセテ》⑤稱フ二神ノ世ノ七代《ナヽヨ》ト一［上二
柱(四)獨神各⑥云二一代一次ニ雙十神各合⑦テ二二神ヲ一云フ二一代一ト也］

⑪ナシ—足（兼以下）
⑫亦—亦並（真・春傍書）
⑬上—ナシ（諸本）
⑭神—ナシ（諸本）
⑮等［云云］—ナシ（諸本）

[2]
（1）ナシ—［訓常立亦如上］（諸本）
（2）上—［止］（兼以下）
（3）［五神…］—ナシ（諸本）

[3]
（1）［止］—［上］（真・道以下）
（2）ナシ—妹（諸本）
（3）［去］—［止］（石）
（4）ナシ—［此二神名以音］（諸本）

[4]
（1）［二柱］—［二］柱（真）
（2）ナシ—［此二神名皆以音］（諸本）
（3）［據此説…］—ナシ（諸本）

[5]
（1）於—淤（兼以下）
（2）ナシ—妹（諸本）
（3）ナシ—［上］（真・道以下）［止］（兼以下）

巻五・神器傳受篇

古事記曰天神詔(1)(一)命以詔伊耶那岐(二)命(三)伊耶那美命二柱神脩理固(2)(四)成是多陀用幣(3)(五)流之國賜天沼矛而言依賜(六)也故二柱神立(4)天浮橋而指(5)(七)下其沼(八)矛(6)以畫者塩(7)許々袁(九)々呂々迩(8)畫鳴(9)而引(10)上時自其矛末垂落塩之累積成嶋是於(11)(一〇)能基(12)(一一)呂嶋(13)於其嶋天降坐而見立天之御柱立(14)(一二)八尋殿

(一)詔―諸(真・石)
(二)岐―伎(真・石・承)
(三)命―尊(承)
(四)固―因(石・万)
(五)幣―弊(真)
(六)賜―ナシ(真)但シ虫損
(七)指―投(真・石・承・万)但シ万傍書ニ「指イ」トアリ
(八)沼―ナシ(石)
(九)袁―裳(真・石・承・万)但シ真ハ虫損、真付訓「モ」トアリ
(一〇)於―淤(真・石・承・万)
(一一)基―碁(石)
(一二)立―見立(承・万)

(4)ナシ―[此二神名皆以音](諸本)

6

(1)耶―ナシ(真)
(2)ナシ―妹(真・祥・春・兼以下)
(3)ナシ―[此二神名亦以音如上](諸本)
(4)耶―邪(兼以下)
(5)前―上(祥・春)但シ傍書「前」トアリ
(6)各―名(真・道以下)
(7)合―令(真)

(1)詔―詔(猪傍書・寛)、諸(真・道以下・兼・前・曼・猪)
(2)固―因(真・道以下)
(3)幣―弊(真・道以下)
(4)ナシ―[訓立云多々志](諸本)
(5)指―朽(真・道以下)但シ祥・春傍書「指」トアリ
(6)矛―弟(真)
(7)塩―塭(真・道・兼以下)但シ兼傍書「塩」トアリ
(8)ナシ―[此七字以音](諸本)
(9)ナシ―[訓鳴云那志々](諸本)
(10)引―刋(寛以外諸本)
(11)於―淤(諸本)
(12)基―碁(真)
(13)ナシ―[自淤以下四字以音](諸本)
(14)立―見立(諸本)

3 『皇字沙汰文』

一、作者　度会（檜垣）常良

二、成立　永仁五・六年頃（一二九六・一二九七）

三、諸本　【写本】神宮文庫・神奈川県立金沢文庫など多数
【活字本】『続群書類従一　神祇部』（続群書類従完成会、大12・4）
『大神宮叢書度会神道大成前篇』（神宮司庁、昭32・3）
『神道大系　論説編五　伊勢神道（上）』（藤田英孝校注、神道大系編纂会、平5・7）

四、解説　『皇字沙汰文』は、永仁四・五年、伊勢神宮の内宮・外宮間におこった論争の文書を集録したもの。その論争は、永仁四年二月十一日、伊勢国員弁郡石河御厨領家職の押領をめぐっての両宮禰宜連署注進状に外宮側が、「豊受皇太神宮・・」と「皇」の字を用いたことに起因する。その「皇」字の可否をめぐって内宮と外宮が争ったものである。集録年代は永仁五・六年頃とされ、編輯者は、近世の考証によると、度会（檜垣）常良（のち常昌）とされている。

『古事記』の引用文については、いわゆる「古事記曰～」という形をとらず、「皇」字を用いるか否かについて、古文献の使用状況をみるものであり、その中に、『古事記』の書名が引用されているのに

すぎない。まず、永仁四年八月十六日、外宮側の文書「豊受太神宮神主注進状［二問状］」—1にその書名が見え、その後も『日本書紀』『古語拾遺』『律令』などに並び『古事記』の書名が散見する。また、永仁五年十月「二宮禰宜等訴論外宮目安條々」—2にも引用される。二つの文書には、両宮一様に祭神名に「皇」字を用いていないことが書かれる。

一方、『皇字沙汰文』(注)と同時期の文献である「神道五部書」には、「天照坐皇太神」「豊受皇太神」と「皇」字が用いられており、中世伊勢神道における思想の様相が浮かびあがってくるものである。

※注『皇字沙汰文』の注進に携わった人物として度会行忠の名もみえる

五、凡例

『神道大系　論説編五　伊勢神道（上）』に翻字されたものを使用。（底本は、神宮文庫蔵、寛文十三年度会貞秀書写本）但し、「二宮禰宜等訴論外宮目安條々」は神奈川県立金沢文庫の紙焼き資料で確認した。

1豊受太神宮神主注進状［二問状］（永仁四年八月十六日）

二所太神宮者、異二于天下諸社一之條、格文載而炳焉也。准據所存、此興料簡歟。不レ見二及日本紀一云々。何起《紀イ》哉荒涼也。但日本書紀［自二神祇一迄二雄略一］・古語拾遺・古事記・律・令・格及延暦公成・延喜安則等勘

2二宮禰宜等訴論外宮目安條々（永仁五年十月）

二宮共不レ載二皇字一古書等

古事記［二宮共不被載皇字。外宮者號登由(1)氣神。］

参考　次《古事記・上巻》登由宇氣神此者坐外宮之度相神者也

（1）由—由宇（諸本）

4「神道五部書」

神道五部書は『天照坐伊勢二所皇太神宮御鎮座次第記』『伊勢二所皇太神宮御鎮座伝記』『豊受皇太神宮御鎮座本紀』『造伊勢二所太神宮宝基本記』『倭姫命世記』の五書の総称であり、中世の伊勢（度会）神道の形成段階において神典として機能したものである。

『古事記』の引用文に関しては、いわゆる「古事記曰～」という形をとらないものの『古事記』独自の表記を引用しているところが見受けられる。五部書のうちの『古事記』を引用している文献、『次第記』『伝記』『本紀』の解説と引用を掲出する。

①『天照坐伊勢二所皇太神宮御鎮座次第記』

一、作者	度会（西河原）行忠か
二、成立	鎌倉時代中期（永仁三年八月十一日下限）
三、諸本	【写本】神宮文庫・真福寺宝生院大須文庫　その他 【影印】『神宮古典籍影印叢刊8　神道五部書』（皇学館大学、昭59・2） 【活字本】『続群書類従一　神祇部』（続群書類従完成会、大12・4）

『新訂増補国史大系7』（国史大系刊行会、昭11・4／吉川弘文館、昭41・11）
『大神宮叢書度会神道大成　前篇』（神宮司庁、昭32・3）
『神道大系　論説編五　伊勢神道（上）』（神道大系編纂会、平5・7）

四、解説

『天照坐伊勢二所皇太神宮御鎮座次第記』は、著者が奈良時代以前の阿波羅波命に仮託されているため別名『阿波羅波命記』『神記第二』と呼ばれる。著者は鎌倉時代の外宮神官、度会行忠と推定され、成立年次は行忠が真福寺本『御鎮座伝記』を自写した永仁二年以前から永仁三年八月十一日を下限とする時期に成立したと考えられている。

その内容は、「天照坐皇太神一座」「相殿神二座」「荒祭宮一座」「天照坐止由気皇太神一座」「相殿三座」「多賀宮一座」の条にわかれ、伊勢内外宮鎮座のこと、両宮相殿のこと、別宮の由来が書かれている。記載内容として特筆すべきは、外宮祭神を「天御中主神」と記していること、内外宮とも「天照坐」と「皇」の字があるとしている点が挙げられる。

五、凡例

『神宮古典籍影印叢刊8　神道五部書』（皇学館大学、昭59・2）に影印された神宮文庫蔵『天照坐伊勢二所皇太神宮御鎮座次第記』（一門747号本）を底本とする。

②『伊勢二所皇太神宮御鎮座伝記』

一、作者

度会（西河原）行忠か

二、成立

鎌倉時代中期（弘安八年下限）

三、諸本

【写本】神宮文庫・真福寺宝生院大須文庫　その他
【影印】『神宮古典籍影印叢刊8　神道五部書』（皇学館大学、昭59・2）
【活字本】『続群書類従一　神祇部』（続群書類従完成会、大12・4）
『新訂増補国史大系7』（国史大系刊行会、昭11・4／吉川弘文館、昭41・11）
『大神宮叢書度会神道大成　前篇』（神宮司庁、昭32・3）
『神道大系　論説編五　伊勢神道（上）』（神道大系編纂会、平5・7）

四、解説

『伊勢二所皇太神宮御鎮座伝記』は別名『大田命訓伝』『大田命記』『神記第一』と呼ばれている。著者は奈良時代以前の彦和志理命に仮託されているが、現在では、鎌倉時代の外宮神官、度会行忠が記したものとされている。行忠が書写した真福寺本が永仁二年以前書写のため、本書はそれ以前の成立と考えられる。さらに『伊勢二所太神宮神名秘書』に本書が引用されている点から、弘安八年十二月三日以前と考えるべきとの見解が出されている。

本書の内容は、猿田彦神の託宣、両宮の鎮座、両宮の神徳、神鏡の由来と豊受宮御井神社について記載されている。

五、凡例

『神宮古典籍影印叢刊8　神道五部書』（皇学館大学、昭59・2）に影印された神宮文庫蔵『伊勢二所皇太神宮御鎮座伝記』（一門758号本）を底本とする。

③『豊受皇太神宮御鎮座本紀』

一、作者

度会（西河原）行忠か

二、成立

鎌倉時代中期（弘安八年下限）

三、諸本

【写本】神宮文庫　その他

【影印】『神宮古典籍影印叢刊8　神道五部書』（皇学館大学、昭59・2）

【活字本】『続群書類従一　神祇部』（続群書類従完成会、大12・4）

『新訂増補国史大系7』（国史大系刊行会、昭11・4／吉川弘文館、昭41・11）

『大神宮叢書度会神道大成　前篇』（神宮司庁、昭32・3）

『神道大系　論説編五　伊勢神道（上）』（神道大系編纂会、平5・7）

四、解説

『豊受皇太神宮御鎮座本紀』は、「神蔵十二巻秘書内最極秘書」と記され六十歳未満の者には見ることのできない書物であった。継体天皇二十三年に乙乃古命の二男飛鳥が記したと奥書にあり、別名『飛鳥記』『上代本紀』と称される。

弘安八年に度会行忠が著わした『伊勢二所太神宮神名秘書』裏書に書名が引かれ、また一連の伊勢神道書に行忠が関わったことにより、本書も行忠の手によるものとする説がある。成立に関しては『御鎮座伝記』よりも遅く、『宝基本記』書写（建治三年）以降『天口事書』撰述（弘安三年）の間に成立したと考えられている。また『天口事書』の撰述を健保二年以前とする説もあり、神道三部書が平安時代末期まで遡りうるとする見方もある。

五、凡例

本書の内容は豊受皇太神の出現と鎮座の次第を描き、外宮内宮の尊位、祀りの様相について記している。豊受皇太神が天御中主神と同一視されている点が特徴としてあげられる。

『神宮古典籍影印叢刊８　神道五部書』（皇学館大学、昭和59・2）に影印された神宮文庫蔵『豊受皇太神宮御鎮座本紀』（一門775号本）を底本とする

①『天照坐伊勢二所皇太神宮御鎮座次第記』

止由氣皇太神［亦名天御中主神※是也］

※「天御中主」「天御中主神」「天御中主靈貴」ともあり

②『伊勢二所皇太神宮御鎮座伝記』

1 故元－始綿－邈《ハクトシテ》其理難《カタ》レ言［志］

2 以昔天照太神天御中主神以二天之御量言一［弖］賜天津彦火瓊ミ杵尊［天照太神之太子正哉吾勝ミ速日天忍穂耳尊子也母天御中主神子高皇産靈神女栲幡豊秋津姫命］

3 ［天御中主神※之兒高皇産靈神也］

4 豊受皇太神一座天地開闢初於高天原成神也一記日

※この他にも「天御中主神」と多数あり

5 和久産巣日神兒豊宇賀能賣神

③『豊受皇太神御鎮座本紀』

1 天地初發之時大海之中有一物浮形如葦牙其中神人化生名号天御中主神

2 亦酒殿神［謂和久産巣日神子豊宇賀能賣命座也……］

3 天御中主神［止由氣太神是也］

5 「題未詳書」（断簡）

『金沢文庫の中世神道資料』より

一、作者

未詳

二、成立

鎌倉時代後期

三、諸本

【写本】神奈川県立金沢文庫蔵

【影印】『金沢文庫の中世神道資料』（平8・8）

四、解説

一紙のみ伝わる題未詳の断簡である。楮紙、縦二七・八㎝、横三九・七㎝。住吉神に関して記述され、「問」と「答」の問答形式で文が導かれる。

『古事記』引用文は『日本書紀』に続き書かれる。「答」の部分に当たるが、その「問」については書かれていない。

五、凡例

『金沢文庫の中世神道資料』（図版24）に複製翻刻されたものを底本とした。

古事記云墨江《スミノエノ》三前《ミサキノ》大神是也(1)云々

(1) 是―ナシ（諸本）

6 『伊勢諸別宮』

一、作者

未詳

二、成立

鎌倉末期

三、諸本

【写本】神奈川県立金沢文庫蔵（剣阿手沢本）

【翻刻】野本邦夫「神奈川県立金沢文庫保管『伊勢諸別宮』翻刻」『史料』（皇学館大学史料編纂所報）158号（平10・12）

四、解説

『伊勢諸別宮』は伊勢神宮の別宮について、数種の文献をもとにその由来などを書き記したものであり、現在は神奈川県立金沢文庫にのみ蔵される写本である。資料の紹介については石井昭郎氏「『皇太神宮儀式帳』古写本について―金沢文庫蔵『伊勢内宮』『伊勢諸別宮』所引、儀式帳記事との対比―」（三重県史研究6、平2・3）に詳しい。

外題下、梵字の署名から称名寺二世剣阿の手沢本であるとされるが、同書本文が剣阿の筆によるかについては疑問が持たれており、所持本として捉えることが穏当である。

称名寺は中世寺院における知的体系の中心として機能し、特に、草創期の学僧剣阿については両部神道との関わりにおいて注目される。

五、凡例

平成八年、『金沢文庫の中世神道資料』が公刊され、称名寺における中世神道の全貌が明らかにされた。

『古事記』の引用文は、神宮の末社「風宮」の由来に関する一箇所である。

神奈川県立金沢文庫蔵『伊勢諸別宮』（紙焼き No. 01386）を底本とする。


古事記曰次生風神名志那都比[1]神[2]［此神名以音］

（1）比―法（真）
（2）神―古神（諸本）

7 『本朝月令』

一、作者

惟令《これむね》（令宗《よしむね》）公方《きんかた》

二、成立

朱雀朝（九三〇－九四六）

三、諸本

【写本】尊経閣文庫本［建武三年（一三三六）］

山内文庫本（谷真潮筆写本）［宝暦六年（一七五六）］

宮内庁書陵部所蔵本

その他

【活字本】『群書類従　第六輯』（続群書類従完成会、昭7・11）

四、解説

『本朝月令』は惟宗（令宗）公方の編纂した年中行事書である。公方は醍醐・朱雀・村上・冷泉天皇の四朝に仕えた明法家で、本書は朱雀朝の成立かと考えられている（清水潔「本朝月令と政事要略の編纂」「神道史研究」24－3）。

原巻数は不明。『本朝書籍目録』には「本朝月令　六巻　或四巻欤記」とあり、六巻と四巻の二説あったことが知られる。現存するのは四月から六月までの公事について記した一巻のみ。尊経閣文庫本に「本朝月令　第二」の記載があるので、第二巻にあたると思われる。

五、凡例

なお、本書は編者公方の孫にあたる允亮の撰した『政事要略』と密接な関係を有する（前掲清水論文）。この点にかんしては『政事要略』の項を参照されたい。

現存する写本の中では尊経閣文庫本がもっとも古く（建武三年の奥書を有する）、他の諸本はいずれもこの系統に属するという（『群書解題』）。

高知県立図書館所蔵山内文庫本（国文学研究資料館所蔵のマイクロフィルムによる）を底本とし、宮内庁書陵部所蔵本（略号「宮」）および群書類従本（略号「類」）によって対校した。ただし訓点は省略した。

古事記云品陀天皇之代於吉野之白[1]檮上作横臼而於其横臼醸大
御(一)酒獻其大御酒之時繁(二)口鼓(三)爲伎而歌曰加志能布迩余久須袁(四)[2]都
久理余久須迩迦美斯意冨美岐宇麻良迩岐許志母知袁(四)勢麻呂(五)賀
知

（1）白—日（諸本）

（2）袁—赤（前）、袁也（前傍書）

（一）御—神（宮）

（二）繁—撃（宮・類）

（三）鼓—報（宮）

（四）袁—遠（類）

（五）麻呂—麿（宮）

8 『政事要略』

一、作者　惟令《これむね》（令宗《よしむね》）允亮《ただすけ》

二、成立　長保四年（一〇〇二）

三、諸本　【写本】金沢文庫本（鎌倉時代中期写）
　中原氏本（宮内庁書陵部所蔵中原章純書写本）［宝暦一二年（一七六二）］
　稲羽通邦自筆書入本（内閣文庫所蔵）［明和八年（一七七一）］
　その他
【活字本】『改訂史籍集覧外編　政事要略』（近藤瓶城・圭造編、近藤活版所、明36・3）
　『新訂増補国史大系　政事要略』（黒板勝美・国史大系編修会編、吉川弘文館、昭39・9）
　『日本経済大典2　政事要略』（滝本誠一編、明治文献、昭41・7）※改定史籍集覧本の復刻

四、解説

『政事要略』は惟令（令宗）允亮の編纂した法制書で、政務に関する制度事例を博引傍証をもって細大もらさず掲げたところに特色がある。允亮は一条天皇の頃活躍した明法家。『令集解』を撰した直本は曽祖父に、『本朝月令』を撰した公方は祖父にあたる。本書の編纂は藤原（小野宮）実資の命もしくは依頼によっておこなわれ、長保四年（一〇〇二）十一月五日にその業を一応終えたと考えられる（太田

晶二郎「『政事要略』補考」『太田晶二郎著作集　第二冊』所収。虎尾俊哉「政事要略」『国史大系書目解題　上巻』所収)。

本書は全百三十巻という大部の書物であるが、散逸部分が多く、現存するのは二十五巻分にすぎない（第二十二〜三十・五十一・五十三〜五十七・五十九〜六十一・六十七・六十九・七十・八十一・八十二・八十四・九十五下巻。あと巻次未詳の残欠本一巻がある）。その引用書目は非常に広範囲にわたるが、その中に祖父公方の著『本朝月令』が見られない。両書とも年中行事に関する故事来歴を多量に記載しているだけに、その点は不審が残る。しかしそれは引用しなかったのではなく、むしろいちいち引用を断ることをせずに全面的にその文面を踏襲したためと推察される（清水潔「本朝月令と政事要略の編纂」「神道史研究」24-3）。

両書における『古事記』引用文はまったく別々のものであるが、それは両書とも散逸がはなはだしいために偶然対応しないだけとも考えられる。『政事要略』における『古事記』引用文が『本朝月令』のそれからの孫引きであった可能性は、やはり捨て去れないだろう。

同じことは、『政事要略』のものと同一箇所を「古事記云」として引用している『年中行事秘抄』『師光年中行事』についてもいえる。これらは『古事記』そのものから直接引用した可能性がいっそう薄い。というのも、こうした「年中行事書」作成の一連の作業のなかで、「原典にあたる」行為がどれだけ重視されたのか、疑問とせざるを得ないからである。しかしこれもまた、『古事記』受容（ないしは消費）の一つのすがたには違いなかろう。

『政事要略』の写本中最古のものは、現在尊経閣文庫に所蔵されている金沢文庫本（巻二十五・六十・六十九の三軸、重要文化財）で、鎌倉時代中期の書写にかかる。現時点で最良のテキストとされる新訂増補国史大系本は、右の三巻分については金沢文庫本を底本とし、それ以外の部分は大坂市立大学附属図書館所蔵福田文庫本を底本としている。

この福田文庫本は、京都大学附属図書館と宮内庁書陵部に分有されている滋野井文庫本やそれを書写した宮内庁書陵部所蔵中原氏本の系統に連なるものである。中原氏本の筆者中原章純は、宝暦十二年（一七六二）から天明六年（一七八六）にかけて『政事要略』の写本をさがし求め、現存する二十五巻（と残欠本一巻）を収集し終えた。新訂増補国史大系本が対校資料に用いているのはすべてこの系統に属する写本である。

しかし押部佳周氏によれば、中原章純以前に『政事要略』写本の収集を行った人物が二人いる。一人は加賀藩主前田綱紀で、享保五年（一七二〇）の時点で現存する二十五巻および巻次未詳残欠を集め終えていたという。しかしながら現在尊経閣文庫には、上述の金沢文庫本三巻しか残っていない。

もう一人は神村正鄰で、遅くとも明和八年（一七七一）には現存の二十五巻（巻次未詳残欠は巻二十七の後に附加）を収集し終えていた。この系統に属する写本には、正鄰本人の筆写と思われる蓬左文庫所蔵神村家本のほか、それを写した内閣文庫所蔵稲羽通邦自筆書入本、鶴舞図書館所蔵河村秀根本がある。新訂増補国史大系本がこの系統の写本を校合に用いていないのは惜しまれるところである（以上諸本に関する記述は、押部「政治要略の写本に関する基礎的考察」（『広島大学　学校教育学部紀要』2-5）を参照）。

五、凡例

中原氏本を底本として、稲羽通邦自筆書入本（略号「稲」）および新訂増補国史大系本（略号「国」）によって対校した。ただし訓点は一切省略した。

（一）國主—國（国）
（二）小月—肖（国）、肖欸

古事記云百済國主（一）小月（1）（二）古王牡（2）（三）一（3）疋（4）牝（5）馬一（3）疋（6）附（7）阿知吉（8）師以貢上

（1）小月—照（諸本）
（2）牡—牡馬（諸本）

（稲傍書）

（三）牡―牡馬（国）※国の底本（福田文庫本）には「馬」無く、改定史籍史籍集覧本によって補訂している。

［此阿知吉師者阿直史等(9)之祖］

（3）一―壹（諸本）
（4）疋―返（真・猪）、返（兼・春・曼傍書）
（5）牝―牡（春・寛）
（6）疋―返（真・兼・曼）、疋（兼・曼傍書）
（7）附―付（諸本）
（8）吉―寺（真・兼・春・前・曼）、吉（兼・春・前傍書して合点）、吉（曼傍書）
（9）等―寺（真・兼・春・曼）、主（前）、等欤（真・前・猪傍書）、主欤（兼・春・猪傍書）、立欤（曼傍書）

9 『年中行事秘抄』

一、作者
中原師遠

二、成立
天永元年（一一一〇）―保安元年（一一二〇）

三、諸本
【写本】尊経閣文庫本［延応―宝治年間（一二三九―一二四八）の筆写］
葉室長光本（彰考館文庫所蔵）［建武元年（一三三四）］
葉室頼孝本（宮内庁書陵部所蔵）［元禄四年（一六九一）―宝永二年（一七〇五）］
その他
【影印】『尊経閣叢刊』（昭6・4）
【活字本】『群書類従　第六輯』（続群書類従完成会、昭7・11）

四、解説
『年中行事秘抄』は朝廷の年中行事を解説した書物である。諸書を博引して行事の次第や事例を説明する点に特色があり、かなりの量の逸文を含んでいる。

著者については諸説あるが、所功氏によると、本書は天永元年（一一一〇）から保安元年（一一二〇）の間に中原師遠によって編まれた。それを祖本として、師遠の子孫にあたる師高・師世らの加筆した本が尊経閣文庫本系統の写本となり、師尚・師光らの加筆した本が群書類従本系統の写本となったという

（所『平安朝儀式書成立史の研究』第三篇四章）。系統によって記事の出入があるので、注意が必要である。ちなみに、尊経閣文庫本を確認したかぎりでは、『古事記』の引用文（1と2）は見出されなかった（『尊経閣叢刊』の複製による）。『尊経閣叢刊』解説（筆者不詳）は次のように記す。「本巻には国忌を初め摂関高僧達の忌日、寺社の行事を書入るること多く、類従本には専ら故事勘例が抄録せられ、自然両者は同名にして別本の如き観を呈して居る。」本書の『古事記』引用文は師遠以後の別人物の加筆と考えざるをえない。なお『師光年中行事』の項参照。

中原家は代々外記職に任ぜられ、本書をはじめとして『師遠年中行事』『師元年中行事』『師光年中行事』等のいわゆる「中原家流年中行事書」を編んでいる。本書の『古事記』引用文が『師光年中行事』のそれと重複しているのも、その間の事情に負うところが大きいだろう。

なお正月条の勘物（1）については、それに対応する記事を『古事記』に見出すことができない（『師光年中行事』も同じ）。したがってこれを引用文と称することはできないが、『古事記』受容者の意識をうかがうには有益な資料なので、収載した。

諸本について触れておくと、山本昌治氏によれば、『年中行事秘抄』の写本は尊経閣文庫所蔵の「延応元年本乙」を最古とする延応元年系の諸本と、彰考館文庫所蔵葉室長光本を祖本とする建武元年系の諸本とに分けることができる。

延応元年本乙は、師遠が保安元年（一一二〇）に撰進して以来延応元年（一二三九）に至るまで五回の書き加え・整理を経て成った本（延応元年本甲）に何者かが若干加筆し、それをまた後人がそのまま書写したものと見られる。葉室長光本は右の延応元年本甲をもととして大幅な加筆・整理を経て成った本を（その時期は永仁年間（一二九三－一二九八）であろう）、建武元年（一三三四）に書写したものである。また宮内庁書陵部所蔵の葉室頼孝本は、上記長光本を頼孝が転写したもので、その時期は元禄四年（一六九一）から宝永二年（一七〇五）までの間と思われる（以上、山本「年中行事秘抄の写本」「大阪私立短期大学協

会 研究報告集」11参照)。

また解説の末尾に「参考」として載せたのは、本書中「賢所雑事」の項に「旧記云」として引かれている勘物である。これは主に『古事記』に依拠しつつも、文章を自由に取捨し字句を補って作文したものである。『新撰亀相記』にも同一記事が載っているところから、かつて「旧記」と称する書物が編纂されていたのではないかと推定されている(西宮一民氏「古事記に依拠した『旧記』の発見―『新撰亀相記』・『年中行事秘抄』の研究から―」「皇学館大学紀要」13)。厳密には引用文と言えないものだが、受容史のひとコマとして見のがすことはできない。

【参考】「賢所雑事」

舊記云、天照太神閇天石戸隠坐之時、忌部遠祖太玉命根掘天香山真賢木[口(「次欤」と傍書、群書類従本は「以」)賢木祭神之由此也]、種々幣取垂捧時、中臣遠祖天兒屋根命禱申種々幣、猨女公遠祖天鈿女命日影爲縵、取竹手抹、石屋戸伏船、蹈登動揺爲神楽、入(「八欤」と傍書)百万神一共咲之[十一月鎮魂此由也]、于時天神詔、吾命隠居天下将闇、天鈿女命何以為忝八百万神亦何咲之、天鈿女命、勝自汝命貴神坐焉、故歡喜咲楽耳。太玉命出鏡眇之、天神大恠臨見之時、手力男神在前、隠立石屋戸掖、取御手曳出、太玉命儲出頻(群書類従本は「端」)縄、控度御後[出頻縄此由也]、昝曰、莫復入坐、

于是觀之、新甞會神熊(群書類従「態」)之前、寅日供奉件鎮御魂祭、其神所行事、立廻賢木、共(群書類従「其」)中伏船、御巫登此船上、以金付木、哥合儛樫、猨女亦儛、只似彼義、良有以也、(葉宝頼孝本の本文による。群書類従本を参照して読点を付した)

五、凡例

葉室頼孝本を底本とし、群書類従本(略号「類」)によって対校した。なお訓点は省略した。

（一）主―國主（類）
（二）肖―照（類）
（三）牧―牡（類）
（四）一疋―壹匹（類）

1 古事記云仲哀天皇時始之

2 古事記云百濟主(1)(一)肖(2)(二)古王以牧(3)(三)馬一疋(4)(四)牧(5)(三)馬一疋(6)(四)附(7)阿知吉(8)師以貢上之

（1）主―國主（諸本）
（2）肖―照（諸本）
（3）牧―牡（諸本）
（4）一疋―壹返（真・猪）、壹疋（兼・春・前・曼）、壹返（兼・春・曼傍書）
（5）牧―牝（真・兼・前・曼・猪）、牡（春・寛）
（6）一疋―壹返（真・兼・曼）、壹疋（春・前・猪）、疋（兼・曼傍書）
（7）附―付（諸本）
（8）吉―寺（真・兼・春・前・曼）、吉（兼・春・前傍書して合点）、吉（曼傍書）

10『師光年中行事』

一、作者　中原師光

二、成立　寛元元年（一二四三）

三、諸本　【写本】宮内庁書陵部所蔵藤原資直書写本［明応六年（一四九七）］
内閣文庫本［明治九年（一八七六）］
その他
【活字本】『続群書類従　第十輯上』（続群書類従完成会、大15・7）

四、解説

『師光年中行事』は『年中行事秘抄』と同じく朝廷の年中行事を解説した書物である。ただし説明がやや簡略になっており、朝儀ではない儀式についてもふれるところがある。『古事記』からの引用は『年中行事秘抄』と重複している。同じ中原家流年中行事書として、影響関係が自然に想定されるが、本文にやや相違が見られる。

著者は大外記中原師光。師光は『年中行事秘抄』の撰者師遠の六世の孫にあたる。宮内庁書陵部所蔵本の一連の奥書から、本書の成立より書陵部蔵本の書写にいたるまでの経過が推察される。所功氏によれば、本書は寛元元年（一二四三）九月、師光が「近衛殿（兼経）之仰」により「天覧（後嵯峨天

皇)」に備えて抄写したものである。その際師光が自分用に残した手控えを原本として、花山院師継が書写。ついでそれを一条家の誰か（家経か）が厳密に書写し校合を加えた。宮内庁書陵部蔵本はそれを富小路（藤原）資直が明応六年（一四九七）に書写したものである（所『平安朝儀式書成立史の研究』第三篇第五章）。続群書類従本はこれを底本としている（岩橋小彌太執筆『群書解題　第五』）。

五、凡例

宮内庁書陵部蔵本を底本とし、内閣文庫本（略号「内」）および続群書類従本（略号「類」）によって対校した。

（一）云—三（内）

[1] 古事記云仲哀天皇御豊嶋宮之時始御贖物云云

[2] 古事記云（一）百齋主(1)背(2)古王以牧(3)馬一(4)疋(5)牝(6)馬一(4)疋(7)附(8)阿知吉(9)師以貢上云云

(1) 主—國主（諸本）
(2) 背—照（諸本）
(3) 牧—牡（諸本）
(4) 一—壹（諸本）
(5) 疋—返（真・猪）、返（兼・春・曼傍書）
(6) 牝—牡（春・寛）
(7) 疋—返（真・兼・曼）、疋（兼・曼傍書）
(8) 附—付（諸本）
(9) 吉—寺（真・兼・春・前・曼）、吉（兼・春・前傍書して合点）、吉（曼傍書）

11『大倭神社註進状 並率川神社記』

一、作者

大倭盛繁？（解説参照）

二、成立

仁安二年（一一六七）？（同右）

三、諸本

【写本】無窮会神習文庫本
　高知県立図書館所蔵山内文庫本（谷垣守書写）〔寛保二年（一七四二）〕
　大阪府立図書館所蔵石崎文庫本（飛香園守長書写）〔明治三十八年（一九〇五）〕
　その他

【活字本】『三輪叢書』（大神神社社務所、昭3・1）
　『群書類従　第二輯』（続群書類従完成会、昭7・4）
　『大神神社史料　第一巻史料篇』（大神神社史料編修委員会、昭43・12）

四、解説

諸本の奥書を信じるならば、『大倭神社註進状』は大倭神社の祝部大倭直盛繁（『大神神社史料』による。西田長男氏によれば「歳繁」「成繁」「盛繁」などとする本もあり、如何様にも読めるように造作されていたのではないか、という）が、大和国国司の命によって自社古来の縁起を注進したもので、仁安二年（一一六七）の成立にかかる。

ところが西田長男氏はこの成立年代に強い疑義を唱え、本書を近世中期に偽作されたまったくの偽書と断じられた（『群書解題　第六』）。本書によって『古事記』の受容史を考察する際には、まずこの点に留意する必要があろう。

西田氏の論点を略記すれば、①大倭直盛繁は実在しない、架空の人物である　②本書に古写本は伝来しておらず、諸本はいずれも、近世の神道家今出河文斎が宝永三年（一七〇六）に書写した本を上司延親が同年に筆写した本（仮に上司本と呼ぶ）にもとづく　③今出河文斎は本書のみならず『大三輪神三座鎮座次第』をも偽作し、神道界に新たな学説を唱えようとした人物である（西田「大神・大和・石上三社の縁起の偽作」「国史学」72・73、参照）　④本書の記述には『先代旧事大成経』を参看した形跡がある、などである。

①は証明が難しく、②③は状況証拠にすぎないようにも思われるが、ともかく右の論点を認めるとしたら、本書は（おそらく）宝永三年（一七〇六）に成立したことになる。しかし奥書の記述を認めれば平安時代の成立ということになるので、その可能性を考慮して資料篇にとりあげた。

諸本について記しておくと、西田氏によれば右記の上司本（上司家は奈良市手向山八幡宮宮司であるという）が流布の原本となっており、無窮会神習文庫本はこれを転写したものという。また『三輪叢書』（写本と刊本とあり。写本は未見）もこれを底本としている。『大神神社史料』は写本『三輪叢書』を翻刻したものであるが、刊本のものと若干の異同がある。

本書には大倭盛繁自身の手になるとされる「裏書」が付載されており、その中に『古事記』成立にかんする次のような説が見える。参考までに、『大神神社史料』の本文によって掲出する。「天淳中原天皇御世作加斯三世孫首第色夫知賜姓齋部連首中臣大嶋連等奉勅撰録稗田阿禮所語之古事今古事記是也阿禮者宇治土公庶流天鈿女命之末胤也」

五、凡例

『大神神社史料』を底本とし、これを刊本『三輪叢書』（略号「刊」）、『群書類従』（略号「類」）、山内文庫本（略号「山」、国文学研究資料館所蔵のマイクロフィルムによる）によって対校した。なお訓点は省略した。

1 古事記曰(一)三嶋湟(二)咋姫(三)之女名勢夜陀(四)多良比賣［亦曰(五)溝樴姫
津(六)國三嶋之人神名帳曰(七)摂津國嶋下(八)郡溝咋神社一座］其容姿麗
美故美和之大物主神(1)娶其人(2)生子名謂(3)比賣多多(4)(九)良伊須々(5)余理比
賣(6)故(7)謂大神御子也(8)其伊須々(9)余理比賣(10)之家在狹(11)井河(一〇)之上神倭伊
波禮毘古天皇幸行比(12)賣之許一夜(13)(一一)御寝坐後(14)参(15)入宮内阿(16)禮坐御(17)子
名(18)神沼河耳命［綏靖天皇］神名帳曰大和國添上郡率川坐大神
御子神社三座

2 養老令曰孟夏(一)三枝祭義解曰率川社祭也以三枝［和名佐井草
古事記曰(二)山(1)由理草之本名云(三)佐韋草也或曰鳥扇(四)］華飾酒罇祭故
曰三枝也

(1) 神―神見感而…即（諸本）※真の字数にして七二字節略
(2) 人―美人（諸本）
(3) 謂―謂冨登…謂（諸本）※真の字数にして一五字節略
(4) 多―々（前・曼）
(5) 々―須氣（真）、氣（兼以下）
(6) 賣―賣［是者…也］（諸本）※真の字数にして一三字節略
(7) 故―故是以（諸本）
(8) 也―也於是…於是（諸本）※真の字数にして二二七字節略
(9) 須々―賀氣（真）、須氣（兼以下）
(10) 賣―賣命（諸本）
(11) 狹―使（真・兼・春・前傍書）

(一) 曰―ナシ（山・類）
(二) 湟―隍（類）
(三) 姫―ナシ（類）※刊は［ ］にて補入
(四) 陀―ナシ（山・類）
(五) 亦曰―ナシ（山・類）
(六) 津―摂津（刊・山・類）
(七) 曰―ナシ（山・類）
(八) 下―ナシ（山）
(九) 多―々（刊・類）
(一〇) 河―川（山・類）
(一一) 夜―宿（山・類）

(一) 夏―春（山）
(二) 曰―ナシ（山・類）
(三) 云―也（山）
(四) 鳥扇―鳥羽（山）、鳥羽（類）、鳥扇（刊）

(12)比賣―其伊須氣余理比賣（諸本）
(13)夜―宿（諸本）
(14)坐―坐也［其河…也］（諸本）※真の字数にして四三字節略
(15)後―後其伊須氣余理比賣（諸本）
(16)内―内之時…然而（諸本）※真の字数にして四〇字節略
(17)坐―坐之（真・兼・春・曼・猪・寛）
(18)名―名日子八井命次神八井耳命次（諸本）

(1)由―田（真）

12「弘仁私記序」

一、作者

未詳

二、成立

平安時代前半

三、諸本

【影印】新訂増補国史大系第八巻『日本書紀私記・釋日本紀・日本逸史』(吉川弘文館、黒板勝美編、昭40・4)

四、解説

いわゆる日本書紀私記の甲本と呼ばれるもので、弘仁四年(八一三)に講義された際の記録となっているが、日本後紀には弘仁三年(八一二)とあり、その他博士の多朝臣人長の位階などいくつかの相違点が認められることから成立に関する疑問が残る。しかし、弘仁時代のものではなくても、承平六年(九三六)の私記に弘仁私記と考えられる私記の参照があり、少なくとも全くの偽書ではなく、このころまでには成立していたものと考えられる。

さてこの弘仁私記の序文に、「古事記曰」などの引用を示す言葉はないが、古事記序文を参照して書かれたと考えられる箇所がある。ただし古事記そのままの引用ではなく、多分に筆録者の手が入っていることは否めないが、当時の古事記がそこに反映していると考えられることから、当時の古事記を知る資料としてここに掲げる。

五、凡例

・底本は水戸彰考館本の影印本である国史大系本を用いた。
・本文中にある分注は省略した。
・古事記本文を忠実に引用したものではないので、古事記本文と対応すると考えられる箇所は傍線を付しておいた。特に古事記本文との校異は記さない。

六、参考文献

岩橋小彌太　日本紀私記考（『上代史籍の研究』吉川弘文館、昭31・1）
西宮一民　日本書紀の私記について（「新訂増補国史大系月報19」昭40・4）

先是浄御原天皇御宇之日（注略）有舎人姓稗田名阿礼年廿八（注略）爲人謹恪聞見聴慧天皇勅阿礼使習帝王本記及先代舊事（注略）未令撰録世運遷代豊國成姫天皇臨軒之季（注略）詔正五位上安麻呂俾撰阿礼所誦之言和銅五年正月廿八日（注略）初上彼書所謂古事記三巻

13 『兼方本日本書紀』（裏書）

一、書写者　卜部兼方

二、成立　弘安九年（一二八六）

三、諸本　【影印】赤松俊秀編『國寶卜部兼方自筆本日本書紀神代巻　全四冊』（法蔵館、昭46・12）

四、解説　卜部兼方が書写した日本書紀神代巻（巻一・二）の写本。神代巻全体を収める写本としては現存最古の写本で、卜部系諸本の祖本。所どころに裏書きがあり、これも弘安九年頃の兼方自筆と考えられる。

五、凡例　諸本の項で引用した影印本を底本とした。

---

1 古事記序曰臣安萬侶言云〻清原大[(1)]宮昇即天位云〻於是天皇詔之云〻時有舎人姓稗田名阿礼年是廿八為人聡明度日[(2)]誦口拂耳勒心即勅語阿礼令誦習帝皇日継及先代舊辞然運移世異未行其事云〻以和銅四年九月十八日詔臣安萬

（1）大―太（真・道以下）
（2）日―目（道以下、兼以下）

侶撰録稗田阿礼所誦之(3)勅語舊辞以献上者云〻［和銅五年正月廿八日正五位上勲五等太朝臣安萬侶］

[2]古事記曰所謂黄泉比良坂者(4)今謂出雲國之伊(5)賦(6)夜坂也

[3]古事記云度事戸矣

[4]古事記云禍津日神也

[5]古事記云八拳頒(7)至于(8)心前也

[6]古事記　八尺勾璁(9)之五百津之美須摩(10)流之珠

[7]古事記八尺比云八坂尺与坂其讀相渉故其字又異也

(3) 之—云（真・道以下）

(4) 坂者—ナシ（道）

(5) 伊—伊伊（祥・春）、但シ傍書「旧事本紀伊字一字也」

(6) 賦—賊（真・道以下）

(7) 頒—鬢（道傍書・祥・春）須（兼以下）

(8) 于—千（真）

(9) 璁—瑽（真・兼傍書）、瓊（道以下）、恐（兼以下）

(10) 摩—麻（諸本）

14『丹鶴叢書本日本書紀』

一、書写者

剣阿

二、成立

嘉元四年（一三〇六）

三、諸本

【影印】『丹鶴叢書一』（水野忠央編、臨川書店、昭51・4）

四、解説

丹鶴叢書本日本書紀には直接「古事記曰」等の引用を示す言葉はないが、古事記を引用していると考えられる箇所がある。それは神代紀の下照媛の歌謡の傍注の異本表記である。この歌謡とほぼ同じものが古事記にあることと、その傍注の万葉仮名が古事記とほぼ同一であることから、古事記の引用であると考えられる。この丹鶴叢書本の原写本は存在しないが、嘉元四年（一三〇六）に僧剣阿が大江広成の子孫長井貞秀の本を書写したものを模刻したもの。

五、凡例

歌謡の右傍書だけを抜き出した。（イ）とあるのは、傍書一句ごとの下に小書きで「イ」とあったものを示す。

六、参考文献

「『日本書紀』の諸本」（『日本書紀のすべて』新人物往来社、平3・7）

中村啓信

大野　晋「日本古典文学大系『日本書紀　上』解説」（岩波書店、昭42・3）

阿米那流夜（イ）於(1)等(2)多那婆多能（イ）宇那賀世流（イ）多麻能美須麻流（イ）美須麻流尓(3)（イ）能加薇(4)曽也（イ）

(1) 於—淤（真・道以下）、淤（兼・前）、淤（曼・寛）
(2) 等—登（諸本）
(3) 尓—迩（諸本）
(4) 薇—微（諸本）

15『長寛勘文』

一、作者
清原頼業その他

二、成立
長寛元年・二年（一一六三・一一六四）

三、諸本
【写本】國學院大學所蔵本［享保十七年（一七一六）］
　多和文庫所蔵本［明暦二年（一六五六）中臣朝臣近相］
　三手文庫（賀茂別雷神社）所蔵本
　大倉精神文化研究所所蔵本
　その他
【活字本】『群書類従』（雑部一八巻第四六三）
　『甲斐叢書』八巻（昭49・11）

四、解説
『長寛勘文』は、応保二年（一一六二）の熊野社領八代荘収八事件の訴訟に関係して提出されたもので、中原業倫の勘文を主とし、これを受けた数人の勘文全八通を集めている。古事記が引用されているのは、七通目の「伊弉冉尊為熊野権現否事」（401頁の①〜③）、八通目の「伊勢大神與熊野権現難同體事」（402頁の④）で、いずれも清原頼業の勘文である。

清原頼業の人物像については、龍粛氏「清原頼業の局務活動」（『鎌倉時代―下―』春秋社、昭32・12）に詳しく述べられている。清原頼業は官位は低いながらも、明経学者として藤原頼長・藤原（九条）兼実と親交を結んでおり、「国の大器、道の棟梁」（『玉葉』）と讃えられる程の学識の持ち主とし

て有名であった。清原頼業の引用した古事記について、岡田米夫氏「古代文献にみえる古事記」（『古事記大成１（研究史篇）』平凡社、昭31・11）は、「私記に引用したものを擧げた所は古い形のものをそのまま踏襲したと思はれる。さうでないものは、撰者清原家に傳本があり、それによつたものと考へられる。」とされた。頼業は、舎人親王の後裔である清原氏の出身であり、かつその交友関係の広さ（藤原通憲（信西）とも交流があったようである）からも、古事記を見る機会に恵まれていたと考えられる。

『長寛勘文』の写本は、古写本としては真福寺に鎌倉末期の写本があるとされる（『神道大辞典』）が、その他はいずれも江戸時代以後のものとなる。今回取り上げた写本のうち、多和文庫・三手文庫・大倉精神文化研究所所蔵の写本については、いずれも国文学研究資料館所蔵のマイクロフィルムを参照した。

今回参照した写本には、本文のすぐ後に共通する奥書があるので、それを奥書ａとして以下に記す（若干校異があるが、國學院大學所蔵本に従って記す）。

ａ于時康暦初之歳次林鐘最之八日書写畢傳々寫本之間雖有荒涼之謬字卒尓之餘任本終功畢後日以相傳之古本可令校合之歟

これによれば、どの写本も、康暦元年（一三七九）の林鐘最という人物の書写を経ている。また、多和文庫所蔵本・三手文庫所蔵本・國學院大學所蔵本では、この奥書ａの次に共通の奥書が続いているので、これを奥書ｂとして以下に記す（これも國學院大学所蔵本による）。

ｂ右本者康暦元年書寫之時既有誤字之由也其後二百七十余年之間傳寫之誤殊以字々草々不可正之雖然為神道再興以旧事本紀古事記日本紀古語拾遺延喜式等校正之了自餘之書不所持之故以推量如古本寫之者也

これによれば、康暦元年の書写当時、既に誤字があり、その後二百七十年以上の間の書写において、

その誤りが訂正出来ないほどになってしまったが、引用元の文献を参照して、古い形を推量して記したという。

今回底本とした國學院大學所蔵本では、奥書の最初に、朱・細字で「後聞頗有取捨云云重不尋申九条大相国令注出給云云」とあり、奥書a・bが続く。その次に、朱の奥書があり、ここでは文保元年（一三一七）に書写・校合されたことが記されているが、これは奥書aに記された康暦元年（一三七九）よりも遡る。また最後の奥書（朱ではない）に、享保十七年（一七一六）書写され、同時に大須宝生院（真福寺）蔵本によって校合したとなっている。

五、凡例

・國學院大学所蔵本を底本とした。

・対校本は多和文庫本（略号「多」）、三手文庫本（略号「三」）、大倉精神文化研究所所蔵本（略号「大」）、群書類従本（略号「群」）である。

・2・4は日本紀私記に引用された古事記のため、参考として『釋日本紀』（巻六）が引用する日本紀私記との校異も併せて示した（現存する日本紀私記には、当該箇所はない）。『釋日本紀』の底本は『神道大系　古典註釋編五　釋日本紀』を用い、略号は「釋」である。

15『長寛勘文』

1古事記云伊邪(一)(1)那(二)美《ノ》神者葬《カクシマツル》出雲国《ト》伯(三)(2)耆《岐》(四)(3)国堺比婆(4)之山也

2日本紀私記云問云古事記云伊耶(一)(1)那美(2)命者葬出雲国與(二)(3)伯(三)岐(4)国堺比婆(5)之山也(四)

3古事記云伊耶(一)那《美イ》岐(二)(三)大神者坐淡(四)《アフミノ》(1)海(五)《路ノ》之多賀也

1

（一）邪―丼（多・群）

（二）那―郡（大）

（三）伯―與伯（多・群）、佰（三）、与伯（大）

（四）耆―岐（多・三・大）

2

（一）耶―丼（多・群）、邪（大）

（二）與―与（大）

1

（1）邪―耶（真・道以下・前）

（2）伯―与伯（真・道以下・兼・前・曼・猪）

（3）耆―伎（諸本）

（4）婆―波（曼・猪）

2

（1）耶―邪（兼・曼・猪）

（2）命―神（諸本）

（3）與―与（真・道以下・兼・前・曼・猪）

(三)伯—佰(三)
(四)堺—境(三・大)

[3]
(一)耶—丼(多・群)
(二)岐—美(多・群)、美イ(大傍書)、岐イ(群傍書)
(三)大—太(多・群)
(四)淡海—後改近江(多傍書)
(五)海—路イ(三傍書)、路(大傍書)

[4]
(一)耶—丼(多・群)
(二)與—与(大)
(三)境—堺(多・群)、境カ(大傍書)
(四)比—此(三)
(五)婆—波(多・三・大・群)

[4] 今案ルニ　日本紀私記ニ云古事記ニ云伊耶(1)(一)那美ノ命(2)ハ者葬ル出雲国與(3)(二)ト伯岐(4)トノ国境(5)(三)比(四)婆(6)(五)之山ニ也

(4)岐—伎(諸本)、耆(釋)
(5)婆—波(曼・猪)

[3]
(1)海—路(道以下)

[4]
(1)耶—邪(兼・曼・猪)
(2)命—神(諸本)
(3)與—与(真・道以下・兼・前・曼・猪)
(4)岐—伎(諸本)、耆(釋)
(5)境—堺(諸本)
(6)婆—波(曼・猪)

16『類聚神祇本源』

一、作者

度会(村松)家行

二、成立

元応二年(一三二〇)

三、諸本

【写本】真福寺本[応安五年(一三七二)]
大中臣定美写本(神宮文庫所蔵久邇宮家御下賜本)[正平八年(一三五三)]
その他

【活字本】『続続群書類従一』(国書刊行会、明39・5)
大神宮叢書『度会神道大成・前篇』(神宮司庁、昭32・3/臨川書店、昭51・12)
『神道大系 論説編五 伊勢神道(上)』(神道大系編纂会、平5・7)

四、解説

『類聚神祇本源』は、中世伊勢神道の大成者といわれる度会(村松)家行の著で、その序文によれば鎌倉時代末期の元応二年(一三二〇)正月に撰述されたものである。その内容の大半は、六十以上の神道関係を中心とした諸書を類聚して、神祇の本源を明らかにしようとしたもので、同様に古事記を引用する北畠親房著『元元集』に大きな影響を与えている。『類聚神祇本源』は、天地開闢篇、本朝造化篇、天神所化篇などの十五篇から成るが、古事記を引用しているのは本朝造化篇(406頁の[2])と天神所化篇(405頁の[1])である。

度会家行の古事記の入手経路については、真福寺本古事記下巻奥書が参考になる。この奥書によると、神宮祭主の大中臣定世の元にあった古事記が、孫の親忠に伝えられ、「家君」という人物の命によ

り無名氏がこれを借りて書写し、そのうちの一本を吉田定房に進呈し、もう一本を手元に止め置いたという。「家君」と無名氏の比定については、蓮田善明氏「眞福寺本古事記書寫考」（『古事記学抄』子文書房、昭18・12）、古賀精一氏「眞福寺本古事記攷」（『国語国文』13・5、昭18・5）、小野田光雄氏「吉田定房古事記所望の頃─古事記受容史覚書─」（『古事記年報』15、昭47・5）などの研究があるが、諸氏共通して「家君」と無名氏をどちらも度会家行一門の人物としており、特に「家君」は度会家行ではないかと推定されている。このような説から類推すると、度会家行が『類聚神祇本源』において引用した古事記とは、真福寺本古事記の祖本であった可能性がある。

『類聚神祇本源』は、成立から五十数年以内に書写された写本が三本残っている。残欠本の大中臣定美書写本・度会実相書写本（神宮文庫所蔵）と、完本の真福寺本である。このうち、『古事記』の引用がある本朝造化篇、天神所化篇を有しているのは、大中臣定美書写本と真福寺本で、これらは応安四、五年（一三七一、一三七二）書写の真福寺本古事記と同時期か、それより遡るものとなる。以下、この二本について簡単に述べることにする。

①真福寺本（宝生院大須文庫所蔵）

この真福寺本『類聚神祇本源』の書写については、平泉隆房氏（『神道大系　論説編五　伊勢神道（上）』神道大系編纂会、平5・7、81〜97頁）による研究がある。平泉氏の説を参考にして、この写本の書写の事情を簡単に述べると、家行自筆の「奏覧本」を、真福寺第二世の信瑜の指導のもと、同寺の僧賢瑜その他に書写させたという。これは、信瑜の指導のもと賢瑜によって書写されたとされる、真福寺本古事記の書写事情とほぼ同じである。また、真福寺本『類聚神祇本源』と真福寺本古事記は、書写年代・装丁がほぼ同じであり、本文はいずれも八行、二十一〜四字詰の配字がされていること、また別筆の校訂はいずれも信瑜によるものであることは、すでに古賀精一氏に指摘があり、その密接な関係が注目されるところである。今回参照したのは、国文学研究資料館所蔵のマイクロフィルムで

ある。

②大中臣定美書写本（神宮文庫所蔵久邇宮家御下賜本）

全十篇（巻）で、一、八、十二、十三、十四の巻を欠く。大中臣定美に関しては、巻十五神道玄義篇奥書に「正四位下行　神祇権大副大中臣朝臣定美」とあるが、詳しいことは不明である。ちなみに平泉隆房氏は、大中臣定美を吉野朝より神宮の然るべき地位に補任されていた人物と推定されている。

今回、小野田光雄氏「類聚神祇本源に引用された古事記の概説」（『國學院雑誌』60・7、昭34・7）、梅沢伊勢三氏・小野田光雄氏『古事記逸文集成稿（一）』（未出版。小野田氏の手書きによるもの）によって校異を確認した。

五、凡例

・真福寺本類聚神祇本源を底本とし、これをなるべく忠実に再現した。ただし神名に付された数字については省略した。「古事記曰」以外の部分は、すべて古事記を引用した部分となる。

・対校本は大中臣定美書写本で、略号は「大」である。

1　古事記曰

天地初發之時於高天原成神名天之御中主神［訓高下天云阿麻下效此］次高御産(1)巣日神次神産巣日神此三柱神者並獨神成坐而隠身也次國雅(2)(一)如浮脂而久羅下那州(3)多陁用幣(4)(5)(二)流之時［流字以上十字以音］如葦牙因(6)(三)萌騰之物而成神□(7)(四)名宇摩(8)志阿期(9)訶備比《ウマシアシカヒコ》

(1) 産—座（真）
(2) 雅—稚（諸本）
(3) 州—洲（兼以下）
(4) 幣—獘（真）、弊（道以下）
(5) 流—琉（兼・曼・猪）
(6) 因—囙（真）、回（道）
(7) □—ナシ（諸本）
(8) 摩—麻（兼以下）
(9) 期—斯（諸本）

(一) 雅—稚（大）
(二) 幣—幣（大）
(三) 因—囙（大）
(四) □—曰（大）

(五) □—ナシ（大）
(六) 亦—ナシ（大）
(七) 之—ナシ（大）
(八) 止—上（大）
(九) 神—ナシ（大）
(一〇) 名—ナシ（大）
(一一) 杙—杙（大）
(一二) 杙—材（大）

(一) 曰—因（大）

古遅《コツチ》神［此神名以音］□(10)(五)次天之(11)常立神［訓常云登許(12)訓立云多知］此二柱神亦(13)(六)並獨《リ》神成坐而《トナリマシマシテ》　隠身也

上件五柱神者別天神

次成神名国之(七)常立神［訓常立亦如上］次豊雲《トヨクン》止(14)(八)野《ノ》神此二柱神亦獨(九)神成坐而隠身也次成神名(一〇)宇比地迩《ウヒチニ》止(15)神次妹須比智迩《スヒチニ》去神［此二神名以音(16)］次角杙《ツノクヒ》(17)(一一)神次妹活杙《イクヒ》(一二)神二柱(18)次意冨斗能《オホトノ》(19)神次妹大《オオ》斗《ト》乃弁《マヘ》神［此二神名亦(20)以音］次於母陁流《ヲモタル》(21)(一三)(22)神次妹阿夜止訶志古《アヤトカシコ》(23)泥《ネ》神(24)［此二神(25)名皆以音］次伊耶那岐《イサナキ》(26)神次妹(27)伊耶那《イサナ》美神［此二神名亦以音如上］上件自國之常立神以下伊耶(28)那(29)美神以前(30)并《ヲアハセテ》稱神世七代［上二柱獨神名(31)云一代次雙十(32)神各合(33)二神云一代也］

[2]　古事記曰

於是天神諸命以詔伊耶那岐命伊耶(1)那美命二柱神脩(2)理曰(3)(一)(4)成是多

(10) □—ナシ（諸本）
(11) 之—ナシ（祥・春）
(12) 登—登ト（兼・前・曼）
(13) 亦並—亦（道・祥・春）、並イ（春傍書）、足亦（兼以下）
(14) 止—上（真・道以下）※兼・前・曼・猪は小字
(15) 止—上（真・道以下）
(16) 音—旁（真）
(17) 杙—杙（諸本）
(18) 二柱—二柱（真）※道以下・兼以下は小書双行
(19) 能—能地（諸本）
(20) 亦—皆（道）
(21) 於—淤（兼以下）
(22) 流—琉（兼・曼・猪）
(23) 止—上（真・道以下）
(24) 神—神神（道）
(25) 神—柱（道・祥）
(26) 耶—ナシ（真）
(27) 妹—ナシ（道）
(28) 耶—邪（兼以下）
(29) 那—ナシ（祥・春）
(30) 前—上（祥・春）
(31) 名—各（兼以下）
(32) 十神—十神十神（真）
(33) 合—令（真）

（二）幣—幣（大）
（三）流—訓（大）
（四）嶋—鳰（大）
（五）末—末（大）
（六）判—刾（大）
（七）基—塞（大）

陁[5]用幣[6][二]流之國賜天沼矛《ヌホコ》而言依賜也故二柱神立［流[7][三]立[8]云多〻志］天浮橋而扝《投カ》[9]下其沼矛以畫[10]者塩許〻裳[11]〻呂〻[12]迹［此七字以音］畫[13]嶋[14][四]［訓嶋[15]云那志〻］而引上時自其矛末[16][五]垂落塩之累積成嶋是淤《ヲ》能基[17]呂《ロ》嶋[18]［自淤以下四字以音］於其嶋[19]天降坐而見立天之御柱立[20]八尋殿於是問其妹伊耶那美命曰汝身者如何成答曰[21]吾身者成〻不成合處一處在尓伊耶那岐命詔我身者成〻而成餘處一處在故[22]以此吾身成餘處判[23][六]基[24][七]汝身不成合處而以[25]為生成国土[26]奈何［訓生[27]宇牟下效此］伊耶那美命答曰然善尓伊耶那岐命詔然者吾与汝行廻逢是天之御柱而為美斗能麻具波比《ミトノマクハヒ》［此七字以音］如此之期乃汝[28]者自右廻逢我者自左廻逢竟[29]次[30]廻時伊耶那美命先言阿那迩夜志愛上[31]表[32]登古裳[33]［此十字以音下效此］各[34]言竟之[35]後告其妹曰[36]女人先言不良雖然久美度迩［此四字以音］興而生子水蛭子此子者入葦船而流去次生淡嶋是亦不入子之例於是

（1）耶—邪（兼以下）
（2）脩—修（真・道）
（3）曰—因（真・道・祥・春）、固（兼以下）
（4）成—ナシ（道・祥）
（5）陁—院（真）、陁（道・祥・春・兼・前）、陀（曼・猪）
（6）幣—獘（真）、弊（道・祥・春）、幣（兼・曼）
（7）流—訓（諸本）
（8）立—並（真）
（9）扝—杇（真）、指（道・祥傍書・春傍書・兼以下）
（10）畫—書（祥）
（11）裳—袁（諸本）
（12）〻—ナシ（道・祥）
（13）畫—書（真）
（14）嶋—鳴（諸本）
（15）嶋—鳴（諸本）
（16）末—未（真）
（17）基—碁（真）
（18）嶋—鳴（真）、鳰（道）
（19）嶋—鳰（祥・春）
（20）立—見立（諸本）
（21）曰—白（真・道・祥）
（22）故—敌（真）
（23）判—判（真・猪）、刾

（八）阿那迩夜志愛表登賣表後妹伊耶那美命言―ナシ（大）
（九）使―侠（大）
（一〇）下下―下（大）
（一一）熊―能（大）

二柱神議云今吾所生之子不良猶宜(37)自天神之御所即共叅上請天神之命尓天神之令(38)以布麻(39)迩尓［上此五字以音］ト相而詔之曰(40)女先言而不良亦還降改言故尓返(41)降更往廻其天之御柱如先於是伊耶那岐命先言(八)阿那迩(42)夜志愛表《ウマシヲ》(43)登《ト》賣《メ》表《ヲ》(44)後妹伊耶那美命言阿那迩夜志愛表(45)登古《コ》表(46)如此言竟而御合生子淡道之穂之(47)(九)使(48)別嶋［訓別云和氣下效此］次生伊豫之二名嶋此嶋者身一面有四毎(49)面(50)有名故伊豫(51)謂愛上比賣［此三字以音下下(52)(一〇)效此也］讃岐国謂飯依比古粟(53)國謂大宜都比賣［此四字以音］土佐国(54)謂建依別次生隠伎之三子嶋亦名天之忍許呂別［訓許呂二字以音(55)］次生筑紫嶋此嶋亦身一而有面四毎面有名故筑(56)紫國謂白日別豊國(57)謂豊日別肥国謂(58)建日向(59)豊久士(60)比泥別［自久(61)至泥以音］(一一)熊曽國謂建(62)日別［曽字以音］次生伊岐(63)嶋亦名(64)謂天比登都(65)［自比至都以音(66)訓天如天］次生津嶋亦名謂天之狭(67)手依比賣次生佐度嶋次生

（前）、刔（猪傍書）
(24) 基―寒（真）、塞（道以下・兼以下）
(25) 以―ナシ（兼以下）
(26) 土―土生（真・祥・兼以下）
(27) 生―生云（諸本）
(28) 汝―詔汝（諸本）
(29) 竟―約竟（真・兼以下）
(30) 次―以（諸本）
(31) 上―上（諸本）
(32) 表―袁（諸本）
(33) 裳―袁（諸本）
(34) 各―後伊耶那岐命言阿那迩夜志愛上袁登賣袁各（兼以下）
(35) 之―云（真）
(36) 曰―曰（真・兼以下）
(37) 自―白（諸本）
(38) 令―命（諸本）
(39) 麻―斗麻（諸本）
(40) 曰―曰（兼以下）
(41) 返―ナシ（真）
(42) 迩―ナシ（真）
(43) 表―袁（諸本）
(44) 表―袁（諸本）
(45) 表―袁（諸本）
(46) 表―袁（諸本）

大倭豊秋津嶋(68)亦(69)謂天御虚空豊秋津ミ(70)根別故(71)曰(72)此八嶋先所生謂(73)太(74)八嶋国然後還坐之時生吉備兒嶋亦名謂建日方別次生小豆嶋亦名謂大野手(75)上(76)(三)比賣次生大嶋亦名謂大多麻土(77)流別［自多至流以音］次生女嶋亦名謂天一根［訓天如天］次生知訶嶋亦名(78)謂天之忍男次生兩兒嶋亦名謂(79)天兩屋［自吉備兒嶋至天兩屋嶋(80)并六嶋］

(三) 上—止（大）

(47) 之—三（道以下）
(48) 使—ナシ（道・祥）、狭（猪傍書）
(49) 面有—面有四（真）、而有面（兼以下）
(50) 面—而（真）
(51) 豫—豫国（諸本）
(52) 下下—下（諸本）
(53) 粟—栗（祥・春）
(54) 佐—左（諸本）
(55) 訓許—訓（真・道以下）、許（兼以下）
(56) 故—ナシ（道・祥）、故イ（春傍書）
(57) 白—自（道以下）
(58) 建—達（前・曼・猪）
(59) 向—向日（真・兼・曼・猪）、別日向曰（道以下・前）
(60) 士—志（道以下）
(61) 至—主（真）
(62) 建—違（真）
(63) 岐—ナシ（祥・春）、岐カ（春傍書）、伎（兼以下）
(64) 名—ナシ（道以下）、名イ（春傍書）
(65) 都—都柱（諸本）
(66) 訓—爪（真）
(67) 狭—使（真）
(68) 嶋—ナシ（真）
(69) 亦—亦名（諸本）
(70) ミ—ナシ（諸本）
(71) 故—詃（真）
(72) 曰—固（兼）
(73) 謂—ナシ（道以下）、謂イ（春傍書）
(74) 太—大（兼以下）
(75) 手—午（真）、乎（前）、手イ（前傍書）
(76) 上—止（前）
(77) 土—上（真・道・祥・兼・曼・猪）、止（春・前）
(78) 名—ナシ（真）
(79) 謂—ナシ（道以下）
(80) 嶋—ナシ（祥・春）

17『聖徳太子平氏伝雑勘文』

一、作者　法空

二、成立　正和三年（一三一四）

三、諸本　【写本】法隆寺蔵本［天正十年（一五八二）、実秀相伝］
無窮会本（江戸写本）
【影印】宮内庁書陵部蔵明治影写本・東京国立博物館蔵明治四十四年影写本（以上二冊は法隆寺蔵本の影写）
【活字本】大日本仏教全書聖徳太子伝叢書『聖徳太子平氏伝雑勘文』（第百十二巻、仏書刊行会、大1・5）

四、解説　『聖徳太子平氏伝雑勘文』は六巻からなり『聖徳太子伝暦』についての注釈書で、橘寺の僧、法空の撰である。その記載のあり方としては『聖徳太子伝暦』の項目を挙げ、それについての諸説、字義などを説明した後に「私云」として自説を述べる有り方である。引用する書物は『文選』・『広韻』・『桃

花源記』などの漢籍と、『日本書紀』・『萬葉集』・『旧事本紀』・『古今和家集』・『弘仁私記序』などの日本書籍と非常に多い。また引用した個所には、「文」と文末に小字で記している。

今回とりあげた『古事記』の引用個所について法空は「私云」の中で、「此書本是二巻歟。又三巻歟。不知之。二條左大臣殿只有此下巻一巻」と述べており、法空は『古事記』が二巻本であるか三巻本であるか理解しておらず、下巻しか目にしていなかったことが理解できる。また「二條左大臣殿」について西田長男氏は、「二條左大臣殿とは二條道平のことである。」と述べておられる（西田長男「古事記傳来に就いての一資料—二條家本古事記—」『古事記年報』一　昭29・1）。『古事記』の引用は上二と下三にある。

五、凡例

今回使用したテキストは大日本仏教全書『聖徳太子平氏伝雑勘文』である。大日本仏教全書は法隆寺蔵本を底本として使用している。

1 古事記下云。

橘豐日天皇(1)　坐池邊宮。治天下參(2)歳

娶意富藝多志比賣生セシ御子ハ

多米王。一柱。

又娶庶妹間人穴太部王生御子。

上宮之廐戸豐聰耳命。

次久米王

次植栗王。(3)　四柱

又娶(4)當麻之倉首比呂之女飯(5)女之子生御子。

當麻王。

次妹須賀(6)志呂朗女。　文

私云。此書本是二巻歟。又三巻歟。不知之。二條左大臣殿只有此下巻一巻。太子二十二歳之下。以是上宮太子為第二御子。殊勝證據也。可秘之。

尸解登仙事。

（1）橘豐日天皇—弟橘豐日王（真）、弟橘豐日命（兼以下）

（2）參—三（真）

（3）延・訓・校訂は「植栗王」の次に「次茨田王」とあり。

（4）當麻之倉首—當麻之倉臣（前）

（5）飯女之子—飯之子王（真）

（6）賀—加（真）

[2]古事記下云。豊[1]御食炊屋比賣命。坐小治田宮治天下参[2]拾漆歳。戊[3]子年[4]。三月十五日癸丑崩。御陵在大野崗上。後還[5]科長大陵也。文

(1) 豊御食炊屋比賣命—妹豊御倉炊屋比賣命（真）・食炊ヒ（真傍書）
(2) 参拾漆—卅七（真）
(3) 真・小書双行にて「戊子年。三月十五日癸丑日崩。」
(4) 年—歳（兼以下）
(5) 還—遷（諸本）

18『上宮太子拾遺記』

一、作者

法空

二、成立

鎌倉末期

三、諸本

【写本】法隆寺蔵本・無窮会本（江戸写本）

【影印】宮内庁書陵部蔵本（勧学院本明治写）

東京国立博物館蔵明治四十四年影写本（法隆寺蔵本の影写）

【活字本】大日本仏教全書聖徳太子伝叢書『上宮太子拾遺記』（第百十二巻、仏書刊行会、大1・5）

四、解説

『上宮太子拾遺記』は七巻からなり、橘寺の僧、法空の撰といわれている。内容は、『聖徳太子伝暦』に基づく絵伝を説明したものであるが、単なる絵伝の説明にとどまらず、先ほど取り挙げた『聖徳太子平氏伝雑勘文』と同様に、多くの漢籍・日本書籍を引用して聖徳太子についての考察を深めている。他の文献を引用した個所については、『聖徳太子平氏伝雑勘文』の場合と同様に文末に「文」の字を小字で記している。また、引用した『古事記』について法空は、「此書在坊門殿」・「此書在押小路殿文

蔵」と記している。これらの注記について西田長男氏は『聖徳太子平氏伝雑勘文』の場合と同様に、二條道平が所有していた『古事記』であると判断を下している。(西田長男「古事記傳来に就いての一資料—二條家本古事記—」『古事記年報』一　昭29・1)。『古事記』の引用は巻三と巻五の二箇所に確認できる。

五、凡例

今回使用したテキストは大日本仏教全書『上宮太子拾遺記』である。大日本仏教全書は法隆寺蔵本を底本として使用している。

[1]古事記下云。肆(1)歳。壬(2)子年。十一月十三日崩。御陵在倉椅山岡(3)上也(4)。文
此書在坊門殿。云云
私云。月下十字多歟。或又異説也。不可和會。

(1)肆—四(真)
(2)真・小書双行にて、「壬子年。十一月十三日崩也。」
(3)山岡—崗(真以下)
(4)上也—也上(真)

[2]古事記下云。小治田宮治天下参(1)拾漆歳。戊(2)子年。三月十五日癸丑。崩御。
陵在大野崗上。後遷科長大陵也。文　此書在押小路殿文蔵。

(1)参拾漆—卅七(真)
(2)真・小書双行にて「戊子年。三月十五日癸丑日崩。」

あとがき

本書は、上代文学会研究叢書の五冊目として刊行されるものである。上代文学会が学会の活性化を計るために分科会活動を企画し、その一環として「古事記逸文研究会」をはじめたのが、一九九八年一月であった。その趣旨は「はじめに」で記したが、メンバーの確定や準備に、ほぼ一年を要した。そしてそのねらいは、次のように設定した。

一、引用された古事記本文・書き下し文の検討（系統を明らかにする）。
一、引用した作品そのものの検討。
一、古事記を引用したことで得られた作品的意味の検討。
一、古事記を享受した時代的意義（日本書紀などの享受との比較）。

右は、一つの目安であるが、個人個人の目的意識のもとに論を組み立ててもらう形での研究発表は、さまざまな『古事記』の受容のあり方を浮きぼりにしたと思われる。一九九八年、ほぼ一年をかけた若手研究者を中心とした発表は、会の後の反省会も含めて、活発な議論と成果を得た有意義なものであった。

第一回　一月二四日　『尾張国熱田太神宮縁記』　青木周平
第二回　三月二八日　『古事記上巻抄』　谷口雅博／『袖中抄』　吉海直人
第三回　四月二五日　『萬葉集註釋』　多田元

第四回　五月二三日　『萬葉集』　梶川信行
第五回　六月二七日　『先代旧事本紀』　工藤浩・松本直樹
第六回　七月二五日　『釋日本紀』（含、日本紀私記）　斎藤静隆・鈴木啓之
第七回　八月二二日　『元々集』及び伊勢神道書　岡田荘司
第八回　九月二六日　『琴歌譜』　宮岡薫
第九回　一一月二八日　律令注釈類　嵐義人

なお、予定していた『新撰亀相記』の発表は、発表者の体調不良により中止となった。本書には、工藤浩氏にあらたに執筆をお願いしたものを掲載した。また、宮岡薫氏の発表は、「資料篇」としてまとめ直す形で収録させていただいた。さらに、巻頭を飾る小野田光雄氏の論文は、御高齢で病身の同氏に、無理にお願いして寄稿していただいたものである。心から感謝申し上げたい。最後に、発表・執筆していただいた諸氏、及び研究会に参加していただいた方々に深く謝意を表すると共に、本書の刊行が大幅におくれたことを心からお詫び申し上げたい。

研究会終了後の三年間は、まさに上代文学にとっても、今後の研究動向を模索する重要な時期であった。そのような時期に、研究会の余波として、会に参加していた大学院生を中心に、「資料篇」を作ろうという動きがでたのは、望外の事であった。いずれも原典に当たるのが困難な状況での、根気のいる作業であり、その「資料篇」が本書の利用価値を高めたことは間違いない。明記して、協力に感謝したい。

二〇〇二年九月三〇日

青木周平

執筆者紹介

小野田光雄（おのだみつお）
1911年生まれ。著書『諸本集成古事記』『釋日本紀』。

梶川信行（かじかわのぶゆき）
1953年生まれ。日本大学教授。著書『万葉史の論　山部赤人』『創られた万葉の歌人　額田王』『万葉人の表現とその環境　異文化への眼差し』ほか。

松本直樹（まつもとなおき）
1963年生まれ。早稲田大学助教授。論文「ムスヒ二神の『隠身』についての試論」「『高天原に氷椽たかしりて』について」「『古事記』出雲神話の構成」ほか。

工藤　浩（くどうひろし）
1957年生まれ。早稲田大学非常勤講師。論文「神功皇后伝説と八十嶋祭」「記・紀神話と鎮魂祭」「天富命—『古語拾遺』の忌部氏系譜と祭儀—」ほか。

斎藤静隆（さいとうしずたか）
1952年生まれ。東京理科大学教授。論文「日本書紀『来目歌』伝承の形成序説」「允恭紀『衣通郎姫』伝承の複合性」「『日本書紀』神代巻冒頭部の構成」ほか。

青木周平（あおきしゅうへい）
1952年生まれ。國學院大學教授。著書『古事記研究—歌と神話の文学的表現—』『古代文学の歌と説話』。論文「『日本書紀』の訓注と〈訓読〉—巻第一の場合—」ほか。

吉海直人（よしかいなおと）
1953年生まれ。同志社女子大学教授。著書『平安期の乳母達—『源氏物語』への階梯—』『百人一首の新研究—定家の再解釈論—』『百人一首への招待』ほか。

多田　元（ただげん）
1954年生まれ。國學院大學兼任講師。論文「『天語歌』の位相—歌の実相と記載と（服属をめぐって）—」。「戦後の『古事記』研究」ほか。

谷口雅博（たにぐちまさひろ）
1960年生まれ。國學院大學兼任講師。論文「『古事記』上巻・大穴牟遅神への「詔命」」「『古事記』における「倭建命」と「倭」」ほか。

鈴木啓之（すずきひろゆき）
1959年生まれ。國學院大學兼任講師。論文「真福寺本古事記の成立と伝来—奥書研究（史）覚書—」ほか。

岡田莊司（おかだしょうじ）
1948年生まれ。國學院大學教授。著書『平安時代の国家と祭祀』『大嘗の祭り』『訳注日本史料・延喜式・上』（共著）『神道大系・中臣祓注釈』ほか。

嵐　義人（あらしよしんど）
1944年生まれ。文部科学省教科書調査官。編著『訳註日本律令・律本文篇』。論文「大宝・養老律令の原形について」「律令官制継受期における品官の意義」ほか。

宮岡　薫（みやおかかおる）
1934年生まれ。甲南大学教授。著書『古代歌謡の構造』『古代歌謡の展開』『歌謡と物語』（共編）『日本の昔話15　伯耆の昔話』（共編）ほか。

古事記受容史《こじきじゅようし》　上代文学会研究叢書

平成15年5月31日　初版第1刷発行
編　者　青　木　周　平

発行者　池田　つや子

発行所　有限会社　**笠間書院**

〒101-0064　東京都千代田区猿楽町 2-2-5
電話 03-3295-1331(代) Fax 03-3294-0996
振替 00110-1-56002
NDC 分類：913.2

ISBN4-305-60165-6

シナノ印刷・牧製本
落丁・乱丁本はお取りかえいたします
(本文用紙・中性紙使用)

上代文学会研究叢書の刊行にあたって

上代文学会は、学会のいっそうの活発化を押し進めるためにさまざまな改革を行ってきました。その一つの成果として、ここに上代文学会研究叢書を刊行することとなりました。

この研究叢書は、学会としての公的な使命を果たすとともに、学会の研究活動を活発化して、それが学会の大会発表や例会発表、あるいは学会誌へ反映されることをめざし、学会のもとでのテーマ別研究会とそれを結実させるものとして叢書刊行が提案されたことによります。この企画を具体化して、学会のもとに五組の研究グループが承認され、一年以上の公開の研究会を重ねてきました。今回、その成果をまとめることとなりました。研究会は、それぞれ、現在の上代文学研究にとってもっとも重要だと考える研究テーマを掲げています。この研究叢書が、上代文学の今日的で先端的な問題を提起するものとして、大きな意義をもつことを信じます。

一九九九年九月

上代文学会